U1011914

# 仇敌 ①

# 人太贱！

这是几个初出茅庐的商业间谍在商界大佬、地方豪强和同行之间周旋、斗智的奇幻故事。

常书欣◎著

中国文联出版社
http://www.clapnet.cn

**图书在版编目（CIP）数据**

仇敌.1 / 常书欣著.-- 北京 ： 中国文联出版社， 2016.10

ISBN 978-7-5190-2107-8

Ⅰ. ①仇… Ⅱ. ①常… Ⅲ. ①长篇小说－中国－当代

Ⅳ. ① I247.5

中国版本图书馆 CIP 数据核字（2016）第 224733 号

**仇敌.1**

作　　者：常书欣

出 版 人：朱　庆

终 审 人：朱彦玲　　复 审 人：刘　旭

责任编辑：王　萌　　责任校对：李　昂

封面设计：仙境设计　　责任印制：陈　晨

出版发行：中国文联出版社

地　　址：北京市朝阳区农展馆南里 10 号，100125

电　　话：010-85923039（咨询）85923000（编务）85923020（邮购）

传　　真：010-85923000（总编室），010-85923020（发行部）

网　　址：http://www.clapnet.cn　　http://www.claplus.cn

E - mail：clap@clapnet.cn　　wangm@clapnet.cn

印　　刷：北京联兴盛业印刷股份有限公司

装　　订：北京联兴盛业印刷股份有限公司

法律顾问：北京天驰君泰律师事务所徐波律师

本书如有破损、缺页、装订错误，请与本社联系调换

开　　本：700×990　　1/16

字　　数：240 千字　　印 张：21

版　　次：2016 年 10 月第 1 版　　印 次：2016 年 10 月第 1 次印刷

书　　号：ISBN 978-7-5190-2107-8

定　　价：36.80 元

**版权所有　翻印必究**

# 目　录

# 01　雾锁京畿

仲夏是一年京城最热的季节。在这个季节出行绝非好事，天热得像蒸桑拿，人多得像蚂蚁爬，车挤得都在摁喇叭，哪儿都是密密麻麻的车和人。还有天上凑热闹的雾霾，灰乎乎得像扣着个大锅盖。

此情此景，有诗赞曰：抬头不见天，低头只见堵。瞧，又堵了。

通往三环的路，车龟速行驶，速度渐缓，直至停止。一辆标着“哈曼商务调查”字样的商务车，被夹在车流中。车窗缓缓摇下，一位披肩短发，面目清秀的女司机伸出头来，发愁地向前看了看，又向后看了看。发现前不见头，后不见尾，然后她娇好的脸蛋上愁得像覆了一层霾。

她很快摁起了车窗，这种天气不戴口罩暴露在光天化日之下是需要勇气的。她松了松安全带，干脆把车熄了火，随手从车上的小冰箱里拿出了一罐饮料，递给了副驾位上那位一直专心看报纸的男子。

“谢总，得等一会儿了。”她说道。

那男子抬了抬眼皮，示意知道了，不过没有接她递的饮料，随意道：“不用了，我不喝碳酸类的饮料。”

女司机踌躇了一下，没开罐，又放下了。职场上嘛，总不能给人留下太随便的印象，何况是在上司面前，更何况是在这位不常露面的公司总经理面前。

沉默的时间里，她瞥眼瞧了几次专心致志的谢经理。此人是国字脸，脸显得方方正正。穿着简约的休闲衬衫，显得很随意。腕上戴着一块老式的西铁城手表，低调到寒酸的程度。

不过表象和内涵往往是错位的。

在商务调查行业，有一半人知道哈曼商务调查公司的这个谢纪锋总经理的大名，另一半嘛，根本就和哈曼商务调查公司有业务往来。朋友、熟人、故旧组成了这个在外人看来相对神秘的圈子。

圈子不算大，不过哈曼和谢总的名声却不小，很多行内人知道谢总的发迹经历。此人十几年前还是一个不名一文的大学生，练过摊、倒过铁、贩过煤、触过网、IT和VC都玩儿过，没有一样成功的，可偏偏这些屡败屡战的从商经历让他在之后的商务调查行业如鱼得水，几年时间，便把一个十几人的小公司经营成了行内的翘楚。

对了，最关键的一个要点，女司机似乎想起来了——谢总未婚。

想到此处，女司机悄悄地照了照后视镜，看看自己的面容有无瑕疵，还好，商务大龄女的典范，庄重、成熟、稳重。又低头看了看OL衬衫的胸前，还好，线条凸凹，本钱还够。

她观察了很久，结果令她一如既往地失望。谢总很专注，似乎无瑕旁顾，就像行内背后都叫他“谢公公”一样，很难见到他对哪个女人有艳羡的目光。

于是，她开始找话题了，职场的一个守则——沉默不是金、会说才能赢。混职场的女人如果潜规则走不通，那你就得按规则来，展现自己的能力。

她看到了谢总翻到的报纸，找到话题了，轻声道：“这件事，可能对我们的生意要有影响。”

是一则报道，标题叫《首都警方开展清查行动，取缔三十余家商务调查公司》。报道她看过，是几例私家侦探、软暴力讨债、婚姻调查引发的刑事案件，涉案的三十余家商务调查公司被吊销经营执照，还有数十人受到了刑事处罚。在首都商务调查行业，这算是历年来少有的大动作了。

“肯定要有啊。唐瑛啊，你入行也有几年了，对这事怎么看？”谢纪锋慢条斯理地问，话音落时才扭过头来。在他面前，是一位着装得体，经验丰富，已经有数年工作经验的属下。

她叫唐瑛，29岁，公司的法律顾问兼业务经理，和所有的行业一样，接洽生意多少得有点美女效应，唐瑛无疑是这个角色。

就听这位美女司机侃侃道：“《刑法修正案七》增加了三项侵犯个人信息

罪，目前大多数调查使用的信号追踪、调取通话记录、监听、跟踪，都涉嫌犯罪，虽然理论上讲，商务调查公司没有错，是法律允许的，但错的是调查者的行为。但事实上，几乎所有的商务调查者都可能使用这些错的商务调查行为。现在这种形势，让我们整个行业的压力剧增啊。”

“解决途径何在？”谢纪锋正色问。

唐瑛一笑道：“我们今天不就是去解决吗？”

对了，今天是去人才市场，唐瑛已经揣摩到了上司的意图，要给公司注入新生的血液。商务调查这个行业很特殊，特别是做调查的一线人员，可能连公司的人都不认识他们。而且这种人淘汰率非常高，唐瑛从每月支出的劳务费用上可以判断出那些不断更迭的名字。

她看到谢总又笑了笑，补充道：“解决途径是要把我们的商务调查和大家熟知的什么私家侦探、追债服务、婚姻调查区分开来。要规范行为、提高从业人员自身素质，以利于公司更规范地发展。”

“呵呵……有想法，好事。”谢纪锋不置可否，笑了笑，坐正了。

唐瑛有点失望了，大多数时候，领导不置可否，就意味着否定你了，不过在目前的形势下，又能如何？

很多商务调查公司都是租一间办公室就开张，主要业务就是追债、查婚外情，由此引发的民事、刑事案件越来越多，整个行业都快成了不黑不白的代名词了。

“谢总，我……我是不是讲错了？”唐瑛小心翼翼地问。

“没错，对所有的人都应该这样说。”谢纪锋笑着回道。

唐瑛尴尬地笑了笑，对于这位讳莫如深的谢总，她一直觉得琢磨不透，也琢磨不定。她连忙转移话题道：“其实这种招聘的事，不用您亲自跑一趟，现在只要在网上一发布信息，求职的人多了去了。我建议优先考虑法律、政法类学院的毕业生。”

“理由呢？”谢纪锋问。

“他们的法律意识应该强一些，我们这一行如履薄冰，需要注意的事项太多。”唐瑛道。这个提议很中肯，让谢纪锋思考了一下，他侧头看看唐瑛，讳莫如深地笑道：“如果说，我的想法和你的恰恰相反，而且要一意孤行，你会不会觉得我太刚愎自用了？”

唐瑛一笑，不好意思地道：“那怎么会，您肯定有长远打算了。”

“长远的真没有，火烧眉毛的倒是有。不是我非要越俎代庖，而是不想假手于人啊……哦，车动了，看来今天运气不错。”谢纪锋笑了笑，指指前路，车龟速移动着，唐瑛驾车起步，中止了这个话题，直驶这次行程的目的地——虎坊桥人才市场。

这儿的人真叫一个多啊，下车扑面而来一股子热浪，让谢纪锋浑身觉得不舒服。再一看大厅门前攒动的人头，拥挤着往里进，十几家招聘单位的台席前黑压压的全是求职者，这些人都扬着简历往里塞。大部分现场的男男女女都是一个德行——挎着单肩包，一手拿瓶矿泉水，一手拿着简历。这场景让唐瑛都莫名地有种心酸的感觉。

“想起你刚毕业那会儿了？”谢纪锋笑着问。

“有点儿，就像那本书名，《谁的青春不迷茫》。”唐瑛笑道。

“不一定，我们那时候就不迷茫，毕业派遣证一领，直接去单位报到上班……我当年报到的单位是我们县的副食果品公司，是个全民制企业，在我报到的前三天倒闭了……呵呵，连迷茫都省了，直接绝望了。”谢纪锋笑着道。

如果混不出头，这样的履历只能冠之以一个词——苦逼。但混出名头就不一样了，无论过去什么经历，听着都励志啊。

唐瑛有点钦佩地问：“那您能从一个县城的失业工人，逆袭到京城的公司经理，这个过程足够您自豪一辈子了。”

“自豪倒不觉得。”谢纪锋笑着道，蓦地回头，唐瑛也报之以欣赏的微笑，却不料谢纪锋一指她道：“不过我很享受你的恭维。”

谢纪锋一笑而走，唐瑛愣了一会儿，旋即明白了谢纪锋的调侃。对于谢纪锋这种心明如镜的人精，恭维可能不会有什么效果。她自嘲地笑了笑，跟着谢总的步子从大门进入，回头看看那些依旧拥挤、挥汗如雨的学弟学妹们，丝毫没有过来人的自豪感。

这里花三块钱就能进大厅，可以免费登记。如果招聘单位花三百块，就可以租赁一个简单的台席。当然，如果招聘单位肯花一千块，就有专门的人员给你服务了。

每周这里都有数十万计的求职人员，在这里的大部分人都找不到工作，不过这么大的客流量，确给人才市场创造了不少工作岗位。

哈曼公司的两位来人花了一千块，被市场的工作人员领到了二楼。这里每一间招聘咨询室都是双人值班，专为招聘单位服务。一位胖胖的姑娘对谁都是职业性的一秒钟微笑，然后接过同事的填单，扫一眼，再抽一张。排到了谢纪锋和唐瑛面前时，胖姑娘道："要什么人，你们打个对勾，我把检索结果给你们，咱们再细挑。"

"OK，你们的信息库应该是很全了。"谢纪锋笑道。

唐瑛拿着表格扫了一眼，年龄、毕业院校、民族、婚否、专业、从业经历等等。她拿起笔时看了谢总一眼，小声问着："这个条件怎么定？"

"不用麻烦了，我直接说吧，我找的很简单。"谢纪锋摆手道。

简单？两位工作人员见惯了挑三拣四的招聘单位，怔怔地看着谢纪锋。就见他思忖片刻，条件迸出来了，具体如下：

"毕业两年以上，五年以下。"

"985、211 类院校毕业生剔除；在京各类院校毕业生剔除；1A 类院校毕业生剔除。"

"最好是二三线城市普通大专院校的毕业生来京的。"

"有商务调查公司工作经验的剔除。"

"政法及法律相关专业的剔除。"

"有一年以上其他行业公司工作经历的……哦，这个算了，不用剔除，能工作一年以上，肯定就不会留在这儿了。"

……

谢纪锋连珠炮似的说了一堆条件。唐瑛听愣了，那两位工作人员听傻了，操作电脑的胖妞像看外星人一样看着谢纪锋，男同事表情格外怪异，就差下巴脱臼掉地上了。

"有问题吗？"谢纪锋好奇地问。

"当然有了，您这是……我是说……"胖妞一下子找不到合适的词，还是同事反应快，插话道："矮子里找矬子？"

"对，就这意思，别人好歹矮子里面拔将军，您这敢情是找最锉的？"

胖妞好奇地问。

“很锉吗？”谢纪锋问道。

“不是京城院校，不是985和211、无工作经验，而且还是毕业两年都没有着落……哎哟，这号人在京城早混不下去了。一般情况下，类似这种登记的简历，搁这儿八百年都没人瞄一眼。”胖姑娘道着。

“那要能混下去的，说明就不算很锉嘛。”谢纪锋笑着道。

“也就能混下去而已，最终还是很锉。”男同事笑着道，“谢老板，您确定要这种人？这种人比盲流顶多就多一张文凭。”

“还是有区别的嘛，盲流肯定不会来人才市场花三块钱登记啊。”谢纪锋笑道，手指一挥很潇洒地道，“就这些条件，确定。”

两位工作人员讶异地互视一眼，然后依言而行。

信息的检索非常简单，这几样条件剔除得非常迅速，而且剔除量相当大。京城还真是人才遍地，一类院校、各类获奖经历还真是比比皆是，挑那些啥都没有的真容易。一个偌大的人才市场数据库，最终不过数百人而已，大部分都是登记两年以上，根本无人问津过的。

“谢谢！感谢二位。”谢纪锋连声谢别。

一千块，买到了不到一千条备选人员名单。两位工作人员也大方了，破例给谢总带了份电子文档，将一个U盘交给谢纪锋手里。两人讶异地看着他，好像这钱收得实在让他们良心要受到谴责了似的。

唐瑛机械地跟在谢纪锋的背后出了咨询室。

刚关上门就听里面女的在问：“这不是招打手吧，怎么净拣外地来京的？”

男的说道：“嗯，有可能，现在民工工资太贵，招大学生节省成本。”

……

唐瑛听得无语了，她快步跟着谢纪锋。谢纪锋却像谈了一单生意一样踌躇满志，随手把U盘给了唐瑛，道：“回去拟一则短信，发到这些人的手机上，通知他们后天到公司应聘。”

“哦，好的。全部发吗？”唐瑛问。

“当然全部发，这些手机号码可能大部分都不在本地了。”谢纪锋道。

“我懂了，肯定有留下的，而留下的还没有换号的，说明混得还可以？”

唐瑛笑着问。

“对，就是这个意思，能混下去，混得不怎么好的，如果有那么一点点机会，他们肯定会全力以赴的。”谢纪锋道。

下楼了，他看着市场外的人群，似乎怀念起了当年的自己，也像现在那些背着单肩包的大学生一样，在寻找一个哪怕是能填饱肚子的机会。

唐瑛装起了U盘，弱弱地问道：“可是……可是招这种人，让他们全力以赴干什么去啊？”

可能是商务调查，可能是外埠接到了单子，可这种人根本不属于可控范围之内，就是培训也来不及啊。

谢纪锋回头看了唐瑛一眼，他边走边笑道：“不要用主观的眼光看人，不信你回去查查福布斯排行榜，大部分成功商人都符合我刚才开出的条件。”

唐瑛一笑，深以为然。大部分优秀的毕业生也就是学业优秀而已。不过对此她还是抱着异议，站到车前时她笑着反问道：“可符合您开的条件的人，三餐不继，求职无门，没有出路的，会不会更多？”

“当然，懒惰、啃老、眼高手低，这可能是个人问题，不过如果愿意付出、愿意努力，仍然没有出路，那可能就不是个人问题了。不说别的，如果有眼光，就在人才市场门口卖水卖盒饭，都赶得上白领的收入啊，呵呵。”谢纪锋打开门，坐进车里感叹着，“即便是在最差的孩子身上，也会有新鲜的东西，他们往往有无穷的希望。”

“也是，谢总您这句话说得好，我明白您的意思了。您是要招愿意努力的人。”唐瑛发动着车，又习惯地顺着上司的思路来了句。

“理解正确，不过关于最差的孩子这句话可不是我说的。”谢纪锋回过头来，对着倒车的唐瑛笑道，“是一个名人说的，你可千万别因为这个恭维我啊。”

唐瑛有点尴尬，脸上微微发烧。她抿抿嘴，暗暗腹诽，好不容易有一个展现自己的机会，看来并没有给谢总留下更深的印象。

车停停走走，慢慢挤出了便道，把那些扬着简历、挤着排队、挥汗如雨的学子留在了倒视镜里。唐瑛带着一肚子的疑惑，又驶向下一个人才市场，重复着这个另类的招聘……

# 02　无根漂萍

“叮……叮……”手机的短信声音在响。

“嘀……嘀……”快递哥的电单车喇叭在响。他顾不上看手机，拐进小区，在两旁都是小商贩的过道里穿行，摁着喇叭，嘴里不迭地喊着：“让让……谢谢哦……让让……”

有的给让让，有的不搭理，快递急了，扯着嗓子喊着：“嗨！鸡蛋撞了。”

这话管用，那蹬三轮的赶紧给挪了点地方，快递哥的电单车像游鱼般“嗖嗖”地蹿进了小区。

和所有一件货挣八毛的快递员一样，这位锅盖寸头——今夏流行款式；圆通马甲——快递统一款式；全封闭电单车——手工焊接款式。唯一不同之处是这位兄弟比大多数快递员晒得更黑一些，显得更壮实一些，说话嗓门更大一些。

驶进这处不给代收的小区，找到2B楼，一停车瞅了眼，单元楼口写着：“电梯维修中，请走步梯，给您带来的不便，敬请谅解。”

十好几层呢，小伙子下车一瞅车里偌大的一个包装纸箱，掏出手机，找着号码拔了出去，一接通就道：“何壮吗？哦，我是送快递的，你们门房不代签，这里电梯又坏啦……”

“废话不是！你一送快递的，抱怨什么？！我住的不高，才十七层。”

“不是……哥哎，这大热天的，这么大个箱子，我这车又没锁，要不……您下来取一下……”

“少来了，大热天的，光你热我不热啊？”

“哥哎……商量商量，您这小区治安不好，我这么车丢了怎么办？”

“我对你的车没兴趣，跟我商量什么。”

“喂，你到底下来不下来啊？你不下来我不送啊。”

“你不送我投诉你。”

“啊？这么拽！别逼我用绝招啊。”

“耶，你送快递的还有绝招！？”

……

两人在电话里叫嚣一番，快递哥擦了一把汗，看看楼顶，一举手机道：“你不下来我喊了啊，十七层的何壮！你订的充气娃娃来啦！赶快来签收！……十七层的何壮壮！你这充气娃娃还要不要……”

“奶奶的……”

电话挂了，快递员乐了，这个绝招屡试不爽，能省好大工夫呢。

不一会儿，果真见一位好壮好肥，气喘吁吁的男子奔出来了，上来一把揪着他，瞪着死鱼眼就要发飙。快递员满头大汗，赔着笑脸赶紧躲着道：“哥，真对不起，真有急事，您瞧这车没锁，丢了赔不起啊……您受累了啊，我给你鞠躬道歉了……”

小嘴挺甜腻的，又是说好话，又是鞠躬道歉，那宅男哥好歹咽下这口气了。是啊，这天热得谁也不容易。趁着消气的功夫，快递员把箱子上的单子撕了递给他签名。那宅男签上大名，快递员一收单子，不料那宅男警惕地一把把他揪住，严肃地瞪着眼问：“没拆我的货吧？”

“不可能，您这包装都是完好的。”快递员解释着。

宅男仔细看看，又不放心地问：“那你怎么知道我订的充气娃娃？”

“啊？”轮到快递员傻眼了，两人互瞪着。

快递哥笑道：“哈哈……我瞎掰的，头回掰准了哈，你还真订的充气娃娃啊……哎。哥啊，我告诉你啊，那玩意不能用啊，味儿老大了，还容易蹭破皮，真的……”

正说着，单元门有人出来听到了。有位提菜篮的胖婶好奇地插了句嘴：“壮壮，啥是充气娃娃？”

“哎哟，我的名节啊，全毁啦……”宅男举着包装箱就要砸。快递员瞅着形势不对，跳上电单车就跑。

出了小区，快递员的电话响个不停，是东区广场户外运动装搞的活动，急着招他去跑酷表演，应了声马上就到，他加速行驶着。

刚放手机时又响起了短信，翻开看着，然后看到了一条这样的消息：“尊敬的仇敌先生，我们荣幸地通知您，您的简历被哈曼商务调查公司选中。为了进一步加深了解，欢迎您到我们公司参加招聘面试。面试时间是 7 月 25 日。我们期待您届时出席。”

“不会又是骗报名费吧！？”快递员寻思着。

名字没错，他就叫仇敌。简历出处也没错，因为很久以前他确实在虎坊桥人才市场投过一份简历。但哈曼商务调查公司是个什么东西他不清楚。不过根据他近些年租房被骗押金、求职被骗报名费和培训费等等经历，他的警惕心在告诉他——十有八九是假的。

首都人就不待见外地人，就连首都混得不错的外地人都不待见还在底层混的外地人。按这种逻辑推理，有好事是轮不到他这种吃辛苦饭的外地人的。

直接无视，装起手机，飞速驰向广场。

不多会儿，已经换装的仇敌出现在丛林狼户外装备的促销现场。他一身草绿，绑着头巾、戴着防风眼睛，蹬着单刀滑轮。他匀称的体型、健美的体格，再加上黝黑的皮肤，惹得那些面白皮嫩的都市男女多看几眼。他要做的很简单，展示健康、运动，诠释这个品牌的含义。

品牌含义可以放一边，反正这些一小时八十块雇来的模特又买不起。就见他在围在一圈的人群中急速奔跑，飞一样地滑行，不时来一个前空翻、后空翻，总能引起一片嘘声外加一阵掌声。

在人群的欢呼声中，仇敌似乎有一种兴奋的感觉。在惊险却行云流水的跑酷中，他似乎能找到存在感，尽管气喘吁吁，尽管挥汗如雨。

三个小时，换来了两张薄薄的纸币，场面热闹完了，店里该忙碌了。老板是个大腹便便不怎么懂运动的男子，塞给仇敌钱就忙着回头招呼客人。

仇敌喊着：“嗨，齐老板，明天还来不？”

“不用了，卖得相当不错。下一季促销我联系你哈，这小伙壮得，女顾客可都是冲你买的。”老板乐滋滋地走了。

“哦。”

仇敌有点失落，这种工资日结的活还真不好找。每一次找到时的欣喜若狂和结束时的黯然神伤，对比是那么鲜明，以至于他直到换装离开，还有点失神。

仇敌来京数年了，发广告、搞促销、卖保险、送快递，连他自己也记不清从事过多少种职业了。他心里一直不安于现状，却只能勉强维持现状。

现状就是——所有不安于现状的梦想最终都没想了，只剩下冰冷的现实。

仇敌慢慢地踱步出了装饰考究的专卖店。即便他身材健美，形象很佳，也没有给他带来任何自豪的感觉。那些漫不经心地闲逛，有着大把时间休闲的男女，或指指点点，或亲亲密密，或潇洒地挥手刷卡，总让手心攒着汗湿钱的仇敌有种羞赧的感觉。

出了门就快跑，首都凡是能消费的场所，大部分都不是屌丝能待的地方。当他奔到停车的地方，更残酷的现实展现在他面前。

“我车呢?！”

他傻眼了，明明记得就放在路边，离店面不远，现在却空空荡荡，啥也没了。这可是快递公司的车啊，丢了得赔呢。

哟，没丢了，隔着老远看着一辆城管卡车，满载着各式两轮、三轮以及各类违章摊子车，隐约可见那辆焊蓬子快递车。

仇敌急了，奔着、拼命地奔跑着，边跑边招手大喊着：“嗨，人在呢……我送快递的，不是非法经营……嗨，人在呢……”

直跑得气喘吁吁，他扶着膝停下了。

城管车没停，越走越远。

……

出了三环是四环，哪环都有吃喝玩乐的地方。

从早晨到午后，闻名遐迩的漂亮广场总是那么热闹。这里汇聚了影城、酒庄、购物中心，是附近一个相当热闹的去处，从天桥到人行横道，这些人好像丝毫不惧天气的热度，沿街林立的商铺，哪家都没空下。

热闹，对于某些人有时候并不是好事。比如此时，坐在一辆一汽国产破车里的几位就有点嘀咕。

“人太多，不好下手啊。”

“这里离亚运村不远，不安全。”

“对，还有监控，要下手的地方是安慧堂小区，那地方排了一溜桌子，移动公司正搞促销呢，一个劲儿地唱小苹果，听得人心烦意乱。”

“你俩谁去？”开车的看看时间，不耐烦了。

后面杵着俩脑袋，一个满脸小疙瘩，胖得猥琐，一位瘦得长马脸，嘴角露俩小虎牙，丑得可爱。

开车的看样子是喜欢丑得可爱的那位，他直接抽了五张百元大钞，道：“五百块，谁去？”

“刘哥，这……太危险了，这种事得多雇几个人，一哄而上，打完就走，谁也找不着谁是谁。”胖得猥琐的看样子混得久了，知道该怎么办。他提醒着蠢蠢欲动的瘦子道：“三儿，你别犯浑啊，这可是首都，现在治安整得多厉害，又搞文明城市建设，收废品都得穿西装，要不收容站绝对把你弄走……打人就更别说了，绝对不能单干。”

对了，这是交易，要去揍个人，代价就是司机手里的五百块钱。

司机一听火了，骂道：“奶奶的！不干滚蛋！要不是地痞流氓都改行当私家侦探有生意了，我找你们这号盲流？！就扑上去揍一顿，扇几个耳光，踹几脚，有那么难吗？！”

想了想，司机又对发愣的两位补充道：“我还告诉你们，我就是私家侦探，生意是个少妇给的。要你俩揍的是一渣男，白玩儿了人家好几回，一点感情舍不得给，人家就花钱找人揍他，找点儿心理平衡而已。嘿！我说你俩有点儿正义感好不好？”

“哥，人太多，没法下手啊，多找几个人，乱起来就成。”胖的道。

“还真给你说着了，啥都能多，就是人不能多。现在哪里都搞压缩经费呢，一共才收人家一千块，民工工资多贵，雇得起吗？”司机又加了两张一扬，“七百，爱去不去！这价码都能找个中戏的妞儿出来陪聊了。”

“我去！”

瘦的憋不住了，一把拿走钱，开门下车，向小区门走去。

司机得意了，一扬手指挥着满脸疙瘩的胖子，道：“下去，看着点儿，有事往车这边跑，拉上你们就走。”

“噢。”

胖子有点不乐意了，也下了车。他远远地看着同伴走到了宣传台席前，和一群宣传的俊男靓女站在一起。再看这地方啊，实在不是下手的地方，时间也不对啊，这时间人正多着呢。

再说那位站在台席前的，是个大高个，背有点驼，走路不是一条直线，眼睛是斜着看人的。站到台席前的时候真把系着宣传带的姑娘吓了一跳，出于人道主义精神，姑娘好歹没把这位马脸的当牲口，弱弱地递了张宣传单。她一闪身，另一位面目清秀，脸蛋白里透红的姑娘给他介绍着套餐。

“少来了，别以为我不知道，这套餐套餐，都是下套呢。”瘦子不屑地道。

“先生您开玩笑了，交话费用套餐，送您一部手机呢。”宣传员道，声音细，有点哑。

不对，本来准备调戏妞儿的瘦子，顺着宣传员的脸蛋往下瞅，看到他喉结时，惊得手差点放嘴里，惊讶地道：“哎……我好不容易鼓起勇气搭讪个妞儿，居然是个男的。”

几位姑娘、小伙一笑。

那宣传员一脱帽子，气愤地道：“谁告诉你我是女的了？”

“男人女相，什么东西？”瘦子瞠目道。

“嗨，你骂人？”清秀的小伙生气了。

“你恶心人我还没说呢，懒得骂你，切！”瘦子拂袖而去，露出极度憎厌的表情。

那女相的帅哥实在郁闷了，在同伴的笑声中郁闷了好久才醒过来。

“咦，不对啊，宣传红帽子不见了，还有传单怎么少了好多。”他再抬头时，眼滞了，刚才骂人那丑汉，正戴着他的帽子，得意扬扬地站在小区门口发传单，当义务宣传员呢。

他气得就要上前理论，却不料此时变生肘腋。那丑汉毫无征兆地揪着刚出小区门的一位中年男子，噼里啪啦、啪啦噼里，正反就是几个耳光扇过去，瞬间传单洒了一地。

远处那疙瘩胖子一看打架就兴奋了，喊道：“哟哟哟打怪了，爆装备啊。”

话音刚落，被打的人手包、手机摔出去老远，果真是装备被爆。

“哟哟哟，噼里啪啦爆金币啊。”胖子又在嚷着。

话音未落，手包里的钱都散出来了，果真是金币不少。

被打得懵头的中年男人刚要招架，却不料行凶者是个高手，一个膝撞，一个肘击，那人先弓后仆，“吧唧”一声，以一个极度不雅的姿势趴在地上。

首都这地方文明程度就是高，很快就围了一圈人，指指点点着，京片子们在喊着。

“干吗呢？”

“打人呢？”

“快打 110 啊！”

“太不文明了！”

……

天桥的把式，光说不练，指点的有，见义勇为的可没有。

行凶的瘦子义愤填膺地一脚踩人，一手举着自己的手机喊着：“老少爷们儿、大姐大妈，你们评评理啊。我们在这儿做惠民宣传，这王八蛋拿我的手机，还偷拍姑娘们的胸和裙底，你们看，你们看……人赃俱获啊，谁来帮把手，把他扭送到派出所。”这么一嚷，图片一亮，果真是偷拍的，他瞬间站到了道德的制高点上了。

指指点点的看客又开说了。

“太下作了啊！”

“该打！”

“活该！”

……

只有那几位宣传的男女傻眼了，一位领口开着的姑娘一捂胸，知道发生什么事了——刚才被拍了。

那行凶的瘦子小聪明不断，看到躺在地上的人要说话，直接把脚伸过去了。哎呀，一双臭运动鞋，呛得那人直接憋气了。

打完收工，瘦子正琢磨着怎么脱身呢。这是，冷不丁人群里有人跳脚喊着：“嗨，那不是派出所的陈所长吗？”

“啊？警察？！”瘦子吓怂了。他深知此时不能跑，一跑就乱，后面立马有人追上来。

此时，前方泊着的接应车却是一加油门跑了。左前方守着的同伙见势不对，也跑了。气得瘦三儿欲哭无泪，要是真把警察打了，这可没法混了。又气又怕又急，一下子让他的肾上腺素急剧分秘。他长腿一迈，跨过了路栏，在人行道上一路狂奔着。

后面几位便装喊着：“抓住他！”

他也不傻，直接剽窃动作和喊声，手指前方，狂喊着：“抓住她，那个女的是小偷！”

他边跑边喊，路人甲、乙、丙、丁都傻站着，顺着他的指向往前看，浑然不觉，贼已经从身边溜走了。

绕进了超市，蹿过了影城后院，跳了两堵墙，终于成功地把追兵甩在身后了。这瘦子摸着口袋里的收入，一把一把抹着汗，想着得赶紧离开首都，还好，路费现成的。

这时候，他的手机响了，是来短信的声音。他边走边看着，短信的内容是：“尊敬的包小三先生，我们荣幸地通知您……面试地点：宝隆大厦八层，哈曼商务公司。”

包小三对于招聘什么的不感兴趣，不过这里面有他感兴趣的一行字——招聘提供午餐及市内交通费用补助。

很多人可能对招聘单位的这句话不屑一顾，顶多一盒盒饭而已，谁还好意思找人家报销公交车费啊？不过这句场面话却让包小三兴奋了，他自言自语着：“耶？老子还是头回荣幸地被管饭，这得去！”

他已经拿定主意了，跨两个区，得坐两小时公交的玉泉桥一带肯定是安全的，最起码吃顿饭再走。

……

行凶的跑了，目击的就麻烦了，给行凶者提供方便的更麻烦了。一个宣传台席，二男四女都被传唤到派出所了。

让人瞠目结舌的是，还真是警察被打了，更让人哭笑不得的是，警察以为这些戴小红帽的都是同谋。毕竟那打人的戴着小红帽，让受害人放松了警惕，结果被扁了个稀里哗啦。

在警局，警察用了好几个小时才把事情的经过搞清楚，后来本区营业厅出面，才把一群促销人员领出了派出所。

其他人都没什么事，就那位男身女相的让营业部的主任大发雷霆。毕竟行凶者戴的是他的帽子，和他接触最多。主任那痛恨的眼神分明在告诉他：甭提工资了，赶紧滚蛋吧！

他挨着个鞠了一圈躬，对不起说了一圈，然后默默地离开了。

此人叫耿宝磊。

其实同事和主任对耿宝磊的印象都不错，这小伙子又勤快又会说话，还弹得一手好吉他，不过仍然没有人挽留他。因为这是一个容不得任何错误的环境，你错了，只能离开。你的离开不会有任何影响，明天又会有不知道多少踏破门槛的应聘者。

耿宝磊默默地走在空旷的大街上，背影被路灯拉得老长，目光就像心里一样迷茫。灯光辉煌的街市，似乎只是为了衬托他的孤单。熙熙攘攘的夜景，似乎就只是为了让他觉得凄凉。

像所有漂在这个城市里的人一样，他不知道下一个驿站会在什么地方。

明天，又要开始找工作了，而且这样的暑期工作最难找。他在寻思着，是不是又得像刚到首都时一样，在地铁口子、天桥中间，弹着吉他挣点饭钱。说实话，扮落魄艺术家其实是个不错的营生，糊口没问题的，只是这行也是竞争激烈，毕竟落魄的太多了。

就在他犹豫的时候，手机响了。他看了眼短信的内容，一看招聘，一查哈曼的地址，又不厌其烦地打了人家的客服电话，确认无误后，他好激动地自言自语道："居然是真的！？"

两年前，他花三块钱在人才市场登记的简历终于有回音了，实在让耿宝磊泪奔啊……

# 03 缘来有期

眨眼就到了面试日期，不过一两天的准备时间，而且对于根本没有招聘经验的唐瑛几位，还真是有点手忙脚乱的感觉。

以往招聘都是网上发布，从选择简历到见面，会有很长一段甄别的时间，哪像这次古怪的招聘。面试就要开始了，唐瑛连面试单都没有拿到。

一大早，唐瑛就吩咐了前台，有来应聘的直接带到大会议室就座。他还是不放心今天的安排，等着公司管人事的吕姐来，两个女人嘀咕了半天。唐瑛听明白了，连吕姐也不清楚，只知道还有公司财务主管李增华今天要参与。

“吕姐，这究竟谁负责啊？好歹也得有张面试单吧？问什么？招什么样的人？一点儿谱都没有。”唐瑛懵了。

吕姐叫吕天姿，是个中年妇女，肥脸一笑果真有姿，她反而劝着唐瑛道：“看把你急的，咱们谢总是个慢性子，火不到眉毛，他都不知道喊人。以我对他的了解啊，他想干吗，别人永远不会了解。”

这倒没错，覆着一层神秘面纱的商务调查公司，排在第一位的就是保密，不但对外人保密，就连公司内部保密程度也相当高。

一念至此，唐瑛倒觉得自己过于心焦了。眼看着时间到了，已经有人提前到场了，越到时间，她越心神不宁了。吕姐一直笑吟吟地看着她，差一刻九点的时候，她莫名其妙地道：“差不多了，该有消息了。”

“什么？”唐瑛讶声问。

“我是说呀，该有消息了。一般谢总都是到最后一刻才透底的。”吕天姿笑道，“不过就是即便透了底，你也未必能猜到他的用意，不说别的啊，就咱们每次雇的那些商务调查人员，我进公司快六年了，一个都不认识。”

连管人事的都不认识，那管法律事务的唐瑛就更别提了。他只知道生意是怎么接的，至于那些云里雾里的调查业务，她从来不知道是怎么完成的。这也是本行的商业机密之一，那些无处不在、无孔不入的商业调查人员可都是公司的摇钱树啊。

“咱们这次是不是要招聘调查人员？”唐瑛好奇地问了句。

“可能性不大，没有针对那个行业，没有限定工作经验，应该就不是。”吕天姿笑道。正在这时，电话铃声响了，判断应验，她笑着道：“瞧呗，来了吧。”

果真是谢总的电话，吕姐随手记着什么，几句话就解决了。吕姐扣下电话，唐瑛问着：“这回有准信了吧？”

“有了，全部打发走。”吕天姿一挥手道。

“啊？”唐瑛快晕菜了，看吕姐的态度不像开玩笑，她愕然问着：“不能吧，花了好几千，跑了两三天，淘到这么多人的信息，又都不要了？”

“正确，谢总要求这次面试你来主持。”吕天姿笑道，手一个“请”势，把速记的东西递给了唐瑛。

唐瑛看着，瞬间脸上起霾了，有点于心不忍地问着：“当场打发？一个人不留也就罢了吧，一点儿情面也不给人家留？”

是啊，这么做太出乎唐瑛的预料了，好歹给来应聘的留个念想啊，这倒好，像逗人玩似的。

“有同情心是好事，可在咱们这一行，同情可不是褒义词。准备一下吧，我和李主管帮你唱黑脸。”吕天姿道。

唐瑛摇摇头，随着吕天姿出去了。

这事办得，让她心里很是郁闷……

每天总有预料不到的事，比如这次招聘，发了两千多条短信，最终到场的不到三十人，都被集中到一个大会议室。这些人像刘姥姥初进大观园似的，这公司窗明几净的办公环境，造型别致的办公隔断，还有那些闪瞎人眼的高档电脑显示屏，都让这群应聘的人心里忐忑。

对呀，公司越正规，档次越高，聘任的希望可能就越小。

而且明显就不搭调嘛，二十七八人，体型过肥的占一半多，一个个两腮肥肉、两眼迷茫，让人不得不猜测这是不是长期熬夜形成的表象。偶有几位穿着得体的，那表情却显得贼头贼脑，一点都不自信。对了，居然还来了三位女生，一个太胖，像谁家宅着的傻丫头，一个又太小，像个学生妹，倒是有一个长得像商务女，不料一张嘴，一嘴歪牙，直接刺激得试图偷窥她的男性激素分秘停止。

一个词，惨不忍睹啊。

耿宝磊来得最早，也看得最清，这么多人别说招聘单位了，他都没一个看上眼的，起码的形象都不具备，看上去连最起码的求职自信都没有。

哦，刚才说的不算，也有，匆匆又进来了一位。蓝色衬衫，西装裤子，裸露的胳膊肌肉丰满，面色黝黑，走姿笔挺，瞬间吸引了一干宅男好羡慕的眼光，他径自走到了最后一排坐下，擦了把汗。

“我认识你。”耿宝磊挪了两个座位，坐到了这男生旁边。

听声音像个妞儿，乍一看也像个妞儿，不过穿着肯定是男的，仇敌吓了一跳，不客气地道：“别套近乎啊，我没那个爱好。”

被人这样误解不是第一回了，耿宝磊笑着道：“我也没有，我真认识你，你是送快递的，我在惠坊区合作营业厅，你给送过传单、手机。”

“是啊……我怎么不记得你啊？”仇敌愣了，送快递接触的人太多，恐怕再好的记性也记不全。

“我太普通了，没你特立独行啊！你给我们送订制传单，两膀子摞四层直接大步就进去了，把我们营业厅那小老板都看傻眼了啊，回来就训我们……啊，瞧人家孩子怎么干活的？再看看你们，这真是差姥姥家了啊……”耿宝磊想起这件趣事，笑着讲给仇敌了。直觉告诉他，这是位豁达、直爽的北方汉子，那实诚样子让人一见就觉得很亲切。

“快别提了，干得劳累活，就这牲口命，跟别人吹牛我在的公司全国都有分部，根本不敢讲我是送快递的。”仇敌擦把汗，自嘲道。

耿宝磊一笑，伸手道：“一样的，我跟别人讲，我从事与高端通信相关的行业，一般不告诉别人我是卖手机的……认识一下，我叫耿宝磊。”

“仇敌。”仇敌握握手，苦逼相见，互不相嫌，这笑容肯定是真诚的。

年轻人总是那么容易靠近，两人小声嘀咕几句，越说越亲近，敢情都是刚失业来碰运气了，敢情一看人家公司档次这么高，都不抱大太希望，敢情已经在商量后事了。仇敌说了，真不行，就再去其他家快递公司碰碰运气，反正那行的门槛最低，计件工资，能干就有钱。

正商量着，最后一位匆匆到场，是一位瘦高个子，穿着身横格子T恤，慌慌张张地进门，差点被绊一跤，惹得应聘者有人差点笑出声来。再一看那哥们儿的长相，马脸蒜头鼻，一呲还有小虎牙，太有动漫气质了。几位宅男看到这么有创意的长相都愣了，跟着笑了起来。

“三儿？过来。”仇敌认识这位。

“哟，仇敌？耶耶。”包小三乐了，颠儿颠儿地奔到最后一排，坐到了仇敌旁边，一把搂着他，亲热地问着：“哇，有大半年没见着你了，你干吗去了？”

“我去内蒙古穷游去了，四月份回来的，你都走了。”仇敌道。

他正要回头给耿宝磊介绍，不料耿宝磊两眼冒火地看着包小三，那样子恨不得把对方生吞活剥一般。包小三也认出耿宝磊来，惊得直咬手指。这样子看得仇敌不解了，晃晃手指问着：“哟？你俩……有一腿？”

“还真有过。”包小三紧张地道。

“怎么回事？”仇敌问。

耿宝磊气不自胜地指着这货道：“他就是昨天搅了我们销售的那人，害得我在派出所待了一下午。”

这事刚才两人讲命苦的时候说了，仇敌愕然地看着包小三，惊讶地问：“行啊，三儿，你长本事了，居然袭警去了？当盲流是生活所迫，当流氓可就是你的不对了。”

耿宝磊被这句话逗乐了，前排几位回头看，包小三马脸老红了，他解释着：“我也是受害者，就在崇文门劳务市场想找个零活干几天，来了个鸟人问我敢不敢打架，我以为又是谁闹事凑人呢，当然敢了。他拉上我和胖豆就走了，到了才知道，他就找了我们俩，胖豆还没敢上手……这不……这不打完了才知道把警察给打了吗。”

“他就这么二，你甭跟他计较，你说正常人，能干出这事来？也不想想，找你这号货一百块就行了，给了七百，那肯定没好事啊！”仇敌斥道，话是说给耿宝磊听的。

耿宝磊“噗”地笑了，火气下了好多，此时再看包小三都逼得走投无路来应聘来了，明显比他还惨不是。他无奈地道了句：“算了，我跟你没仇，赶紧走吧啊，派出所肯定要抓你呢。”

包小三一听，凛然点头道：“啊，知道了，我就准备走呢，要不兄弟，我分你三百块。”

“得得，什么跟什么呀。”耿宝磊摆手拒绝了。

估计包小三也没准备真给，手根本没往口袋里伸。仇敌知道他什么货色，瞪了眼问着：“那准备走，还来这儿晃悠什么？”

“我来应聘啊。”包小三不悦地道。

“你连快递单上的字都认不全，应什么聘？”仇敌低声斥道，连耿宝磊也愣了，不能面试的差到这程度吧。

没有最差，只有更差，包小三乐滋滋地拿着手机问着：“我没想聘上，收到个短信说荣幸地通知我什么什么来着，我可头回被荣幸地管饭了。我就想啊，吃完饭再坐火车也不误啊。这儿有妞儿有空调的，不比大街上舒服啊。”

那都是招聘单位的客套语，经常能见到，可就因为管饭来应聘的，就真不多见了。耿宝磊看着包小三这么严肃而兴奋地道着原委，即便咬着嘴唇，也掩饰不住笑意了。

“人才，绝对一等一的人才。”耿宝磊赞道。

“自古英才多遭妒啊，三儿，你可防着下场不好。像你这号北大毕业，还在街上混的，真不多见。”仇敌提醒着。

“什么？他是北大毕业？”耿宝磊吓了一跳，那可是全国最高学府，落魄到这程度可太没天理了。

仇敌附耳给耿宝磊解释了句什么，耿宝磊被逗得眼睛眯成一条线了，再看包小三，正露着两个小虎牙笑着，估计全场就他一人不紧张。这样子，你就想和他生气也难了。

九时整，门开了，两女一男踱步进了会议室。招聘方到来，引得在座的应聘人员齐齐挺腰坐正。居中坐下的一位美女戴上了眼镜，清清嗓子，环伺全场，严肃地介绍着："我是哈曼商务调查公司的法务唐瑛，这位是公司的吕天姿主管，这位是公司的李增华主管。今天，由我们主持本次招聘面试。"

在座的应聘者掌声四起，唐瑛的初次亮相很有范，把应聘的几位姑娘直接比成丑小鸭了。她微微一躬，重新落座后，正色道："今天的面试时间很短，每人五分钟。公开、公平、公正，谁也不用回避……下面正式开始进入面试流程，第一位，包小三。"

这个含义丰富的名字一出口，全场哄堂大笑，就连三位主持招聘的公司高管也不禁莞尔。

包小三应了声，站到了三位面试官面前。他很不知趣，直勾勾地盯着唐瑛看，本来拿捏着姿态，很严肃的唐瑛，反倒被盯得脸红了。

吕主管插进来了，道："介绍一下自己。"

"我姓包名小三，这个名字有歧义，不过我爸给我起这个名字的时候，还没有'包小三'这个词，我真不是故意的啊。"包小三解释着，生怕误会似的，可越解释，下面的笑声越大。他烦了，回头揉了眼睛道："笑什么笑，这个名字传达是所有男人的理想。"

又是哄堂大笑，开场就乱了。

唐瑛严肃地道："好了好了，说你的毕业院校。"

"北大毕业，工程力学专业。"包小三道。

这一句把笑声全打下去了。这可是出天之骄子的院校啊，怪不得这么特立独行。顿时让拿着二三类学院文凭的应聘者羞赧无比。

"北大？你的简历上……"唐瑛翻着简历，以为自己搞错了。

"豫北大学嘛，简称北大。"包小三道。

三位面试官瞠目结舌，满场应聘的喷了一半，后座知道答案的仇敌和耿宝磊低着头笑。

"哦，这是民营学院啊，年轻人，你应该务实一点啊，哗众取宠就不好了。"唯一的男性面试官，年届四十的李主管缓声道。

包小三严肃地驳斥着："民营学院也是学院啊，正规的还有 2B 类呢，比那强多了。”

又是一阵哄堂大笑，气得唐瑛不知道该问什么了。吕天姿火了，奇葩到这种程度还真少见，大致再问几句，她直接挥手道：“好了，不用介绍了，你的情况我们知道了，你可以走了。”

逐客了，包小三倒不意外，不过他心里可记挂着别的事呢，期待地问着：“不是还管饭吗？”

笑声再起，气得吕天姿老脸挂不住了，一口气憋得差点后仰翻倒。李主管知道碰上个很二的，他客气地道：“如果路途实在远，中午公司有自助餐券发放的，不过现在，请到门外等着。”

“哦，这还差不多。”包小三得到了准信，大摇大摆地出去了，后面又是一阵大笑。

唐瑛平复了一下心情，和吕天姿交换了一下眼色，本来心里有那么点愧意，现在一点都没有了，她们恨不得用最恶毒、最无情的话，把这些在场的应聘者全部撵走。

“下一位，孙焕超。”吕天姿念到，头排的一位胖男应声站到了台前。

大热天的，还穿着西装打着领带，一介绍，此人是西北农业大学毕业的，工作经验……甭提了，在花卉市场给人搬花盆的。问他特长，他说他会拾掇盆景。问他对商务调查行业的了解，他说他不太了解，但他会努力去学的。说得声音凄切，还夹了个凄婉的爱情故事，居然是因为女友在京读研，他追着来的。因为农业专业的原因，求职已经被拒绝过 N 次了。

不过这一次结果也一样，陈述讲完，唐瑛面无表情地对他道：“对不起，这份工作你不合适，你可以走了……下一位，候海龙。”

那男子本来昂首挺胸的姿态，仿佛一下子被霜打了似的蔫了。他一步一蹭、万般不情愿地出了门，几次回头似乎等着面试官的回心转意，可面试官没有挽留他的意思。

“下一位……黄明飞。”唐瑛快刀斩乱麻，又收拾了一位生物工程专业毕业的。这号书呆子，在她看来，也就适合到小饭店求个职，还是打下手的角色。

“下一位……王达。”吕天姿收拾了一位，一分钟就打发了，这孩子有点大舌头，口齿不清。

“下一位……张国庆。”李主管也打发一个，条件不错，年龄也不小了，快三十了还在电脑城打工，他都觉得可惜。

……

一位接一位，三人用拔萝卜往外扔的速度打发着这些应聘者，眼看着就快过一半了。仇敌和耿宝磊互视一眼，就觉得不对劲了，可说不出是什么不对劲。

“我怎么觉得这个女的面目可憎啊。”仇敌小声问耿宝磊。

“好像不是为了招人，像故意找茬打发人。咱们白来了。”耿宝磊小声道，有点郁闷了。

“也不白来，小三说了嘛，还管饭呢。”仇敌态度比较乐观，两人相视一笑。耿宝磊小声开着玩笑问：“你看主考这女的像什么？”

“我看她像个贱人！”仇敌眼看着又一位应聘者被垂头丧气地打发走了，如是道。

“不准确，像个贱货。”耿宝磊如是评价唐瑛。

仇敌掩着嘴笑了。就在这时，听到了唐瑛的声音：“下一位，仇敌！”

仇敌慌乱地一掩饰，走到前台来了……

# 04 难遇知己

面试，试的就是外表形象，今天如果还有一个形象满意的，此时站出来的就算一位了。

一张脸线条硬朗、轮廓分明，背手一站，颇有些军警标挺的感觉。虽然肤色黑了点，可闪着健康的光泽。三位面试官在仇敌站到他们面前时暗暗地叫了一声好。这形象，可不比电视上的硬派小生差哦。

“介绍一下你自己。”唐瑛道。面上的表情居然有点缓和了。

“有区别吗？”仇敌奇怪地问。

“什么？”唐瑛不解了。

“不管我怎么介绍，结果都是一样的，简历上的东西你们都清楚了，重复一遍有意义吗？反正你们都要不客气地打发走。”仇敌道。

这句话倒是引起了共鸣，下面窃窃私语不断。

仇敌回头看了眼和自己同样苦逼的应聘兄弟们，直道着："第四位、第七位，还有刚出去的那位小姑娘，我觉得他们的条件都不错，你们却连试用的机会都没有给。明说了吧，我自身条件不如他们，你们现在可以告诉我，能走了，节省彼此的时间。”

哟，这拽得，吕天姿倒吸一口凉气，却一下子没发作出来。李增华反问着："我们要什么人，难道还要你来指点？”

“是啊，我好像明白了你很难就业的原因了。”吕天姿顺着话头道。

这么拽、这么个性的货，哪家公司能要？

“恰恰相反！”仇敌并不气馁地道，“我就业的时间比失业的长多了，一直就不缺活干。在场的包括我，都是抱着一个想拿到一份体面工作的愿望来的，我们可以接受你的挑剔，但不能接受你们无缘无故的羞辱！”

顶回去了，李增华觉得难办了，看了看主持的唐瑛。唐瑛也没想到，会遇到这种情况。她看看仇敌的简历，道：“我很欣赏有个性的人，不过光在嘴皮上说可不算。你毕业于山大，汉语言文学专业，毕业后来京数年了，为什么没有工作经验的反映呢？”

“那是因为即便我写到简历里，你们也未必能看懂。”仇敌道。

完了，耿宝磊心里暗道，没想到仇敌比包小三还奇葩。包小三好歹还想混顿饭，仇敌干脆和人家顶牛了，这样的结果只有一个——滚蛋。

“哈哈，是吗？我怎么没看出来，你还像一个从事高端行业的人才？”唐瑛轻蔑地道。

“你说着了！确实是高端行业，我现在可以告诉你，智能高端数字通讯设备表面高分子化合物平面处理，不知道您听说过没有？”仇敌严肃地连珠炮似的来了一段。

这么一长串，把唐瑛听愣了。她左右看看，都摇头，问话的被问住了。她看到仇敌笑眯眯的挑衅眼神，好奇地问：“这是什么行业，通俗点儿说。”

“通俗讲就是……”仇敌回头看看，笑了，道：“给手机贴膜啊！你们不会连个都不懂吧？”

哄堂大笑，拍手跺脚的好几个，都憋了一大会儿，此时爆出来了。

唐瑛面红耳赤，不会处理了。吕天姿气得胖脸发白，一指门外：“现在你可以走了，揣着你的自尊去做高分子化合物平面处理吧。”

“谢谢，你的气量告诉我，你生活在一个缺乏自尊的环境里。因为你还没有学会如何尊重别人！”仇敌撂了句话，大摇大摆地出去了，那步伐可比包小三潇洒多了。

过了好久，唐瑛才嗫喃地喊了句：“下一位，郭玉秋。”

在是一位蓄着胡子，长相比年龄老的男生。他似乎被唤起了一点自信，他站起来直接道：“我求职被骗过八回报名费，正是因为你们的态度我才大老远从密云赶来了，如果你们仅仅是想愚弄大家的热情，那可比骗报名费还要可恶！”

卡壳了，招聘方被呛住了。

不过结果仍然没有改变，激烈地争论了几句，这位男子摔门而去。会议室又响起唐瑛毫无感情的声音：

“下一位，李大昂。”

……

门外的仇敌被包小三拽住了，两人坐在前台等候的椅子上，看着一个接一个或怒气冲冲、或垂头丧气，或自叹自艾地离开的应聘者，心里嘛，就算再淡定也不是滋味。

混迹得久了，司空见惯了，那种被拒绝，遭冷眼的事已经不挑战谁的底线了。

两人在等耿宝磊，不知道刚认识的这位小哥结局如何。包小三问仇敌道：“仇敌，你这么牲口，快递不干得挺好的？”

“是挺好，昨天在广场跑酷表演，把公司的车放在路边……”

“丢啦？”

“没丢，被城管拉走了，哎呀，你看那胖老板娘把我劈头盖脸给骂的……要不看他是女的，我非扇她一顿！”

“哈哈……还是老子聪明，她扣我半月工资，我直接把她的电单车给卖逑了，再也没回去。”

“那就不对了，你这不成违法犯罪了吗！别拿你那些不要脸的破事出来炫耀啊。”

“切，你倒是要脸，结果还不一样。”包小三如是道。

这一句倒把仇敌说愣了。自打几个月前认识包小三，就知道这是个偷鸡摸狗、吃喝嫖赌、坑蒙拐骗什么事都沾的主儿。一直以来仇敌都在以身作则，试图影响这位被社会带坏的青年，不过现在看来，好像两人的差别确实不大，这不又回到同一起跑线上了。

“算了，不跟你争了，反正你马上就要走了，换了手机号告诉我一声啊。”仇敌看着包小三，心里感慨道：如此丑陋的长脸，要经历多少沧桑才到修炼到人见人嫌的水平啊。

“哥。”包小三轻声道，“我碰到的好人不多，你算一个，要是有一天我发了财，我一准儿回来找你。”

“那我是不是得等到下辈子？”仇敌笑着问。

包小三撇着嘴，不悦地看着仇敌，悻然道：“你咋这么不相信人呢？我还告诉你，网上乞讨专业户月入过万，知道不？山寨加工厂年入百万，知道不？都是我们老家那块儿的，我就后悔不该出来。”

仇敌听不下去了，道：“我对这种事真有偏见，你手脚全乎着，长这么大个子，跪街上要饭……那，就这儿跪一个，哥给你二百块钱。”

“去去……我打比喻呢。”包小三不好意思地道。他说是这么说，但是兴许还拉不下这个脸来。

两人扯着话没完，面试已经结束了。耿宝磊是倒数第二个出来的，小伙子出来得很平静，不像其他人那么垂头丧气。包小三惊讶地看着，道：“哟，不会是这娘炮被看上了吧？”

对于包小三，耿宝磊多少还有点膈应，翻了个白眼，没搭理他。仇敌还没问呢，耿宝磊道：“由于你的质问，他们对后来的应聘者倒是很客气了，不过结果并没有什么改变。”

“都涮了？”仇敌愣了下。

“差不多吧，口吻一样，像排练过的。先让你自我介绍，然后他们挑一堆毛病，说一句这工作不适合你，然后就搞定了。”耿宝磊道，对于既知的结果，现在倒不觉得失落了。

“算了，走吧……宝磊啊，要暂时没地方去，我给你找个活干。快递公司分单怎么样？”仇敌随口道。

“你不是离职了吗？”耿宝磊问。

仇敌还没解释，包小三抢话道：“真没文化！在快递界没有离职这么一说，你想干就有活，圆通不行去中通、中通不行去汇通、汇通不行去国通。将来哥有钱了，也创办一个快递公司，就叫全球通，把他们全压下去。”

仇敌和耿宝磊相视一笑，对这货没有芥蒂，反正就这德行。

两人到了电梯口，包小三一看，一手拽一个，不迭地道：“别走啊，他们还管饭呢。大老远来一趟，公交都花了好几块了。”

耿宝磊无语了，他苦笑着道：“咱别这样成不？就为吃顿饭？”

“算了，我请，送送三儿。”仇敌道。

“别呀，外面现在三十九度啊。”包小三道。的确，出去肯定是步行，那热得还不如不吃呢。他教唆着两人道：“他们故意折腾咱们，咱们就不恶心恶心他们？咱们就搁这儿等着了，敢不管饭！等那招聘的出来，吐她一脸口水！”

“噗”有人笑了，声如银铃。三人看时，眼前却是一位学生妹模样的姑娘。那姑娘等在电梯出口的角落里，对了，她也是刚才被打发出来的一位。

她一笑，瞬间又捂着嘴，不好意思地低下头。

“你说呢？”仇敌问耿宝磊。

“我倒很欣赏小三这快意恩仇的性格啊，要不这样，离中午还早，就搁这儿歇歇。一顿饭我倒不期待，不过小三要吐那招聘的一脸口水，我还真很期待。”耿宝磊道。

“你甭刺激他，比这再龌龊的事他都干过。”仇敌道。

三人说着说着倒不走了，仇敌跟耿宝磊讲了很多包小三的故事。

小三送快递的时候，有一回因为时间晚了，被客户骂了个狗血喷头。结果这货隐忍了一天就报复上了，咋干的呢？他找了一张其他快递公司的空白单子，整了个包装箱封得严严实实，瞅着那客户不在公司，直接把这快递送给他们前台了。

“就是恶心人家去了呗，送小花圈？”耿宝磊问。

“再恶心点儿。”仇敌道。

“送骨灰盒？”耿宝磊咬牙切齿，往狠处想。

“你看他像个花钱的料？再恶心点儿。”仇敌道。

这事突破耿宝磊的思维了，他侧头看着洋洋得意的包小三，小声求教道：“三儿，到底是什么呀？这么拽？”

“我拉了一泡屎，邮给他们了。”包小三严肃地告诉耿宝磊答案。

耿宝磊梗着脖子，半天这口气喘不上来了。他好半晌才反应过来，对仇敌道：“要不，咱们走吧。”

就是啊，别再整出事来。耿宝磊想想这货昨天当街打人就后怕。

这时候仇敌似乎拿定主意恶心别人了，示意耿宝磊少安勿躁。指指包小三，示意他去前台。

包小三起身，说干就干，“啪啪啪”拍着前台，把那前台姑娘吓得倒退两步。包小三问道：“你紧张什么？我问你啥时候开饭呢，又没叫你开房。”

“啊？开饭开房都不归我管呀。”那姑娘瞠目结舌，没明白过来。

包小三拿着手机，嚷了几句，她才反应过来，客气地请小三坐下，匆匆拿着电话请示了。

等待的时间不长，耿宝磊好像还不好意思，仇敌和包小三可坦然多了。两人似乎盯着一个地方看，哦，对了，斜对角坐着那个同样失聘等着的姑娘。

耿宝磊瞄了眼那姑娘，马尾鞭子、高帮运动鞋、一身素色的运动服，一看就是个校园出来未久的，还没学会怎么打扮。

“她叫什么来着？”仇敌问。

“我怎么知道，我第一个出来的。”包小三道。

“我想想啊，嗯……想不起来啊。”仇敌使劲想，也没想起这位满嘴歪牙的妞儿叫什么。

“好像姓管……对！管……”耿宝磊想起一点来了。

说话着，解决午饭的来了。一阵清脆而节奏分明的高跟鞋的声音传来。那位唐主管走到前台，她审视着还等在这儿的几位，笑了，似乎笑里还带着几分轻蔑，好像在笑这几位混饭的。仇敌站起来了，却不料唐瑛直接无视，头也不回地对前台道：“给他们安排一下，比照接待普通客户标准。”

说着人进去了，仇敌一下子无力可使，反倒觉得空落落的。包小三可乐了，奔到前台，凑着长脸好奇地问：“啥标准来着？四菜一汤，烟酒管够啊？”

前台姑娘厌恶地看了三人一眼，递给他们三张餐券。包小三正反看看，愤然问着：“万柳桥 18 号，离这儿多远呢？”

“不远，六公里，驾车几分钟就到。”前台解释着。

包小三一听勃然大怒，拍着桌子吼道：“你看我们这样的像是买得起私家车的吗？”

“哥，我也买不起，您冲我发什么火啊。”前台姑娘委屈了。

算了算了，仇敌拽着包小三，劝他走人。这顿饭要得实在太没自尊了，包小三却还有心事似的，又拍拍前台，指指坐在角落里的那姑娘，道："再给一张，人家姑娘不好意思要，你就不给啊？拿来！"

人善被人欺，人恶可就不存在这情况了。多要了一张，包小三上前给那姑娘。那姑娘瞪着一双清澈的大眼睛，怔怔地看着他，似乎不敢拿。

"拿着吧，好歹没白来。"仇敌看姑娘一身学生打扮，满脸同情地道。大部分刚出校门的毕业生，除了爹妈铺好路的，差不多都要经历一段这种顾不住肚子的生活。

"没事，拿着吧，没人笑话你，我们这不都是应聘失败的，混顿饭嘛。"耿宝磊笑着道。

"哎哟，让你拿着就拿着。"包小三干脆直接塞到她手里了。仇敌却道："三儿啊，人家不是怕拿餐券，估计是怕你这脸，走吧。"

这句话一落，那姑娘"噗"的一声笑了，脸像绽开的花儿，绽出两个好看的小酒窝。她起身说了句："谢谢。"

"不客气，我来京几年了，就干了这么一回好事。"包小三诚实地道。

这么诚实，又把那姑娘逗笑了。她被仇敌拉着走着，不时回头看着，耿宝磊也被摁到了电梯里。三人进了电梯，耿宝磊和仇敌凝视着包小三，包小三不好意思了，惶恐地道："你们看我干吗？我真就干了这么一回好事啊，搞得人怪不好意思的。"

"大夏天的热成这样，你不会发春了吧？"耿宝磊调侃道。

"不会，三儿喜欢搔首弄姿，这种清纯妹子不是他的菜。"仇敌笑着道。

"我瞅她就想起我妹妹来了。"包小三道。一说起妹妹，他脸上的表情显得不那么戏谑了。

"哇，那你幸福啊，这一代大多数都是独生子，你都有妹妹。"耿宝磊随口问了句。

"还有俩姐姐呢。"包小三得意地道。

"不会吧？"耿宝磊不信了。他看仇敌，仇敌早笑了，笑着道："这都没听说过，他父母是超生游击队啊。"

"你又笑话我是不是？我们那地方生七八个的都有，我才兄弟姊妹五个。"包小三道。

耿宝磊听得瞠目结舌，一巴掌伸着问："五个！？"

"啊，两个姐，一弟一妹加上我，五个。"包小三得意地道。

"哇。凑一桌麻将还富余。"耿宝磊好震惊地道。

还有更震惊的，包小三兄弟五个加上爹妈，都在全国各地打工。小三显摆着去过啥啥啥地方，见过啥啥啥世面，听得耿宝磊大眼瞪小眼。仇敌偶尔插话，耿宝磊听明白了，小三实属来之不易，他大姐叫包引男，二姐叫包来男，一来一引，终于引来这么金贵的大小子。

听得耿宝磊先惊后愣，然后笑得全身直抽。此时也看出来了，小三纯属是个二得可爱的丑货，心机浅得听不懂好赖话。想及此处，耿宝磊倒一点也不责怪因为这货丢了那份工作了。毕竟他每天忙得不亦乐乎，还真有很长时间没有这么开心过了。

下了电梯，出了门，问题扑面而来，闷热干燥的空气一下子让人有窒息的感觉。小三估计是心有歉意，出门就奔到街边的冷饮摊，买了几瓶饮料，奔回来先给耿宝磊一瓶，又塞给仇敌一瓶，自己那瓶刚要拧开时，他的眼神滞了滞，然后分开两人，往门厅奔回去了。

耿宝磊和仇敌回头，哟，做第二回好事了。包小三奔到门口，乐滋滋地把饮料硬塞到那位刚出来的姑娘手里，然后怕人家退回来似的，快步奔回来了。那乐呵呵的样子，就像三九天倒了盆冰水一样舒爽。

"三儿，我都舍不得你了。"仇敌笑道。

"你准备去哪儿？"耿宝磊问。

"去海边玩儿几天。"包小三道。

"哇，这么懂情调啊。"耿宝磊笑着问。

仇敌道："拉倒吧，他姐嫁青岛了，又准备去啃姐夫。"

耿宝磊喷笑了，包小三却是一脸正色。他说了，啃姐夫有什么脸红的，他还白睡我姐呢。

这回一口饮料把耿宝磊呛住了，他咳了半天才直起腰来，仇敌一直等着他平复下来。包小三又去买了根便宜点的老冰棍吮着，那样子越看越让人笑。

仇敌笑着对耿宝磊道："知道我为什么很珍惜这个朋友了吧？"

“知道，我要天天有这么个朋友陪着就好了。”耿宝磊笑道。

从招聘的宝隆大厦到就餐的万柳桥，如果步行还真有好远一段距离，两个十字路口，一座天桥。三人说说笑笑，倒是一点也不寂寞。而且啊，途中还发生了趣事，三人几次回头，那位同样失聘的姑娘都在视线之内，每每回头，总能看到她背着双肩包，傻傻地看着几人的样子。

包小三几次不忍，要回去叫上人家姑娘，不过都被仇敌拉住了。理由如下：好容易留下个好印象，别你破嘴多说几句，人家又把你当流氓了。

也是，包小三肯定对自己的形象没什么信心，就放下这茬了。快到万柳桥时，他再也按捺不住了，回头嚷着：“嗨，快来啊，一块吃饭去。”

邪了，那姑娘加快了脚步，走到了几人近前。此时看得更清了，这是位鹅蛋脸型的妹子，走起路来马尾一漾一漾，煞是好看。京城里全世界的美女都能见到，但全世界的美女给仇敌的震惊都不如这个妹子……奇迹，她居然真和包小三站到一起了，好像一点也不恶心。

“妖孽啊。”仇敌小声感慨道。

“你是嫉妒小三吧，头回做好事就有这么丰厚的回报。”耿宝磊取笑道。

“我是说这女的，能看着小三的脸不紧张、不害怕、不恶心的，我是头回见到。”仇敌愕然道，回头看看，包小三和那姑娘保持着安全距离。邪门了，还搭上腔了。

“我倒不惊讶啊，一个人在处处碰壁、无路可走的时候，对于身边的同情和关心会格外敏感。哪怕仅仅是一个善意的笑容，一点微薄的零钱，或者是一顿简单的饭……呵呵，好可怜啊，我当年可没碰到小三这么热心肠的好人。”耿宝磊自嘲地笑了笑。

那样子让仇敌欲言又止了，他隐隐觉得这位男身女相的小伙也是位有故事的人。不过他没有问，这么落寂的样子，肯定有不堪回首的往事。

两前两后，这两对奇怪的组合且行且走，终于到达了目的地——万柳桥18号。不过又出幺蛾子了，四个人傻愣着，看着这豪华的门厅，都有点不太相信自己的眼睛。

门厅不大，不过在京城这寸土寸金的地方，已经足够大了，何况人家是四层楼，门外泊着一溜各色靓车，偶尔出入的男女着装高档。总之，是个高档的地方，最起码不是卖十块二十块工作餐的地方。

“不会……又在调戏咱们吧？”包小三有点胆怯了。他看看刚认识的姑娘，那姑娘摇摇头，表示不清楚。

“客家菜是个偏门啊，小众、精致，但价格不菲。”耿宝磊道。

“你吃过？”包小三奇怪地问，看耿宝磊也不像吃得起的主儿。耿宝磊抬头，亮着手机道：“没吃过，但我查过了。嗯……这儿最低消费188元起。”

问度娘了，而且问得很清楚，饭店里的环境都有照片，一看那档次，众人觉得更像是被涮了。好像还不至于在失聘的人身上花闲钱吧？毕竟京城里这些私人公司能全数给你发劳务费的都不多。

怎么办？

耿宝磊看包小三，却意外地发现，包小三在看仇敌，似乎这才是他的主心骨。仇敌皱着眉头想了想，狐疑地道：“我好像觉得，招聘现在才开始……走！吃去！说不定是一顿丰盛的大餐啊！”

他信步而走，包小三紧随其后，耿宝磊稍一犹豫，被包小三拽走了。包小三说道：“走呗，我们当年快递兄弟都是跟他混的，信仇哥，能吃饱！”

落在后面的姑娘犹豫了一会儿，她蹙了蹙眉，然后也跟着这三个人进去混饭了……

# 05 有惊非喜

有时候，生活就像买彩票，一不小心，哎呀妈呀，中了个小奖，惊喜！

从踏进客家私房菜这所酒店开始，惊喜就来了。

大堂经理一见仇敌手里的餐券，纤手一抬，恭敬无比地道：“这边请，二楼贵宾包厢，桂花间。”

仇敌隐隐察觉了点什么，倒不显得惊讶。包小三哪里享受过这等礼遇，一下子龇牙咧嘴，惊得无以复加，嘴里道：“哥就是个吃地摊大排档的主儿，哪见过这阵势。”

耿宝磊也是浑身不自在，有种即将被人卖了的紧张感。那一直跟在背后的小姑娘更紧张了，征询似地看着包小三。包小三一瞬间光棍劲上来了，小声道：“先吃饱再说，跑起来也有力气。”

好像不至于，那姑娘笑了。

大堂经理领着四人上楼，仇敌身后被拽了一下，回头发现耿宝磊在使眼色。他笑着做手势，示意安心。

果真是个惊喜，不是盒饭，不是自助，而是一个贵宾包厢，还带着休息躺椅、茶几和独立卫生间呢。

服务员添水，包小三兴奋地来回瞅。

耿宝磊按捺不住了，问大堂经理道：“大堂姐啊，我们是工作餐，怎么这么高规格啊。”

“是啊，哈曼商务公司订的就是这个规格，他们是我们店的老客户了。”大堂笑吟吟道。

听到这话包小三来劲了。连点了数个黄酒鸡、梅干扣肉、干烧鱼、海鳌虾……边点边说着：“哎呀，白吃就是好啊，点菜都不用问价格。”要不是仇敌把菜谱抢走了，估计包小三还得再随手点几个。耿宝磊比较实在，随便点了几个素菜，要了个滋补汤，一合菜谱，递给了仇敌。

仇敌愣愣地看着他，他奇怪地问：“怎么了？”

倒没怎么，只是耿宝磊那点菜潇洒的劲头，实在不像个从事高端通信行业（卖手机）的苦逼。仇敌笑了笑，道：“没什么，你比三儿还狠啊，一个汤比几个菜还贵呢。”

“是不是，那我再加两个。”包小三觉得吃亏了。耿宝磊一笑置之。

“得了得了，差不多就行了。”仇敌拦住了，直接把菜谱还给了服务员。

人走了，这一下子炸开锅了，紧张加惊喜，感觉好刺激。

包小三得意道：“幸亏朝他们伸手要了餐券，要不哪来的这顿大餐。”

耿宝磊不放心了，笑着道：“太有穿越的感觉了，从宝隆到万柳桥几公里，也不远嘛。”

两人喋喋几句，看看没吭声的仇敌和那位姑娘，耿宝磊刚要说话，包小三抢着道：“她叫管千娇。”

耿宝磊又要说话了，包小三再次抢着说：“性别，女；年龄 24；华南师大毕业的，来京两年了，刚从一家出版社辞职。”

说得这么清，耿宝磊倒没话可问了，他干脆问包小三：“我问人家呢，你抢什么话？”

“我怕有人抱着不轨之心来搭讪啊。”包小三比小姑娘还警惕，不过一看耿宝磊细皮嫩肉的，瞬间又改口了，对着管千娇道：“娇啊，好像没事，他能给你当闺蜜啊。”

仇敌被逗得仰头大笑，那姑娘也乐了，耿宝磊面红耳赤。仇敌发话了，道：“得了，你别欺负人家宝磊了，看见没，他连骂人都不会。”

也是，包小三不好意思了，给耿宝磊倒着水，道：“咱们同是京城苦逼人，相逢就是有缘分。哥反正晚上就走了，等到了新地方给你打电话啊，你混不下去了来找我。”

“你要走？”管千娇发话了，声音脆生生的。

“嗯，晚上走。”包小三笑着坐下了。

“那要走，为什么还来应聘啊？”管千娇不解了。

“这不晚上的车吗？来混顿饭。还是这儿好，有空调有好吃的，比住的地下室好多了哈，天天跟睡桑拿房一样。”包小三毫无心机地底馅露了。

管千娇抿嘴浅笑，一低头，却发现仇敌在斜斜地盯着她看。哦，视线中的焦点是她那拿着茶杯的手。她像触电一样，下意识地把手缩回去了，腕上银光一闪，是个好看的饰物。

仇敌没吭声，倒是越看今天不期而遇的几位越有意思了。

先上的是黄酒鸡，眨眼工夫就被三人分得一盘狼藉。管千娇还没动手，早有包小三给她挟回两个鸡腿来，殷勤得她都不好意思了。仇敌倒是劝了，道：“没事啊，不要有心理负担，三儿虽然经常不干好事，可还不是个坏人，他把你当妹妹了。”

“嗯，等哥发了财，回来叫上你们天天下馆子啊。”包小三大口嚼着，不忘补充一句。

那样子惹得管千娇有点好笑了。她浅口轻咬尝着，突然发现仇敌又在偷瞄她，一瞬间她变了个样子，手持着鸡腿大口啃上了，然后看了仇敌一眼，仇敌笑了笑。那笑让她觉得浑身不自在，就像被人偷窥到私密一样的感觉，紧张而惶恐。

一盘接一盘上着菜，四人吃得是风卷残云，速度渐渐放慢了。耿宝磊吃到中途，看着仇敌那么安生，他出声问着：“仇敌，你说咱们吃完会发生什么情况？”

“吃完了拍屁股走人，管他呢。”包小三道。

“你说呢？”仇敌没答，对着管千娇突然来了一问。

“我……”管千娇难为情地道，“应该没事吧，不至于吃顿饭还扣着咱们刷盘子还债，咱们是凭券吃饭嘛。”

“就是啊，有什么担心的，这不工作餐吗。”包小三道。

仇敌笑了笑，这一笑耿宝磊都看出猫腻来了，他问着：“我说仇敌，你别高深莫测了，好像你知道怎么回事似的。”

“我好像还真知道点儿啊，你不是第一天出来混吧，招聘里这些猫腻你还搞不清楚？”仇敌反问。

“啥意思？”耿宝磊不解了。

“招聘就那么几样，第一类，那些大公司首选的，知名院校毕业，最好是在京的，有工作经验的，能独当一面的，有多高的资历就有多高的薪水啊。”仇敌道着，这一类在座的明显算不上了，他又道着：“第二类就是那些私人的小公司，这里弯弯绕就多了，开得条件不错，告诉你试用期三个月，可能仅仅就是因为紧缺人手，只用你三个月。现在的合同，公司不会随便给你签的，而且稍有不景气，他们裁起人来可是根本不看情面。”

“哎……读了十几年书，走到社会上才发现，自己还是一无是处啊。连个小公司都没有肯招我这种外地来京的。顶多临时招人用用，过后就打发走。”耿宝磊黯然道。

“这就叫知识改变命运。”仇敌道，管千娇笑了。包小三不服气，凑着问：“那我涅？我可没怎么念书。”

“你这是……”仇敌严肃地看了他一眼，点评道：“长相改变命运，本来是王侯相，你长成马猴样儿了。”

包小三笑骂着扔勺子，仇敌眼疾手快，直接接住了。仇敌笑着说招聘的最后一种了。

“还有一种呢，就是打零工了，这家不行那家干，一山看着一山高，辞职，应聘，再辞职，再应聘，跳来跳去，跳不出这个圈子。咱们就属于这一类，只不过更差一点而已。”

他细嚼慢咽着，汤上来了，众人分舀着，暂时忘记了苦闷。包小三嘛，反正准备走了，根本没听进去。耿宝磊嘛，随波逐流，也不愿意触及这个提不起来的话题了。

仇敌把汤勺递给坐在对面的管千娇，这姑娘闪着双大眼睛看着他，好奇地问：“那这次算什么？”

“你说今天？”仇敌道。

“对呀，到场就不客气地都打发走了，剩下几个混饭的，其实一个盒饭就行了，没必要这么高规格吧？”管千娇像是心神不宁地道。

“这一次恐怕歪打正着了，咱们入选了！”仇敌高声道。

一听这话，众人筷久一停，都盯着仇敌，十万个为什么就要迸出来了。

“呵呵，别用这种眼神看我，我是吃亏多了学乖了。自打到京城啊，我求职被坑过不下五回，最惨的一回是白干了三个月，还没领工资，公司就倒闭了。至于租房被骗了、群租被撵了，我都算不清几回了。所以，我总结的经验是——跟着钱走，好赖一看就明。”

“什么意思？”耿宝磊有点懵了。

“就是啊，不管公司看上去多么豪华高档，不管招聘的说得多么天花乱坠，要给打工的没点儿实质性的东西，绝对不能去。”仇敌道，他从理论回到实际，一指今天的饭桌，“但今天不同，你们看哈曼商务公司，能在宝隆大厦租半层楼，实力肯定有。不知道你们注意到他们八层的电梯门槛没有，显得有点老旧。电梯维护可是一年一回啊，之所以没有一尘不染，那说明访客不少啊。还有招聘的那几位，虽然面目可憎，但也从侧面说明他们确实有骄傲的资本。”

“度娘上可以查到，哈曼商务的搜索排名不低，有公司介绍。”耿宝磊插话道，“肯定是一家正规，而且有实力的公司。”

“可网络搜索不会告诉你，为什么还会有这么一桌子丰盛的大餐的答案。”仇敌笑道。

“那为什么呢？”管千娇好奇地问。

“商人嘛，下一分本，总要有几厘利，无利不起早，怎么可能无利白请客？所以，我觉得咱们入围了。”仇敌道，对于未知的可能掩饰不住地兴奋。

不过其他人兴奋不起来，耿宝磊看看众人，他汤也顾不上喝了，挨个指指，包括自己，道：“不能吧，你送快递的，我卖手机的，还有个三儿当混混的，再加上千娇这个学生妹妹，能干什么？”

“这正是我没想通的地方。”仇敌笑笑，开始喝汤了。喝了两口，对着还大眼瞪小眼的众人道：“不过马上就要揭晓了，咱们这顿午餐不用买单肯定是真的，但天下没有免费的午餐，也是真的！这个自相矛盾的对方，唯一的解释就是——我们身上可能某种价值被人看上了。”

“好像有道理。”耿宝磊被说服了。

管千娇有点懵，震惊着呢，似乎还接受不了。

包小三抿抿嘴，松了个裤带扣子，道："甭想好事，吃完赶紧溜，别吃人一顿，回头把咱们卖黑窑里。"

"绝对不可能，现在都知道大学生好吃懒做，干活不行，不值钱。黑中介卖个人顶多几百块，还不够今天的饭钱。"耿宝磊道

千娇被逗乐了，她低着头笑得两肩直耸。她可能之前都无法相信自己单身敢和三位男生相处，不过事实上，她发现相处得格外轻松。

讨论永远解决不了问题，不过很快这个问题就自解了。

敲门声响起，应声而进的是一位中年男子，他背后跟着唐瑛。只不过应聘时的那个面冷如覆霜的唐瑛此时已经换了一副笑容灿烂的面孔，这两个人笑吟吟地进来了。

三人都看着仇敌，这两位出现是什么结果就不意外了，但意外的是，居然有人能猜到结果……

# 06 情非得已

“哟？好像我们的唐突出现并不让各位意外？”谢纪锋道。

更奇怪的是，三人都看着居中坐姿端正，相貌堂堂的男生，似乎一点也不惊讶他和唐瑛的出现。

“有什么意外的？不过丑话说前头啊，就一顿饭，甭指望我们干什么。”包小三严肃申明。

“那要想干点什么呢？”谢纪锋笑着问。

“得给钱！”包小三强调道，郑重表明态度了。

众人都笑了。唐瑛对着众人浅浅一躬，温婉道：“那么，接下来就谈谈钱的事吧。首先我介绍一下我们公司的总经理，哈曼商务调查的创始人，谢纪锋，谢老板，大家认识一下。”

仇敌、耿宝磊、包小三、管千娇这四人谢纪锋仿佛已经不是头回见面了，一一数过，念过名字，握握手，唐瑛拉来椅子，两人落座。

这时候，四个人都看着谢老板，心里已经开始打着小九九了，这个稀里古怪的招聘究竟要干什么？让众人的警惕比期待高多了。

谢纪锋道：“占用大家五分钟的时间，我把这件事解释一下。公司要招聘，但不想招聘家在京门的少爷，也不想招聘名牌学院出来的大爷，更不想招聘有诸多工作经验，已经习惯性跳槽的爷，所以把标准放到了到京求职的人员里。至于当场对大家的拒绝嘛，那是考验一个求职者的心理素质，要是连那点羞辱都承受不住，将来怎么面对客户的责难。”

谢纪锋莺莺语语，听得一干人火气尽消，似乎只有仇敌无动于衷。仇敌笑了笑，道："不必绕这么大圈，有话直接说，合适就干，不合适就走。"

"好，痛快！给他们看看合同书。"谢纪锋笑着道。

唐瑛从随身的包里取出了几份聘任合同，一一递上。几人迫不及待地看着，责任、义务再加上备注事项，五险一金，福利及补贴说得很详细。众人看时，谢纪锋使了个眼色，唐瑛又递了一份机打的银行回单让众人传阅，仇敌笑了笑，耿宝磊眼神滞了下，好奇地问："这是……员工工资发放？"

"对，只是涂掉了名字，因为这属于保密范畴，不过我保证它的真实性，这只是本月公司发放的回单。"谢纪锋客气地道。

"我看看……"包小三一把从管千娇手里抢过来，然后惊呼道："哇，月薪一万多，最低的都五六千？"

"最高的有时候能到几万。"唐瑛补充着。

"这个……"包小三挠前额了，他从来没挣过这么多，可能不清楚这是什么感觉，他心下无计的时候，就看仇敌。

仇敌只是扫了合同一眼，笑笑道："每天都有中五百万的，我们不属于那类运气好的。长得太高的桃子我们摘不着，实际点儿讲吧，你想让我们做什么？试用期有多长？什么待遇和条件，合适我可以考虑一下，不合适我也不讨你便宜，这顿饭钱算我的。"

说得很淡定，这态度让谢纪锋欣赏了，他竖竖大拇指道："找的就是你们这种吃过亏、碰过壁、已经学会脚踏实地，而且能吃苦的人。你们对商务调查工作了解吗？"

没有，从仇敌到包小三，从耿宝磊到管千娇，一个挨一个傻不拉叽地摇头。一群门外汉，倒把唐瑛看得牙疼了。

"不了解是好事，可以不受规则和习惯的限制，从头开始。"谢纪锋意外地赞了个，然后又来了一句："那你们总看过间谍一类的故事吧？"

"哦，我明白了，你想培养商业间谍？"耿宝磊恍然大悟道。

"从法律上讲，任何一个国家都不允许商业间谍的存在，但事实上，只要有商业的地方，就有商业间谍的活动。市场分析和调查、数据的采据、客户群体的分类，等等，都离不开这种类似商业间谍式的调查。没有人会敞开大门让自己的秘密无所遁形，对吧？"谢纪锋道。

“这个挺好玩儿。”包小三眼睛亮了，不过他一开口，别人的眼睛就要不会亮了，“是不是和偷抢拐骗差不多，就跟黄牛党一样，倒腾消息？”

唐瑛脸一苦，谢纪锋却笑道：“差不多，不过黄牛党干得都是违法的事，而商业调查是合法的，当然，不包括使用非法手段窃取消息。”

“可这……我们干得了吗？”耿宝磊心虚地道了句，那是个相当神秘的职业，他对此根本一无所知。

“所以才试用啊，各位有没有兴趣尝试一下呢？”谢纪锋问。

这个问题的答案他认为不难，这些人顶多有点畏难情绪。他看耿宝磊，这个小伙有点弱，又看看包小三，这孩子有点浑，眼睛直盯着唐瑛的胸部，又看看管千娇，似乎这姑娘有点小。最终他的目光又移回到仇敌身上，这个人在很短的时间里，似乎成为临时拼凑的四人组的领队，一副胸有成竹的样子。

“我不准备激将大家，也不准备诱导大家。实习期不会很轻松，甚至有可能比你们从事的其他工作都累。调查一个商业模式是烦琐的，它的主要产品、主要渠道、周边衍生，以及盈利能力等等，不但需要实地考察，而且需要见微知著的分析。打个比方啊，比如调查这个饭店，可以首先采取蹲守的方式。数一数他们的日客流量，再查一查他们肉蛋禽菜的进货量，了解一下他们雇员的人数、工资水平，再对比这所饭店的装修、交税、支出，差不多就能计算出它的盈利能力。如果有同一家饭店想在这条街开业，咨询到了我们，这些搜集到的消息就能换成咨询费用了。一个好的商务调查人员，有可能一单挣几千，甚至几万、十几万。当然，这些就是以后的事了。”

谢纪锋侃侃道着，其实字里行间，诱惑已经足够大了，大到几人都有点跃跃欲试了。他看着仇敌，笑着问：“我觉得你很有性格，应该适合干这个。这种事时间是自由的，发挥的空间非常大。我们公司在职的有十八位调查员，不过他们都不是调查员，真正的调查员从来不在公司露面，只是需要的时候他们才出现在该出现的地方。”

仇敌笑了，笑着看着谢纪锋和蔼的国字脸，问道：“那这一次，是不是需要我们出现在很远的地方？”

谢纪锋愣了下，准确的地方连唐瑛也不知道啊，他旋即笑了，指指仇敌道："嗯，你确实很聪明，确实很远，条件也很艰苦。我为要招聘的小团队找了一个实习练兵的好地方，你们是第一组，之后还会有第二组、第三组去。实习也不难，谁能在最短的时间里把这个商业模式调查清楚，形成报告，我就在你们的用工合同上签字。"

"真的假的？可能是出趟远差，似乎也没有那么难。"耿宝磊似乎被谢纪锋说服了。

"完了，他还真想把我们忽悠到外地去啊。娇啊，这不能去啊，去了就回不来了。"包小三预见到严重的后果了，提醒着管千娇，管千娇做了个鬼脸，只当是玩笑了。

仇敌没吭声，他知道还有下文。谢纪锋笑了笑，问包小三道："那小三，你判断真伪的标准是什么？"

"钱啊！肯定要落实到钱上，空口说让人怎么信你呀？"包小三拍着巴掌，不客气了。

"哦，太对了，你也比较适合干这一行。这一行只相信利益，不相信契约。我们的看法是一样的，所以，钱也给大家准备好了。"谢纪锋道。

他说完，众人愣了。唐瑛又开始掏包了，四个信封，不厚。小三眼睛亮了，装得都是百元大钞。

谢纪锋解释道："既然是实习，肯定不能让你们垫钱，按每天每人一百块的工资算，每旬支付你们一次，等你们返回来，开支实报实销。这个价位放到京城可能低了点，不过出外地，足够了。"

钱都拿出来了，看样子是假不了了。包小三急着伸手，被仇敌的眼神吓得缩回去了。

对呀，给钱不拿才是王八蛋呢，拿了就走，他追得着吗？

"哦，有个地方我还没说呢。"谢纪锋又想起什么来了，示意着唐瑛。唐瑛赶紧掏着包，又拿出一摞纸，她直接递给仇敌道："一个很好玩的地方，你会有兴趣的。"

仇敌看了一眼，不置可否地笑了笑，他递给了耿宝磊，耿宝磊也笑了，觉得这事八成没假了，再递给管千娇，管千娇倒是惊讶地道了句："哇，大西北影视基地！？"

“对，离这儿四百多公里，内蒙古境外，很远。你们需要自己去，不必担心被我们卖了，该担心的是我。因为很早以前我像这样尝试的时候，有些同学很无良，拿着钱和装备再无消息了。”谢纪锋露出好无奈的表情。

包小三被谢纪锋看了一眼，莫名地脸红了。亏他脸皮厚，拿着看了看道：“我们不会跑，才千把块钱，架不住跑啊。”

众人笑了，敢情胃口不止这么大。

情况就介绍到这儿了，谢纪锋看看众人道：“不用怀疑我的诚意，你们出行之前，还要给他们必需的装备，还要进行简要的培训。我们尝试了很多次，从应届毕业生里找人，但怎么都不成功。不是根本不想去远处，就是吃不了苦受不了罪，甚至有拿了钱和装备再不见面的人。我们也是碰壁之后，才把招聘的条件转向有一定社会经验的人，各位，意下如何？”

“我……去，行不？”包小三慢慢举起手来了。

“谢谢支持。”谢纪锋递着信封。

哎呀，钱到手里，包小三乐滋滋地揣到口袋里，一侧头问管千娇道：“要不你也去吧？干不成就当玩儿去了。”

“我……”管千娇似乎不放心。

包小三等不及了，挥手道：“没事儿，我当家了，都去！塞外好多玩儿的地方，比这儿天天吸有毒空气好多了。宝磊，你真不去？天热成这样，你去哪儿找工作啊？来来，跟我跟我……”

包小三直接把其他三份也拿了，给他们三人一个塞了一份，看得唐瑛和谢纪锋直笑。

谢纪锋起身道：“那暂时就定了。明天把签过字的合同交给唐主管，装备和注意事项她会告诉你们。等你们圆满回来了，有一份月薪不低于五千的体面工作在等着你们。”

随着谢纪锋离座，四人下意识地起身，送着二人，直送下门厅。耿宝磊注意到了，这货坐的是奔驰商务车。他拉拉仇敌示意看，仇敌没说什么，勾手叫着大伙又回了包厢。

“两条路！”坐回到座位上，仇敌端着碗汤一饮而尽，两根指头一竖，“第一条，揣上钱，该干吗干吗去，就一千块，他犯不着追债。”

“是不是太无耻了？”耿宝磊不忍心了。

“就是啊，我觉得人家挺那个的。”管千娇也做不到了。

“瞧你那点儿出息，一千块就不要脸了？”包小三斥着道，明显觉得这里面似乎还有油水。

“我是统一一下你们的认识。第二条路就简单了，去一趟！我无所谓啊，我从小就是农村长大的，累活重活都干过，我是怕你们不一定能服了水土啊。条件这么好，绝对不是好活。”仇敌道。

包小三抢着要说话，仇敌直接拦住了，斥道：“你个盲流就别说了，你走那儿也一样，宝磊，你成不？”

“我无所谓，都漂了几年了，再差也不会比地铁里弹唱差啊。”耿宝磊道。隐隐地，他有点留恋这个小团体了。

“好！那最大的问题就在你了。”仇敌一指管千娇道。这个小模小样的学生妹，就算她自己放心去，别人也不放心啊。

管千娇一指自己，纳闷地问：“我……我怎么了？”

“第一，带着女生不方便；第二，这么大老远的，你家人放心吗？对了，还有第三，你有男朋友吗？要是有，你男朋友同意你和三个男的一块出远门吗？”仇敌客观地道。

也是哈，这是个相当实际的问题。管千娇像是被刺激了下，她很郑重地盯着仇敌回答着：“第一，我觉得很方便，大西北影视基地是景区，没准女人比男人还多，应该很热闹。第二，我十六岁离开家，家里人就没有什么不放心的。对了，还有第三，还没有男朋友。这个事我觉得没什么难的，要不，你们仨一组，我一个人一组，各走各的。”

哟，这么独立啊。耿宝磊瞬间想起来了，她敢和包小三搭腔，肯定见多识广而且有点胆子。包小三却在想，仇敌是不是嫌麻烦想把姑娘撵走啊，极力邀她同行。仇敌却是笑了笑，不知所想。管千娇默默地擦擦手指，放好碗勺，以一种挑衅的目光看着仇敌。

“好吧，那就结伴吧，相互有个照应。”仇敌一锤定音。

众人拍手相庆。也许，这正是大家期待的结果。好不容易拣到的机会，无非是出趟远差，似乎差不到哪里去。

但这未必是主办单位的期待，最起码唐瑛还有点云里雾里。一切都按部就班地做，载着谢总回公司的途中，她几次欲言又止。谢纪锋发现了，笑着问她："你在担心什么？"

"不是担心，我还没搞明白，这是怎么回事？"唐瑛道。她一直觉得谢总做事应该有深意，但她无从了解此举意义何在。

"这一行，谁又能真正明白呢？不过你应该明白的，很快就明白了，说不定会有意外之喜。"谢纪锋笑道，唐瑛瞥了眼。

谢总还是那么讳莫如深、神神秘秘的表情，这让她想起了行内的一句话，叫：眼睛看到的，永远不是真相。所以，她肯定这不是一次正常的招聘，肯定这不是一次正常的实习，也肯定这不是一桩正常的生意。但她更肯定的是，不论是她，还是那四位，都不会知道真相究竟是什么……

# 07 异地奇遇

自京城西行，沿京包高速向北，风物逐渐荒凉。

不过对于习惯都市生活的人，每每大自然的奇景总会引起自心底而发的惊叹。一路放眼峰峦如聚，如波涛起伏的山脊曲线苍劲。偶尔风起，漫天尘沙像奔腾着的千军万马。旧长城、烽火台，还有不知哪朝哪代留下的残垣断壁，很多人的眼中会定格这样一副景象——石山、荒滩、无垠的草场，黄昏里山包上孤立的牧人，夕阳下成群欢腾的牛羊。

大自然似乎在用自己的沧桑告诉来者，要生存，需要多么顽强。

省际大巴连续行驶了六个小时，中途换乘旅游中巴，再行四十余公里，就到了大西北影视基地的最后一站——屯兵镇。

中巴走了，成群结队的旅客走了。车人过后，四位不速之客像杵电杆一般留在了原地。

包小三在发癔症，刚睡醒还迷糊着。耿宝磊往手心倒了点水，抹了把脸，他皮肤细嫩，脸上早被晒得生疼，半路就后悔了。仇敌在看着这个普通的塞外小镇，却是兴致高昂，直接拿着相机"咔嚓咔嚓"地拍着远景。管千娇却在低着头，手机联网，找着当地的地图。

这个事情发生得比想象中快，第一天敲定，第二天培训了四个小时，第三天就出现在这里了。像做了一场梦刚醒来，还有点不真实的感觉。

包小三醒了，一屁股坐到地上，把自己瓶里的最后一滴水倒进嘴里，又把耿宝磊的抢了。

耿宝磊摸着手机，翻查着，问着大伙道："喂，商业间谍速成指南你们都读了没有？”

管千娇笑了，那是唐瑛提供的注意事项以及几人网上搜集的东西，整理后取名叫商业间谍速成指南。她头也不抬地道：“我读了，而且是认真读了。”

看看仇敌，耿宝磊不敢问他，回头斥包小三道：“三儿，我觉得你肯定没读。”

“不要问我学术问题，看不出我不学无术啊？”包小三没好气地翻了个白眼。管千娇回头时，他马上讨好地笑了，关心地问道：“你饿不？”管千娇笑了笑，无语。

这哥仨都比较有个性，谁也管不了谁。他们在确定领队的时候，意外地仇敌出局了。管千娇投了仇敌一票，可好笑的是，三位男士都把唯一的一票友情给唯一的女士，于是管千娇反倒成了四人的领队。

“饿不饿一会儿再说，我把消息发你们手机上了。”管千娇抬头道着，“这里就是到大西北影视基站的最后一站了。全镇不足两万人，不过实地应该比资料上多。首先咱们先选定住的地方，明天开始干活。”

包小三拍拍屁股起身了，一拍一层灰，他指着一马平川的地方道：“真是个鸟不拉屎的地方。”

远处有一座孤立的小城，远远望去，根本难见人迹。

“这可是个投资几个亿的项目，影视剧都拍了好多部了。”管千娇道，拎拎双肩包，叫着众人走。

耿宝磊边看边有感悟了，跟着领队道：“根据间谍速成指南，首先要做的是融入第三方环境，进而详细了解目标的交通、饮食、居住、金融、治安等条件，尽可能地深入接触……可这不好办啊，咱们一看就是外来户啊。”

“你第一天出来打工啊？这地方什么都稀罕，就外来户不稀罕。”仇敌道。管千娇马上接上了，笑着道：“还真是，根据我们查到的资料，注册的群众演员有八百多人，配角演员也有二百多人。如果不是至今尚未出一部精品影视剧，早就进入全国十大影视基地的行列了。”

耿宝磊撇撇嘴，不彰显他的无知了。包小三可有点来劲了，他揽着耿宝磊，感叹地道着：“我昨天在网吧恶补了一顿间谍知识啊，还是很有心得滴。”

“哇，这么刻苦？给我们讲讲！？”耿宝磊好奇地问。

“007 系列、憨豆系列、阿汤哥系列。”包小三得意地道。

前行的仇敌和管千娇笑了，就包小三这水平，顶多也就电影能看进去。仇敌笑着问：“那交流一下心得呗。”

“哦，心得就是啊，间谍太拽了，好车随便耍、坏人随便杀，钱随便花，妞儿随便泡！哎呀妈呀，看得人老馋了。”包小三直接把耿宝磊吓跑了。说了心得，牢骚又来了，道：“瞧瞧咱们，坐的是公交、啃的是面包，这水平顶多能称之为贱谍，犯贱的贱。”

“那你还来？”仇敌笑着问。

“这不没地方去吗？半路就后悔了。”包小三道。

“后悔了就回去呗，又没人拴着你。”管千娇笑道。

“呵呵，我看你面子才来的啊，要跟他们我才不来呢。”包小三和管千娇站到一起了。这家伙向来不懂含蓄，马上又换了一个位置，把仇敌挤到一边，生怕别人和管千娇拉近距离。

都说男女搭配，干活不累。其实男女搭配还有一个后果——麻烦一堆。

比如这位管千娇，模样小巧玲珑，但只是表象，性格很要强，而且居然很刚愎，一般人讲话她未必听，偏偏又对包小三言听计从。眼看着，放弃潜逃的包小三心甘情愿地要当管千娇的跟屁虫了。

“三儿不会有不轨之心吧？”耿宝磊小声问仇敌。

“呵呵，他自己都说了，犯贱。”仇敌笑着道。

也是，敢只身在京城混的姑娘，那个不是心比天高，哪怕她们命比纸薄。

耿宝磊打量着前行的管千娇，却发现一身旅游装，扣着小风帽的女领队着实还是有几分风情的。如果这时候来匹马，再配一杆大狙，说不定就是位剽悍烈妞儿的形象……不对，他怎么想起游戏里的场景了。

也不对，是这地方的缘故。这鬼地方哪儿都是一片土黄色，一抹都覆着一层细细的沙土，几幢宾馆灰乎乎的，真像个土匪出没之地。

来自江南水乡的耿宝磊由衷地倒吸一口凉气，嫌脏的话还没出口，就开始呸呸呸直吐。中招了，一张嘴就进沙了，惹得仇敌直笑。

这地方笑有讲究啊，要笑不露齿。即便是大夏天，风沙也不缺，沙子吹嘴里打牙呢。

四人初来乍到，两眼一抹瞎地在镇上转悠，很快发现这是个怪地方。大下午的少见人迹，一问，街上牵头驴的大爷一指影视基地的方向，道："拍电视剧呢。"再一问，大爷顾不上跟他们扯了，敢情牵的驴也是道具，赶着拍戏去呢。

怪胎，绝对特殊产业下的怪胎。

两座宾馆，车排得满满的，私车、大巴，甚至有昂贵的房车，就是不怎么见人。等进去询问一下住店价格，四人吓了一跳。就这破地方，标间开价三百一天。瞧那服务员傲的，明显是房不愁住的样子。

"完了，这荒郊山里的，总不能睡野外吧？"包小三颓丧道。

众人已经是饥肠辘辘了，无形中，三人开始怀疑领队的能力了，看着管千娇。

管千娇可没想到网上没订上房也罢了，实地却是这种结果。她犯愁地看着仇敌，包小三催道："仇敌，你不是穷游过好几个地方吗？这情况咋办？"

仇敌四下看了看，耿宝磊却是哀叹道："我开始怀念京城的地铁和候车大厅了，好歹没有人身危险啊。"

仇敌道："先解决吃的问题，住的问题随后再说。哼，我还就不信了，这地方流动人口这么多，能没吃东西的地方？"

他说着，带着众人走着。这时候就显示出见多识广的优势了，他看了几个地方直接略过，宾馆向左，转弯过街道，路转回头，哟，都笑了，川味火锅、秦风饺子、呼延包子、老格羊杂等一排饭店出现在眼前了。

"行啊，仇敌。"耿宝磊乐了。这时候看到能吃饭的地方，可比发现美女让人兴奋多了。

"你咋看出来了？"包小三回头看看，这里正好被一片民居挡着，不知道的还真转悠不进这八卦阵一样的街道里。

"垃圾、泔水一多，还不就有吃的地方。"仇敌道。

说着，众人快步走着。闻到了油烟和羊膻的味道，步子加快了。不过郁闷的是，有好几家还没有开张，估计也是去演电视剧去了，只有川味楼那家开着灶，几人慌不择路，直接闯着进去了。

不错，有个胖老板娘在操勺，招呼道：“赶紧先来洗把脸，这点儿也就我们店里有饭，其他的都去挣演出费去了。”

这真叫宾至如归嘛，洗脸的时候，老板娘千叮万嘱，“这儿水金贵啊，就一盆，你们凑合洗洗。”说着就给倒了一勺水，只淹得住巴掌。算了，四人各醮着毛巾，胡乱擦了把脸。

老板娘朝后院吼着：“艳红，叫你舅出来干活，有客人招呼了。”

“唉……来啦！”脆生生地一呼。

这声音高亢撩人得，听得包小三直伸脖子。管千娇生怕他丢人现眼，使劲把他拉着坐下了。耿宝磊却像发现了新大陆一样，指着墙上的菜板笑着对众人说：“快看，这是我见过最牛的菜谱。”

众人一看，齐齐乐了，仇敌念着：“‘致我们终将吃去的香椿’，这……好像是部电影。”

“不是好像，是都是。哈哈，‘咱们的牛百岁’，这是很早的一部农村片子。”耿宝磊道。

“‘神鸽侠侣’……烧乳鸽一对。嘿嘿，太有才了！”包小三愕然道，这是把神雕侠侣改了。

几人指一个一个念着。回锅肉叫“春光灿烂猪八戒”，涮羊肉叫“喜羊羊和灰太狼”，还有《疯狂的石头》改编的“疯狂的兔头”，就是烧兔头，五块钱一个。最离谱的是荤素乱炖，起了个名字叫“爱情公寓”。众人不解，问着拿着菜单上来，叫艳红的小服务员。服务员脆生生地说：“你们都没看过啊，那么多男哩女哩住一块儿，男女关系那么乱，不叫乱炖叫啥子嘛？”

“嗯，妹子说得在理。”听得耿宝磊直竖大拇指。

仇敌笑着看着菜谱，包小三却是讨好地问服务员道：“你叫艳红？”

“对头！”那服务员笑吟吟地道，白生生的脸蛋看得包小三肚子直抽，破天荒地学着耿宝磊一样很文青地赞了句：“哦，这名字好有诗意。”

管千娇和耿宝磊一下被恶心到了。三儿果真是个纯情种子，对哪个女人也不例外，那两眼放淫光的表情才叫有湿意呢。

“来份‘春光灿烂猪八戒’，加一份‘你是我的小苹果’。”仇敌笑着把菜谱递给包小三了。

“回锅肉、拉丝苹果。”服务员记着。

“嗯，那我尝尝‘疯狂的兔头’，一人来两个。”包小三道。

“兔头八个。”服务员记着。

“我要份‘沉默的羔羊’。”管千娇笑着道。

“嗯，水煮羊肉，好咧。”服务员记着。看看最后一位耿宝磊，似乎等着他再点个影名菜。

“这个……您这儿的菜，好像都是影名化过来的。”耿宝磊道。

“那当然了，影城有影城的特色嘛。这是川菜和影视的完美结合，来这儿的都知道我们这个店。”服务员得意地道。

“川菜和影视就这么结合？”笑得众人肚子抽搐了，耿宝磊忍着笑，用现学的川话问：“其他的我理解，这个‘金陵十三钗’是啥子嘛？”

“这是商业秘密，你点这个菜，我就告诉你。”服务员眉色挑逗着，让人心猿意马。

“我要不点，你就不告诉我了？”耿宝磊问。

“对头。”姑娘又是媚眼一个。

“点了，是啥子啊？”耿宝磊好奇地问。

“等一会儿嘛，你一尝就知道了。”服务员媚眼如丝，瞟了一圈了，把三位男士看得耷拉舌头了。

管千娇不迭地挥手道：“去吧去吧，赶紧上菜。”

“要啥子酒水嘛，五粮液、茅台都有啊。”服务员问。

“不要了，多来点儿白开水。”仇敌笑道。

这话惹得小娘子白了他一眼，转身一扭水蛇腰，回厨房了。

人一走，几个人开始互掐了。

包小三咬牙切齿地骂耿宝磊，“瞧把你两眼色的！”

耿宝磊反击了，“是你先说人家名字有诗意好不好？你确实没有湿意！干湿的湿！”

包小三竖中指了，道：“这妞儿一看就像我妹妹，别跟我抢啊。”

一听这话，管千娇笑趴到桌上了。包小三挠挠脑袋，似乎开始犯愁两个妹妹不好处了。

仇敌劝着大家道："同志们，现在声明一点啊，咱们目前最严峻的问题是生活问题，生理问题以及感情问题都靠边站啊。我现在不确定哈曼商务调查公司是不是肯定招聘咱们，但是我很确定的是，他给咱们派的这趟活，绝对没有想象中的那么容易。"

"又上当了，早知道这条件，不来了，直接揣上钱走多好啊。"包小三道。

"也是，这大夏天风都刮得我脸皮疼，要冬天还了得。"耿宝磊道，有点怜惜自己的花容月貌。

管千娇皱了皱眉头，道："咱们虽然不是四好青年，可也不能当职场的三无人员啊！"

"什么是三无？"包小三问。

"无良、无耻、无信，说你呢。"仇敌笑道。

"切！"包小三不屑了，回头对着管千娇，笑着劝慰道："我就发发牢骚，被当真啊。"

"你呢，仇敌，也后悔了？"管千娇问仇敌。

"恰恰相反，如果太容易了我可能怀疑是个圈套，毕竟现在求职的陷阱太多。不过现在看来，我倒觉得真实度挺高的。这种活刚出校门的别说干了，让他们待几天都吃不消。"仇敌道。

菜上来了，水煮羊肉，舀汤挟肉。不知道是饿了，还是真不错，众人吃得狼吞虎咽。

耿宝磊问着仇敌道："目前看来，经费严重不足啊，车票一人就一百多，再加上路上吃，一千块支持不了几天啊，咱们总不成自己再垫吧。"

管千娇要说话时，仇敌头也不抬地道："恰恰这个也反映了哈曼的聪明之处。你想啊，一旬给咱们一汇钱，给你的钱可能勉强只够开销，不管你想挣，还是想把开支报销，都得按他们的要求干下去。只要上了贼船，任何时候想溜都不划算。所以我说，这事肯定假不了，就怕咱们干不了。"

"对，我也是这样想的。"管千娇道。

"快吃吧，想那么多干吗，咱们吃上几天，明儿去影城玩儿上几天，回头给他们照片不就成了。我觉得这活太容易了，甭说给钱，不给钱这种地方也能混下去。”包小三道。

耿宝磊和管千娇都认为他在吹牛，可仇敌一点也不这么想。因为他在某种程度上和包小三的想法是一样的，天下只有饿死的人，而没有饿死人的地方，办法总比困难多。

四人风卷残云一般地吃着，很快长途乘车萎靡的精神一扫而空。快吃完了，服务员又来添水时，耿宝磊想起自己点的菜了，追问着：“咦，我点的‘金陵十三钗’呢？”

“那不就是，你们都吃完了。”服务员指着空盘。

包小三嘴里还有呢，他嚼着问着：“辣子鸡块？和什么钗有什么关系？”

“《金陵十三钗》看过没有？”服务员妹子问。

“看过啊，多有名的烂片啊。投资商都赔哭了。”仇敌道。

耿宝磊接住了道：“我在地铁上还看过一段呢。”

“那十三钗是干啥子的？”服务员问。

“十三个女人啊。”管千娇纳闷了。

“风尘女子为了救学生妹，好像那个……”耿宝磊说着，愣住了，这个谜面荤味太重了。

“我明白了。”仇敌恍然大悟道，“十三钗都是……鸡！”

“对头，这么聪明还问我啊。”小艳红服务员嫣然一笑，轻摆柳枝般的细腰走了。

眨眼间，四人笑趴在桌上，这么没节操的店还真罕见。

不过下一刻，他们笑不出来了。一喊结账，小艳红在后台嚷着：“六百八。”

“啊！？”气得包小三勃然大怒，“你怎么不去抢啊！”

仇敌也愣了，光顾高兴了，倒把这茬儿忘了，估计碰到宰生的恶店了。他喊道：“差不多点儿啊，首都都没有这么贵啊，什么啊就要六百八！”

“别的不贵，‘十三钗’贵啊，就是那盘土鸡贵啊。你打听去，一盘没有三四百下不来。”小艳红嚷着，没见人出来，就听她发号施令一般道：“肉墩，收饭钱，六百八。”

“哦！”粗声粗气一句应声。

仇敌心里暗道不好，看着桌上顺手的家伙儿，汤盆不错。他和包小三心意相通，准备操家伙了。这时候，管千娇看出不对劲来了，她一把死死拽着仇敌，小声道：“出门在外别惹事，几百块不值得。”

恐怕不是不值那么简单。仇敌一看包小三脸上的惧色，赶紧后瞧，然后他也吓了一跳。从厨房出来了一位铁塔般的壮汉，足足一米九开外。此人站到众人面前，一叉臂，满是肌肉的胳膊像是骡子腿，眼如铜铃，满脸虬髯，一伸蒲扇般的大手，厉目道：“六百八，给钱！”

身后那位胖老板娘也出来了，这阵势算是把初来乍到的几位震住了。管千娇麻利地数了钱，扔在桌上，拽着不服气的仇敌，嚷着耿宝磊和包小三，灰溜溜地跑了……

# 08　戏外有戏

万事开头难，如果不知道怎么开头，那可能会更难。

两个小时后，天色渐渐暗下来了。昼夜温差大的塞外让穿着一身夏装的几人感觉到了凉意。

管千娇从镇上挂牌的第七个小旅馆出来了，对包小三和耿宝磊摇了摇头，所有地方结果雷同，客满。

“不会吧？上客率这么高？”耿宝磊傻眼了。

“还真就这么高，夏秋是影城外景拍摄的高峰期，客房差不多都被剧组订走了。”管千娇道，好说歹说，加价都没房。

“打地铺也行啊。”包小三退了一步。

管千娇欲哭无泪，从来没想到会被这样一个简单的问题困住了。

对了，仇敌呢。

仇敌说找不到房间，三人偏偏不信，于是分道扬镳。仇敌在西街那块歇着，三个人结伴来找。结果又一次证明仇敌的判断是准确的。

包小三愤愤不已地把责任推到仇敌身上，如是评价道：“娘滴，都怪仇敌这个乌鸦嘴。”

“咦？也是啊，这家伙好像经验挺足的。”耿宝磊省悟道。

“肯定足了，中关村那片送快递的都认识他，每年一到高峰期就来抢生意，谁也抢不过他。一到淡季，他挣的钱就不知道去哪里玩儿了，去的地方不少。他喜欢旅游，钱都花在这上头了。”包小三道。

“那应该挺赚钱的啊？”管千娇道。

“当然赚了，哪行都有拔尖的。这行送货便宜，收货贵，收一件货有提成，你要能收拾住一个大学或者一个批发市场，月薪过万都有可能。”包小三道。

哟，这问题就来了，管千娇问：“那还失业？”

“哎哟，赚钱是赚钱，那得不把自己当人啊，得文武全才啊，得能说会道啊，还得敢打。这些都是私人代理的，你赚得多到一定程度就不好说了，总得想办法扣你点儿。他都谈了几次想接一个区域的快递代理，都没谈成。有家快谈成了，朝他要五十万押金，他拿不出来，呵呵，所以只能和我们这群苦逼混了。可别小瞧他啊，我估摸着这货手里攒得有俩钱。”包小三道，话讲得贼兮兮的。

这话听得耿宝磊对仇敌的看法提了个档次。怨不得处处都觉得他比别人多长了一只眼睛，敢情是长年的苦逼生活历练出来的。他看了管千娇一眼，小心翼翼地提议道：“我觉得他应该胸有成竹，刚才咱们赌气说一定能找到，他不在旁边冷笑吗？”

“好像是，这个人怎么一点儿团队意识都没有。”管千娇娇嗔地埋怨着。

耿宝磊暗笑了，女人真是不可理喻，仇敌已经劝了几次了，是管千娇执意的，现在反过来了，又埋怨仇敌了。他有点怀疑了，这个组合还能维持多久。

天色随着三人匆匆的脚步渐渐暗下来了，这个怪异的屯兵镇又显出它的非同寻常之处了。影视基地的方向不断有车驶来，有的停在镇外，有的驶进街里。宾馆热闹起来了，几乎是几百人同时在吃盒饭，那场面可是壮观得很。三人所过之处都是风尘仆仆。刚刚从影城归来的人都是演员，可能在拍旧社会的戏，居然清一色的衣衫褴褛，却是个个拿着手机，看得人老不舒服了，有点怀疑穿越了。

“我明白了，这儿影视业是主要产业，要是同时来几个剧组，可不得把镇子掏空了。”耿宝磊道。

“你才想明白呀，早干什么去了？早知道不买个帐篷？”包小三训着他。

“来之前光学商业间谍注意事项了，谁知道这儿的基本生活问题呀？”耿宝磊自嘲道。

管千娇翻了他一眼，他赶紧捂嘴，对了，“间谍”现在是个忌讳的词，他们已经统一口径了，此行是来游玩的。

管千娇带着两人，边走边道：“别争了，赶紧想办法解决住的问题，这儿温差这么大，剧组还不知道得几天才能空出房来，总不能睡野地吧。”

拐回西街上，路灯亮了，车多了，人来人往，山南海北的话都有，几人倒不显得突兀了。他们走到街角，却见仇敌已经蹲在小卖部口子上歇着了，正和小屁孩扯着什么，好像小屁孩回答得不错，从仇敌手里得到……一支烟？那小孩居然点上，“扑滋扑滋”抽上了。

“不是吧？坑谁不行坑人家小孩，才多大，嗨……”耿宝磊一嚷，小孩夹着烟跑了。

三人到了近前，仇敌乐呵呵地，管千娇哭笑不得地问着：“你怎么比三儿还坑？孩子才多大？”

“别小看这儿，烈酒、卷烟、大块肉，从小就受熏陶了。我问事，小孩都知道朝我要烟了。”仇敌道。

“别扯其他的，今晚怎么办？”包小三焦急地道。

“我订好了，这个胡同拐进去，民居，两间房，一间一天一百二，咱们仨住，加了个铺。”仇敌道。

哟，解决得这么轻松？三人面面相觑，有点羞赧了。

仇敌道：“你们出门不多，越是什么东西紧缺的地方，就越好找。这么多民居，老百姓不可能不凑热闹挣点儿小钱。哎……我现在还心疼那几百块呢，没准咱们再争一争，饭店就不敢狠着宰了。这鬼地方，哪儿都张口要钱。走，带你们看看去，凑合住吧，省点儿是点儿。”

他起身，几人相随着，一颗悬着的心放下了。管千娇倒是不悦了，饭钱是她掏的，现在反而觉得好像做错了什么似的。

刚过路口，一声尖厉的刹车声响起，一个破锣嗓子喊着：“嗨，站住……说你们四个呢，站住！”

又来事了。包小三回头，却见停了辆破面包车。下来位八字胡的胖汉子，眉斜嘴歪的，像找事一样上来了，包小三可不惧这个，愣劲上来了，不客气地道：“干啥呢？！”

“是不是新来的？生面孔嘛。”那人嚷着，车里还有几个人呢，仇敌拽着包小三，让他少安勿躁。

“是啊，我们来玩儿的。”管千娇轻声细语道，配着天使般的萌面孔，没人能对她生得了气。

“新来的就好，不了解这儿吧，来认识一下，鄙人是屯兵镇演职中介公司经理，郝来运，别说来这儿是玩儿的，我知道像你们这样的，都是抱着为艺术献身的梦想来滴。”

他分着名片，分完了，关键词才出来。“你们可以到我的公司拍照登记，群众演员不收费，你挣多少都是你的。有台词有露脸的配角，只收两成中介费。来这儿的导演我不认识，但所有的副导演都认识我，并且送了我一个很响的小号，你们随便问，镇上谁都知道。”

“哇，名人，什么号？”耿宝磊问。

“好来坞……就是鄙人！”郝来运一摸胸口，很恳切地道。

“报名要收钱是吧？”包小三警惕地问。

“那我说免费，你信吗？”郝来运不中意道，哪有免费的好事。

“多少钱？”仇敌问。

“每人二百，还别嫌贵，我很快就能给你们安排角色。真在这个行业混个脸熟，那就不光是为艺术献身的事了，说不定就有女艺人为你献身啊。”郝来运唾沫星子飞溅，他背后车上的人笑着。

这烂事恐怕管千娇不想沾，直摆手拒绝，任凭郝来运说得天花乱坠，可几个人像木头一样，傻看着他。四人准备走，郝来运一回头，看到了川味火锅楼的那个大个子，他瞬间明白了，道：“喂，别分不清好赖人啊，是不是去吃‘金陵十三钗’，给宰了？”

耶！？把几人听得顿住脚步，仇敌却否认道：“哪儿有的事。”

“这影名菜名是我起的，剧本还是我设计的呢……来这地方，你得心眼儿活啊，死心眼儿可不行。想不想看一场现场剧？保证会颠覆你们对本地的印象。”郝来运这么一忽悠，四人停下了。他回头一嚷那个推着板车倒垃圾的道：“肉墩，过来！给你点根烟。”

“唉，来嘞。”那大汉扔下车，屁颠屁颠地跑上来。车里的人探着脑袋，像是已经司空见惯了一样，仇敌几人却是发现了有什么地方不对。

还没明白，郝来运掏着烟喊着："对上切口才有烟抽。我先说，天王盖地虎。"

正跑着的肉墩瞬间收步，好威风地来了个握拳马步，喊着："小鸡炖蘑菇。"

"宝塔镇河妖。"郝来运收势，换手再举。

肉墩收马步，成弓箭步，威风凛凛地吼道："别忘放辣椒。"

"噗！"车上车下都笑喷了，仇敌看郁闷了，他知道怎么回事了。

郝来运要得兴起，给肉墩点上烟，道："来几个造型，明儿有剧组来，给你找个角儿。"

"哎，好嘞。"肉墩掐了烟，别耳朵上。

郝来运一喊："日军来了。"

肉墩正步，扛枪，居然像模像样地哼了几句鬼子军歌，又摆一个指挥刀向前的方向，嘴里吼着："八嘎！"那神似鬼子的恶相，还说日语，吓了众人一跳。

郝来运得意一笑，立马变口："国军来了。"

瞬间肉墩又变化了，猥琐加畏惧相，朝后挥手喊："兄弟们，拿下这个山头！团座说了，大洋一人一块！上！上！谁特么不上老子毙了谁。"

郝来运一笑，马上换角，变口道："我军来了。"

肉墩昂首挺胸，摆出一夫当关的姿态大喊："同志们！党和人民考验我们的时候到了！为了新中国，冲啊！"

"哈哈哈……"车上车下笑翻了一片。人多起来了，有不少人给肉墩别烟。郝来运打发着道："去吧，排练得不错，随时听候组织召唤。"

"哎，好嘞。"肉墩敬了个礼，小步颠着，乐滋滋地揣着一兜烟，继续推垃圾车去了。

这时候，郝来运回头。四人都看愣了。

"看明白了？"郝来运问。

"真是个缺心眼儿？！"仇敌哭笑不得了，没想到被涮了，白宰了好几百。

"初来乍到，凡心眼不够活的，都要被这个缺心眼宰一顿。"郝来运笑得两肩直耸。

“明儿找他去。”包小三道，不过明显语气不硬，总不能说被个傻子唬住了吧，那他们成什么人了。

“肉墩可是几部戏的配角，傻子都能当演员，你们就更没问题了。名片上有我的电话，随时可以找我啊。古装戏、战争戏、玄幻戏，还有农村的扯淡感情戏，咱们这儿都有。别说人了，就镇上二拐家那几头驴都上银幕了……耶，人呢？怎么都跑咧。”郝来运说着，回头时，那四位生人早拔腿跑了。

看笑话的好多啊，他振臂大呼一声：“谁还没报名，都来报名啊，镇北头演职中介，马上《西北枭雄》要开拍了啊，不管你长成什么歪瓜裂枣样儿，不要自卑，不要自弃，银幕上就需要你们这种励志形象啊。”

众人哄笑一声，有人吼着：“就跟二拐家驴样儿？”

“滚！你要能扮成驴，那角色给你。”郝来运笑骂着。

轰笑声中，他上车走人。

这里不管发生什么事，都像正剧中的一个小插曲，转眼可能就忘记了。不同剧组、不同演职人员，聚集到了宾馆、饭店，把这个小镇装点得更加热闹了。

忙碌了一天的四人到了租住地。两层砖楼，有点旧了，厕所是公共的，在院子里。洗澡水别想了，不可能提供的，公共浴室的收费比内地桑拿还高。几位累急了都顾不上挑这里的条件了，各自倒头便睡。

还好，众人总算是迈出了这商业间谍的第一步……

# 09 并非有意

“站住！站住！”

吼声从屯兵宾馆楼后传出来，像是出事了。

正在街边喝羊杂汤的包小三像是老鼠嗅到奶酪，猥琐而兴奋。

管千娇一指他，抿着嘴唇。包小三瞬间嬉皮笑脸道：“你这兰花指真好看，呵呵。”

“噗！”耿宝磊和仇敌被包小三的贱相逗喷了，管千娇脸有点发烧，狠狠剜了包小三一眼，警告道：“别凑热闹啊。”

“是，不去。”包小三老实道。

继续早餐时间。这时，几个操着橡胶棍的北方汉子出现在街头，一看就是本地糙货，个个蓬头乱发的，正追着两位拼命狂奔的人。那两人一瘦一胖，明显体力不济，眼看着就要遭殃了。

邪了，这是……拍戏？摊边吃早餐的还就没人凑热闹，全都淡定地吃饭，眼皮都没抬一下。

“嘭！”当头一位追来的用橡胶棍当暗器，狠狠甩出去，正中瘦子的后腰。那瘦子“吧唧”一声扑到地上，几人上去就像踩蟑螂一样，“吧唧吧唧”使劲跺，那瘦子惨叫连连。此时，路对面又拐过来一辆车，胖的一下子被后面两人揪着，“叭叭叭……”耳光扇个不停。

“哇，这地方剽悍。”耿宝磊瞠然道，那钵大的拳头，蒲大的巴掌，可是拳拳到肉，声声作响啊。

“这地方……真民主哈，居然没警察。”包小三兴奋地道。管千娇没理会，她知道这家伙的三观早毁，视角和别人不一样。

那两位被揍得只剩下躺在地上哀号的份了。打人的来回搜着，手机、手表……关键是相机，还不止一部，居然还搜出了微型相机。一会儿工夫，大大小小的相机搜出了七八部。

追来的车里，此时才下来一位剽悍的男子。有人把搜出的东西指给他，他朝着被撵住的两人呸了两口。

“这里是你们能来的地方吗？还偷拍？！”有人跺了胖的一脚。

“还敢还手！”有人又给了瘦的一个耳光。

“跑啊！跑啊！”有人踹着被揍得惨兮兮的两人。

这场面剽悍得一塌糊涂。光天化日这么多人，两个大活人被打得血淋淋的，愣是没有围观。

仇敌注意到了那个领头的汉子，还穿着戏服。他小声问：“你们看，这是出什么戏？”

问的是一个摆摊的，他一指影城的方向，道：“那边才演戏呢。”再一指这里道：“这里是幕后，都是真的。”

“啊？那打这么凶？这干吗呢？”耿宝磊问道。

“好像叫什么……”

“狗仔队？”

“哎，对了，就是狗仔队，一来就被揍，贱骨头么，被揍了还来偷拍。”摆摊的说得慢条斯理，舀着汤，眼都没抬一下。

这光景可把仇敌几人吓住了。仇敌指指管千娇胸前挂的相机，管千娇很不自然地将相机塞包里了。这事让人心虚啊，万一他们偷拍被逮住了，像这样被揍一顿，那可惨了。

没有更惨，只有最惨。不一会儿来了两辆警车，没抓打人的，反而把被打的带上警车拉走了。看得四人严重怀疑是否回到了万恶的旧社会。

“大叔，那谁呀，这么牛？”仇敌小声问。

“新来的吧？他你都不认识？他是祁连宝，宾馆、饭店，还有那儿的车，都归人家管。”摆摊的随意一指，指的正是镇边那一溜送货的大货厢，每台造价得三十万。

仇敌隐隐感到一丝不详。穷山恶水出刁民，如果刁民还不够可怕的话，那有钱的刁民就足够让人恐惧了。这不，地上的血渍、鞋子、被搜出的相机，看也不看一眼，祁连宝上车扬长而去。这时候，才有不知道谁家的狗儿，追着血渍去舔。

幕后插曲结束，正式表演开始。剧组有数家，大巴、中巴、小面包，一个劲地塞人。当然，这都是群众演员的待遇，主角和剧组都有专车接送。从七时开始，各色车辆浩浩荡荡地开往影视基地，在路上扬起一片黄尘，煞是壮观。

包小三眯着眼睛，从望远镜里瞧着。

管千娇在试着镜头，把这个场面摄进去了。

众人从街上回来，站在小二层民居上，刚才心里的阴影还没有散去。

仇敌在捡拾装备，一部三防手机，内嵌高清摄像头，可以随时拍照，据说每秒曝光四十次，绝对是偷拍利器。耿宝磊拨弄着手表，这也是个偷拍工具，摁一下表键就 OK。还有各种偷拍设备，有打火机似的、有纽扣似的。这些装备刚到手时，仇敌都有点怀疑哈曼公司是不是娱记出身，偷拍工具这么多。

本来觉得十拿九稳的事，这时候可有点犯嘀咕了。耿宝磊不放心地问着："千娇，这活太危险啊，你看刚才那几个被打的。"

"那不一样，他们是跟踪来此地的影星以及影视剧的拍摄进度的，回去就卖照片，不被揍都不可能。"管千娇道。

"咱们的性质也差不多啊。"耿宝磊道。

"所以你就小心喽。"管千娇道，这里头就耿宝磊最胆小，她看着仇敌问着："你也害怕？"

"我不是你该担心的，不过我还真有点担心你。"仇敌道，两眼深沉，让管千娇像被灼了一下似的，赶紧避开他的目光了。

不知趣的包小三插进去，凑在管千娇身边道："没事，娇，间谍咱是业余水平，打架咱可是专业水平的，咱老家就是少林寺那片的。"

"别废话！我安排一下。从今天开始，仇敌，你和宝磊实地走一趟影视基地，我和三儿去一趟镇北那个未竣工的建筑楼。"管千娇收拾着东西道。包小三一看，那儿离镇上还有几公里，像是一座开发商跑路留下的烂尾楼，这地方有什么意义，他刚要问，管千娇催道：“服从调度，这是公司安排的。”

“好，你安排啥我就干啥。”包小三屁颠屁颠地追着管千娇。管千娇提醒着两人把门锁好，先带着包小三走了。

仇敌和耿宝磊随后下楼，那两位已经出了巷口。耿宝磊不时侧眼看仇敌，估计是心理阴影还在。仇敌冷不丁拍他肩膀一下，吓了他一跳。侧头时，仇敌笑着道：“别怕，咱们又不是冲着明星隐私来的，肯定不会被打。”

“哦，那就好，明天我和小三一组啊。”耿宝磊道。

“为什么？”仇敌愣了下。

“三儿人品不咋地，不过打人没问题，我见过，很厉害的啊，三拳两脚就把一个警察放倒了。”耿宝磊羡慕地道。

对此，仇敌只能抱之以“呵呵”了。

出了巷子，热闹劲还没过去，又来了一辆中巴。绰号好来坞的那货扯着嗓子喊群众演员到场。那上车的和羊出圈一样，一个劲地挤，挤不上去的，就直接爬车顶上。就连奔赴影视基地的几辆驴车也是人满为患，累得驴直叫唤。赶驴的在扯着嗓子吼：“先交钱啊，一人十块！嗨，别往上挤了，把驴累着咋办啊，还得拍戏呢！”

怎么古怪里就透着点幽默呢？仇敌和耿宝磊互视一眼，双双笑了。

……

沿镇北街往北，出了镇子，出了铁丝网和铁皮构成的简易墙，风景又瞬间大变了。

好大的一个土围，应该是当年圈养牲口的地方，几处还留着栅栏，不过现在已经全部变成垃圾场了，满场几乎都是一次性饭盒、筷子之类的，还有各式各样的小食品包装。

对，垃圾场，别指望这种地方还会有垃圾处理场，就搁这儿一层一层倒着，年深日久的，即便如此空旷的地方，也是恶臭呛人。全场正中一条路，估计是方便倒垃圾的土路，一路延伸着，三五公里外，就是管千娇要去的地方。

包小三其实不清楚此举的用意，只是一座烂尾楼而已。这座楼处在山坳后，主体工程已经完工了，而且看地理位置，选择的相当好，最起码不像镇上那两幢宾馆，不伦不类地破坏了古镇的格局。

“这是去干啥？”包小三问。

管千娇随意答道：“你说呢？”

“难道，垃圾里有情报？”包小三好奇了。

“猜对了。”管千娇笑道，回头给了包小三一个戴着口罩的笑脸表情。

三儿乐了，屁颠屁颠地跟着，想找话题，却没有找话题的经验，可他这嘴又憋不住，半天憋了一句，道：“今天天气不错啊。”

管千娇没理他，包小三岂能放过这个独处拉近距离的机会，他挖空心思想想，又追着搭讪道：“今天早上羊杂的味道也不错啊。”

管千娇气着了，在臭气熏天的环境里讨论美食，真难为这货一点都不膈应。

咦？好像管千娇发现新大陆了。身处此地，包小三好像一点都没有不适的感觉，她诧异地看了眼，同情地问：“你不臭啊？”

包小三看看，摇摇头道：“这儿空旷，不算臭，和我们住的那地下室差远了，那地方什么味道都有。”

“现在，首都不是取缔了地下租住屋了吗？”管千娇问。

“拉倒吧，首都还说人均存款突破四十万，集体奔小康呢？你看我这德行！”包小三以身作则，直接驳斥。

管千娇无语地笑了，和一般苦逼相比，这几位更让人觉得可爱。最起码那种积极的生活态度很让她为之叹服。包小三这样的还能活得如此快乐，难道不是奇迹吗？

“三儿，你这样，说不定就实习结束了，哈曼公司也不招你啊。那老板谢纪锋不是讲了吗，信钱，别信契约。”管千娇走着道，免不了为包小三的将来担心。像他这样子的，恐怕没有一家正规公司想接纳他。

“不招就不招呗，又不是没地方混……咦，这地方是风水宝地啊。”包小三道，突然停下来了，看着楼宇，眼睛亮了。

“你懂风水？”管千娇意外了。

“不懂。”包小三摇头，“我是说啊，这是块能挣钱的好地方，信我不？这里面有人住，而且是一家子。”

“这里面？”管千娇不信了。走到这儿，生活垃圾被很多建筑垃圾取代了，臭成这样，怎么看也不像能住人的地方啊。

她在纳闷。耶，奇怪了，楼后面跑出一小孩来，蹦蹦跳跳地拿着木棍在玩，紧跟着，又是一位。

管千娇佩服得直瞪包小三，邪了，似乎他早就料到了。

“你怎么知道？”管千娇愣了下道。

“收破烂的呗，全镇这么大，没有一家这样的怎么可能。”包小三无所谓地道。一看管千娇犯愣，他解释着：“哦，我爸妈就是收破烂的，我就是在这种环境里长大的，太熟悉了。”

果真是熟悉无比，他走到近前，扯着嗓子一喊：“过来，小孩。”

三个小屁孩穿得像难民，黑不溜秋、脏不拉叽的，不过却不怯生，有位问：“干啥？收瓶子？”

“耶！”包小三听到乡音，鬼叫一声，然后亲切地道：“老乡啊，你哪哩滴。”

“驻马店的。”

“耶！恁信阳滴，离你们老家不远啊。”

“我没去过信阳。”

“没事，下回哥带你去……你家大人哩。”

“分瓶子哩。”

……

老乡见老乡，两眼放光芒。三个小孩顿见亲切，为两人带着路。进了环形楼包围的大院，哦哟，两人像见了变形金刚一样，被震住了。

两人合抱粗的大编织袋里都是踩扁的瓶子，地上的玻璃瓶、烂衣服甚至还有泡沫塑料，被分门别类地摞了几人高。小孩叫着大人出来了，管千娇要准备时，包小三“嘘”了声，示意他对付。

也是，老乡见老乡，胡说心不慌。就见包小三和一对夫妇扯上了，都是河南乡音，说得那叫一个亲切，什么来看看你家多少货了，什么价格了，什么时候能拉了。一来二去，包小三说想看看，两口子一点怀疑也没有。

“看吧，就这价格，主要是塑料，完好包装没压坏的，一个两毛三，其他的按吨卖。”包小三对管千娇嘀咕道。

两口子指了几个地方，估计是忙着做早饭，顾不上招待，让他们随便看，反正也不怕偷。

两人背过身去，拐过破烂堆，包小三拿着手机，快门摁着不放。管千娇好奇地问：“这些保存完好的塑料瓶是干什么的？”

“回去一灌装，就是卖几块钱的饮料，俺们老乡全国各地收呢。”包小三得意地道。

可怜之人，必有可恶之处。管千娇不问了，她估计，包小三没少干这事。

“我的理想是，推平喜马拉雅山，万里长城贴瓷砖，漂洋过海好要饭，五湖四海收破烂……”包小三摇头晃脑地讲着，听得管千娇那叫一个哭笑不得，还真别说，这理想确实挺远大的。

两人在这幢十二层、五十余米长的楼里走了几圈。这楼真有点可惜，就剩最后的装修和亮化工程了，不知道为何这楼弃之不用了，现在全成了收破烂一家的容身之地了。一二层的房间里几乎堆满了各式各样的分类垃圾。

拍了一圈，用时不长。两人告辞的时候，场景又变了，男人忙着做饭，女人怀里抱一个，屁股后跟两个，看那样肚子里似乎还怀着一个。送了两人几步，有位大点的小女孩咬着手指，痴痴地看着管千娇。哦，管千娇明白，自己穿的旅游鞋肯定让爱美的小姑娘羡慕了，不过这种羡慕给她更多的是尴尬和怜悯。她招招手，道：“小妹妹，来。”

一大一小奔上来了。管千娇附身给小姑娘抹抹脏兮兮的脸，掏着口袋，包小三还没来得及，管千娇已经塞到两个小孩手里了，笑着道：“让妈妈给你们卖身新衣裳啊。”

好郁闷，包小三绝对比管千娇郁闷。管千娇像做了件好事似的，心情颇好。几步之外，包小三毫无征兆地停下了，悄悄指指身后。管千娇回头时，那破烂娘早不客气地把丫头拽住了，一把没收了钱，不客气地给了她一巴掌：道：“一丫头片子，穿啥新衣裳！”

包小三一耸肩，千娇气愤地道：“这当妈的怎么这样啊？”

“我们那儿的风俗，女人就不算人啊。”包小三解释道。管千娇一翻他，他赶紧改口道：“不是说你啊，是我们那儿的风俗，女人在家里木有地位滴，女人要是再生几个丫头，没男娃，这地位就更低了，死了都不能进祖坟……你别可怜他们啊，就这堆分类垃圾，少说值两万多。他们家的收入不比在首都哪个大公司就职差啊！”

“那你不去捡破烂？”管千娇没好气地道。

“这一个人干不来，最好是两口子，一内一外干起来方便，两三代人更好，有拣的、有分的、有联系卖的，哎呀，那叫一条龙产业啊。”包小三道。

管千娇不理他，快步走着，包小三在背后跟着，嘴里喋喋不休地介绍着：“真的哈，你咋不信呢？我爸妈就是干这个的，供了我们姐弟五个呢。从小我爸妈就说了，这辈受苦，不能让下辈跟着受苦，所以就一个劲供我上学，让我将来成为有学问的人。谁知道他娘滴又学又问十几年，回头还没有捡破烂的混得好……村里和我一般大的，不但房子修起了，娃都生好几个了。”

管千娇笑了，她弯着腰，看着包小三严肃的表情，不知道哪里可笑，笑得压着肚子，全身在抽，包小三也跟着傻笑……

这时候，另一队笑不出来了。仇敌和耿宝磊来得迟，错了一个小时的高峰期，乘了辆拉道具的车到场，车也别想白坐，给人司机买了两包烟。

视线里看着近，实际上远，足足走了二十几分钟。这地方灰尘大得吓人，两人从车上下来，差不多像地上打了一圈滚似的，衣服都变色了。

传说中的大西北没有印象中好，城墙上一片狗尿黄，铁门是羊粪青色。城门紧闭，非旅游开放时间，根本不让你进去。

不过外边也有看头，有个剧组就在距离城门不远的地方拍武打片，还是空中对决的戏。不过拍摄现场可比看片子无趣多了，两台小型吊车吊着两位“武林高手”，在空中以极慢的动作交手，比老太太裹脚还磨叽，看得人想扔石头把他们砸下来。

“看得我蛋疼。”仇敌评价了句。

“特技都是这样搞的。在这里拍摄主要是要沙漠这个背景，回去一剪辑，就成了刀来剑往，惊心动魄了。”耿宝磊道。

“哟，你好像懂点？对了，你学艺术的？”仇敌问。

“对头，我上的是音乐学院的器乐专业。我们学校有搞影视剧的，拍摄很枯燥的，一个场景一个场景地做。关键在后期的剪辑，你看场上乱的，其实拍出来是静悄悄的，只有配的风声和兵器声。”耿宝磊笑道。

“没意思，进城里看看去。”仇敌道。

两人沿着城墙根快走，耿宝磊追问着：“不是开放时间，进不去啊。”

“用你艺术的头脑想想，想个办法进去。”仇敌笑道。

“怎么可能，我又不是武林高手，飞进去？”耿宝磊觉得不容易了。

“飞不进去，混进去呗。我就不信，这么大的地方，没后门可走。伟大的微软都留了那么多后门呢。”仇敌笑道。

两人走得着实不轻松，城墙的四个门之间彼此相距两公里呢。到一处有道具和群众演员出入的地方，仇敌拉着耿宝磊准备混进去。不过两人明显是生面孔，被两位守门的保安拦住了。保安还没开口呢，马上闭嘴了，因为仇敌手里拿着“通行证”呢。

两张二十元纸币递过去，仇敌说着：“我进去看看啊，啥也不说，有人赶我就走，行个方便，好吧。”

保安愣了，估计没想到这货这么直接。就在耿宝磊觉得要黄时，钱被保安一把收走了，严肃地告诉他：“就说剧组搬东西的啊。”

“好嘞，谢谢啊。”

仇敌拉着傻眼的耿宝磊一溜烟儿钻了进去。

# 10　遍地闹剧

好大的一座城啊。每每观瞻，总让来者如此赞叹。

瓮城本身就是有数百年历史的古迹。据说最初是想开发旅游景点的，但实在过于荒凉，投入太大，地方政府又穷得叮当响，这才以招商引资的形式，由华鑫国旅投资开发。前后历经数年时间，在风沙侵蚀的古堡原址开发出了如今的这座大西北影视基地。

两人慢慢地走过砖砌的拱门、土堆的城墙、木扎的酒肆、繁体书就的招牌，古朴的风格让他们仿佛穿越了时空之门。不独是景致，影视的拍摄也给这里注入了活力。

大街上玩杂耍的，一把亮银枪耍得眼花缭乱。要饭的神情惟妙惟肖，浑身破破烂烂。逛街的劲装扎身，标准的西部装束。巡逻的一身皂衣，枪戟林立。几个拍摄古装戏的场景看得仇敌和耿宝磊大开眼界。

“影视基地好像挺挣钱的吧？租场地就行了。”仇敌问。

耿宝磊笑了笑，纠正道：“你的眼光还不够，租场地和收门票是最低级的经营手法。”

“周边效应嘛，这谁不知道，餐饮、旅游都是大块收入。”仇敌道。

“不仅如此，如果经营成品牌，比如形成文化产业，搞个培训基地，搞旅游产品开发，甚至于以场地、服装、建筑为代价入股影视剧，更甚至于包装上市，那财源就更广了。知道迪士尼吗？几个卡通形象就征服全世界了。”耿宝磊道。

“纸上谈兵谁不会，你说的那些玩意儿，咱们下辈子也摸不着边啊。”仇敌摇摇头道，耿宝磊笑了笑不作解释。不过仇敌转眼又来问题了，他小声道："你发现没有，这里经营好像有问题？"

"什么问题？挺好的啊。"耿宝磊道。

"不对，影视基地是华鑫国旅开发的，大西北影视娱乐有限公司负责管理，是他们的子公司，可周边却和他们无关。你看镇里，没有这个公司LOGO做的车，两家破宾馆，一看就是土鳖修的，还有餐饮业，除了几个私人小店，就是卖盒饭的了。这么大的产业多少张嘴啊，他们怎么就放着这么大的生意往外扔呢？这绝不正常。"仇敌道。

"是啊，不能紧张成这样吧？房间、就餐都紧张。"耿宝磊也省悟了，配套设施没一样跟上的。

"所以，理论和实际是两码事，大公司在小地方，特别是民营的，它未必服这个水土。"仇敌严肃道，在大小公司干了不止一天，这点心得还是有的。耿宝磊笑着，无从反驳。两人一路偷拍，手机扬着走。

这地方很开放，拍电影和看电影是两个概念，最起码拍的时候是不录音的，只有形体动作，就像看没翻译的外国片一样。何况又有分镜头，不剪辑到一起，你恐怕连意思都不明白。

不但不明白那些拍的故事，更不明白的是哈曼让几个人此行的深意。仇敌又念及此事，问耿宝磊道："宝磊，这里面就没有什么秘密可言啊，几乎可以随便拍啊，咱们到底是要干什么啊？"

"你想说什么？"耿宝磊知道仇敌心里的疑虑。

"我是说，就这么个鸟不拉屎，蛋壳大的地方，没什么秘密。比如这影视基地，几十块钱就搞定了。"仇敌道。

"此言差矣，这得分情况，二三流的小影视公司、二三线的破演员，奔这儿拍外景，当然不怕你拍了，他们巴不得制造点儿八卦呢，可他们还不够格啊。真正的一线大牌，那出行和国宾规格差不多，私生活是严格保密的，他们接的片子再烂也是大卖，在没出炉以前，保密防范肯定严了。别说咱们这些半路出家的，就算是专业的狗仔队都未必挖得到消息。"耿宝磊道，他毕竟受过些艺术熏陶，比仇敌略强。

"那你说，会不会是提前得到消息，某大牌或者某大戏要到这里取景，让咱们提前埋伏在这里，挖点儿内幕消息？我可听过啊，有一半的商务公司都有类似的业务。”仇敌道。

“嗯，有可能，哪怕一条有价值的内幕，都有可能造成轰动效应。不过……偷拍得相当专业啊，咱们的设备跟不上啊，总不能脸对脸学包小三去拍人家裙底吧？”耿宝磊道。两人自己把自己问住了。无解，暂时搁浅。

别看戏中人物光鲜，其实演员是很不容易的，特别是那些挣零钱打短工的群众演员。这不，墙根一位揉着脚的群众演员在说了：“哎……一个镜头，一上午逛十五回了，导演还说不行。”

“那哥们儿老背错词，没办法。”他的同伴道。

一位“乞丐”在拍摄间隙发牢骚道：“渴死了，晒了一上午太阳。”

“不挣钱的时候，你个懒汉不也是天天南墙根晒太阳吗。”有人骂了。

骂人的是郝来运，那个八字胡的演职中介，看样子他是影视基地的管理层。仇敌和耿宝磊一见这人，马上钻入小胡同走了。郝来运似乎发现了，追了上去，不过没两人跑得快，他悻悻地骂着：“二拐家娃才干了几天，都学会收钱放人了。”

估计放人私下收钱在这里不算很意外，郝来运没太在意。这么大的摊子，各剧组都要群众演员，这边脱了民装，转眼就要换军装，脱了军装没准又要上蒙古装，他正事都忙不过来呢。

这不，添乱的又来了，步话机响了，“呼叫好来坞！呼叫好来坞！”

一听，是剧组有临时变动了。郝来运小步颠着跑，到瓮城边上，一位留着长发、戴着墨镜的副导已经怒气冲冲地迎上来了，劈头盖脸地训着郝来运道：“我说好来坞，你坑人是不是！想让我们走你明说啊！不想让我们再来了你也明说啊！有你这样坑人的吗！”

“我……我哪儿坑您老了？”郝来运不解道。

副导一指群众演员队伍，一半上年纪的，他愤然道：“我要三十个年轻力壮的勇卒，你给我三十个老弱病残。”又一指一位一把胡子的，道：“瞧瞧他，死活不剃胡子，穿上勇卒服还是收破烂的德行！”再指一位年纪太小的，道：“那个，成年了没有？！”

郝来运一听，赔着笑脸解释道：“真不巧，南影也来拍外景，他们要得急，两天就走，就把人先给他们了。”

“那我们不急是不是？剧组一天开支十几万，钱是扣扣索索地花啊，我们耽搁一天算谁的？！”副导直接捋着袖子要开干了，不过不是打人，他指着郝来运的鼻尖道：“给你三十分钟，给我凑齐三十个，要个头一般高，否则咱们的合作到此终止，甭指望我以后再来。”

“别介……您等着，我马上给您找去，全镇一半人都在这儿呢。等着啊，马上就来，用不了三十分钟。”

郝来运一见副导发飙了，又见全剧组都不善地看着他，不迭地跑去找人了。这些剧组可都是财神爷，能不惹尽量别惹，一个圈子口碑相传，坏了信誉，生意恐怕不那么好做了。

郝来运这个“好来坞”的绰号真不是白叫的，最起码在群众演员里那是头儿，这个剧组拽一个，那个人堆里扒一个，急火了把维持秩序的保安也拉上了，不多会儿就凑了一队人，匆匆往拍摄地赶。

途中，郝来运又见那俩鬼头鬼脑的在影视基地里转悠，他大吼一声：“站住！抓住他们！”

拐弯照面了，相隔距离太近，人一哄而上，把仇敌和耿宝磊堵了个正着。仇敌和耿宝磊惊得举手投降，解释道：“好来坞大叔，我们就是来玩儿玩儿的，啥也没干哈，真的。”

“废话，走！给你们找点儿事干。”郝来运一挥手，两人只好跟着走。

耿宝磊见周围个个神情绷得很紧，他紧张地道：“那个……啥事啊？我们可啥也干不了。”

“装死会不？”郝来运问。

“没装过。”仇敌道。

“真没装过。”耿宝磊强调道。

“让你们装死！”郝来运道。

由于这话口气太硬，两人似乎理解不对。仇敌道：“我们真没装，就从后门进来随便看看。”

“跟你们这些没文化的人说话就是费劲！让你们当回演员，装回死！能把你累死啊，便宜你们了，外地来的，不交钱根本别想露脸，快点儿！”郝来运训着，一干人匆匆赶往现场。

这倒放心了，演回死人而已，没有比这个更简单的了。

又来了二十多位，按个子凑合挑了三十人，两队。眨眼间，耿宝磊和仇敌换上了古装军服，抽着道具刀蹭蹭，就是太轻了。

副导把人一聚，开始说戏了。很简单，三个分镜头。第一个，列队走过，八秒。第二个，大侠从城头飞下。第三个，大侠砍瓜切菜一般，把一队士兵砍翻在地，十九秒。

副导讲道："关键是第三个镜头啊，要死得有点儿创意，有点儿新意，别喷口血就往下倒，让大爷大妈看了都嫌太假。来，给你分配一下怎么死。"

两人从来没想过"死"一回难度竟然这么大，有砍脖子鲜血飞溅死的，有一脚踹出十几米死的，还有一拳头敲得七窍流血死的……轮到仇敌时，副导一瞅，一扬手喊武打设计道："嗯，这个形象不错，让他和主角对两招儿。"

"那我怎么死啊？"仇敌兴奋了，好奇地问。

"拉钢丝，从城墙上掉下去摔死。"副导道。

"啊？！"仇敌一看十几米高的城墙，吓得掉舌头了。

耿宝磊也被分配了"死法"，在墙上被大侠踢起的刀钉死。

戏说完就试了几次，郝来运直怕再出娄子。邪了，武打指导直夸仇敌身手不错，耿宝磊更是一枝独秀。

原来刀戳透心凉是这么拍的。大侠踢飞刀后马上切下一个镜头。下一个镜头是，耿宝磊穿着衣服上粘着刀，往墙上一贴，双目一睁，嘴角流血。好一个死不瞑目。"好！就这么睁着眼睛死，太有型了！"武术指导道。

"开拍！"导演一声令下。

一队巡逻的士兵从城墙下走过，突然有人喊："有人闯关！"接着，从城墙上飞下来一位劲装持刀的侠客。队伍围攻而上，大侠左一刀砍死一个，右一挑挒死一个，飞起一脚踢飞一个……直到打到仇敌面前。"砰！砰！"两刀相碰，都是慢动作啊。然后钢丝一起，仇敌被吊起来了，而主角却做着单手托人的动作。钢丝一甩，甩到了城墙上，怎么看也像主角把仇敌给扔出去了。"咚！"仇敌撞到城墙上了，"哎哟"了一声，撞得屁股生疼，龇牙咧嘴地被放下来了。

“啊！”耿宝磊临“死”前装腔作势地来了个惊恐的表情，然后贴墙、瞪眼、做死不瞑目状。

“停！”导演喊话了，众人一兴奋。仇敌刚爬起来，那导演又喊道：“摔城墙上那个动作不错，再来一回。”

“啊？”捂着屁股刚站起来的仇敌，瞬间苦脸了。

郝来运可乐歪了，直和那位副导吹嘘道：“瞧瞧，没骗你吧，我们素质还是挺高的，就这死相，专业水平也不过如此啊。”

这一关在仇敌的一瘸一拐和耿宝磊的一脸幸灾乐祸中过去了。

群众演员没什么地位，交了服装，现场领钱领盒饭票就打发了。两人很荣幸地在这里赚到一笔钱，二百二十块。本来是整数，被发钱的郝来运给扣了八十中介费。

不过让两人更感兴趣的是吃饭的场面，三辆大货厢车就停在城墙根，整个货厢都是盒饭，即来即吃，即吃即走。两人以群众演员的身份在旁边转悠了好久，有点明白为什么管千娇让他们来实地看看了，还专门提到就餐。

盒饭的菜品、质量、价格、数量，那几乎是对整个影城基地当天剧组人员多少、经营者收支等商务细节最直观的反映了。这份情报轻而易举地进了仇敌和耿宝磊的手机。

傍晚时分，三个人从羊尾巴胡同转悠出来了。

今天结束得早，早早吃了饭，管千娇忙着整理几人收集回来的照片，仇敌草草说了影视基地的情况，看管千娇忙乎着，包小三又不停骚扰，干脆把人都带出来了。

这个细微的动作，让管千娇心领神会地对他笑了笑。那笑挺甜的，很纯，让仇敌咂摸了好大一会儿。

包小三是被以喝酒的名义带出来的，一听两人居然上镜头了，还挣了两百多，他脑子开始转了，拽着耿宝磊道：“我说，今天我也发现了一个好机会，那幢烂尾楼，一家子收破烂的，那分类的，光塑料瓶子应该就值一两万。”

“你什么意思？”耿宝磊晕菜了。

“你咋这么笨呢，我是说，这个生意咱们其实能干啊。”包小三道。

“什么生意？”耿宝磊没明白。

“一年四季不缺瓶子捡。”仇敌笑着道。

“对，还是仇哥聪明，没本的生意，你们干不？我可能找上人，顶多贿赂一下影城那些管事的，这片破烂就全归咱们了。”包小三的发财大计终于讲明白了。这个直接能把人雷倒在胡同里的理想，耿宝磊可是无语了。

仇敌笑着道：“理解一下啊，宝磊，每个人都有理想。像放羊的说，我发财了以后就不让我儿子放羊了，我雇人放。就像收破烂的说，等我有钱了，我把这地方全承包了，破烂全归我，不让别人捡。哦，对了，还有屎壳郎说，等我有钱了，我把周围厕所都包圆了，想怎么吃就怎么吃。”

耿宝磊在笑，包小三听明白了，他不高兴地问：“你是不是骂我呢？”

“那你以为我夸你呀？多少事不能干，你就配捡破烂！别拿没脸皮当有骨气！那不光荣。”仇敌好像生气了，狠狠斥了包小三几句，径自走了。

仇敌横起来能把包小三镇住。包小三挠着脑袋，半晌才回味过来。他看着耿宝磊，顿感醍醐灌顶，深沉地道：“仇敌说的有道理，我应该干大事！”

“对，别误解他就好。”耿宝磊语重心长道。

“办个破烂加工厂怎么样？”包小三兴奋地叫出来。耿宝磊脸一苦，他连忙解释道：“咱们不捡，把几个省的破烂都收回来深加工，绝对赚钱。”

终于有个稍微上点档次的理想了。耿宝磊听得哭笑不得，匆匆就走，包小三追着他，喋喋不休地讲着发财大计。

自小养成的性格恐怕要跟随一生了，从小就跟着父母漂泊的包小三，漂惯了就没个安生的时候。大计还没讲完，他又发现新目标了，那位宰了他们几百块钱的川味火锅店。包小三早打听过了，那个大个子肉墩大名胡雷，又和往常一样，来倒垃圾了。

“你想干什么？”耿宝磊一看情况不对，拽住他了。

仇敌拎着一瓶刚买来的酒回来了，一看包小三那跃跃欲试的样子，笑着道：“你别犯混啊，就你这身子骨儿，打不过那傻货。”

“不是，我就瞧他们家不顺眼，宰了咱们好几百。这场子得找回来，否则老子看着他心里就憋屈。”包小三愤愤不平地道。

“三儿，这事算了。”仇敌道。

“凭什么？！”包小三不解道。

仇敌长叹一声，开始娓娓道来。

原来，仇敌和房东闲聊时才发现，这肉墩大名胡雷，曾经居然是一号人物。数年前修那幢烂尾楼时，工程方和当地居民起了纠纷，引起群殴，就肉墩一马当先冲在前面和对方干起来了，结果他从二楼不高的地方摔下来了，伤着脑袋了，就成现在这德行了。

但最惊奇的不是这个，而是房东说到肉墩胡雷，居然是幸灾乐祸的表情。仇敌很容易能判断出来，这家伙没傻以前肯定干过天怒人怨的事。闲聊之下，果真如此。

胡雷曾经和祁连宝是把兄弟，两人都是外地来此淘金的，只不过结果迥异，一个混成土豪了，一个摔成傻缺了。

仇敌对祁连宝印象很深。就看那天组团追打狗仔队的架势，那宽厚肥胖的体型，天生就是干黑社会的材料。聊到这人时，仇敌好羡慕人家有车有楼有这么一帮狗腿，房东却是摆摆手笑了，告诉仇敌一句当地的谚语——吃人的狼娃子，你都见不着。这句话的意思是：没有最黑最恶，只有更黑更恶。

这些事听得管千娇两背直冒冷汗。

帮着房东打扫了院子，又在租地待了几个小时，快到中午时两人结伴出门了。心事重重的四人顾不上欣赏身边的风景了。或者也没有什么风景，全镇周边都是退化的草场，仅剩一丁点不多的绿地。一年尘沙天气不断，从镇头到镇尾都是黄沙，随便一走，全身都能落一层土。

走到了镇政府边上，爱干净的管千娇拍打着身上，仇敌就着街边坐下来了。回头看老旧的政府牌子，和对面影城宾馆形成了鲜明的对比。

仇敌刚要说话的时候，却发现不对劲了。拍打衣服的管千娇一直蹲着，又系上鞋带了。别人肯定看不出来，不过从仇敌的视角能看出来，管千娇是在做一件事——偷拍。

管千娇手上，袖子里，和她包里伸出来的探头都能捕捉图像，而她要拍的方向是影城宾馆的门口，那里一行人出来，正走向几辆泊着的豪车。

距离太近了，就斜对面，顶多二十米。仇敌看到相貌凶恶的祁连宝时，吓了一跳。这一行四五个人，还有一位穿着 OL 职场制服的女人，显得和小镇子格格不入，一瞅人家开得那奔驰、凌志，就知道不是普通人。

这一行人中似乎有人奇怪地指了指了仇敌坐着的方向。这镇上少见人迹，中午大街上根本没什么人，管千娇向他使着眼色，要走。

就在这一刹那，仇敌做出了一个决定，跳起来喊道："嗨，好来坞，啊……郝大哥！"

与其让人怀疑，倒不如打消人家的顾虑。郝来运在人群里就好办了，仇敌屁颠屁颠地跑上去。

郝来运似乎还记得他，叫不出名来，跟旁人说着："哦，没事，来这儿混群众演员的。哎，你叫什么来着？瞎转悠什么呢？"

"我叫仇敌……那个，郝哥，我想报名。昨天我演那个，我很有心得，说不定我也能成明星涅。"仇敌乐滋滋地上来了，谦恭地道着。

"哈哈哈……有成名机会，好来坞早成名了，还轮着你。"有位中年男子大笑道。仿佛这是什么好笑的笑话一样，一位女人也跟着笑了，笑着上车。看也没看仇敌一眼。

郝来运回斥着仇敌道："滚蛋！没看谁来了，没眼力见儿！这是你说话的场合吗？还不滚。"

仇敌吓得倒退两步，祁连宝一指，凶眼瞪着，也是同样一句："滚蛋。"

"哦……"仇敌一脸恐惧，掉头拉上管千娇就跑。

两人跑了好远，钻到小胡同口子里，贴着墙看看。

仇敌瞪着管千娇道："你疯了是不是？隔这么近你偷拍什么？不知道这地方不正常啊！"

"人家好不容易碰到鹏程商贸的管理层了，运气真的不错啊。"管千娇兴奋地说道。

"鹏程商贸？"仇敌没明白这个新名词。

管千娇赶紧捂嘴，似乎失言了。

这个动作让仇敌生气了，他指着道："你是不是有事瞒着我们？每天就你和哈曼联系，有什么事你明说啊，我越来越感觉这地方有问题，别真是个坑，把咱们都埋里头。"

"什么跟什么呀，就这个……"管千娇掏着手机，放着偷拍的画面解释着。"刚才哈哈大笑的那位叫宗鹏程，宾馆、酒店、演职中介、大部分都是他名下的产业。那位穿西装、开凌志的叫金彦国，是大西北影视基地的资方经理。那个女的是张瑞霞，是秘书。至于郝来运、姚富文，加上那位祁连宝，是宗鹏程在屯兵镇的经营管理层。”

“等等，你怎么知道这么多？”仇敌一下子听懵了。

“昨晚刚知道的，调查经营模式，自然是搞清这里成规模的势力了，把握餐饮、住宿两个大蛋糕的鹏程工贸怎么可能漏掉。”管千娇道。

“你怎么这么清楚？”仇敌不信了。

“北宁市官方网站就能查到。”管千娇道。她对着仇敌怀疑的眼神坦然问道：“你怀疑我什么？”

是啊，她有什么怀疑的？娇小玲珑的、清纯无瑕的，就那么看着仇敌。仇敌反而不好意思了，他摇摇头道：“我不是担心么。”

正说着，一辆越野车呼啸而过。仇敌认出来了，是祁连宝的车，似乎是去西街的方向。仇敌悄悄跟过去，管千娇拉不住他，也跟着转出来了。

……

“等我会儿，我去店里看看。”祁连宝下车，对司机道。宽大的车门对他而言似乎显得有些小。一身草绿劲装配着马靴的装束，大步昂首而进，那派头，可比西部片里的牛仔帅多了。

司机看了眼，没吭声。

这个镇上缺水，不过更缺女人，尤其是漂亮女人。没治啊，自然和生活条件这么恶劣，留不住漂亮姑娘。所以，这家店里那个叫艳红的漂亮姑娘简直成了全镇的宝贝。

就是天不怕地不怕的放羊汉也不敢到川味火锅店折腾，这是屯兵镇都知道的事，原因呢，就在刚进去的那位祁大哥身上。或者再准确一点讲，是因为祁大哥很中意店里那位叫艳红的妹子。

此时，艳红妹子正在店里切羊肉，祁连宝进来后，她抬也没抬一眼。祁连宝问道：“肉墩呢？”她扬了扬头，示意在后院。似乎太熟悉了，反而有陌生的感觉，一句话都懒得讲。

祁连宝有些尴尬地进了厨房，老板娘魏春花倒是客气，笑着放下水勺问候了句：“来啦？”

魏春花也是命苦。一直红火的生意恐怕也弥补不了儿子变傻给她带来的伤痛，这是块心病，一提魏春花就难受。

祁连宝也是难堪，道：“姨，雷哥的事都怪我，艳红现在还恨我，不跟我说话。我们当时也没办法啊，不拼命，去哪儿养一家老小……”

“知道，姨知道，姨不怪你。”魏春花用粗污的围裙抹着眼泪，打断了祁连宝的话。

难堪的场景持续了片刻，魏春花抹着泪出了后院，嚷道：“墩啊，连宝来看你来了。”

胡雷嗡声应了声，祁连宝低头走出矮小的门，看到蹲在地方，持着根管子捅火的胡雷。他捅得很用心，目不斜视。

祁连宝蹲下来，看了好一会儿，然后点了根烟，递上来道：“哥，抽不？”

肉墩侧头翻看了一眼，然后委屈地道：“我妈不让我抽别人给的烟。”

祁连宝笑了，全镇人都知道肉墩的爱好，发根烟让他出洋相已经成了大家找乐子的方式。此时的胡雷已经不是他曾经一起搬砖扛料的兄弟了，只是期待地看着他手上的烟的智障。

“抽吧，在家里你妈又不说你。”祁连宝说道。

胡雷像个偷糖的小孩一样，夹走了，低着头，“扑哧扑哧”抽着，那惬意的样子很忘我。

祁连宝待了好大一会儿，把身上的一盒烟塞到胡雷兜里，然后又塞了一摞钱，然后有点心情黯然地出了饭店。

店堂里，胡艳红还在切羊肉，头也没抬。祁连宝有些郁闷地阴着脸，快步出了店门，上车走了。

……

“你说，祁连宝和肉墩妹妹会不会有一腿？”仇敌看着祁连宝的车走了，问管千娇。

“我怎么知道？”管千娇哭笑不得了，她仍然很难习惯仇敌、包小三两人粗口交流方式。

“这个必须知道，而且得知道这一腿有多深。”仇敌道。

“八卦！”管千娇道。

“不是八卦，是情报。”仇敌道。

管千娇笑了一会儿，道：“你觉得房东说那话的时候是什么意思？肉墩以前在屯兵镇肯定也是一害。”

“也许吧，但毕竟人现在都这样了。”说完，仇敌拔腿要走，管千娇赶紧拉人，道：“你去哪儿？”

“实地考察一下，买点儿吃的，探探口风。”仇敌道。

管千娇翻了个白眼，放手了。

仇敌小心翼翼地迈进了下车伊始就宰过他一次的店。一进门，胡艳红头也不抬地道：“还不到晌午，没饭……只有炖的鸡。”

“哦，那我来‘十三钗’行不？”仇敌道。

胡艳红这才抬头，一看仇敌，似乎想起了。她怔了怔，抿抿嘴，笑了。随后却是熟人一样地问候了句：“还没走啊？”

“哎，还没走，想多玩儿几天。”仇敌客气地道。

“这荒山野地的有啥玩儿的。要几只？”胡艳红抹着手问。

“多少钱一只？”仇敌问。

“回头客肯定不宰你，五十一只。”

“那来两只呗。”

“等着啊。”

艳红扭着腰回厨房了。过了一会儿，她提着塑料袋交到了仇敌手上，接了钱，笑着道：“多给了你一只啊，回头客了就常来吧。出门在外不要多嘴多事，我们店里这影名菜谱就是故意摆的，谁一好奇一问，我就知道他是头回来。”

是啊，初来乍到的，不宰你宰谁啊。估计宰得心里过意不去了，多给了一只，权当安慰和封口费了。此时仇敌不知道为什么觉得好可笑，仿佛宰人的也没那么可恶了，心情大好地出了店。

仇敌边走边和管千娇道：“打电话问问那俩夯货到哪儿了。那妞儿态度老好了，还指着咱们多去几回呢。”

……

# 11　没脸没皮

调查进入岔道了。但众人没料到的是，他们也跟着进了岔道。

众人来的时候就是拍摄的高峰期，于是……

耿宝磊帅得离谱，包小三又丑得个性，结果第二天就被郝来运拉走了，干啥呢？演戏呗。

由于人手实在不够，屯兵镇又是清一水儿的膀大腰圆的糙爷们儿，群众演员也需要新鲜血液么。于是乎，三人就糊里糊涂地进了群众演员的队伍。几场下来，玩儿出乐子来了。

镜头一：

包小三衣衫褴褛，牵着驴车。给他安排的角色是三十年代的一位车夫。

出镜两秒，“砰！”枪声响起，他捂着胸口，血殷殷地从指缝流出来，然后痛苦地倒在地上。

导演盯着小屏幕，喊道：“CUT！”然后吼着场记道：“休息五分钟，再来一次，表情不到位！怎么给他讲的戏？他是逃荒的，有昂首挺胸逃荒的吗？”

形似，很难神似。

导演训着包小三，在扣钱扣盒饭的威胁下，包小三一概答应。

等待的工夫，他不经意舔了下手指。咦，那“血”是甜的。他四下看着，发现了一瓶“血”。他尝了尝，然后咂巴着嘴，越尝越甜。

然后很快出事了。道具组的人准备时，狐疑地四下乱找，叫嚷着：“咦？我调的糖浆呢？”

没人吭声，然后他发现包小三血红的嘴，气得冲上去就追打，包小三撒腿就跑，剧组顿时乱套了……

……

镜头二：

仇敌又换上新行头了，扛着汉阳造，一身土布衣，在影城五公里外拍外景。哦，对了，他这次的角色就土匪。顺便一提，一般反面角色的下场都不好，仇敌也不例外。

剧情居然是个英雄救美的老套故事，具体是这样的：土匪（仇敌）拦路抢劫一辆车，然后被一个双枪侠客两枪撂倒。侠客撂倒土匪（仇敌）后，和车里的美女情意绵绵地相视。

现场录制是无声的，不过为了烘托表情，男女主角肯定要对话。男主一开口，是半生不熟的港台话："小给，勒好靓啊。"女主的台词更奇葩，直接含情脉脉地问："帅哥，想泡我快些啊。"

说什么无所谓，反正不录音。可躺在地上扮死尸的仇敌受不了了，"噗"地笑了出来，笑得全身乱扭。

笑了好长时间，睁开眼时发现有问题了。男主女主、其他群众演员，再加上剧组摄影、导演、道具、场记，都死死盯着他。

又砸了一出戏，浪费了多少感情涅。气得导演一指，道："把这小子开了，换人！换人！"

……

镜头三：

耿宝磊扣了呢帽、扎了身围裙，在陈记包子铺当伙计。

台词就两句，"客官吃点什么？""来喽——"。

耿宝磊一天这两句台词说了三十八回，桌子到厨房跑了八十多趟，端的包子都馊了。

此后耿宝磊死活不要有台词的角色了，混在群众演员堆里，演不露脸的小贩、路人甲乙，或者和仇敌、包小三一样，直接躺地上演尸体。

一天生，两天熟，三天过来称侄叔。三人和屯兵镇一干同样游手好闲，在影城混饭的闲汉关系迅速升温。接触后才发现，这个产业还真是养了一大帮子懒汉。自打有影视基地了，羊不放了、牛不喂了、庄稼也不种了，每年夏秋在剧组里凑个人头，日子勉强能过下去了。

数数看就知道了，镇上开旅社的、卖小吃的、做盒饭的、宾馆干活的、跑运输接送的，甚至养驴的，基本就靠着这个基地养活着呢，甚至全镇的人口都放这上头居然还不够。碰上像现在的高峰期，啥也挣钱。群众演员经常不足，郝来运每天扯着嗓子吼，之前一场五十，现在已经涨到一场八十五了。连二拐家的驴出镜，拐老头都知道讨价还价了。他每天常说的一句话就是："我家驴也有肖像权，价格也得涨涨啊。"

三人都是外行，居然在这里每天也有一百多的收入。甚至有一天，仇敌无意做了趟替身的活，从八米高的墙头摔到垫子上，居然挣了五百块。眼红得包小三追在导演屁股后，也要演跳楼。

玩得嗨了，时间过得快了，眨眼一周不知不觉就过去了。

又到了开饭时间，三辆餐车驶进影视基地，各剧组陆续去吃饭了。剧组的人服务员专门送，群众演员可就没人管了，一人一张票，领盒饭呗。

仇敌、耿宝磊依次领着，走到墙根准备蹲下来吃。耿宝磊胳膊碰碰仇敌，示意他看，仇敌一瞧，乐了。包小三正和分饭的套着近乎，递了根烟，那人忙着夹到了耳朵上。不知道他怎么商量的，一转眼包小三手里多了一份饭，这货乐得屁颠屁颠地奔上来了。给仇敌和耿宝磊一亮，哟，鸡块菜。

"还是'金陵十三钗'比大白菜好吃啊。"仇敌挟了块，笑着道。

三人后来经常去那家川味火锅店喝酒，前事一笑而过。说起来那家人还不错，反正见了生客还是照宰不误，但对于他们这些回头客，服务态度要好得多，价格也优惠多了。

耿宝磊一吃就想起肉墩那事了，问着包小三道："三儿，我看魏老板娘那口气，要招上门女婿呢，你没有兴趣试试去？"

"我没意见啊，就怕人家看不上我。"包小三道。

"哇！"仇敌笑了，直夸着，"瞧瞧，三儿多有自知之明！"

"其实我喜欢千娇，自打认识千娇后，我觉得其他女人到看不上眼了。"包小三道。

耿宝磊哈哈一笑，道："就这，还自知之明呢。"

"那怎么了，就不能想想啊。"包小三不乐意了。说着说着他想起管千娇来了，直说哥仨混这儿，老把管千娇扔镇上也不算回事。一想到管千娇，又想到此行的目的了。

耿宝磊转着话题道："哎，你们说，咱们那活怎么办？"

什么活？自然是哈曼公司给的实习了。这眼看着一旬就快到了，严格地讲，好像什么也没给人家做啊。就照了几张不疼不痒的照片，剩下的时间，不是喝酒，就是在影城剧组玩了。

包小三可不在乎，直道着："管他呢，给钱就继续待着呗，能挣两份钱呢，多好啊。"

"这地方就这么大，经营模式就是一个产业带动一片，也就这样了吧，还能调查到什么程度？"仇敌道。

"话是这样讲，但是咱们回京后，公司还要咱不？"耿宝磊期待地问。

仇敌和包小三互视了一眼，然后说了同样两个字："够呛！"

确实够呛，哥仨在这儿小日子风光起来了，小酒喝得晕三倒四的，白天又玩得不亦乐乎的。管千娇安排的活大多数是敷衍了事，连他们自己都不大清楚拍下的餐车、客运车，以及那些二、三流的剧组有什么价值。

"这有什么着急的，这里玩儿着就把钱挣了，多好，我都不想回去了。"包小三吃着道着，肯定是真话。

耿宝磊对这个行当可能有点了解，他道着："你可想错了，这行不是长久饭，每年也就夏秋还成。一过这个时节，那就赶着喝西北风吧。你知道这儿冬天多少度，零下二十度，哪儿能拍戏啊？"

"哇，有这么严重？"包小三吓了一跳。

"白痴。"仇敌斥了句，思忖着道："也是，不过咱们也只能走一步算一步了。没事！大不了就当来旅游了一圈，长了长见识。哈曼不要拉倒，玩儿够了回去再找工作呗。"

"我是觉得有点可惜啊，不过仔细想想，可能又有点高攀不起。我估计他们把咱们送这儿，应该别有用意。"耿宝磊道。

"这事我也越想越迷糊，咱们这几块料，除了干点儿体力活，剩下的就是闯祸捅娄子，没有什么利用价值啊。"仇敌狐疑地道。他觉得自己隐约抓到了什么，可一细思量，又觉得自己全盘是错的。他把自己心里的怀疑讲了出来，小声问着：“唉，你们说，会不会是和影视基地有关的，比如，有人想收购、入股什么的。决策前先做一个正式的商业调查，而哈曼公司又找不到这类人，只好拿咱们死马当活马医。”

包小三刚要发言，仇敌斥道：“你别说话，你连死马也算不上，顶多一害群之马。”

包小三笑了，耿宝磊笑着道：“我也这样想过，可好像又不对。调查这儿根本用不了一个月，咱们提供的东西就足够了。而且调查这里，根本没有价值，整个就一赔钱货。”

“不能吧，这还赔钱？”包小三道。

“你傻啊，每年的拍摄季节就四五个月，而且来的都是些小剧组，甚至还有地方上的，顶多算草台班子。这行里有句话啊，没大牌就没戏，净是二三线小剧组，等着赔钱吧。”耿宝磊道。

“哇，咱们拍了这么多，我还等着出名呢，敢情都是赔钱货啊？”包小三不乐意了。

“每年能放出来的不到三成，三成里能红起来的，就那么几部，大部分都扔进垃圾堆了。”耿宝磊道。

“赔钱还有人投资？”仇敌不解了。

“万一一部火了呢？就像咱们应聘，大多数时候都是陪练，就等那个万一呢。”耿宝磊笑道。

包小三扔了盒饭皮子，不屑地道：“不懂，管他呢，能混一天算一天吧，别的不想了。”

“人无远虑，必有近忧，咱们来的时候正好是高峰期，几个剧组挤一块了，都在抢群众演员。这风头一过，还有你的饭碗？”耿宝磊道，“这两天走的比来的多，看盒饭量就知道，少了半车。”

还真是一语成谶。话音刚落，腆着肚子，八字胡子，横披衣服的郝来运拿着喊话器来吃饭来了。包小三随口问了句：“郝叔，明儿有戏不？”

“有倒有戏，不过群众演员不要那么多了，你们歇歇吧……那个，月底有公演，明后天就在宾馆门口搭台，没事帮忙去啊。”郝来运随口道了句。

包小三有气无力地应了声，然后和仇敌两人齐齐地给了他一个评价，道："乌鸦嘴！"

……

回到了京城，宝隆大厦，八层。

北京城连日大雨，淹了好几处路段，大下午的窗外电闪雷鸣，有点像午夜凶铃的氛围。

唐瑛专心致志地阅读着前方发回的照片和文字资料，一时间居然忘记了身处的环境，直到电话铃响，她才想起，谢总要来。

谢总已经来了。她抱起笔记本电脑，直到谢总办公室。她敲门而入时，谢纪锋正换着湿衣服，落座时看看时间，随意道："道歉，来晚了，京津高速中断了两个小时。怎么样？"

"不错，很翔实，分类出来了六百多张照片。人物、环境、建筑，甚至在拍的剧组戏的现场，很意外哦。"唐瑛笑着道。

哪怕是专业的商务调查，也未必能达到这个水平。毕竟在陌生的环境里，要从零起步的。

"最好的商业间谍就是……"谢纪锋做了个鬼脸，笑着解释着，"他们自己都不知道他们是间谍。"

唐瑛笑了，这个计划顺利地实施了，顺利到比预计得更好。这些人几乎是几天时间就切入主题了。

现在回想起来，找这么一队奇特的人马是非常正确的决定。如果换了寻常的人，在那种鱼龙混杂的地方，恐怕待几天都困难，更别说这几位还混进了剧组搞外快去了。

对了，想起这事，唐瑛提醒道："不过该提醒一下了，他们三个混进剧组了，感觉好像乐不思蜀了。"

"临时饭碗和长期饭碗，他们分得清轻重，让咱们商量一下吧。对于他们，我觉得应该倾向于引导，而不是命令，你觉得呢？"谢纪锋问。

"肯定应该是这样，恐怕他们不会受规则约束……用钱怎么样？"唐瑛试探着问。

"说详细些。"谢纪锋道。

"我建议来一次视频通话，对他们的成绩予以肯定。下一旬的支出，适当提高些，然后引导他们，往咱们需要调查的方向走？”唐瑛道。

谢纪锋思忖了片刻，又要过了唐瑛接受的照片，草草浏览。这些照片算是把屯兵镇拍完了，饭店、宾馆、餐车、影视基地、客流量、门票点，很直观地反映出了那个特殊的商业环境。

“好，就按你说的办，准备一下，通话安排到晚上吧，该给他们提提任务难度了。”谢纪锋如是道。

唐瑛起身，她似乎也有点小兴奋地接受了这个任务。因为她知道，能让谢总亲自操刀的生意，标的绝对不会是小数目。

……

管千娇敲着老式的厚木门，没人应声。

处了这么几天，管千娇也学会不客气了，直接推门。进门却是都在，三个爷们儿正兴高采烈地甩着扑克牌喝酒。一见管千娇进来了，包小三赶紧套裤子，仇敌赶紧套褂子，遮住了膀子。

“娇，你喝不？”包小三殷勤地道。

管千娇没理他。她现在了解包小三的性子了，此人人来疯，你越理他，他越把自己当成帅哥，最好的办法是直接无视。她道着：“你们玩儿得这么嗨，是不是把干什么都忘了？”

“没忘，不就搞点儿照片吗，都有了。”包小三道。

“真没忘，我们为了得到一手情报，冒险潜入影视基地啊。”仇敌道。

耿宝磊笑了。

管千娇没有揭穿，她问道：“真冒险，热得都快感冒了……我问你们，这一句马上就到了，你们觉得下一句还有戏吗？”

这个好像就难说了。包小三挠挠腮，仇敌不确定地看着管千娇的表情，似乎有点不祥之兆。

耿宝磊心虚了，问道：“千娇，是不是有消息了，咱们也没闲着啊。”

“跟我来，听听下一句的安排。都小声点儿，别打扰到其他房客。”管千娇小声道。

几人蹑手蹑脚地到了隔壁管千娇的房间。管千娇关上了门，又关上了窗，拉好的帘子，接着无线网，发起视频请求。转眼，哈曼商务的那位漂亮的女主管出现在屏幕上了。

唐瑛笑吟吟地向大家打着招呼，道："嗨，大家好。"

"嗨……"三人机械地打招呼。

包小三脑子有点不清了，他回头问着："这漂亮妞儿姓什么来着？"

"别胡说，双向通话呢。"耿宝磊小声斥道。

对方听到了，唐瑛笑着道："你们工作太投入了，把我都忘了？没关系，我代表公司，向工作在一线的实习同志致以最亲切的问候。"

"哎呀，这话怎么听着人脸红涅……"仇敌摸着脸，喃喃道。听得管千娇掩着鼻子偷笑了，三个人恐怕对褒奖都有不适应症了。

"上一旬，你们完成的实习报告非常不错。照片一共634张，客观地反映了影视基地周边的交通、金融、餐饮、治安、居住以及其他相关信息。这份报告很有专业水准，谢总非常欣赏……"唐瑛侃侃道着。

这份报告根据得到的信息——饭店多少家、盒饭消耗多少、客运车辆以及黑车多少、连续数日接待剧组多少，分析出来营收数目，准确度很高。

说这话时，众人都看着管千娇。不用说，这位坐家里的干的活最多，最起码让上面认可了，表扬得这么厚实。三人齐齐向管千娇摆出了个微笑讨好的表情，那意思是"谢谢了啊"。

"……根据你们调查的情况，这里的商业模式可能存在外行看不透的问题，比如大西北影视基地的投资商是华鑫国旅，这是一家旅游开发公司，分公司就叫大西北影视旅游开发公司。理论上，最大的收益在旅游相关产业的开发上，但是他们投资的这幢酒店至今尚未投入使用。而且据你们的调查，把持餐饮、住宿、群众演员、交通运输等数个领域的，似乎是鹏程商贸有限公司。这可能是个有中国特色的商业模式，投资者不收益，受益者不投资。所以，你们接下来的主要目标就是鹏程商贸有限公司。"

唐瑛拔着几人拍的照片，烂尾楼、影视宾馆，以及拍到的那几位中层管理，特别是看到祁连宝在画面上。这让包小三几人想起了他们当街群殴的那场景，就连最混的包小三也觉得这事情有点难办了。

仅仅是觉得，唐瑛话锋一转，道："根据你们调查的进展，我向公司申请，决定下一旬的费用提高到每人两千，怎么样？各位有没有信心？希望大家百尺竿头，再进一步。”

包小三一听提到两千了，迫不及待地举手道：“有！有有有有……”侧头看那几位没吭声，他着急地替仇敌和耿宝磊道：“您别担心啊，他们也有信心，他们就是有点害羞，不好意思说。”

“OK，那我就放心了，明天钱就到账上了。各位，我在北京等着你们的好消息。再见。”

通话结束，包小三乐滋滋地告辞。关闭视频通话后，他僵了，因为大家都在看他，而且是用一种好奇怪的眼光。包小三被看懵了，他紧张地问：“怎么了？我说错什么了？”

“没错，就是有点儿没脸没皮。”仇敌笑着道。他看了管千娇一眼，管千娇总觉得那眼光太犀利，让她不自然地避开了。

耿宝磊却是有点心事重重了，刚要说话，被仇敌拉走了。

三人回房间了，管千娇关上门时还能听到包小三兴奋地道：“哇，一天二百，十天两千呐，天天吃炖羊肉配‘十三钗’都花不完……”

她笑了笑，旋即脸上忧色渐显。她似乎也清楚，接下来的调查要带上几分无法预料的危险……

# 12 又见难题

“哥，咋办呢？我昨晚想了想，咱们会不会被群殴一顿啊。”早饭归来，包小三追着仇敌问。

一听说话耿宝磊就笑了。包小三的性子很好揣摩，要直呼仇敌名字，那是没事，可要有事了，就成这样了，叫哥叫得可亲了。

“我们俩害羞，不好意思说，要不……你说说。”仇敌引用包小三昨晚和唐瑛的话说道。

包小三噎住了，他愣了一下才想明白。又是快步追着两人道：“别走啊，两千块呢，得躺地上装多少回死人才能挣回来呢？我容易吗我，我没脸没皮给大伙谋福利，不能搁在那儿的钱，咱不挣吧？”

仇敌回头，正要说话，翻了翻眼睛，又闭嘴了。

管千娇也匆匆回来了，这一刹那，仇敌好像顾虑重重。管千娇却是追上众人，且行且道着：“都来我房间，商量一下，要真不行，我支持你们，等钱到了，各走各的。”

三人面面相觑，似乎一下子在小萌妹面前矮了一大截。

现在小团伙差不多分裂了，三个人越来越臭味相投了，而且三人都在市井混迹久了，越来越显得和管千娇格格不入，说话、吃饭，反正干啥都别扭。就连包小三也觉得自己的粗俗肯定无法赢得管千娇妹妹的旁顾，又重新投入到兄弟们的怀抱了。

三人进了房间。房间里干干净净的，不像哥几个那房间里像羊圈一样乱。三人拉着椅子坐下了，手机短信声响。

管千娇道："正好，钱到账了，你们玩儿了好几天，不管是我还是人家给的钱，都算对得起你们了。"

这话说得，包小三反正厚脸发烫了。一瞅千娇愁眉不展，她这怜香惜玉的感觉又是极度泛滥了，直道着："你这什么意思？赶我们走呢？就走也得一起走啊，扔下别人还行，不可能扔下你啊。"

管千娇一笑，仇敌问着："咱们把谁扔下？"

"他，一娘炮，反正又没什么用。"包小三一指耿宝磊，扔包袱了。

耿宝磊一拍前额，气愤地道："三儿，你真舍得我心碎啊，亏我还教你怎么和川味店小艳红搭讪呢，河还没过，就拆桥？"

"不说这个，不说这个，说正事！"包小三赶紧改话题了。

耿宝磊得意地一笑，捏着三儿的小辫了。他不止一回想和胡艳红套近乎，这几天没少偷机摸空去给人家洗碗擦桌子。

"好了，都坐下，其实我也有这个想法。祁连宝当街追打那些娱记你们见过了。这个人不简单，而这个人仅仅是鹏程商贸属下的一个打手。那以此类推，这个鹏程商贸啊，可能更不简单。"管千娇说着，电脑一开机，能找到的相关资料已经摆到几人面前了。

法人代表宗鹏程，办公地点就在影城宾馆。管千娇捕捉到的那张照片里有他。此人四旬左右，大背头，像游手好闲的土豪，开了辆凌志，车号四个9。

管千娇拿着那天捕捉的那张照片，解释道："宗鹏程为首，姚富文负责日常运营，郝来运负责影视基地的事宜，客运整个一块都归他管，祁连宝主要负责运输。"八辆载重货厢，源源不断地向这里输送鱼肉禽蛋以及日常用品。根据管千娇对日出入量的测算，仅盒饭一项，日均毛收入就超过了四十万。这数字听得几个没见过钱的倒吸了口凉气，跟着眼凸了。

接着问题也来了，仇敌指指照片上的一位白面无须，像个海归知识分子的眼镜男道："这个人，你说是大西北影视旅游开发公司的金彦国？"

"对，隶属于华鑫国旅旗下的一个分公司的经理。旁边那女的是他的秘书张瑞霞。"管千娇道。

"那这好像就不对了。"耿宝磊道。

“什么不对？”管千娇问。

“你看，理论上，以一地开发为龙头，带动周边产业的繁荣，这是正常的发展思路。可好像目前华鑫栽树了，鹏程却乘凉了。怎么做到的？华鑫难道就放着这么大的一块蛋糕旁落别人之手？”耿宝磊道。

“这事昨晚唐主管不说了吗？”包小三道。

“是啊，问题恰恰就在这儿，两方应该是生死仇敌，不能这么亲密无间吧？”耿宝磊道。

几人瞠目结舌地看着那张照片。宗鹏程和金彦国相距很近，有说有笑，这哪像竞争对手啊，不知情的还以为是朋友相聚呢。

“还有更离谱的，大西北影视旅游开发公司的办公地点设在影城宾馆。”管千娇道。

愣了，无语了，这是仇家还是亲家，真不好断定了。

“难道？华鑫国旅就这么坐视着？”耿宝磊问。

“我刚刚知道了一个案件，是哈曼公司给我提供的。三年多前这里发生过一起刑事案件，起因是前一任华鑫派驻的经理人刘建东在到任后，监工修建华鑫度假村时，遭到了当地村民的围攻。刘建东一方伤了七个人，他本人也受了重伤。村民这一方更严重，有一位伤到头部，救治了两个月才清醒过来，不过成白痴了……”管千娇道。

“肉墩！？”包小三脱口而出。

“对，就是他，他叫胡雷，以前也是个前科累累的货，不过变成傻子就不好说了。他家属一直告状，华鑫只要来人，肯定就遭到围攻。”管千娇道。

“高！”仇敌听到半晌，发言就一个字。

然后众人齐齐看他，他道着：“这绝对是个经典的逆袭故事。宗鹏程肯定看到了商机，要让华鑫做起来，就没他们什么事了，只要让他做不起来，那生意就归他了，在当地有人缘地缘优势，谁也抢不过他。”

或者说，这是个非正常逆袭的故事，能组织起群殴、打砸的绝非凡人。耿宝磊弱弱地问：“那现在这情况，又怎么讲？”

“暂时妥协呗，华鑫的投资放这儿，再差也投进几个亿了，总不能全扔了吧？而鹏程这一方呢，也不可能吃干抹净，毕竟他们也是靠影城的带动效应赚钱，毕竟这个影视基地是除了涿州之外离首都最近的一个，而且还有它的特色。”仇敌技术分析道。

这应该是距离真相最近的判断了，而且是基于在这里鬼混了数日的经验判断出来的。两位竞争者，其实又是相互依靠的存在，因为利益暂时媾和而已，再正常不过了。

管千娇有点惊讶地看着仇敌，钦羡、肯定、欣慰……那种复杂的表情也许她讲不清楚，可她清楚，眼光最犀利的，恐怕非仇敌莫属了，把她要讲的事项已经全部讲出来了。

问题就摆在这儿，那方法呢。

这时候，耿宝磊又是一拍额头，包小三抢着问他：“你又要心碎？”

“还真碎了，我觉得这不是实习，很可能是哈曼收了调查费，让咱们干活呢。”耿宝磊道。

“耶，我说过了吧？迟早被卖了，又被坑了。”包小三紧张地道。一想他也明白了，这根本不可能不被坑，或者从某一个角度来讲，被坑了才正常呢，被坑才是荣幸。

“你说呢，仇敌？”管千娇问。

“你是领队，先听你的意见啊。”仇敌把皮球踢回去了。

“有点儿出乎意料了，如果大家都同意散伙，我没意见。”管千娇道。

这时如果谁要强顶着不让散伙，那恐怕大家得群起而攻之了，但是领队都这么讲了，却让人觉得有点可惜了。别说一旬两千的支出已经到账了，似乎那个月薪不低于五千的体面职位貌似也有望了。当然，退一步讲，这得达到了上面的要求才有的谈。

“要不试试？不行就溜？”包小三不确定地道。虽然可能被卖，但卖的价格还算公道。

“我觉得……我……”耿宝磊看了看众人，顿时没主意了。他只好道：“我听你们的。”

这货没什么主见，又一次踢回了仇敌这里。仇敌清了清嗓子，问道：“哈曼试图得到什么信息？”

“应该是有关影视宾馆的经营，餐饮、交通运输是一大块，现在仅仅是测算，他们要得到更准确的数据。”管千娇道，她看着仇敌，却意外地发现她看不出仇敌想干什么。

“干了，不过有个条件，如果能拿到，下一旬报酬翻倍。”仇敌道。

“哎哟妈哟，你比我还黑。”包小三吓了一跳。

“这个有的商量，他们鞭长莫及，必须依靠咱们的消息。但是……会不会有危险？”管千娇道。

“不存在危险，三儿，我问你，你穷成这样，有人把你当回事吗？”仇敌问包小三。

肯定没有，包小三摇摇头，他走那儿混那儿，早就已经习惯在别人眼中无足轻重了。

“宝磊，我问你，你挫成这样，有人重视过你吗？”仇敌又问。

耿宝磊耸耸肩，笑了，根本不用回答，肯定没有，否则就不至于长期处于半失业状态了。

“这就对了，没人知道咱们是干什么的，有什么危险？谁会和几个穷光蛋过不去？顶多骂句滚蛋。这个无足轻重的身份恰恰是咱们的优势，既然能进到群众演员里，难道就进不到影视宾馆里？”仇敌反问着。

“咦？对呀，混进去不难啊。”包小三道。

“如果以一个普通打工的身份混进去，有用吗？”耿宝磊看管千娇。

“那就容易多了。甚至于你，只要能数清他们每天的进出货量，差不多就能交差了。他们管理层宗鹏程、金彦国长年不在镇上。其他人嘛，我估计还没有商务防范意识。”管千娇道。

“就这么办，给我们几天时间，我们想办法混到他的后厨去。走！”仇敌说干就干，毫不含糊。

有自信的就有盲从的，耿宝磊和包小三屁颠屁颠跟着。已经有嚷着自身条件不足的了。

“嗨，哥，咱不会做饭啊。”包小三道。

“是啊，我们只会吃啊。”耿宝磊道。

“那都没事，这儿的盒饭比猪食强不了多少，是个人就会做，没那么难。”仇敌道。

真没问题吗？连管千娇也在怀疑，仇敌是不是自信过度了。这个转折让她的眉睫间多了几分忧虑。思忖片刻，她也匆匆追着三人去了。

……

“滚蛋，不是偷东西来了吧？！”

“没有，我们就是想找个活干。”

三人眼前的这位是影视宾馆管事的，据说是祁连宝的一位兄弟。他看着包小三就撵人。

“什么？！找活干？！来路不明的我敢用你？！几千人吃饭呢，有个闪失算谁的？！”

宾馆餐饮部的院子可比宾馆大多了。据说是宗鹏程的小舅子的那位坐在椅子上压根就没起身，直接回绝了。

还想说话，小舅子一吼，两条狗助威，吓得三个人落荒而逃。

后厨，三人又找到了宗老板的大舅哥。

耿宝磊和仇敌恭身解释道：“我们来路很明，都是失业大学生，落魄于此，想找点活干干，凑点路费好回家。对了，我们还在影城当了几天群众演员，认识郝来运，是因为群众演员没得干了，才来找点儿事……”

“滚蛋！”

三人再次落荒而逃。

是啊，人一穷命就贱，还真没人把你当回事。估计这地方小土豪们见的倒霉蛋多了。

两天后，三个人又晃荡在屯兵镇旧街道上了。两家宾馆、一家专做盒饭的餐饮，还有车队，都用“滚蛋”打发他们了。这儿的人说话很直爽，行就是行，不行就滚蛋，根本没有商量余地。

想偷着进去，得了呗，后院里拴了四条牧羊犬呢，那狗可比人恶多了，见人就吠，根本没法进。

想住到里面？不可能了。既然已经以穷光蛋的身份出现了，再住几百块的房间，自己都觉得假。

于是，就隔着一道墙，似乎成了无法逾越的天堑。三人绞尽脑汁了，还就是无计可施。

走着走着，仇敌停下来了。他又看了看几层楼高的小破宾馆，那眼神里满是不甘心。

“再没其他办法了啊。”包小三丧气地道。

“那卖盒饭的倒提醒我了，几千人吃饭，确实是大事，肯定要用信得过的人，这是最大的一宗生意，马虎不得。”仇敌道。

“肯定啊，挣钱的事谁不操心。而且据我观察，凡是在这儿打工的，似乎都是当地人。”耿宝磊道。

“说了等于没说，好像我不知道似的。”包小三道。

“别争，想想辙……你们说，能不能想个办法，让他们这里的工人走上几个，然后位置不就空出来了吗？”仇敌道。

“不可能，那不还得招当地人？”包小三道。

这是仇敌惯用的办法，抢快递生意就是这样。路上堵上几个送快递的，摁住了狠揍一顿，然后再威胁一下子，然后那家快递公司的收货生意就会莫名其妙的少一大块。

“这可不好说，这种重活累活，这儿的懒汉们可不一定有人干。”仇敌抬抬头示意着。远远望去，做盒饭的大院里，三个人正在往下扛成车的大米，每天的卸货量相当大。

“这也打不过啊。”包小三瞅瞅，直接道。的确，卸货的一个个虎背熊腰的，都像头大骡子，别说收拾几个，就仨人收拾一个估计都困难。

“不要光比力气，要比智商啊。你说了，咱们智商不高，他们不更低吗？嗯……要不，把咱俩的绝招拿出来？”仇敌满怀期待地问包小三。包小三想了想，觉得差不多。

一看两人肯定联手干过坏事，耿宝磊追问之下，包小三说道：“曾经在中关村那片抢生意，我和仇敌请申通快递那几个送货的，商量给点儿照顾……结果请他们吃一顿饭，他们拉了好几天，然后生意就归我们了。”

耿宝磊听得直梗脖子，这把人坑得。

“不对，不可能用。”耿宝磊指着道了，“你根本不认识这儿的人，请人家干什么？一吃饭出问题了，回头不灭了你们？在这个法盲遍地的地方，你要流氓，不找死吗？”

“对呀，不能用，小命要紧。”包小三省悟了，否定了仇敌的提议。

仇敌翻了他一眼，斥道：“你智商也就比肉墩高点儿，我能那么蠢吗？还用泻药？走！跟我走，找医生去，搞点儿这地方的特产药。我就不信了，我整不死他，一群人让老子滚蛋。”

于是乎，三个人乘班车到了北宁市里，循着手机翻查的广告，找到了当地很有名的一家医院。仇敌找到人时，见对方是位一脸褶子、皱如树皮的老头，正给人正骨呢。“咔嚓”一声，病人一喊，神奇地就把那病人的下巴接上了。

等着人走，轮到仇敌时，仇敌警告包小三不许说话，然后和耿宝磊耳语着什么，耿宝磊应之。包小三一琢磨，知道这俩货肯定没安好心。偏偏仇敌不告诉他，硬拉着包小三站到了医生面前。

老头看了几眼，直接问：“啥病？”

“他有病，不是我。”仇敌指指包小三。

“问你啥病。”医生道。

“嗯……早泄，不能人事。”仇敌苦着脸道。

医生一愣，皱纹舒展了，笑了。

包小三瞪着眼要骂人，仇敌一把摁着骂道：“这有什么不好意思跟医生说的？！有病得早治！”

“我……”

耿宝磊打断了包小三，严肃地恳求道：“医生，这事他有点羞于说出口，您多多见谅。”

仇敌和耿宝磊两人一左一右把包小三挟住，他一说话就被打断，还真像有难言之隐似的。

“知道了，你们想要那味药？”医生道。

“对，治病。”仇敌道。

“不过小伙子啊，那可是虎狼之药啊。都知道咱们这味特产，来旅游的都想讨点回去。不过药就是药，代替不了治疗。”医生还算有点良心，絮絮叨叨说了一大堆，才拿出了一个小瓶子，递给仇敌，嘱咐道：“一次三滴，房事前和酒吞服，不可过量，切记。”

包小三憋啊憋啊，直憋到出门，他抬腿就踢仇敌，咧咧地骂道：“亏我叫你哥！你就这么损我？！”

仇敌和耿宝磊笑了，三人追跑着。包小三也明白，而且是这里的一味特产，叫淫羊藿，药效奇猛，是很多春药必备的一味主药。

药到手，三人回到屯兵镇，开工了。

三人弄了两瓶酒，就是这地方人常喝的劣质白酒，试了下，用注射器能把药打进去。手工粗制滥造了一瓶春酒成形后，怎么着盖子上也留个窟窿啊，这酒瞒不过人家啊。

“这太假了吧，比山寨的还假。”包小三抱怨道。

仇敌犯难了，总不能再投资封口器吧。

耿宝磊脑子转得快，他问仇敌道：“你这马脚这么大暂且不说。你根本不认识后厨那些人啊，怎么给人家送去，怎么把酒灌到那些人的肚子里呢？而且这究竟管用不管用谁知道？现在的假药可太多了。”

仇敌又犯难了，央求着包小三道：“要不……三儿，你喝两口试试？”

“不管！要试你自己试！”

看来想搞间谍破坏没那么容易。

仇敌坐在房间里，盯着那瓶自制的春酒，计无可施。又是一天在作难中度过了……

# 13　看我奸计

仇敌把自己关在屋子里没出门，思谋了整整一天。据他讲，要苦思冥想整人奸计，连吃饭都没出去。包小三和耿宝磊看仇敌盯着那瓶自制的春酒发呆，偷笑着离开了。

后来管千娇也知道这事了，拽着包小三问了原委，红着脸直斥几个人胡闹。其实耿宝磊也觉得太胡闹了，这药甚是珍贵，花了四百多呢，万一不奏效，可就亏大发了。

包小三倒是一点也不着急。他说了，想当年送快递的里头，就属仇敌会坑人，他就是因为惹不起仇敌才被迫和他做了朋友。他打保票道："大家别急啊，救人有一千种办法，可坑人有一万种办法呢，关键得智商够用！我一瞅你俩就不行，连我都不如！"

又是长长的一天，仇敌终于约会到了灵感姐姐，神清气爽的仇敌从房间里出来，拿着那瓶粗制滥造的"药酒"，如是安排道："盯他们场里的人，盯住他们！出去喝酒就下手。"

仇敌和包小三、耿宝磊密谋了一会儿，一听危险不太大，耿宝磊倒不介意帮把手了。

说干就干，包小三和耿宝磊轮班守在影视宾馆后门口。

这里的糙爷们儿小日子过得不错，白天场里管吃，晚上结伴喝酒。

三人第一天没守着，万恶的老板让大伙加班了。第二天又没守着，万恶的老板还让加班。第三天终于不加班了，场里几个膀大腰圆的汉子，收工后，不多会儿就聚到了川味火锅店，吆五喝六地喝上了。

谁也没注意到，包小三、仇敌、耿宝磊已经迫不及待地跟在他们背后了。耿宝磊看仇敌手里拿着那瓶酒，做工实在太次了，注射器扎了好几回，盖子都凹了。就偷换店里的，别说不好换，就是换了一眼也就能看出来啊。

“这好像不行啊，太突然了，没准备。”包小三道。

“等准备好，黄花菜都凉了。”仇敌道。他叫着两人，安排着，然后招手，把酒递给管千娇，让她等着。如是安排一番，片刻之后，史上最贱间谍破坏行动正式拉开帷幕……

这里在地域上虽然不算严格意义上的塞外，但饮食已经与塞外别无二致了，特别是喝酒绝对算。常年在荒凉、酷寒的环境下劳累，这里的男人天生就是一副好酒量，茶余饭后再来小斟，都是以瓶论的。

厅堂里喝得热闹，吆五喝六伸着巴掌猜拳。这帮糙货好像在比着糙，一只手猜拳，另一只手搓着大脚丫子，赢了的监督输了的喝干净，输了的就用刚搓完大脚丫子的大手，一扬大杯子，大杯子里的烈酒就不见影了。

胡艳红也很嫌弃这帮一盘菜，两瓶酒，占张大桌就是不走的闲汉。就他们那德行，指不定得吓跑多少客人呢。

酒到酣处，干重活的哥几个喝得高兴，偶尔调戏小艳红一句。艳红留个白眼，总是惹得汉子们一阵大笑。

乐呵着的时候就来事了，外面吵吵嚷嚷，像是两个人打起来了，你骂我，我骂你，跟着你扇我，我扇你，耳光“啪啪”响。

这儿打架再正常不过了，根本就没人搭理。却不料两人掐着打着，打进店里来了，还有个拉架的。

黑大个子（仇敌）踢了高个子（包小三）一脚，骂道：“白认你这个兄弟了，调戏我女朋友！”

高个子还了一拳，骂道：“老子调戏了怎么滴。”

两人就打、就扭、就扯。冷不丁高个子一个窝心脚把黑大个子踹得连退几步，正好撞到了那桌正喝得高兴的汉子们。于是乎，戏开了，惹祸了。

这群糙货们正愁没事呢，一看酒瓶倒了，菜翻了，几个糙爷们儿拍案而起。其中一个红着眼睛揪着黑大个子，喷着酒味的大嘴，像要吃人一般吼道：“谁啊？！找死是不是？！”

另一位也捋着袖子，露出骡子腿一样粗的臂膀。

包小三掉头就跑，这场面简直堪比要和一群大棕熊角力。一圈糙老爷们儿围着仇敌，倒有一半比仇敌高半个头，体型更不用说了，就仇敌这个子，对他们来讲太玲珑了。

“喂喂……哥哥……叔叔……别打别打……”仇敌一掌托住了飞来的拳头，又一臂挡，挡住了后面扇来的巴掌，那力道奇大，架得他矮了半截。

“哟，身手还不错！”其中一个糙老爷们儿来劲了，捋着袖子要开干。

仇敌急了，直喊着：“嗨，这桌算我请客……别打别打，误会误会……”

一听这话，这些喝劣酒的糙汉子们怒气稍歇，能白吃白喝一顿，自然是最好的结果了。

仇敌赶紧喊着：“艳红姐，给这桌加份煮羊肉，再随便来俩菜，你看着上，赶紧的。”

“好嘞，马上就来。”胡艳红不管别的，一听加菜，乐滋滋地奔回厨房了。

那些糙汉子们一看便宜讨大了，这倒不吭声了，都盯着仇敌。觉得这人是外地来的，肯定好欺负。

还没等糙汉子们开口，仇敌就喊着刚才劝架的（耿宝磊）道：“站着看什么，赶紧去给叔叔们买瓶好酒！快去快去！”

耿宝磊马上跑出了房间，过了一会儿拿着他们自制的“药酒”奔了进去，气喘吁吁，惊魂未定。然后仇敌接了过来，大手一捂，把瓶盖一拧，一扔，悄无声息地把马脚掩盖了。

耿宝磊有点心虚，吓得心里狂跳，生怕露了馅，一步一步往门外挪着，随时准备跑。

仇敌堂而皇之地给桌上的酒杯一一斟满，赔着笑脸，好话说尽。那些汉子也豪爽，这事就不追究了，然后一嗓子吼道：“来，兄弟，喝一杯。”

哎哟，千算万算，就漏了这一算，仇敌哪里敢喝那下了料的酒，眼看着躲不过去了。门外不远处躲着的管千娇急中生智，跑了进来，冲仇敌拳打脚踢，边打边嚷：“你管不管人家……你让人家怎么办呢……那个流氓调戏我了……你是不是男人啊？你到底管不管啊……呜……”

一个追打，一个后退，仇敌尴尬不已了。那些汉子瞧着小伙子乐了，仇敌掏着钱扔到了瞠目坐观的艳红面前，边劝着管千娇，边和那些汉子道歉，转眼被管千娇追打着出了饭店。

两人出了一头汗，拐进小胡同。仇敌喘着气抹汗，管千娇舒着气，缓着紧张的情绪。

还真都喝了，耿宝磊看到那些汉子根本没怀疑，嗖嗖往嘴里灌，兴奋地掉头回去报信。跌跌撞撞地奔回胡同里兴奋地喊着："喝了喝了……全都喝了！"

"好！"包小三兴奋道。

"现在就看这药了啊，要是管用，明儿宗鹏程大小舅子那儿肯定要缺人了。"仇敌道。

一个小时后，还在喝……

两个小时后，还在喝……

这些人真能喝，六个人喝了七八瓶高度白酒。喝完了，居然摇摇晃晃地还能找到家门。仇敌几人跟着一个，直跟着他进了小胡同，然后家里婆娘开门，骂骂咧咧地把他扶了回去。

三个坏小子设计的方案就是，请他们喝顿酒，然后晚上回去再操劳半夜，就不信他们明天还能起来干活。有缺位，他们就有机会上位了。

这馊主意没想到用这么小小的伎俩居然真的付诸实施了，此时就连最正直的耿宝磊都被这样的恶作剧刺激得心血来潮了。

黑暗里，大家都笑了。仇敌的背后疼了一下，回头时，他闻到了香水的味道，管千娇就近在咫尺，警示他说话别大声。

刚才那一瞬间，管千娇冲进去解围，还真让仇敌另眼相看了。他小声道："谢谢啊，你不出面，我都走不了。"

"我这哪是出面啊，是豁出去了，和你们一起不要脸了。"黑暗里，管千娇如是道。

……

第二天一早，宾馆餐饮部的马开荒马经理傻眼了，日上三竿了，运输车都回来了，店里居然同时旷工了十一个人。他派人去嚷了，回来都说伤风了，重感冒起不了床了。

马开荒听得雷霆大怒，吼道：“都装病是吧！再去通知，来不了就再别来了！”

每天做盒饭那可是苦力活，少了几个壮汉还真不行。马经理正着急呢，却不料负责叫人的打电话回来了，给他汇报道：“马老板，他们不是装病，是真来不了，是真病了。”

马老板可顾不上十几个人一起生病的原因，他奔出了院子，焦急地看着几大车货犯愁。这活可不是一般人能干的，本镇的懒汉宁愿到影城晒太阳熬日工，都不愿出这死力气。他打着电话联系着郝来运要人，正要人的时候，有一个让他眼前一亮的巧合——前几天想找工作的那几位，此时正背着行囊，往车站的方向走去，好像是要离开。

不用说，这是个设计好的“巧合”，几个人往车站已经走了好几趟了，这马胖子有点迟钝，愣是才发现。

“哎，过来过来……”马老板嚷着追出去了，这一次终于发现了。一见面，他看看仇敌和包小三的身板，期待地问：“你们不是找活干吗？”

“找不着啊，还是走吧。”仇敌懊恼地道。

“算了，都跟我走吧，给你们找点儿活！”马老板爽快地道。一回头，人家没跟，他问着：“怎么了？”

“嗨，老板，要是个一天两天的零活就算了，还不如走了呢，住一天就得好几十呢。”仇敌道。

“要能干上十天八天，我们才干。”包小三道。

这孩子咋这么实诚呢。马老板乐了，一摆手道：“好！不怕你干得长，就怕你干不了，来看看，要干得动，就你们了！”

三人跟着马老板进了院子，院里泊着四辆大货车。连夜出车的司机已经休息了，近三米高的大铁后厢一开，齐齐地码着一车大米。

马老板说道：“卸货！一车给你……一百！”这咬咬牙，连价码都提高了，效果立现。

仇敌一挥手，道：“上！”

于是，三人开干。耿宝磊负责卸车，仇敌和包小三负责把大米袋子往几百平方米的大厨房里摞，干得那叫一个热火朝天。

哎呀，马老板有点后悔自己看走眼了，这三个小伙整个是牲口托生的，连卸半车都不带歇口气的，比镇上的强多了。那些闲汉们光力气大，但出工不出力，总得挤点时间和厨房里的老娘们儿扯淡。

这一回可叫皆大欢喜。马老板都于心不忍了，卸完货，派人送了三瓶矿泉水，外地卖一块钱一瓶的那种。吩咐三个人，中午就搁这儿吃饭。

当然，后面还有一句："吃了饭，还有活干呢！"

# 14　初识端倪

今夏多雨，距离京城一百余公里的香河县境内，连续多日阴雨天气，雾气笼罩着这个小县城。

繁华有繁华的好处，冷清也有冷清的优点。比如此时，站在民居的阳台上举目远眺，香水河穿城而过，县城很多地方还保留着二十世纪的旧貌。楼没有那么高，人也没有那么多，小城像淹没在绿树花丛中一样，那些建筑反而像点缀。菲菲的细雨中，甚至可以看到雨中小花伞那种久违的情调。

在这个静谧的环境里，呼吸着清新的空气，你会忘却商场的尔虞我诈，也会放下生意上的锱铢必较。

谢纪锋就是如此，他喜欢老家的环境，或者说他喜欢这种宁静的感觉。他每年大部分时间，都会待在这个小小的县城里，连圈内不少身家不菲的商贾巨富也被他介绍到这里置业，偶尔领略一下乡村生活的情调。

电话在响着，他没有准备去接，几声之后，变成了传真的“滴滴”出纸声音。这段时间如果有事，应该就是去塞外的那几位实习生的事了。大部分时间，公司的生意都交给吕天姿去打理，那位京城土著更喜欢从工作中寻找乐趣。

他信步回到了客厅，撕下了传真。是唐瑛发来的，他交办的一件事，今天有回音了。

是仇敌、包小三等几个人的底细。其实本来是不需要的，不过这几位让人惊讶的表现实在引起了谢纪锋的兴趣。塞外小镇那个在他看来几乎还是蛮荒之地的地方，能生存下去都值得钦佩，何况这几位还游刃有余地带回来了这么多很有价值的调查成果。

谢纪锋展开纸，准备接受惊讶。

他闭着眼，猜测着仇敌的出身。他想，应该是个不守规矩的坏小子，有着特立独行的性格。那天面试的视频他仔细分析过了，是他第一次站出来质疑招聘方的。他睁开了眼，看结果：

仇敌，男，25岁，民族汉，毕业于山东大学中文系汉语言文学专业，在校期间获得荣誉……谢纪锋的眼睛睁大了，这与他料想的恰恰相反。这小子在校期间是校足球队的队长，获得优秀大学生、模范学生会干部、宿舍卫生标兵等荣誉称号。尽管这些荣誉的含金量并不怎么高，可当谢纪锋看到一个含金量更高的东西时，他愣住了。

仇敌是党员！而且大学二年级就入党了，同系学生里，直到毕业，入党的屈指可数。

“这么优秀的学生怎么沦落到了这种程度？”谢纪锋自语道。

谢纪锋大跌眼镜了。那个激情四射、胸怀梦想的年代他也经历过，追求崇高的经历倒不稀罕，但稀罕的是，从崇高跌落回卑微，还会如此咄咄逼人的锋芒毕露，这实属罕见。

仇敌应该是个理想主义者。大多数时候，这类人的生活会在庸庸碌碌和自叹自艾中结束。

谢纪锋放过了仇敌的简历。然后同样是不看答案，闭着眼睛回忆第二位实习生——包小三。

他想，这个总应该是个不守规矩的坏小子了吧，而且他敢判定，绝对没错！从面试就看得出，他是一位很现实也很务实的人，否则就不会不顾脸面地等着一顿免费的午餐了。

展开，对比答案。谢纪锋又失落了，猜得不够准确，或者说，答案仍然出乎他的意料。

这家伙有两次治安处罚的记录，一次是斗殴，一次是西客站倒卖车票。有这种经历，差不多他此生和一些像样的公司无缘了。

谢纪锋仔细看着，继续被震惊着。包小三所持的豫北大学信阳分校的文凭，是一所三类本科学校授予的，而且是函授文凭，没有在校记录，也没有其他任何评定记录。根据唐瑛对该院校的侧面了解，给包小三这个含金量极低的文凭定性为——买来的。

这下让谢纪锋摸额头了。现在买个文凭倒不稀罕，稀罕的是，还有这类买个文凭就敢到正规公司应聘的人物。

谢纪锋将包小三的资料扔到一边，有种被愚弄的感觉。

第三位，耿宝磊。这个人很简单，忧郁的眼神，愁锁的眉头，还有漂亮的正楷签名，交给公司的简历里还有标准的英文翻译。谢纪锋直觉这个人应该是三个人中素质最好的一位，应该是那种家教良好，受过高等教育，却因为某种原因郁郁不得志的一类。

“邪了，又错了……”谢纪锋惊讶地自语道。

通过异地同行找的这些人的资料。搞商务调查的不比警察的户口系统差，可愣是没有找到耿宝磊的家庭信息。或者说也有，祖母亡故，除此之外，他的简历苍白得像一张纸，只有西南音乐学院的学习经历，再有就是网上的一组照片了。照片上是耿宝磊在地铁里弹唱的画面。还有，他 QQ 空间里有一句签名，“我要不勇敢，谁替我坚强”。

“都是有故事的人啊。”谢纪锋放下传真纸，半晌才如是道。

这个调查结果大大出乎了谢纪锋的意料，此时他想起那几位千里之外的实习生了。他翻着手机，准备拨个电话，一思忖又改主意了。由于他常年不在公司，让员工们都觉得他讳莫如深的，讲话时总是有那么一点紧张情绪，干脆就在网上给唐瑛留言算了。

“传真收到了，有其他消息随时告诉我。”他如是写道。

“好的。”对方很快回复了。

谢纪锋想了想，又输了一行字：“这件事你来负责，可以对屯兵镇这个商业模式进行一下常规的分析了，关键要找到症结，这是客户的要求。”

“好的，我正在做。”唐瑛回复道。

想了想，他有点患得患失了，又提醒了一句：“不要催得太紧，这件事要慢慢引导，我们对那边的情况毕竟也不熟悉。”

很快，唐瑛的回复就让他彻底傻眼了。

“没催，他们已经进入鹏程公司了，用很隐蔽的形式。”

这才几天？谢纪锋彻底被惊呆了，一骨碌从沙发上起来，直接拨着电话问：“到底怎么回事？快给我讲讲……”

谢纪锋很兴奋，干这种业务很多年了，能让他兴奋起来的东西真不多。这么快的速度进入对方的圈子，实在是他始料未及的。

……

真相，其实不值得震惊。

三人一天卸了两车大米，而且还要负责把成吨的大米倒进蒸器皿里。这么繁重的劳动都没把三个外来户吓住。马开荒老板惊讶之余，又给三个小伙子分配新的任务了。

帮厨也干上了。别以为这是轻松活，几千份盒饭没有做成盒饭时，相当于几十麻袋的土豆、白菜、粉条以及成吨的猪肉。

人这种动物天性欺生，三个外来的很荣幸地被所有人当牲口使唤了。

早七时，连夜开回来的货厢准备到货，卸货得一个多小时。

八时开始准备，米进锅，菜肉上案。菜肉都是机器绞，可也得切成能放进去的小块啊。那场面简直可以称为蔚为壮观，双面案，四十多个大师傅，一寸厚的大菜刀“哐哐”直响了一个多小时，那切出来的菜都是大海盆装着的，一盆一盆地往锅里扔。

一个多小时后，就要开始分饭了。难为这些穷乡僻壤的人了，居然想出了流水线操作的方式。操米的、配菜的，一次能配五十份。在准十一时，必须齐齐地码好准备出发。否则迟上几分钟，马开荒老板提着狗链子就进来了，消极怠工的踹一脚，手脚磨蹭的直接抽一链子。

“这比旧社会的包身工还惨呐。”仇敌感叹着。

两千年前屈夫子就哀叹“民生之多艰”了，到今天还没改观啊。而且，好像这里的人比旧社会的包身工还缺乏人权观念，居然没有人有异议，顶多讨好巴结马老板几句。

特别是这两天，马老板的教育方式变了。以前开口就是“干不死你，不想干滚蛋！”现在开口除了这句，又多了一句，“瞧瞧那几位小伙子活咋干的！谁再给我偷懒请假，趁早滚蛋！”当然，被夸奖的模范就是新晋的三位搬运工——仇敌、包小三、耿宝磊。

三人正忙着把成箱的盒饭往车上运。路过马老板身边，都是讨好地一笑。

马老板高兴得快合不拢嘴了，鼓励道："好好干啊，明儿给你们说个媳妇，就搁咱这儿安家啊。"

马老板话毕，一群大师傅哄笑起来，包小三跟着傻笑，耿宝磊在苦笑，仇敌嘛，那笑却像开心地笑一般。

装车完毕，今天的活就告一段落了。如果没有特别要求预订的快餐，就开始准备晚饭了。满场大师傅都期待地看着马老板，等着马老板挑人。

对了，刚才发生了一件不愉快的事，是有关贪污的事。

每顿平均生产四千多份盒饭，高峰期曾经有一天一万八千份的记录。这么大的生意不可能没有跑冒滴漏的，谁知道凭票给群众演员提供盒饭的哪个是肥差？万一有肚子大吃不饱掏现金的了，或者散客偶尔买一两份了，收入就落到那些随车销售人员的腰包了。

当然，这属于严厉打击的范畴。昨天就抓到一个本镇的后生，收钱不知道被司机还是马老板的人告密了。处置的结果很简单，回来摁住了当众揍了一顿，工资全部扣发，来领人的家属都没敢吭声。

那下面的就更没人吭声了。这几个位置轻松而且挣钱多，本来就是不定期更换的，现在空出来了，肯定意味着要有人取而代之了，至于人选，肯定就在后厨里选拔了。

其实，这也算个职场，只不过更残酷一点而已，被炒鱿鱼不仅得走，还得被揍一顿。

"昨天出了个事，都知道了啊，丑话说前头啊，谁手脚再像冯狗子那样不干净，别怪我打断他的狗爪子！养条狗还知道护主呢，不能养个人，养熟了吃里爬外吧？今天负责收票分盒饭的，嗯……老付、老石、三儿、黑球，还有，你叫什么？宝蛋？你也去！"

马开荒点了几个将，腆着肚子走了。

啊？仇敌几人全部光荣入选！

"黑球"这个绰号源于仇敌一直向人强调，他姓仇，念"QIU"，不姓仇恨的"仇"。结果大家都知道他姓"QIU"了，就叫黑球了。

“这个……嗨，马老板，这活责任太大，让别人去吧，又是钱款又是啥的。”仇敌难为地道着。

“是啊，收错了又得挨揍。”包小三凑了句。

马开荒哈哈大笑着，一拍包小三道：“脑瓜不好使，收错了正常，我不怪你。就怕心眼不好使，那错了就不好说了啊……去吧，干点儿轻松的，不能一天到晚老累着啊。”

这话听得包小三心虚了，跟着仇敌上了车。车隆隆驶出，三人坐在满是餐盒的后厢里。

耿宝磊颇有感触地道：“看来这马开荒一点儿都不傻啊，说个话多有哲理啊，连鼓励带威胁的。”

“他是不是觉得咱们有问题？”包小三心虚地问。

“不可能！这是做给其他人看的，意思是好好干就有机会。当然，也是给咱们的机会。”仇敌道。

“哇，那他是不是要提拔咱们上位啊，当大师傅们的头头了？”包小三兴奋了一下。

“二货！是给你个犯错的机会，等揪着你的小辫子，一分钱也不给你，让你滚蛋！”仇敌道。耿宝磊笑了，包小三郁闷了。的确，这是最符合原生态公司运营的理念，一切成本都会被压缩到极致。

仇敌一拉耿宝磊细嫩的小白手，耿宝磊不自然地缩了缩。

仇敌揪着耿宝磊的手道：“我给你上点儿药吧，瞧瞧，诶呀，都快成狗爪子了。我说宝磊啊，你该不会是哪家的落难公子吧，总不能拉了几袋大米，手皮就脱一层吧？”

包小三笑了，耿宝磊没吭声，羞涩了。他今天有点拖后腿了，干活实在比不上这两位在快递公司摸爬滚打过的同伴。

可不，那双手这才几天，都不像一双手了。几处结痂，处处红紫，加之实在不适应塞外这干燥的天气，手背已经裂了几处。

仇敌给他抹上药，一包创可贴塞到了他手里。相视间，耿宝磊满眼感激，而仇敌却是笑了笑，或许能帮的也只有这么多了。

“出来几年，我都不习惯有感动这种情绪了。”耿宝磊自嘲道，帅帅的脸上，因为感动而尴尬。

“那就说说，有一个男人让你动情是什么感觉？”仇敌笑着坐到他身边了。

“嗯，感觉相当好。”耿宝磊笑了。

“这就是了嘛，别把自己想得那么差，这点儿苦还真不值得讲出口。我爸告诉过我啊，年轻时候的苦难，是财富，等你学会用这笔财富的时候，你会庆幸不已的。”仇敌道。

这句话似乎对耿宝磊有所触动了，他惊讶地道：“很有见地啊！”

“那当然了，我爸是言出必行！从上大学开始，就一毛钱都不给我了，呵呵。”仇敌笑了，耿宝磊也笑了，他有点无法理解仇敌的家庭是怎么搞教育的了，不过肯定很另类。

两人这么上档次的谈话，把包小三听愣了。他眨巴着眼睛看着两人，然后两人停了，看着他，耿宝磊逗着他道：“看什么看？我天使般的面容是不是让你感到饥渴了？”

“嗯，有点。”包小三严肃地指着耿宝磊，“你长得真好看，戴个发套站街上，绝对好生意。”

耿宝磊气得伸手就是一拳，包小三中拳一屁股坐到车厢上，瞅着脸红的耿宝磊直笑。

……

这对奇怪的组合能走到今天实属不易，而且因为一直在挑战极限的事，联系得愈发紧密了。

车停，开厢，三人一组开始忙活。收票的、发盒饭的、偶尔有零售一盒两盒的，一切井然有序。在这个都是陌生面孔的地方，没人在乎你是谁，也没人在乎你在干什么的。

当然，也包括耿宝磊和仇敌自告奋勇，把餐票数得清清楚楚；也包括包小三和司机套着近乎，打扫着车厢，连驾驶室也给清理得干干净净。

……

土豆，1800 斤。

萝卜，3200 斤。

西红柿，800 斤。

粉条，400 斤。

……

一条条信息反映在管千娇的电脑上。

今天更大的收获在于，包小三这个坑货不知道怎么干的，居然拍摄到了司机的油票和过路费票。那三位异乎寻常地让她大跌眼镜，看似几乎不可能完成的任务，居然都悄无声息地做到了。

是啊，一切都太完美了。

经过这几天的调查，一份盒饭的成本是多少钱，售价是多少钱，现在都有了精确到个位数的数据了。还有司机驾驶室拍摄到的东西，可以直观地反映出行车里程、进货地、耗油量等数据。

所谓商务调查，很多时候就是把这些碎片化的信息，还原成一个正在运作的商业模式。通过现在得到的信息碎片，可以整合出以下信息：

马开荒控制的影视宾馆餐饮业是这样运作的。每天晚上出车，偶有配货，在北宁市郊农贸市场统一采购，半夜回车，清晨就到屯兵镇了。然后这些肉蛋禽菜除了供济自用，还向镇上其他小旅馆、饭店出售。这种单价低，运输成本高的东西，量小不划算。散户也只能依靠他们，不过管千娇估计，即便有小商贩想往这方向发展，也得被这群土霸王撵出屯兵镇。因为祁连宝手下有一群土生土长的打手队伍，专门负责用拳头讲道理。

一份成本四块的盒饭，在这里零售是二十块。一瓶三块钱的矿泉水，在这里统一售价八块。就连再正常不过的土豆、大白菜、豆角，去掉开支到这里都是翻倍的价格。

垄断，意味着暴利。这是鹏程商贸旗下没有挂牌的，却是最赚钱的一单生意。仅这一项，除了冬季客源稀少无法测算，在夏秋这种季节，每天毛利润要在四十万以上。

算到这里的时候，管千娇击键的手迟疑了，甚至有点莫名地担心了。

当财富背后隐藏着不可告人的秘密之时，如果这个秘密被不相干的人知道了，可能意味着危险！

# 15　戏中好戏

整十八时，唐瑛从公司踱步下楼，站在门厅的时候，看到了已经泊在门口的一辆沃而沃轿车，那是谢总的车。

她是怀着一丝小兴奋上车的，单独和谢总一起约见客户，而且是这一行的顶尖人士，很让她有一种荣幸的感觉。

每一类生意都有自己的门道。外行无法看出一桩生意的诀窍何在。商务调查的诀窍不是坐在办公室里动动电脑就能学会的。公司仅仅是摆设，功夫可都在公司之外。而现在，她敏感地触摸到了即将被重用的感觉。

“他们走多少天了？”谢纪锋随意问。

“不到三周，到今天……第十八天。”唐瑛道。

“准备得怎么样了？”谢纪锋又问。

“所有有价值的图片都分门别类，而且，形成了一个初步的调查报告。除了一些其他财务收支的数据，餐饮、门票、运输以及当地景区开发的可行性，大致成形。”唐瑛道。

谢纪锋微微笑了笑，不置可否，专心致志地开车。

唐瑛却是心里打着鼓。现在她有点明白谢总的用意了，以小搏大、变废为宝，正是小公司在首都这种商业大潮里生存的最佳状态。只是她现在再重来一次，也不敢相信那几位盲流能把这种事给办了。

“你有很多疑问？”谢纪锋随意道着，不等她回答又道：“不要问，这一行的规矩就是保密，生意可以不做，规矩不能变动，不管是客户还是我，都不会喜欢那种多嘴漏嘴的人。”

“是，我懂。”唐瑛谦恭地道，她握着女包的手却是握紧了几分。

离开了宝隆大厦，行驶了半个小时左右，避开了拥堵路段，在三环外一处不起眼的广式点心小店停了下来。两人缓步进店，已经有一位中年男子踱步前来握手相迎了。

主客落座，随意点了两份茶点，那位被谢纪锋称为张经理的男子似乎要迫不及待地进入正题了。谢纪锋呷了几口咖啡之后，才慢条斯理地道：“看样子，您有些怀疑我们的能力啊？”

“不不，是贵公司的能力让我有些震惊啊，这才过去几天啊，哈哈。”张经理笑着道。

“那么接下来，请您准备好消化这份震惊啊。”谢纪锋笑着道，“我们这行的规矩，是中途可以给客户看调查的进度，但不会给客户看过于敏感的，或者可能招致对我们调查不便的东西。当然了，如果您需要的话，我们会提供给您详细的调查报告，文字的。”毕竟偷拍的东西是不能出现在正式的商务调查报告中的，那人表示理解。

这时候，唐瑛已经打开了平板电脑，点开了文件，恭谨地递给了张经理。张经理接过后开始阅读文件。

很快，从张经理的表情变化上就能看到这份报告的效力。几十页的PP拼图，附带文字说明，以及对整体市场、盈利情况的技术分析，让张经理的脸上几次肌肉抽搐。中途他几次抬眼，似乎有话要说，却都被谢纪锋那没有说话欲望的表情给挡回去了。

“对了，你就看，不能带走。”谢纪锋想起规矩来了。当想到照片上那个斗殴场面时，他倒觉得这个规矩非常有必要。

看得很慢，但张经理却觉得时间过得很快。等他把平板放下时，面前的咖啡已经凉了。他斟酌着准备说句什么的时候，唐瑛已经把平板电脑客气地收回去了。张经理只好笑了笑道：“谢总防备得很严啊。”

“那是对我们彼此都负责。怎么样？您还满意吗？”谢纪锋笑道。

两人互视了一会儿，张经理才启唇，正色道：“干得漂亮！我有些低估你们的能力了，早知道我就……嗨！不说这个了，我就直说了吧！你那块平板电脑卖多少钱？”

谢纪锋笑了，对方不掩饰动心了，他笑了笑道：“这可是个半成品啊，您确定要吗？”

“当然要！半成品和成品我们都要！还缺点儿东西，在大西北影视基地，除主城的景点外，外围前后盘沟、黄金沟、马匪山、大南营几处小景点，好像还没有反映出来，不过我想那个比主城简单多了。”张经理道。

“还有难的吧？”谢纪锋问。

“当然，最好有鹏程公司的详细情况，尤其是他们控制餐饮、客源、运输、采购这些人的详细情况。还有在暗中控制这类产业的人，他们是一个亲缘关系组成的集体，从外部不太好查。”张经理道。他似乎怕自己的要求太过分了，心虚地看着谢纪锋。

“好，我也给您出个难题。”谢纪锋道。

“哟？呵呵，您准备坐地起价了？”张经理反应过来了，笑道。

“那当然，我雇的可是业内最顶尖的商业间谍，他们的标价可不低啊。”谢纪锋笑着道。

听到此处，唐瑛也是满脸的笑容灿烂。还真不低，一天一百呢，和这里打工的清洁工差不多。

“这不是问题，我有一大笔咨询费还花不出去呢，不知道您有没有兴趣帮我解决一下？”对方道。

“是把大西北影视基地的问题全部变成钱的问题吧？那样对我们双方来讲，好像问题就不大了。”谢纪锋笑着道。

“对，就是这个意思。”张经理很欣赏地看着谢纪锋，谢纪锋微微笑而不语。过了半晌，张经理期待地问：“怎么样，谢总？很为难吗？”

“不瞒您说，我为难的事只有一件，费用，其他的都不叫难事。”谢纪锋委婉地道。

唐瑛笑了，心里道：这是开始要钱了。

一般商务调查前期顶多收一份订金，金额不会很大。而且客户方挑三拣四以压低标的金额是常有的事，所以公司的对付方式也五花八门，最直接的方式就像这种中途要钱的。

“好！”张经理似乎做了个决断，“就你们了！按约定来，五十万明天到账！但是我要实时知道进展。涨价是不可能了啊。不过想多挣，有其他机会，就看你们的能力了。”

唐瑛微微一怔，那心里呀，像揣了一百只兔子一样砰砰乱跳。她在想，假如对方知道谢总是怎么办到的，铁定会气背过去。这就和前几年潘家园捡漏儿一样，千把块的破罐烂碗，一转眼卖几十万。

谢纪锋却装作懊丧地道：“呵呵，这单看来我亏了啊，咂……不该过早地让您看到结果的。”

“错！要是早知道这个结果，还用你们催款？”张经理很是兴奋地说。

……

生意谈成，双方就剩下恭维和客气了，草草结束。

两人送走张经理时，唐瑛注意到了，这位不知道什么来路的张经理，开得是辆奥迪 Q7，比谢总的座驾可高了不止一个档次。

回返途中，谢纪锋无意中侧头看唐瑛时，发现唐瑛也在偷瞟着他，然后两人相视而笑了。

“有问题现在可以讲了。”谢纪锋笑道。

“已经没有了。”唐瑛笑道。

这就是一单生意，明天就会有预付款和委托函到公司了。一次另类的招聘，带来了五十万的进账，真是叹为观止了。

“都说了嘛，最差的孩子身上，也会有新鲜的东西和无穷的希望。”谢纪锋笑着道，“你是不是觉得我给他们的待遇太低了？”

“嗯，确实低了。”唐瑛道。

“多给更不对，他们的警惕心很强，会把我当骗子的。”谢纪锋道。

唐瑛又笑了。谢纪锋这件事办得，足够让她咂摸几年了。有人说京城职场步步凶险，可何尝又是遍地机会，关键在于你的取舍。

“不管你学到什么了，我现在要开考了，别让我失望啊。”谢纪锋道。

唐瑛刚一紧张，谢纪锋的问题就出来了，问道：“做生意谈判要察言观色。我的问题是，你从张经理的话里得到了什么讯息？”

“嗯……他们可能迫切需要解决大西北影视基地经营上的问题。”

“还有呢？”

“他应该不是来自投资方华鑫国旅的，如果是投资方的人，没有必要保密程度这么高。”

“对，还有呢？”

“他们很期待咱们能给他们一份解决方案。”

“对，还有。”

“还有？”唐瑛被问住了。

半晌谢纪锋侧头看了她一眼，解释道：“你漏掉了最重要的一条。你回忆一下，他看完后这样说，‘干得漂亮！我有些低估你们的能力了，早知道我就……嗨！不说这个了’，这儿有个停顿，他及时刹车了；还有最后，他说‘就你们了，五十万明天到账’，你细细想想，这里面的潜台词是什么？”

“咝……可能还有‘他们’！”唐瑛一吸凉气，脱口而出。

“对喽！”谢纪锋叹道。

商务调查常碰上的事，就是委托方不定找你一家，可能同时找两家甚至更多家，以期找到最翔实的调查结果。

这回算是识得什么叫尔虞我诈了，唐瑛稍显紧张地回问道：“那怎么办？”

“晚上你通知一下屯兵镇的那几位，告诉他们，还有另一组商业间谍活动在屯兵镇，他们也在调查鹏程商贸。如果对方捷足先登，他们的实习就到此终止了。”谢纪锋道。

“好的，我随后通知……可是，这与前面讲的是相悖的，您只告诉他们是个实习啊。”唐瑛道。

“都这个时候了，他们要是还相信是实习才见鬼呢。关键还在钱上，你看着给他们加点儿，别饿着，也别吃饱了，有点儿小惊喜就成了，可别让他们兴奋过度啊。”谢纪锋道。

唐瑛弱弱应了声。她有点想笑的感觉，可莫名地又滋生出了紧张的情绪。如果真碰上同行冤家了，那要发生的事情可能就无从预料了……

# 16　因利所驱

千里之外的屯兵镇，在这个燥热的夏夜来临之时，却又是一番景象。

一列二十余辆的车队轰轰响彻在寂静的乡间，大巴、房车、载重卡车，驶过西北市界，沿着路标直驶向屯兵镇。

镇口，意外地汇聚了这个镇上的名人。餐饮部的马开荒、挂名宾馆经理祁连宝、不常见的鹏程商贸公司的宗鹏程也在列，和他并肩而站的是大西北影视旅游开发的 CEO 金彦国。金彦国不经意回头时，看见了宗鹏程的亲戚，宾馆二部经理姚富文正和他的女秘书眉来眼去。

几个人有一搭没一搭谈话时才知道，原来是来了一个二百多人的大剧组。这种大剧组可不像那些草台班子，只能带来吃住收入。万一剧组拍摄需要，道具、场地、建筑甚至群众演员都需要当地解决，那可意味着很大的一笔收入哦。所以镇子里的头面人物全出马就不奇怪了。

“老马。”

“宗老大，您放心，热水热饭早就准备好了。”

“住的呢？”

“早腾空了，打扫干净了。”

“好来坞！”

“哎，在呢，您放心，要多少人，先紧着给他们。”

“不是，让金总跟你们讲。”

金彦国此时才开口道：“这是个拍战争戏的剧组，他们需要一个村落、两个碉堡、一段城墙，要在一周时间里完成，不能耽误拍摄进度，我可是拍着胸脯打的保票才把人家请来的啊。”

郝来运和祁连宝稍有迟疑，宗鹏程回头训斥道：“找个废村不就行了，拉几车空心砖，修个碉堡，还需要我给你找施工队？”

“不用不用，我明儿就去发动，可这钱……”郝来运应承下来了，生怕又是打白条的活。

“连宝，你监工，现金结清，不够从老马这儿支。”宗鹏程道。

几人应声，这事情就定了，金彦国有点艳羡地看着这帮草莽商贾，这办事效率，快得吓人呐。

说话着，车队来了，金彦国带人和对方接洽，旋即领着车队回了镇上，卸车，开席，请着导演、副导一行上座了。

马开荒忙开了，直奔后厨，四下看看，做席的、炒菜的、洗涮的都忙着。一转眼瞅着刚交工的那几位送盒饭的，一招手道：“黑球！你们三个去帮剧组来人搬行李去。”

“有加班费不？老板。”仇敌问。

“数你吃得多，还好意思要加班费。”马开荒训了句。

包小三也凑着问：“有漂亮妞儿不？”

“你真行啊，给导演准备的你都敢想。”马老板骂了句，撵着三位好指挥的新人干活去了。

一半车驶进前院停着，另几辆马开荒指挥着泊到后院了。大箱子成摞堆着，还有辆大拖车。车里载着两辆装甲车，还有成排的道具，有钢炮、野炮、枪械，像来了支军队。

“我明白了，拍战争戏的来了。”耿宝磊惊讶地道，可没见这么庞大的阵势。拖车直接把一条街停满了。

“要不……咱们也玩儿去？”包小三羡慕地道。

“不去！又让演尸体，你死上瘾了是不是？”仇敌道。

三人嘴里抬着杠，肩上扛着箱。那些演职员叽叽喳喳地告诉他们要搬到什么地方。一趟就喘，两趟见汗，三趟就腿软。三人几趟都没搬完，亏是马老板又嚷来几位，七手八脚地用了一个多小时才搞定。

“辛苦了啊，干活的，后厨自己去吃一顿啊。”干完活，马老板一摆手就这么收场了，烟都没给一根。

苦力当久了，大多数人会习惯那种没有人权的待遇。那些虽然悍猛，可性子却有点憨的汉子们，顶多再回后厨给家里的婆娘带上一份饭。包小三可就不客气了，锅里煮的羊排，他捞了几饭盒，钵大的馒头串了两筷子，三个人像做贼似的，揣起就要走。

下一刻，三份羊排，两串馒头，都摆到了管千娇的桌子上，她好感激地看了三人一眼。这些天，她老是吃手脚不干净的包小三顺回来的好吃的，今天升级了，三人一起往回捞了。

“谢就不说了啊，反正你们也没花钱。”管千娇坦然地吃着，笑着和他们打了个招呼，然后关切地看看耿宝磊问道：“还吃得消吗？”

“还行吧，差点儿就不行了。”耿宝磊讪笑了笑，三人中数他最弱，一直拖后腿呢。

说到此处，包小三可是有话讲了，他插嘴道：“我都有些喜欢上这地方了啊，天天有钱赚，有肉吃，有酒喝，不像在首都那鬼地方，光能干活还不成，还挑你的长相呢。”

估计是以前经历过长相改变命运的事太多了，让包小三觉得这里很不错，最起码他这雷人的长相在这里一点也不受排挤。心理满足还称不上，但心理平衡绝对是有的。

两人嘲笑了包小三几句，仇敌问着管千娇道：“第二旬都快结束了，那边有什么消息吗？”

“对啊，涨钱的事啊，娇你跟他们讲了没有啊？不会赖账吧！”包小三满怀期待地问道。

耿宝磊斥道：“别什么都讲钱！俗不俗！”

“那好，把你的给我，我就不讲了。”

回答他的是个幽怨的眼神。耿宝磊一使这招求包养，肯定让包小三全身恶寒，不敢再挑逗了。

“好了，你们别闹了。有一个好消息，两个坏消息，你们先听什么？”管千娇现在毫无气质了，筷子插馒啃着问。

“好消息！”耿宝磊和包小三齐齐道。

“不，坏消息，坏事放后头，听起来郁闷，还是先听坏消息，好歹还有好消息给振奋一下。”仇敌道。

“有理，好吧，先来坏的。”包小三道。

这一提议通过，三个人期待地看着管千娇。就听她道着：“我刚刚和唐瑛通过电话了，她对调查又提出了新的要求。目标就是除主城的景点外，外围的盘沟、黄金沟、马匪山、大南营等几处小景点。调查这些小景点的位置、现状、盈利能力，以及是否具有开发价值等内容。当然了，还包括调查控制本地餐饮业的这些人的详细情况。”

一说这个，三人都笑了，管千娇就好奇了。

包小三道：“这算什么坏消息，那事简直得手到擒来，抽空转悠一圈去就行了。那些地方平时没什么人，顶多有几个小剧组取个景什么的，餐车就是天然的伪装啊。而且呀，仇敌也说了，只要查一查盒饭销售的流水账记录，差不多就能知道那些外围景点一年中旺季的盈利能力了，而那账本，就挂在厨房里，每天马老板收票结算时，都会记上几笔。”

“哇，太容易了，这就好。”管千娇松了一口气。

“该说好消息了吧。”包小三道。

“错，坏消息有两条呢，现在我说第二条。公司给出的最新消息是，还有另一组人也在和我们做着同样的事，他们是职业的商务调查人员，有几个人、来了多长时间了，都不知道。”

“什么？还有这事？”包小三火了，“这不是抢老子饭碗吗？”

“有什么后果？”仇敌严肃地问。

“很简单，同行是冤家，哪怕是公司里的同事，也是冤家。可以这样假设，如果是哈曼公司派出来的另一组人马，以他们的专业水平肯定要走到我们前面。那我们的身价可能就要打个对折了，而且稍有纰漏，都有可能导致我们出局。假设这些人不是哈曼公司的人，是其他商务调查公司的人，那后果可能更严重。”管千娇严肃道。

“有多严重？”耿宝磊问。

“他们可能走在我们前面，让我们的调查结果一文不值；或者更狠一点儿，把这事捅给被调查的对象那里，你说后果是什么？”管千娇问。

包小三瞬间想到了那几位狗仔的下场。

“我觉得假如是一次实习，他们应该有对比，不能我们说什么就是什么，要是糊弄他们呢？假如是一次实战，一个公司进行商务调查，委托两家不同的承包方，再正常不过了。”管千娇道。

她看着仇敌，意外地并没有发现紧张的情绪，不仅他没有，似乎包小三和耿宝磊也仅仅是紧张了一下，然后瞬间恢复正常了。还好，神经大条的是好事，最起码没有被吓住。

“咱们把他们先找出来，揍一顿得了。”包小三恶狠狠地道。

管千娇被噎住了，却不料仇敌道：“嗯，我也是这样想的，先下手为强，后下手遭殃。”

管千娇眼神滞了一下，和耿宝磊相视笑了。这坏消息好像不是什么问题了，包小三和仇敌已经在商量怎么找竞争对手了。

“就像当年快递抢生意时一样，守在收货客户的门口。遇见敢抢生意的，轻者扎胎放气，重者把车扔沟里，要是再不知趣，直接揍得他找不着东南西北。”仇敌恶狠狠地道。

包小三一个劲地附和道：“对！对！”

“好了，好了，别显摆你们那些烂事了。我丑话可说前头了啊，咱们这出门在外的，得多留几个心眼，万一有什么事，也好有个应对。”管千娇道着。她意外地看看桌上的羊排和馒头，心里总有一股子说不上来的感觉，甚至有点像回家了一样的错觉。

“没事，对我们来说小意思。”包小三无所谓地道。

“这个不算难解决。好消息呢？”仇敌问。管千娇刚想卖关子，仇敌道：“我知道了，价码涨了。”

“对，比上旬翻倍。”管千娇眼一睁道。

“四千？！一天……四百？！没开玩笑吧？！”包小三彻底惊呆了，小伙伴们也都惊呆了。

管千娇点点头，正色道：“没错，就这么多。”

三人的反应可真强烈。

包小三怪叫着，在管千娇的床上打滚，乐歪了。嘴里道：“老子有钱了！

老子有钱了……”

仇敌一拍巴掌，吼道：“干了！在首都累死累活一个月也就四五千，还得好年景，这钱来得太轻松了！”

“就是嘛！”耿宝磊也说了，“两份工资呢啊，加上马老板那份，这月薪过万，原来真不是梦呐！”

三人太闹腾了，管千娇嫌烦，把他们撵出了房间。三人回到自己住的房间又继续闹腾。此时他们已经在商量着这笔钱该怎么花了。

管千娇几次走到门外，想叫仇敌出来。她有很多憋在心里的话想找他倾诉，不过犹豫几次之后，她还是放弃了。

因为她，真的不知道怎么开口……

# 17 临时起意

第二天，天不亮管千娇就被吵醒了，“突突突”的拖拉机和柴油三轮车的声音响起。她推开窗户，远远看去，大街上畜力车、农用车，成队地走。随意问了一句，房东家婆娘说了：“拉沙拉水泥，都忙着上工去了。”

这地方有建设项目？

这个疑问来得快，解决得也快。她下楼准备去吃早餐，意外地发现了昨夜来此的摄制组和那些庞大的道具车辆。很快就判断出，一定是某个大剧组又给镇上带来福利了。

果不其然，今天开饭特别早。她出来时，已经有很多吃完的汉子跳上车走了，镇上的名人郝来运正扯着大嗓门喊着：“小工一百八、大工三百，中午管饭，去得赶紧走啊。”

干啥呢？

修碉堡、垒城墙，可能为了满足战争场景的需要吧。毕竟在这年代，拍爆炸场景，恐怕也就这种鸟不拉屎的地方才有可能。其他地方，那些遍地的电线杆子就能让剧组无处下手。

坐到街头地摊的位置上，管千娇掏了张纸巾，细细地擦拭了一下桌凳，要了一碗羊杂火烧，人却是心绪不宁地四下看着。

忙碌的居民行色匆匆，早起的剧组人员三三两两，好奇地走在这个塞北小镇的街头。偶尔还会有不和谐的场景出现，一两辆价值不菲的越野车轰轰驶过，那肯定是土豪载着剧组人员先行看场地去了。这些天来每天都在更换面孔，这让管千娇犯难了。

对了，还有潜在的竞争对手。这无疑给此行蒙上了一层阴影。

如果在这个镇上还有收集商业情报的对手，会是谁？会藏身何处？会以什么样的方式收集呢？

“羊杂火烧来喽。”

“哦……”

一碗漂着红辣椒油的羊杂汤放到她面前时，吓了她一跳，不过旋即给小老板一个腼腆的笑容。她接过了饼子，掰开，就着能辣出汗的油汤，细嚼慢咽地吃着，心里却是想着其他的事，例如，那三个夯货起床了没？

想到那三位，她情不自禁地笑了。

如果其他人听到这种不利的消息，恐怕得发愁，可那三位却像打了鸡血一样兴奋起来了，仿佛没竞争还干得不来劲似的。越是这个样子，越让管千娇觉得担心，毕竟都是新入行的，和那些专业收集商业情报的肯定有差距。万一对方也知道他们的存在，那实在令人担忧。

会无功而返吗？那已经是最轻最轻的后果了。如果败露了，如果被鹏程商贸发觉这其中牵扯的经济利益受到了威胁，那这个剽悍的地方会用什么方式解决，可想而知。

“嗨！”

有人在耳边吼了，吓得管千娇差点扣了碗，一回头是包小三，她翻了个白眼，没理这货。

“哇，娇也变得这么剽悍啦。”包小三咧着嘴道，是对管千娇毫不在意地吃那碗辣羊杂的感慨。

管千娇看看仇敌和耿宝磊从远处走了过来，她随意问道：“都吃了吗？给你们要三份？”

“我们早吃了。”包小三道。他坐到了管千娇身边，凑近了，看看时间补充道：“我们早起来了，在镇上转了一圈。”

“不用上工啊？”管千娇问。

“车还没来。”包小三道。

四人有一搭没一搭地闲聊着。

管千娇草草吃完，起身时，包小三早抢着付钱了。她笑了笑，眼皮抬着瞅包小三傻乐呵的样子，包小三却像做贼一样向她钩钩手指，小声告诉她道：“我们起了个大早，找那个间谍去了。”

“大早上？找间谍？找着了吗？”管千娇哭笑不得地道。心里道：能找到，那还能是间谍？

“没有。”包小三给了个不意外的答案。

走到耿宝磊和仇敌跟前，管千娇问道：“你们说，这次来的是个什么剧组啊？好大的阵势呢。”

耿宝磊道：“应该是抗日剧的吧。瞧瞧，都是日军的装备，规模不小，坦克和大炮都用上了。听说郝来运已经开始招群众演员了。”

管千娇提醒着三人道：“你们可能还看漏了一项，像这种临时的大型剧组来屯兵镇拍戏，场景布置、饮食、群众演员等等，带来的附加经济效益应该是相当可观的……”

她正解释着，包小三发现新的刺激了，拽着仇敌和耿宝磊，示意着看宾馆的方向。此时出来了几位都市潮女，她们刚刚出来，站在宾馆门口待了一会儿，又被冻得回去了。

这地方昼夜温差大，估计是回去加衣服去了。惊鸿一现的美腿让包小三咽着口水，好奇地问仇敌和耿宝磊道：“这样的妞儿，是不是在电影里，要被鬼子奸杀的那种？”

仇敌一笑，竖着大拇指道：“太有想象力了！”

“你俩胡扯吧！那里面有女一号，剧本能那么做吗？不得被观众骂死。”耿宝磊道。

“你才胡扯呢，昨个好来坞还说了，要想上位，先得陪睡；票房过亿，全靠肉戏。”包小三摆乎着新学的东西。

耿宝磊听不下去了，纠正道：“郝来运就一演职中介，还是群众演员中介，他懂什么！”

“好像你懂似的，人家能把人组织起来，能挣了钱，那就是本事！正经的演员都没他挣得多呢。”包小三道。

这倒是实话。这个影视基地最挣钱的恐怕不是影视，而是盒饭；这个影视基地里的人，最挣钱的恐怕不是演员，而是组织演员的中介。

三人争论着，不过都属于不看国产剧的主儿。争论来争论去，聊到了东洋现代艺术片上，咦，找到共同点了，都喜欢看。

“停！”跟在背后的管千娇一嚷，三人齐齐收声，马上换话题了。

“仇敌，你们准备怎么办？”管千娇问。

仇敌愣了下，马上明白管千娇所指了。他凑近了，压低了声音道：“我想这样，该干吗，咱们继续干吗，只是得多留个心眼儿，小心一点儿。当然了，最好是能把人找出来。”

“怎么找啊？对方如果是专业人士，可能比我们还要隐蔽，还有小心呢。”管千娇道。

“未必，我觉得有迹可循。”仇敌道。

“说来听听。”管千娇好奇地问。

“我来我来……”包小三抢着说了，“仇哥说了，他玩儿鼠标的手，就拿不了铁锹；他会玩儿偷拍、会分析的，就扛不了白面大米；他会卖情报的，就未必情愿卖盒饭啊！”

管千娇云里雾里地问：“你说的什么意思？”

耶，包小三解释不清，一拉仇敌，道：“得，还是你来吧。”

仇敌笑了笑，说了个排除法。“如果在这里收集情报，待的时间肯定不会短了。而不是本地人，又在这地方待的时间长了，这种人就不难找。如果要收集有关宗鹏程的情况，那他肯定要对面前的这个宾馆格外注意，宗鹏程又不经常来，所以，他们设置一个固定监视点的可能性很大。”

说着，他指了指宾馆对面成群的民居，道：“那里面有不少是出租房，监视点应该就在那里面。”

管千娇的眼睛亮了亮。

“还有呢！”仇敌解释着，“如果想了解得更清，那对方肯定要设法了解餐饮的收支情况。详细了解这个情况，如果不去餐饮部扛大米，那就只剩下两种可能了，偷拍餐车，或者接触餐饮部里面的工作人员。”

“我明白了，如果偷拍餐车，计算每天的出入货量，也有可能在近处设置监视点，和前面的是重合的。”管千娇道。

“对，这地方非本地人很难融入，他们总不能也有三儿和仇敌这身子骨儿，混进搬运工的队伍里吧？退一万步说，如果他们真混进队伍里了，那我们早就发现了。”耿宝磊道。

管千娇瞬间有主意了，一言不发，急急往回返。

三人瞠目回头瞧着，那娇小玲珑的管妹妹，给人的感觉却是越来越透着一股子古怪。

耿宝磊笑笑道：“她很投入啊。”

“你也很投入啊，看得都快流口水了。”包小三遮住耿宝磊的眼睛，仇敌被逗乐了。

这时候，三人远远地听到了马开荒的吼声：“都站着挺尸呢？快来干活来！”

三人赶紧加快步子，往餐饮部的大院里奔去。不多久，大厢车驶来，一天的忙碌又开始了。

……

一个小时后，管千娇出现在影城宾馆的街路上。她灵光一现的想法是，如果能把宾馆对面那一片几百户民居走一遍，或者挨个看一遍，说不定就有发现。毕竟这里的长住外来人不多，租房都是按天收费的。

不过站到这儿，她才发现自己想得太天真了。怎么敲人家的门，人家开门后该说什么，用什么理由进去，这都是问题。别没找到对方，先被对方看破了，那可就悔青肠子了。

踟蹰了很久，没有想到安全的伪装方式，她放弃了。

两个小时后，她到了村北华鑫度假村的那幢烂尾楼。这个垃圾围着的地方不防贼，很容易进入。她没有惊动带孩子的破烂娘，发现了不止一个出入口可以进入这里。此时的她有点小兴奋，她判断，偷拍避免不了远程取景，取全景。如果要这样做，村北这个制高点是最佳的选择。

从烂尾楼的三层开始，她细心地，一点一点地看过。建筑垃圾、疑似人迹，她都仔仔细细地搜索过。当她在顶楼看到了几个烟蒂时，她笑了。

未燃尽的烟蒂是小金桥牌子，当地可没有这种烟。而且在她所站的位置，直线距离影城宾馆不超过三公里，正好可以把屯兵镇中心一览无余。如果在这里架上一台高倍镜头的话，完全可以拍摄到宾馆的大门、餐饮部的大院子，以及出入的行人行车。

她此时已经很确定有同行这么做了，而且在这里待的时间肯定不短，来的次数也不少。

可接踵而来的问题让她蹙眉了，是谁呢？

在这个流动人口上万的边塞小镇，来自五湖四海的剧组、演员、游客走马灯似地换，这人可怎么找啊？

这个疑问困扰着她。她一直坐在顶楼冥思苦想。如果有另一组商业间谍，如果那个客户委托的不仅是哈曼公司，那对方肯定和他们是同时来的。也就是说，他们在这里已经待了近三周。这种人应该很容易找，但要不动声色、不被察觉地找出来就难了。

怎么办？

她思忖着，观察着。那些隐藏在暗处的同行在哪里？这个时候，会不会也在窥探呢？

她拉伸了单筒的望远镜，又一次指向宾馆方向。她看得相当清楚，几乎能辨出行人的面孔，不过没有看到什么有价值的东西，却发现了仇敌、包小三、耿宝磊贼头贼脑地从餐饮部的大院溜出来了。

她心里一惊，怕这三人又要出什么幺蛾子，赶紧观察他们的去向。不多会儿，三人扛包、搬箱、提篮子，从宾馆旁边的那个小超市出来了，眼看着钻进了民居胡同里。

“哇！我比猪都笨！”管千娇瞬间明白了他们要干什么，直拍自己的额头，快步下楼，奔回镇里。

……

“婶，有人吗？”

“有人吗？”

仇敌探头探脑，包小三贼头贼脑，在院门口喊着。

掀帘子从屋子里走出来一位满脸麻子的胖大婶，瞅着三人，嚷道：“他们是干啥的啊？”

“你这儿租了几家人？”仇敌问。

“你管俄（我）家租了几家人！你们干啥滴？！”胖大婶不配合了。

“哈哈，我们给超市马婶家推销点儿东西。”仇敌走近了，端着一箱火腿肠、方便面、饮料之类的。

包小三也凑上来一脸讨好地解释道：“有的快过期了。”

耿宝磊也凑上来说道：“有刚来的外地人，卖给他们点儿。”

“你这几个孬娃，咋能干这事涅？”胖大婶指着他们，咬牙切齿地道：“卖过期吃的，这像马胖子家的风格……”

不过话随即被包小三打断了。包小三拿着两袋干脆面直接往胖大婶手里塞，嘴里道：“婶，这个没过期，给娃吃。呵呵，帮帮忙吧，我们给马老板打工涅，多少总得卖点儿吧。”

“啊……卖不了俄（我）可不管啊。”胖大婶把两袋干脆面一揣，道德底线瞬间崩溃，乐滋滋地回屋了。

趁着这机会，仇敌赶紧发问道：“婶啊，你这儿一共住了几家啊，都啥时候来的？”

“都是昨天来的。”胖大婶随意一句，掀着帘子进去了。

三个人傻眼了，情况倒是问到了，但不是三人想要的情况。没辙，三人只好出门了。

包小三悻悻地道：“赔了两袋干脆面，好几块钱呢。”

一家完了，下一家吧。

村里的婆娘好对付，一般一瓶饮料、一袋方便面，基本就搞定了。三人都是宾馆厨师的扮相，打着马开荒的旗号，还真没有人怀疑。只是连走十几家，东西快赔完了，就是没有问出在这一带租房住够三周的人来。

“喂，过来，过来……”管千娇追过来了，三人回返，四个脑袋凑一块了。管千娇问道：“你们是想用上门推销的方式，接触一下租住户？”

“对呀。”仇敌点头。

“这个办法好，尽量拍下来啊。”管千娇提醒道。

耿宝磊亮了亮腕子上的手表，那可是偷怕用的利器，一摁表盘侧面的触点就能拍照。

不过有人不乐意了，包小三道：“好个屁啊！都快赔一篮子东西了，都咱自己买的啊，心疼！”

“舍不得孩子套不找狼，只要能找出来，钱算我的！我再去买些东西啊。”管千娇兴奋地加入了。不一会儿，管千娇“吭哧吭哧”地抬了一堆食品回来了，放到了几个人的肩上。

三人继续“推销”。

仇敌敲响了一家的房门，一位大胡子站在门口，警惕地看着三人，那样子百分百像坏人。

“哥，要饮料、火腿肠、方便面吗，都是优惠价提供的，送货上门。”包小三吆喝道。

“小卖部就有，想宰人是不？雪碧多少钱？”那人随口问道，估计他没少被这地方的推销人员坑过。

“八块。”仇敌道。为了防止再次竹篮子打水，他特意给了个不准备卖出去的价格。

“不要。”那人回身要关门。

“喂，等等……哥，还有好东西呢，这地方的特产，淫羊藿，植物性壮阳药，比伟哥效果还好。”仇敌道。

那人瞪了仇敌几眼，“嘭”的一声关上门了。不过一转身三人看到了，这是位搞写生画的，屋子里放了一堆油画，还竖着大画架。

下一家，家里有一位耳背的大爷，一根烟夹到耳后，成功进入……

下一家，家里留守着两位半大的小屁孩，哥俩儿只给了一瓶饮料就说服了。还没上楼，那哥俩儿因为一瓶饮料打起来了……

下一家，门锁着。谁也没料到包小三大发神威了，一根细铁丝就把那把破锁捅开了。三人窗户上照了几家租住的房间内景，匆匆溜走。包小三又把那破锁原样锁好了，仇敌倒是不意外，毕竟以前见识过，耿宝磊却对破烂王出身的包小三又多了一层认识。

下一家……

四个人就像不知疲倦的活雷锋，把自己掏腰包买来的东西慷慨无比地白送出去了。下午还得去马老板那儿干活，干了几个小时，回来又继续白送，一直干到繁星满天。

然后几个人发现，今天努力的唯一效果就是，帮小超市马胖子的老婆

“推销”掉了一大堆快过期的食品。当然，收获还是有的，只是对于牛眼识草的几位，实在说不清收获是什么。

晚上四人聚到川味火锅店吃饭，管千娇把今天照的照片给大伙瞧着。这个想法不可谓不妙，还真把影城宾馆周边民居长住的外来人挖了个七七八八。人数不多，一个画家和他的助手，两个收购破烂的长住户，还有三家玩具厂的代表，专做各类道具、服装的设计。对了，还有几个贩水果的和收皮毛的，也在这里待的时间不算短了。

符合标准的人确实不算多，如果依照对他们进入镇子的时间来判断，似乎同行就应该在这些人里面，似乎就应该能找到些许端倪才对。可几个人看着看着，都傻眼了。

“我看着都不像啊？”包小三道。

“我怎么看着都像啊？”耿宝磊道。

管千娇“扑哧”笑了。

仇敌有点不好意思地挠挠脑袋道：“我再想想啊，这种人还真不好找。所谓商务间谍，其实就差不多像一个兼职一样对吧？实在不好判断啊，当画家、贩水果、做道具，都可能做这个兼职啊。”

难住了，没有明显的特征。

“上午还吹牛说很好找，看看，傻眼了吧？”包小三斥着仇敌，大嚼着炖羊肉。钱入账了，几个人的生活质量水涨船高。

“这你可不能埋怨仇敌。”管千娇挟着肉，笑着道，“就算对方知道我们在，他们也无从去找啊，谁能想到你们三个混在搬运工和群众演员队伍里了？哎，这个确实难办啊。”

“千娇，那你说，这个对手的存在危险有多大？”耿宝磊担心地问。

“他不危险，危险的是那一方。”仇敌道了，筷子指指影城宾馆的方向，这句话让管千娇点头称是。

对呀，万一有所纰漏，让鹏程商贸这群商业土匪揪住，那可不是一顿海扁就能解决了的。

耿宝磊想了想，自言自语道：“没那么严重吧？你们别吓唬我啊。”

仇敌放慢下筷的速度，笑着给大伙讲着他经历过的故事。

“最早我打工的地方是一个照明设备的分公司，因为债务纠纷被另一家公司吞并了，接收方那家知道怎么接收的吗？直接开来两辆大巴，一百多号人，人手一根橡胶棍，进厂直接就撵人。知趣的马上滚蛋，不知趣的棍子撵着你，照样滚蛋。结果不到一天就搞定了，然后公司一换牌，手续一办，大局就定了。瞧哥这身子骨儿，打两三个没问题，不照样老老实实不敢吭声吗，当时我可连欠了三个月的工资都没敢去要啊。”

这故事听得耿宝磊后背发痒，不舒服地挪挪座位。

包小三倒是经历多了，无所谓了，直说：“那算个啥，就我们干的那快递上，三天不打一架就不舒服。一个区窝着七八家快递公司，谁收货谁就挣钱，收不着货他不但不挣，还得赔钱。哪个不是拼了命地干，不硬气撑不住场子，收破烂的都敢来欺负你。

“喂喂，走题了啊！说说下一步怎么办吧。因为这事我今天心里老悬了。”耿宝磊拦着话头道。

“我把办法已经说了啊，没听明白？”仇敌道。

“什么时候说了？”管千娇愣了下。不过这小姑娘冰雪聪明，一下子反应过来了，惊讶地道：“你是说，借刀杀人。”

“对呀，咱们势单力薄，可鹏程这帮土匪厉害啊，要是知道谁动了他的蛋糕，那不得往死里整？”仇敌表情异样，似笑非笑地道。

包小三听不明白了，嘴里嚼着，愣怔地瞅着问道：“可还不知道是谁呢，栽赃给谁呀？”

“问题是就算知道是谁，你能怎么办？”仇敌问。

对呀，就算知道有竞争对手，也只能望人兴叹，贸然出手，不是连自己也败露了吗。这真是一语惊醒梦中人。

管千娇听得茅塞顿开，大眼盯着仇敌，等着他的下文。

“千娇发现了这些人去过华鑫度假村的烂尾楼，咱们又查了这么多长住户，我想要查出他们来难度真不大，真正难的是怎么处理。当然，最好的办法是把同行撵走，省得搅和咱们的生意，所以这事啊，必须借助外力，否则光凭咱们几块料，根本不够使。”仇敌道。

“说详细点儿。”管千娇催道。

“机会就在眼前嘛。这部战争戏要在这里取景，二百多人的大剧组，每天光吃喝拉撒的开支就好几万。别人眼里是拍戏，可在商人眼里这就是盈利。现场施工、餐饮、群众演员，能给屯兵镇带来多大收益，连咱们也很有兴趣，难道那位不想知道？”仇敌问。

“我明白了。”耿宝磊道：“这个人近期肯定会设法偷拍。”

“如果到过华鑫的烂尾楼，又到过外景实地，又在这里待的时间和咱们相仿，那就简单了。要是巧合太多了，他自己就要露尾巴了。”管千娇脸上慢慢地浮现出喜色了。

“这小地方太容易搜集商业情报了，同行一定已经开始掉以轻心了。”仇敌附和着道。

管千娇试探着问道：“从哪儿开始呢。”

仇敌和管千娇像是心有灵犀一样，两人的眼光不约而同地盯上了包小三。耿宝磊像是明白了什么，笑了。

饭毕，几个人都没闲着。

管千娇和饭店的胡艳红早就混熟了，偶尔客多的时候还会帮帮忙。今天管千娇格外殷勤，给胡艳红写了一板好看的菜单，高兴得胡艳红连连叫好。千娇好像今天谈兴颇浓，和胡艳红叽叽喳喳地边聊天边干收拾碗筷和抹桌子的活，俨然如同一对小姐妹。

包小三、耿宝磊、仇敌三人则趁着夜色悄悄摸到了华鑫度假村的那幢烂尾楼里。包小三负责和老乡聊天，仇敌和耿宝磊却像做贼一样，窸窸窣窣地忙碌了半天，又借着夜色掩护，悄无声息地退了出来……

# 18 人人编剧

同行暂且放下，挖了个陷阱看来，只等着猎物上门了。

第二天一早，包小三、耿宝磊簇拥着仇敌高高兴兴地上工去了。三人相视总是那么坏坏的、诡异的笑容，就像给大个子们灌“药酒”时一样，似乎又搞了什么恶作剧了。当然了，这事一般人不会告诉他们滴。

三位吃完了，和工友们打着招呼，进了大院，还摸了摸马老板的那几条牧羊犬的脑袋。别说人了，连这儿的狗都和他们的关系越来越好了。

管千娇是越来越放心了。这三位的苦逼经历，简直就是为了这次间谍活动量身打造的，想找破绽也难啊。

他们这个小团队的事情暂时放下，可镇上新来了大剧组的事，却在这一天刚刚开始。

修碉堡的根本没回来，这群苦力是连夜打着柴油发电照明干的活。大早上换一批人继续干。

这边紧锣密鼓地修着布景，那边的拍摄已经开始了。一大清早，镇上的车加上剧组自带的车，把成批的演职人员、群众演员和金贵的武器道具，浩浩荡荡地往拍摄场地送。

不用说，饭菜明显加量了，看今天准备的饭菜量，就知道这次的规模是到屯兵镇首次见到的。

卸完货，加热水，米进锅，洗完菜，菜上案，切成条，肉分开，绞成片……各项工作有条不紊地进行着。经过了数日的锻炼，就连从来没有接触过厨房的耿宝磊干得也是有模有样的了。干活的时候，马开荒老板腆着大肚子，提着狗链子，照例开始巡逻了。

这巡逻的不仅动口，还不时动手。偷懒的不是挨一脚就是挨一链子，手脚慢的肯定要骂你几句，哪怕洗菜多用水了，马老板都会扯着嗓子吼 :“行了行了，洗那么干净有屁用，又不让你吃！”

这时候，包小三就开始拍马屁了，应声道着 :“不干不净，吃了没病，是不是啊，老板。”

“对，瞧这孩子多有文化！”马开荒表扬了包小三一句。耿宝磊每次都要笑得差点切手。

巡逻了一圈，马老板就出院子了，逗逗他那几条牧羊犬，搁门口躺椅上晒会儿太阳，喝点水，抽支烟，然后时不时地再进来巡逻一圈，监督着这个庞大的餐饮生意的运作。

今天同行明显是有动作了，仇敌和耿宝磊使了使眼色，耿宝磊会意了。喊了声要上厕所，匆匆奔出去了。不一会儿，耿宝磊若无其事地回来了，朝仇敌微微颌了颌头。

小动作搞定。

什么小动作呢，很快灶台那边就出问题了，那呼呼冒着的蓝焰越来越弱，有气无力地停了。

有人喊着 :“马老板，火熄了。”

“嗨！你大爷的！这是咋整的？！”马开荒着急了，一捋袖子，奔向了厨房。只见这四十眼火连接的是隔壁的液化气罐子，一瞅肯定是供不上气了。他匆匆奔到隔壁，一开门，“噢”了一声，然后赶紧后退，吓得直咧嘴，满屋的煤气味道冲了出来。

“坏了，煤气漏了。”仇敌一嗅，喊了声。

“快跑，要爆炸！”包小三喊了声。

这里曾经出过炸炉的事故，伤亡倒没有，就是把听说过的吓破胆了。

随着包小三这一声爆吼，一干头脑不清的汉子、老娘们儿，扔下手里的活就往外跑。

气得马开荒在背后嚷着 :“没事！没事！不就漏了点儿气么，别跑啊！都回来！回来……”

喊着喊着，他自己也怕了，犹豫不定了。眼看着有人居然往怀里揣一片猪肉跑了，气得他扔链子，一个趔趄，倒把自己摔了一跤。

“快起来！马老板！”耿宝磊赶紧扶着马老板出去了，“马老板，您放心，我以前在饭店干过，没事的，只要不见明火就没事。我先关了气，找到毛病，一通风就没事了。”

“赶快都出去！”这边仇敌喊着，湿抹布一沾，叫着包小三，装成一副奋不顾身的样子。

马开荒早吓怂了，拉着仇敌道：“全靠兄弟你了啊，赶紧想办法啊！我……我给你涨工资！”

“没事，您对我们这么好，不涨我也得干呀！快！宝磊，迟了就来不及了。”仇敌道着。

包小三扶着人，早把马老板身上的钥匙给拽了。一厨房人连滚带爬地奔出去了。人走完了，仇敌干脆一关厨房门，杠子一顶，包小三手脚麻利地打开那张油腻的桌子抽屉，蹭蹭翻着，拍着记录。

不一会儿，仇敌喊道：“都走远点儿，我现在开窗了啊……”

又一会儿，包小三喊道：“我关火了啊，看看外面有没有明火……”

再过了一会儿，两人高的油污窗户被仇敌艰难地打开了。

马开荒激动地指着仇敌道：“义士啊！这是传说中的义士啊！”

耿宝磊想笑，憋住了。他郑重地告诉马老板道：“您收留我们，您才是真正的义士啊。”

相互恭维着，不一会儿仇敌和包小三两人把一溜窗户都打开了。

伸着脑袋的包小三嚷着：“马老板，没事了，气阀漏了，换个瓶子就行了，马上开火，继续干。”

马开荒小心翼翼地走到近前，“呼”的一声，几个炉膛骤然出火，让他一颗心放肚子里了。

仇敌奔去隔壁，要把换下了的气罐挪开。那一人多高，三百多斤的超大气罐颇是威武。仇敌一边使劲一边道：“马老板，这气罐真有些年头了，阀都松得不像样了，得换了啊。”

“哎哎……回头就换，吓死老子了。”马开荒惊魂未定地道。

员工陆续回来了，不过已经有吓得跑回家的了。这地方的员工够可以的，一眨眼的工夫，居然丢了好几块猪肉，气得马老板牵着狗，叫着打手，要收拾那几个趁火打劫的。

“谁的钥匙？”该耿宝磊出场了。他在门口一晃悠，一看钥匙又道：“哦，马老板，你的钥匙，挂着你名呢。”

“哦，拿来拿来，我都糊涂了。”马开荒返回来，要走时，又喊了句：“黑球，三儿，看着他们干活，谁偷懒就给我使劲抽！”

“是。”两人齐声道。

马开荒说完就把狗链子扔了过来。

老板匆匆走了，那些镇上的汉子婆娘看仇敌的眼神都不对了。肯卖力气的倒是有，但肯卖命的可不多见。不过谁也不怀疑，这三人很快就要进入马老板的狗腿子行列了。

“恭喜，升职监工了。”耿宝磊悄悄凑在仇敌身边道。

“同喜，你也要成狗腿了。”仇敌笑着回了句。

这个时候，可能最高兴的莫过于管千娇了。她远程接收着包小三手机拍的图片，兴奋得眉开眼笑了。马老板的这个流水账记得太清楚了，两三个月的账目，一览无余。

小小的插曲没有影响到正常的生意。等马开荒从外面回来时，他意外地发现，尽管少了四个人，活还是安排得井井有条。盒饭封装进厚厚的泡沫塑料箱子里，已经上货一半了。

他进了厨房，开了抽屉，打着电话问着前方的需求，歪歪扭扭地记录下来。影城送多少、工地送多少、后盘沟拍摄地送多少……一一记好后，他起身嚷着随行人员。

这时候，仇敌小跑着奔上来了，他好奇地问道：“马老板，后盘沟那边要不我们去吧？”

“那儿没多少货，你是这儿扛大梁的，影城这边得你们来对付啊。”马开荒立马道。

哎哟，看来太优秀了不行啊，想去的地方都轮不着你呢。

“可是影城这边顺当，谁也能干，后盘沟远，得看着点儿啊。”仇敌替老板考虑道。

包小三也凑上来道：“我也去，还没去过后盘沟呢。那儿拍打仗片呢，我们看看去。”

“那些扯淡剧能把你们恶心死，咱们这儿拍的片，大部分就往烂拍呢。好吧，那去吧，路上小心哈。”马老板随意道着。一想也是，新的配送点，还是得用信得过的人不是？

一切都干得顺利无比，装车走人，三人在车上拍着巴掌相庆。随着隆隆开拔的货厢，驶向了目的地。

“都说了吧，这太容易了。”包小三对两人道。

因为需要这里的详细情况，于是三人讨论了一个这样的闹剧，一劳永逸地把信息搞全了。

仇敌示意说话小声点，耿宝磊却是好奇地问道：“是不是这就是最后一站了？完了咱们就可以回去了？”

“那肯定的，不过我现在都有点喜欢这地方了。”包小三道。

“下午回来和千娇商量一下，我建议把时间拖长点儿，一天四百呢，多实惠。”仇敌道。

“我看还是稳妥点儿吧，别再玩儿悬的了。”耿宝磊道。刚才的事，着实让他有些心虚了。

“现在哈曼需要这儿的商务信息，你多待一天，就有一天的钱。这一旬一天给咱们四百，下一旬，你说得多少？最低也得这个数啊！”仇敌比画着手势，“好歹拖上几天，咱们都多挣点儿。等咱们几个真回了北京，指不定是什么情况呢。”仇敌轻声道着。

耿宝磊眨巴眨巴眼，也有点心动了。是啊，不可能不心动，两份工资都不低，上哪儿找这么好的事去啊。

耿宝磊征询地看着包小三，包小三却是恶相毕露地指着仇敌道：“你这人，太无耻了！”

耿宝磊一愣，他没反应过来包小三什么时候道德水平蹿高了。然后包小三一脸灿烂地补充道：“简直和我一样无耻，我也是这样想的。哈曼一天给四百，马胖子给一百四,一天挣五百多，一个月就是……一万六！哎哟妈呀，哥都快成资产阶级了。”他直捂着心口说话，生怕小心脏受不了跳出来似的。

仇敌和耿宝磊也是相视笑了，看来对这个提议意见不大，做通管千娇的工作就行了，反正多长时间能调查清楚，谁又说得准呢？

……

路程一共十五公里，不太好走，车行驶在沙化的草原上，磕磕绊绊的，后厢又吸灰，不多会儿全身就会蒙一层细细的沙土，三个人不时地起身拍打。偶尔站在车厢上极目远眺，这一望无垠的风景却是让人心胸大开。

碧蓝的天空、翠绿的草地，像两块泾渭分明的画布，交织在一起，甚是美丽。在烈日炎炎中，炙热似乎也化作一道风景，让你抹着汗，却觉得天高地远，别有一番风情。

“看！工地就在那儿。”包小三道。

远远地三座碉堡、壕沟、铁丝网已经成形了。从远处看，人像蚂蚁一样来回穿梭着。

耿宝磊估摸着道：“用了二百多人施工，大工一天三百，小工一天一百六。这地方又缺水，水必须从镇上拉来。没有动力，得自己发电。光这布景，就得百万以上的投资啊。”

“一部剧上亿的投资，这点儿小钱不算什么。”仇敌道。

“咦？我听马胖子说，怎么着电视剧一开始就是往烂里拍，啥意思啊？”包小三道。

“内行哄外行呗，投资商他们又不懂，制片的懂啊。投资几千万上亿的片子，随便省不出点儿钱来？照着投资商的意向拍，拍得不过审。这不过审可怨不着制片的吧，反正赚了我也赚，赔了我也赚。甚至这一行里，很多根本就是洗钱，成立几个空头公司。一问钱干什么了，作剧本了、搞道具了、做动画了，其实根本就是自己的钱转悠一圈，然后就成合法收入了。往深里查，一部烂剧没过审，你怎么知道投资了一个亿还是一百万？”

包小三可不动这个脑筋，他抿抿嘴道：“不懂。”

“那你懂什么？咱们可以试图找点儿共同语言。”仇敌逗着包小三。

“我懂剧本。”包小三严肃地道。

哇！这货也就是搞恶作剧的水平，什么时候懂编剧了？耿宝磊和仇敌一脸愕然地瞪着他。

“我真懂，那剧本太容易做了。让女主角从高处失足跌下来，男主角飞上去救她，然后慢镜头，对视、旋转、音乐、N久后掉下来。然后女主角很羞涩，两人迅速分开以示授受不宜。然后一个神转折，男主角一不小心失足跌倒，正好倒在女主角身上，正好对吻。这时一定要给特写，两人嘴亲后迅速起身，做害羞状……”包小三示范着，手舞足蹈地讲着。

耿宝磊和仇敌相视，哈哈大笑，直竖大拇指。

“还有呢，我以前最喜欢看武打片。每次仇人找到主角，总是拿刀指着主角狂笑，狠狠地道：‘哇哈哈！终于被老子逮到你了吧，看你这下往哪儿走！哼，老子告诉你……你知道是谁出卖了你吗？……’明明一刀解决问题了，就说说说！”包小三愤然道着，“终于说完了，奶奶的，救兵来了……”

耿宝磊和仇敌没有料到包小三在烂剧上竟然还有如此高超的造诣，笑得两人肚子直抽。

包小三继续胡扯道：“这种雷同情节太好找了。比如死前吐口血，必定摆个POSS；比如女人一恶心，百分之一万怀孕了；比如女主角一哭，奔出门，绝对是下大雨了……”

两人抢着包小三的戏，包小三抢白道：“你们说的这些可以忍受，我看的这个绝对忍无可忍。比如N多剧里恋人之间误会了，男的追着喊‘你听我解释’。女的捂着耳朵说，‘我不听，不听，就不听’。男的继续要抢着解释，女的继续喊‘我不听’，就这两句台词，能重复十遍，有这十遍，早都解释完了。”

……

车速放慢时，已经听到了戏场的声音。剧组的人指挥着车停在片场边上，车停厢开。剧务远远地让司机等着，应该是还有几个镜头要拍。

后盘沟是个废弃的村庄，没有人住了，所以保留着原貌，正好方便那些拍旧社会的剧组，连布景都省了。

仇敌、包小三、耿宝磊跳下车，拍拍身上的灰，走近了看片场。

导演不满意，让退回去重来一次。

哟，居然是镇上见过的一个城里美女，现在一身碎花小布衣，粗大的辫子，成了村姑打扮了。

她好像受委屈了，身后跟着一位武工队打扮的男子，追上她拉着说道：“秀兰，你听我解释。”

村姑捂着耳朵，摇着头，生气地道：“我不听，不听，我就不听。”

耿宝磊和仇敌瞬间回头，看着包小三。这何止编剧呀，几乎是预测到剧情了。三人哈哈大笑着，仇敌笑得一屁股坐地上了，耿宝磊笑得弯着腰，包小三张着嘴，笑得快喘不上气来了。

不一会儿，三人笑停了，发现戏场乱套了，摄制的演职全停了，导演正在生气地嚷，他们仨被好多武工队装扮的演员围住了。

# 19　即兴演绎

“笑什么？！”

“有什么可笑的？！”

“哪儿来的？！欠抽啊！”

……

几个膀大腰壮，化妆得很有几分地下工作者气质的男子，个个目光不善地盯着三人。

原来这三位一出场，直接把戏搅了。他们一笑，那边演员情绪可全破坏了。本来扮着羞恼表情的女演员，被戏外的大笑声打扰了，一看三个活宝在此，想淡定也难啊。

“你骂谁呢？！”包小三一听来者不善，跳起来推搡了一把，几个人瞬间撕扯着，眼看着就要大打出手。

“闭眼！”地上的仇敌猛喊了。包小三好歹也算身经百战之人，岂能不知，立时闭眼。

“嗖嗖……”几声，无风起尘。正瞪眼的壮汉一下子被扬起的尘土迷住眼了，手马上缩回去揉眼睛了。

包小三兴奋了，扬起手要打。突然胳膊被架住了，回头一看，原来是仇敌架的，架着他‘蹬蹬蹬’连退几步。

包小三嚷道：“他骂咱们！”

“骂你欠抽，你还真欠抽啊，你能打几个？”仇敌训着。

包小三再看剧组那百十号人，说着就拥过来了。包小三吓得直后缩，耿宝磊跑得最快，一下子就钻到货车上了。包小三一看耿宝磊这娘炮德行，真想上去把他暴揍一顿。

那几个膀大腰圆壮汉揉揉眼睛，又要追上来。这时候包小三和仇敌都有防备了，跑出去好远，回头嚷着："嗨，打架是吧？我们可是送饭的，信不信我们都拉回去？"

那些人气得一追，仇敌拉着包小三就跑，也不跑远，跑几步回头就喊："不吃我们拉走了啊……开车！"

司机也跟着起哄，说着就发动车了。

这光景副导可急了，跑到车跟前拦着，又远远地嚷着做协调工作的郝来运。两人分头行动，副导嚷着演职人员都回去，"都还饿着呢，整个屁事？！"郝来运却把包小三和仇敌叫回来了，指着鼻子骂了一通。

"你们还准备打架是不是？！这都是财神爷！一拍屁股走人了，谁给咱们送钱！去，分饭去！"

郝来运三两句颇识大体的教育，让仇敌和包小三羞涩地直奔回车厢了，给了剧组个台阶下。回头郝来运又是和副导、导演赔笑脸，嚷着包小三端了几箱水，挨个给剧组的人塞，还揪着包小三给众人介绍着："瞧这孩子长成这傻样儿，至于跟他生气吗？"

还真是，那马脸小虎牙的，丑得可爱的样子，让一干义愤填膺的演职员觉得在生气就没意思了。

导演的兴致也没了，拿着扩音器喊："开饭，休息半个小时。"

那些演职员早被晒得出了几身油汗了，次弟排队到餐车前领着盒饭加矿泉水。刚才准备打架的那几位领饭时，眼神不善地盯着仇敌，有人道："小子，扬土的就是你吧？"

"给您送饭还是我呢？接着，多给您一瓶。"仇敌讨好地笑了，那人生不起气来了，悻悻瞪了眼走了。

耿宝磊心虚地小声道："哎，送完饭赶紧走。"

"怕个屁啊！敢犯犟，明儿给他们饭里全部下泻药，拉死他们！"包小三恶狠狠地道。

仇敌踹了他一脚，继续分着盒饭。包小三早被他这软蛋表现气着了，饭也不分了，坐到驾驶室里不理二人了。

不一会儿分完了，一百多号演职人员四散坐着，站着，匆匆吃饭。

话说这当演员也真不容易，屯兵镇这难吃到家的伙食能吃下去是需要相当大的勇气的。仇敌已经看到几位女演员边吃边皱眉头，半天才吃了一小半。

他和耿宝磊坐在车厢里道："真是暴利啊，我都想做这生意了，光盒饭一天能卖十几万。"

"也就想想吧，想做哪有那么容易？"耿宝磊道。

"你说这剧组今天在这里，需要花费多少？"仇敌问。

"晒一上午呢，群众演员肯定一个人不少于一百块，还得加上盒饭的费用。场地是郝来运提供着，把他们介绍到这儿收多少钱就不清楚了。你看啊，还有布景的、再加上运输的，不好算啊，不过肯定不是小数目。"耿宝磊数了几样，也说不出准确的数据。

是啊，这种赚钱方式也不多见，用一个废弃的村庄盈利，有点突破仇敌的认知了。两人讨论着，一时还真难下定论。

"哎你说啊，这么大的剧组，开支有预算吧？"仇敌附耳问。

"当然有了。"耿宝磊道。

"那可能在谁身上？"仇敌问。

"副导，剧务都有可能。"耿宝磊看了化妆车一眼，那是一辆剧组开来的房车。他惊恐地问道："你不是想直接偷人家剧组的资料吧？"

"当然不是了。"仇敌摇摇头，不过下一句却道："我是想制造点儿混乱，那样就容易了。"

耿宝磊吓住了。现在他明白为什么包小三一直屈居此人之下了，敢情要说坏，小三顶多嘴贱手贱，真论狠劲，比这位可差多了。

不一会儿，仇敌又把包小三叫过来。毕竟刚和剧组发生过不快，一听搅事，小三还没听完就点头道："嗯，弄狠点儿！再让他们拽！"

……

这边讨论，那边几位小伙也围着副导讨论，估计心里余怒未消。不过副导好像并不在意，安慰了一句，然后那些人脸上都微微笑了。

有戏，演戏的怎么可能不会制造戏码？

饭盒开始回收的时候，副导又喊上郝来运了，一招手道："来来，老郝！你给的群众演员有问题啊？"

"啊？不是你们挑好的吗？怎么又变卦了？"郝来运吓了一跳。

"这不剧情需要吗，临时改剧本。你看看，你挑的一个比一个不上镜。"副导挑刺儿了。

"这不您说的吗，鬼子都要挑面目可憎的，那我就挑了几个丑的。"郝来运不满道。

"再找几个来，多点儿，一起上。"副导道。

"哎……现在这光景您让我去哪儿找人去啊，来回可三十多里地路呢！"郝来运犯愁了。

"那不现成的吗。"副导一指餐车，转身走了。

哎哟，对呀，郝来运一拍额头，奔向餐车了，一把拽着仇敌和包小三忽悠道："小子，你们交上狗屎运了，想不想挣外快？"

"又演尸体？不干！"包小三喷了句。

"又想扣我们钱？不干！"仇敌也喷了句。

"别！别！"郝来运拽着两人不放手，焦急地道："不演尸体，也不扣钱，演鬼子，烧杀抢掠干不干？"

"真滴？"包小三道。

"那给多少钱？"仇敌警惕地打着预防针。

"两人一百六，不，二百！哦，对了，还有鬼子欺负良家妇女的戏呢，想看不？"郝来运挑逗着两人。

两人乐呵了，耿宝磊站在车上举手道："我演鬼子怎么样？"

郝来运一看耿宝磊这细皮嫩肉的，斥道："去去，你这长相不上镜，离小三差远了！"

这一表扬，可把包小三乐歪了，正要答应，那边喊道："好来坞，快来，有女演员中暑了。"

"哎呀，就这个剧组事多。"郝来运顾不上扯淡了，又颠儿颠儿地奔了回去。一看，完了，这毒日头晒得城里姑娘受不了了。他嚷了两位群众演员，把人抬到阴凉地。

仇敌似乎对此很上心，掐人中，灌藿香正气水，就是不见效。他捏着女演员的后颈的某个部位，“噗”地喷了一口水，“叭叭”来了两个耳光。就在众人呵斥的时候，咦，那女的居然醒了。众人赶紧把她背到货厢车里，让她暂时休息，眼看着今天的戏要黄了。

“今天怎么这么倒霉啊，进度越拖越慢。副导，雪儿有几个镜头？”导演发愁地问。

“四个。”副导回了句。

看演员这样，估计是上不了了。郝来运追着副导问：“副导，可别改戏啊，我组织几十号人来一趟可不容易啊。”

“不改都不行啊，她那样怎么上镜？”副导道。

“可她不是主角，不跑龙套的吗？”郝来运道。

“你说的我知道，但是今天拍的都是分镜戏，你数数，现场还有几个女的？”副导道。

郝来运一看就明白了。现场女的就不到十位，除了女一号、女二号，剩下的都是村里当群众演员的婆娘，总不能进这戏吧。哎，一个小意外要毁掉剧组一天的辛苦了。

突然，郝来运灵光一现，奔上来拽着副导道：“来来，我给你找个女配，绝对漂亮！”

“胡说！你这儿的女人，还没牲口瞧着顺眼呢。”副导挖苦了一句。

“那肯定的，我们这儿要是女人漂亮了，你们不得成牲口了。”郝来运反讽了一句。

两人互相挖苦着，来到了货厢前。郝来运分开人群，一指耿宝磊道：“看！这小伙子不错吧！”

哟，耿宝磊诧异的形象顿时把副导看愣了。这细皮嫩肉的，肤如凝脂、眼如星眸、唇红齿白，简直惊为天人啊！

“快！化妆，试下镜！”副导眼睛亮了。

指挥下，几个膀大腰圆的壮汉拉着耿宝磊就走。耿宝磊惊得不知所措了，郝来运在背后催着：“刚才不是想演吗，现在给你机会了啊！能上算你有福气！今天给你五百！”

“五百？！”包小三一愣，推着耿宝磊，“快去！快去！多好的机会啊！好来坞，那我们呢？”

“一起去！”郝来运道。

仇敌和包小三兴奋之下，刚刚商量好的间谍活动全撂一边了。

一见开镜在即，全场忙碌起来了。化妆帐篷里，黄军装、屁帘帽、大头靴，给仇敌和包小三一穿，哎呀，活脱脱的皇军。一个接一个，不一会儿就站了一支皇军小队。

那边在车上化妆的不时传来叫声。郝来运进出几回，看样子才把人说服。等耿宝磊出妆下车，包小三、仇敌，和那群群众演员愣了片刻后，“哗”声爆出一阵哄堂大笑。

那长辫新织的、那俏眼多情的、那一身红装绣花鞋的，不是耿宝磊是谁？

耿宝磊欲哭无泪，羞得扭头就要回去，又被郝来运拽住了，推推搡搡，几度不情愿的样子，把看镜的导演逗乐了，大喊道：“行！就他了！”

他抬头又笑道：“邪了啊，这男扮女装，比女的还漂亮。”

女一女二拉着耿宝磊劝着救场，耿宝磊这软性子架不住几句好话，为难地点头答应了。

副导把剧本递给耿宝磊，一指角色，耿宝磊扫了几眼，瞠然问着：“啊？我被皇军调戏？！不干！！”说着要跑，副导拽着，女一女二号拉着。

“别呀，救场如救火啊，回头姐给你找个好角色。”

“就是啊，这么漂亮，不演女人多可惜。”

“加钱加钱！”

……

一群人围一个，死活赖上耿宝磊了。

这头就简单多了，剧情不难，鬼子进村围剿武工队残部。管剧本统筹的那个大嘴巴在这儿讲道：“你负责开枪杀人，你负责烧房子，你负责试图猥亵良家妇女，然后被武工队队员干掉……”

演练了几次，其中有和武工队队员近战的戏，莫名其妙地选到了仇敌。仇敌一看那几位不怀好意的眼神，要推托，不料那剧本统筹可不乐意了，直甩手道：“没事，做个样子就行了。”

……

忙碌了近一个小时，正式开拍。

第一场：

村后，无数村民正向山上转移，一位裹着白头巾的武工队队员挥手喊：“乡亲们，快走！进山躲起来！”演完，不少难民赶紧换上皇军服装，准备第二场景。

第二场：

场上爆炸四起，百人日军小队端着三八大盖进村围剿了。

第三场：

一“村姑”被日军士兵发现了，一日军士兵试图对其猥亵。

包小三笑得一屁股坐在地上，因为耿宝磊挣扎的样子，太逼真了。

“画面太美啊，不忍直视啊，快，给他照一张。”仇敌笑得哆嗦了。

后面的副导还在喊：“那姑娘……不，那小伙等等啊，还得补个镜头。”

第四场：

武工队出现，救下“村姑”，经过枪战和肉搏，日军士兵毙命，死相猥琐。

仇敌和包小三加上村里的一位闲汉是一队，一起演日军。剧本是从房上跳下来一位武工队队员，他一刀砍杀一个日军士兵，然后其余两个日军士兵把这位弹尽粮绝的武工队队员刺死。

“哗！”钢丝吊着武工队队员下来了，他抡圆了道具刀砍向包小三。包小三即便有所防备，也被砍了个措手不及，发出一声惨叫，向后仰倒，身上的衣服裂开，血溅出一片。

血是假的，可疼是真的。包小三一屁股坐起来骂道：“真砍啊！疼死你爹了！”

“呵呵，总得做个动作吧。”那演武工队队员的壮汉笑着道。

此人正是刚才被仇敌扬沙子的大汉，看来他是想借机报复了。

包小三正要发作，场外的郝来运持着喊话筒喊道：“躺下，再骂人扣钱啊。”

“躺下躺下，看我的。”仇敌道。

包小三看在钱的份上，又躺下继续“死”了。

镜头返回来，补拍了包小三被“砍死”的惨相，然后分镜，下一组……

导演摇了摇头，林子大了什么鸟都有，他知道演员的情绪，不过不准备多说，喊道：“都控制点儿啊！开始！”

设计动作是一砍一削一直刺，日军受伤，武工队队员被斜刺出来的刺刀刺死，仇敌不幸是受伤的那位。他现在明白了，这几位是故意让他上场的，戏里受伤，那叫活该。

就在那家伙一刀砍来时，仇敌一缩头，飞起一脚踢落刀，跟着枪托狠狠一捣，那武工队队员一声惨叫，躺在地上起不来了。

“怎么设计的？！鬼子什么时候这么勇猛了？！”导演喊了。

“不是这么设计的啊？”摄像师也傻眼了，喊了演员两声。那演武工队队员的倒霉蛋半晌才哼哼叽叽地动了动，不是装死，是疼得起不来了。

这时候，那边已经“死了”的包小三一屁股坐起来，指着这人怪笑。

“刚才讲戏的说了，可以自由发挥啊，鬼子总得凶狠吧，光会杀老头老太太？”仇敌持着长枪，好无辜地解释着。

副导追上来，看着这现场，悻悻叹了口气，摆摆手道：“再来一次。”

这回可真是强弩之末了，那演员忍着痛，有气无力地招架了几下，被后来的“鬼子”一枪刺捅得见血，靠墙软软地倒了。

几个分镜头拍完，包小三和仇敌奔回了帐篷，边换衣服边嘀咕着什么。不过手指所向，是那辆剧务的车。剧组自带三辆，两辆载人，剩下的这一辆，应该就是指挥中枢了。

“上面好像有人。”包小三道。

“不怕有人，就怕没东西啊。”仇敌此时不确定了，像这种保密程度不高的东西，还真不好说怎么能弄到手。

衣服刚换完，一阵脚步声传来，帘子一掀，三四个武工队扮相的壮汉堵住门，一看是刚才戏里吃瘪的。包小三和仇敌瞬间操出两颗手雷，包小三威胁道：“别进来，小心炸死你。”

“那是木头道具，会爆炸吗？”寻衅的演员笑了。

仇敌和包小三一使眼色，冷不丁出手了，“砰！”道具手雷正中对方一人的脑袋，“啪”又是一枚，正中另外一人的裆部。

找准空隙，两人端着长枪冲了上来，那四位一退，两人夺路而逃了，后面的就追。仇敌和包小三似乎打架配合次数不少了，配合默契，马上分开跑。

包小三像故意逗着追他的人，跑得像头野驹子，谁也追不上他。

仇敌又不一样了，他跑的不是直线，左一扭、右一扭。后面追急了扑上来了，他一矮身，腿一绊，那人摔了个狗吃屎。

村里的群众演员被逗乐了，像看杂耍似的直拍巴掌。剧组的女演员被逗乐了，戏外可比戏里精彩多了。

那几位血气方刚的男演员可来气了，加入战团的越来越多。

两人直奔剧务的车。一位中年男子抬头训道：“干什么？！下去！”

话音刚落，后面的就追上来了，三五个人一上车，仇敌一脚踹上门。

包小三拉着那中年男子喊着：“叔，他们打我……”

“哎呀……”那男子猝不及防地被拉起来，替包小三挨了一拳。

“叔，他们又打我。”包小三喊着，把中年男子往左一扭。

“哎呀……”那男子又挨了一拳。

车上顿时鸡飞狗跳，包小三揪了个人盾，左挡右堵。两位围攻他的几次都打着剧务了，缩手缩脚的施展不开。剩下的那两位更郁闷，和仇敌过了两招，两拳都被轻飘飘地架开了。第三拳还没出手，重心一闪，扑到座位上了，光防上盘了，下盘挨了一脚。

几个照面过后，两人从驾驶位跳下车，直奔餐车了。

……

“呀！坏了，还没要演出费呢。”车走不远，包小三才想起来，懊丧地道。

“算了，就当玩儿了。哎，你那了点儿什么？”仇敌问。

“我弄了个手机。”包小三贼贼地道。

仇敌赶紧抢过来，把卡挑出来，关了机对他说道：“有密码呢，别开机啊，也不知道有没有有用的东西。”

“那你整了点儿什么？”包小三装起手机问。

“我也不知道这是什么，放在电脑边上的。”仇敌掏着东西。这是一个火柴盒大小的东西。包小三看看，也不认识。

两人大眼瞪小眼的时候，一旁的耿宝磊回头一看，脱口道：“两个傻瓜，这是微硬盘。”

“干什么用的？”包小三问。

“就是微型移动硬盘，存储数据用的，三防的，防水防火防震，全密封。”耿宝磊道。

仇敌笑道：“就是不防盗啊。”

三人乐了。

耿宝磊却是不入眼了，道：“你们也不能偷人家东西啊。”

“搞清楚，这是间谍活动，不是盗窃活动。”包小三严肃地道。

“你们可想好了，就你们奔上车了，丢东西肯定怀疑你们。那么大的剧组，回头一找麻烦，怎么办？”耿宝磊问。

“呀，也对，回头赶紧跑。”包小三道。

“我们不就是想搞点情报吗？哎……容易吗？希望这手机和移动硬盘里有情报，要不然就白折腾了。”仇敌道。

“我也搞到了。”耿宝磊笑道。

两人一惊，皆是不信。

耿宝磊道：“梳妆打扮时，我和女一号聊了，她说郝来运可坏了，老是克扣群众演员的报酬。那女一号同仇敌忾地讲了，坑得轻了都不可能，就这场戏，光场地租赁就付他三十万。”

得了，敢情情报这么简单。

“你不早说，让我们冒着危险去抢人家剧务的车。”包小三火大了。

“是不是真的，不能这么简单吧？”仇敌哭笑不得了。

“还就这么简单。记得间谍课吗，信息来源于你想象不到的地方，今天就是了。”耿宝磊得意道。

“弄成一回把你高兴成这样？”仇敌不屑了。

“呵呵，这就叫会者不难，难者不会嘛。你们还是想想怎么办吧，打了人家剧组的人，搅了人家的戏场，恐怕今天要成为咱们在屯兵镇的最后一天了。”耿宝磊道。

的确，看这样子，只剩下逃之夭夭一条路可走了。

“要是刚来，发生这么一出，我还真得跑。”仇敌笑着道。话锋一转，继续微笑着道：“不过现在嘛，我还真没准备跑。信不信，我把东西扔回去，他们屁都不敢放一个？”

“信！”

“不信！”

包小三和耿宝磊的回答截然不同。仇敌一勾手指，三人头碰头商量上了。先回去，让管千娇试试能不能提取手机和硬盘里的东西，然后再这样……

听得包小三兽血沸腾，惊得耿宝磊直吸凉气。不过耿宝磊可没有发言权，两人恶相外露，威逼加恐吓，把耿宝磊拖上贼船了。

# 20　以戏对戏

一轮夕阳渐渐从地平线沉下去之后，收工的剧组在车上已经隐约地看到屯兵镇的轮廓了。

群众演员坐的是五花八门的交通工具，三轮车、摩托车、畜力车，啥都有，早先一步回来了。剧组乘坐了三辆大巴加一辆房车。虽然拍摄任务完成了，可下午发生的不快明显还没有消化掉。

“副导，您说，这事怎么办？”一位捂着脖子的演员道。

“不是我说你们，几个人打不过两送饭的，可给你们机会了啊。”副导年纪不大，也属于血气方刚的那种。

“可他们还偷东西了，剧务的手机不是丢了吗，肯定是他们偷的！”有一位插嘴了。

也是，穷山恶水遍地刁民的地方，实在让副导头疼了。关键时候郝来运也跑了，导演已经和镇上通气了，这事没完！接下来还有几天的戏呢，来这地方大把大把送钱，要没有话语权也不可能。

“行了行了，回去先吃饭，吃完饭从长计议，一会儿去见祁连宝，大不了咱们去找大西北金彦国去，他可是全盘答应提供一切方便的，现在又是打人，又是偷东西，又是搅戏场，看他怎么说！”副导一拍定音了，那几位怒气稍消。

不过旋即副导又是拍着大腿讲道：“民间出奇人啊，那俩打架的招式可比武打设计出来的还漂亮，奇人！差不多让他们道个歉，赔点医药费就行了，导演也不想把事情闹大。”

听闻此处，全车厢都静默了。也是这么回事，剧组要赶进度，地方要交布景工程，这是大局，谁也不想影响大局，但又不得不顾及下面人的情绪。剧组这边男一号男二号全被打了，真撂挑子，连导演也不好办。

副导边走边劝着，宽心说到明天的拍摄时，“嘎”的一声，一个急刹车，闪得车上人全体前倾。司机一伸脖子，回头惊惶地道：“坏了，他们又找事了，拦在路上了。”

“哎呀，有完没完？！他们倒找上门了！”副导气得差点昏厥过去，刚劝下火了，又有来浇油的了。

可不，开了车门，几个年轻人就往下奔去，瞬间聚到路面上。不过都凛然止步，正前方不远，下午打架的那两人一马当先，各牵一条半人高的大狗，手持着三尺长的大砍刀，搁在肩上。身后围着二三十号人，个个持着长短刀，像打了鸡血一般，两眼炯炯有神地盯着。

塞外的汉子都这德行，眼瞪得像和你有杀父之仇一样。几十个膀大腰圆的壮汉聚起来，那气势还真是不容小觑。吃戏饭的演职人员哪里见过这阵势，瞬间吓得后退了。

“喂喂喂……”导演出面了，一脱长檐帽子，分开噤若寒蝉的演职人员，站到人前，双手阻势道：“都别胡来啊……有话好说。”

“要打？！现在就来！打不打？！”包小三一吼，狗跟着吼，凛然一股杀气，惊得剧组直后退。

“不打不打。”导演赶紧摆手。

“要说朝他说！”包小三一指仇敌。

仇敌瞧着现场，大刀往地上一扔，直插进地里几公分，道：“下午是你们先动的手，对不对？”

“对对。”导演道。

“第二次还是你们先动的手，对不对？”仇敌又问。

“对对。”导演道，实在被这二三十号持刀的吓得心虚了。

“这就是了，那几个打架的都出来！当面说一句，要没完咱们继续！要完了，我们小人不见大人过，吃点儿亏得了。”仇敌道。

副导拉着那几位搅事的道：“认错！道歉！”然后赔着笑脸说好话，生怕在这天高皇帝远的地方出什么岔子。

千钧一发的紧张气氛稍稍缓和了，正觉得危险已过的时候，仇敌又是一声："等等！"

"又……又怎么了？我们真不打架，服了！"副导拉下脸说好话了。

"别说兄弟们不够意思，为了防止你们耍赖不给我们报酬，拿了你两样东西。"仇敌手一亮，手机、小硬盘。

剧务弱弱地道："那是我的。"

"东西给你们，还没给我们当群众演员的钱呢！一人一百！现在就给！"包小三喊着。

耿宝磊被仇敌揪出来了，过去送东西了。

副导赶紧掏口袋，手抖着不利索，直接把钱包奉送到耿宝磊手上。耿宝磊严肃地抽了两张亮亮，装起来，归队。

"哎哟，不能就为二百块钱，搞这么大阵势啊。"副导气得哭笑不得。

还就这么大，事了了，二百块钱到手了。仇敌一挥手，道："走喽，谁再不长眼，小心兄弟们给他放血！"

仇敌带队转身，众人浩浩荡荡地回了宾馆。剧组的人吓得愣是停了半个小时没动静。

剧组决定先报警。镇上派出所的人问道："打残了还是打死了？"一听没打，对方勃然大怒道："都没打，你扯什么？！"

对了，这地方民风剽悍，打不残打不死，都不叫个事。无奈之下，又联系了宗鹏程、祁连宝。那两位地头蛇作保，剧组的车这才敢驶回驻地。

……

宗老板知道消息就赶回来了。他喝了点小酒，开着朋友的越野，轰轰横冲直撞地进了屯兵镇。自从发迹之后，他大部分时间都徜徉在城市的灯红酒绿之中，屯兵这个苦寒之地，已经很少回来了。

车没进宾馆大院，直接在后厨口子上停下了。下车时，祁连宝、郝来运，还有华鑫国旅在当地设点的秘书张瑞霞匆匆赶来。

郝来运跟老板汇报为啥打的，怎么打起来的，然后唾沫星子飞溅地讲一通打的过程，惹得张瑞霞给了他好几个白眼。这儿的人啊，除了宗老板还有个样子，剩下的一个比一个让你看着恶心。

宗鹏程倒吃了一惊，还以为又是村里人闹事，一听是几个外来户，这倒放心。处置这种人很简单，揍一顿，撵走。

“哎，不对呀，他们不是说后盘沟打架吗，都回到镇口了，怎么就打起来了？”宗鹏程问。

祁连宝补充道：“还惊动派出所了，剧组报案了。”

“也找我们了，说要索赔。”郝来运道。他生怕引不起重视似的加着料，道：“那几个外地人够狠，人手一把菜刀堵在镇口要和剧组火拼，我听说去了几十号人呢？”

“有吗？”宗鹏程心里咯噔一下，要有这种势力，他不得不重视了。他看看祁连宝，祁连宝点点头。

“嗨？！天还没变，怎么妖孽就出来了？！到底怎么回事？！那几个到底什么来路？！”宗鹏程生气了。

“好像是……您大舅哥手底下的大师傅。”郝来运道，“听说是几个来游玩的小年轻。”

“老马！老马！！”宗鹏程直接嚷了，对舅哥毫无尊重之意。

厨房里马开荒应了声，一步一晃地出来了，点头哈腰笑着道：“吃了没？要不给你整点儿？”

“甭说没用的，你又不是不知道！这地方要没剧组来扔钱，大伙儿不得都喝西北风去？怠慢都不敢，怎么着，还准备把人家吓跑？！”宗鹏程生气地道。看样子积下淫威不少，连舅哥也给吓住了。

马开荒咧咧讲了：“就是几个讨生活的小伙子，又勤快又好使，工钱还不高，就让他们送了送盒饭。谁知道……谁知道他们能和剧组打起来。”

“你说几个？”宗鹏程觉得人好像对不上数。

“三个。”马开荒确定地道。

“剧组说去了二三十个操刀的，对了，还有狗。”宗鹏程看看院子里拴的大狗，有点明白了。

马开荒喃喃地道：“估计都是……厨里的大师傅。”

“他们怎么能把大师傅都拉去打架？”宗鹏程实在想不透这蹊跷的故事

到底怎么发生的。

“我不在场，那几个坏小子答应谁去给撑个场子，就给谁一斤猪肉，结果这些没出息的货一走就是二三十个。”马开荒咬着下嘴唇道，似乎在为自己手下这点身价不齿。

雇了二三十人撑场子，就一人一斤猪肉？

一众皆愣，愕然地相互看看，然后宗鹏程仰天大笑，直指着马开荒道：“人才！绝对是个人才……”

祁连宝、郝来运都跟着笑了，搞得鸡飞狗跳还真以为什么大事呢，结果背后却是一人一斤猪肉撑的唬人场子。听到此处，宗鹏程打发着大舅哥，斥了句把手下人看好，别老没事找事。回头叫着姚富文、郝来运几人上车，要亲自去和剧组的导演见见面。

“大哥，怎么办？剧组还吓着呢。”祁连宝在车上问着。

“告诉他们实情就行了，没多大事。”姚富文道。

“不不不，告诉实情不等着索赔吗？讲理讲法咱们都讲不过城里人。就这样说吧，就说这几个小子有点混蛋，反正也没造成多大损失不是，让他们也长长记性，别横挑鼻子竖挑眼，又嫌伙食不好，又嫌住的差……哈哈，吓吓他们也好，别老不把咱们乡下人当人。”宗鹏程道。他出身草根，对于这种逆袭的事，明显一碗水端不平。

“那要找我索赔怎么办？”郝来运有点心虚，知道惹不起剧组，生怕生意受到影响。

“你说呢？”宗鹏程笑着问。

郝来运一点头，道：“明白了。”

再然后大家都笑了。一群大师傅都能把他们吓怂，何况镇上数千闲汉，这可不是讲理的地方。

……

剧组的人还真是被吓得不轻。鹏程工贸加上华鑫国旅两方的人请了剧组导演一行，拍着胸脯保证这事到此为止，再谈的就是布景工程的进度，丝毫没有提到索赔一事。

……

“就一斤猪肉？”

管千娇不相信，竖着一根纤指，问仇敌和包小三。

“那还怎么着？就去站十分钟吓吓人，还给他们一人一口大肥猪不成？”包小三笑道。

管千娇喷笑了。

仇敌笑着道：“就像咱们刚来镇上，一下子就被肉墩唬住了一样，不清楚底细，他们不敢犟嘴。”

“可是……不会有后患吧？”耿宝磊担心地道。

“放心，打一架重要，还是拍戏重要，咱们耽搁得起，他们未必行啊。”仇敌得意地道。

“那鹏程工贸这边不会有事吧？剧组一施压，他们不得做个样子？”管千娇担心道。

“恰恰相反，这儿的东西质次价高，没一个剧组不骂的，可还不能不买账，两方天生尿不到一壶里。这种人他们要反对，以后再组织谁还去啊，再说咱们也赔不起啊，还指望马胖子赔去？”仇敌道。

“你想得太简单吧？”耿宝磊担心地道。

“最好的解决方法，就是简单直接，不留后患。”仇敌道。

话题往无节操的方向走了。四人坐着，管千娇的电脑屏幕上的数据一直闪着，她回过头来，有点小兴奋了。密码解开了。

手机里只有一堆照片，没什么用，硬盘里倒有几个加密文件，没想到管千娇却精于此道，直接挂机破解，用时不到两小时。

“哇，千娇当过黑客？”耿宝磊崇拜地道。

“仇敌才黑呢，千娇多白啊。”包小三维护着。

“你懂个屁，我是说计算机编程高手。”耿宝磊解释着黑客这个词，包小三听愣了，眨巴着眼睛，又一次开始重新审视管千娇了。

千娇这回真的傲娇了，不时给他一个矜持的笑容，道：“别惊讶，咱们都是有故事的人。”

她看仇敌时，仇敌笑了笑，没多问，反而把包小三拉着坐下了。

“这个没有什么重要的东西，都是剧本，可能是储备剧本。”管千娇拉着屏幕。一堆文档，剧组能藏的秘密无非就是这些没有面世的剧本。

包小三好奇地问："值钱不？"

"理论上，应该值点儿钱。"管千娇道。

"那卖了，咱们分分？"包小三提议着。

"不行，做人留一线，凡事别做绝。"仇敌道，压下包小三。

"肯定不行，这里面涉及版权，你就是想卖，也未必有人敢拍……哟，这儿有一组花名单，参演的人员，投资商名单。这个倒有点儿用处……也就这么多了吧。"管千娇眼睛盯着屏幕，手指飞快地敲击着键盘，上传了几个简单的文件，旋即对硬盘进行了格式，直接把东西销毁了。

等她做完这些，回过头来时，三位爷们儿都痴痴地看着她。包小三有点惊讶，耿宝磊有点好奇，仇敌呢，笑眯眯地看着她，让她觉得好不自然。

"你们一定想听我的故事，对吗？"管千娇善解人意地直接问。

三人点点头。从招聘遇到，就保持着这份好奇，相处愈久，好奇不但一丝未减，反而越来越强烈。娴熟的偷拍技术、分析盈利的水平，而且现在又摇身一变，变成了黑客，怎能不让大伙心里犯疑。

"刚才说了，我们都是有故事的人，分享不一定是快乐的，对吗，宝磊？"管千娇问。

"呵呵，好像……是。"耿宝磊不自然地道。

每个人似乎都有不愿触及的故事，当然，除了包小三。

仇敌正要发问，管千娇道："等结束了，你们想问什么，我都告诉你们。不过现在，还是不要让这些影响大家的心情了。我们的境遇差不多，都是学无所用，落魄到这一步的，其实也没什么说的。"

"好，反正我没碰上过一个比我命苦的人，谁给我讲过去，都会让我羡慕。"包小三无所谓了。

管千娇看向仇敌时，仇敌笑了笑，道："别看我，我不会问你的。"

"谢谢。"管千娇意外地客气了句，然后转着话题，笑着告诉大家一个更好的消息："我可能捕捉到另一个藏在这里的间谍了。"

这句话像一针强心剂一样，瞬间把三人的兴趣勾起来了。三人一个个炯炯有神，兴奋百倍地看着管千娇，等着她揭出谜底。管千娇对这个小团队的好感真是越来越强了。

屏幕上，一位大胡子偷偷摸摸地进烂尾楼了。

“那个画家?！”包小三纳闷了。

“嗯，那就是了，他可以以写生的名义各处乱走，和咱们混在这里有异曲同工之妙。”耿宝磊道。不过他马上又犹豫起来，道：“你们别听风就是雨啊，还没准不是呢?就算是还没准他知道有咱们的存在，万一贸然行动，把咱们扯出来就不好说了。”

“看这样像文化人啊，胡子几缕，蛮帅的。”仇敌盯着道。在这里混得熟了，胆越来越大了，孤家寡人这么一个，他还真不放在眼里。

“明儿摁住揍一顿怎么样，打跑得了。”包小三兴奋地道。

“不能太简单粗暴，凭什么打人家，你不揭破身份，未必能吓走他，而且万一揭破身份，咱们算什么人?”仇敌问。

……

三个人争论着。包小三坚持来个痛快，仇敌建议等等看，耿宝磊建议温柔点处理，最好井水不犯河水，看画家这样也是个郁郁不得志的，才改行讨生活的人，揍人家一顿，多不好意思。

管千娇听着他们的讨论笑了，对于此前的担心烟消云散了，她现在反而有点期待这事的结果了……

# 21 幕后正剧

京城，强强国际商务酒店。

一辆白色凌志泊在酒店的停车场，两位身着休闲装的男子下车后攀谈着，向着大厅的茶座踱去。

当头的一位停下了，像是还在犹豫，他回头问道：“你的想法是基于哈曼商务提供的信息？”

“是啊。”身后的男子道，补充道：“五十万买的，很值。能和咱们调查到的相互印证，他们的消息更准确。首都吃情报这碗饭的太多了，但行家没几家，哈曼是数得着的。”

当头那位严肃地小声道：“如果真的实施起来，你说会不会有问题？”

“哈曼商务的信誉还是可以的。”被问者小心翼翼地道。他对于谢纪锋的印象很好。

不过并不是所有人都相信“信誉”这个词。问话者摇摇头，道：“这帮人真可怕啊，渗入这么深，我都有恐惧感了。要是咱们的竞争对手也这样做，我还真无计可施。”

“高总，您是担心……”这么一讲，连被问者也觉得心虚了。这些商业间谍让人心恐，手段都是摆不到桌面上的。他小声道：“我是以个人名义给他们签的咨询协议，协议上没有反映什么和此事相关的内容。”

这就是商场上的经典难题，希望干活的多干点，但又不希望他们知道得太多。

这位高总思忖了一下，像在自言自语地道：“先谈吧，谈不成就当又做了部烂剧赔了……要谈成，看情况再定。这事干系太大，千万不能出岔子。他们那儿先拖着，说不定还用得着。”

“嗯，您放心。”

两人踱步进了酒店大厅，说了句“飓风传媒的订桌”，大堂经理殷勤地把两位领到了一间雅座。所过之处，不时有高鼻子、蓝眼睛的老外走过，甚至有位个子颇高的金发美女，惹得那位高总多看了两眼。

对，这里是国际商务酒店。从干仓三十年的顶级普洱到漂洋来的法国干邑都有提供，纯属为高级商务人士提供一个休闲商谈的场所而已。那些老外也入乡随俗了，养成了这种茶桌饭桌上谈生意的习惯。

雅间稍等片刻，对方已经来了，是一位身材稍稍发福，不过商务范很足的女士，带着一位西装革履的男子，这男子应该是秘书的角色。女士被男子一路领着，进了雅间。

“这位是飓风传媒的总经理高雨田先生，这位是知名制片人张政和先生。介绍一下，这位是我们公司总裁办助理，夏亦冰女士。”男秘书介绍双方认识后，各自落座。

夏亦冰随意要了杯咖啡。飓风传媒的两位却是额上稍显黑线，来的是总裁办的一位助理，这不对等啊！明显没把飓风传媒当回事。

“高总，张先生，那我就开门见山了。”夏亦冰搅着小勺，一副大富之家出来的派头，“贵公司提供的一揽子入股计划我们孙总看过了，不过你们的出价低了。从商业模式上讲，我们两家有互补性，很多方面存在合作的可能。来之前，我请示过孙总，我们给的底价是 4.4 亿，股权配比 48%。现在影视业是宝藏，掘金的络绎不绝，很多卖座的片子想入股都难，你们要真能制作出一部像样的片子来，那衍生的效应可能比股价值钱多了……”夏亦冰侃侃道着。

华鑫国旅的总部在香港，属于境外注册公司，内地唯一的一块开发成形的影视旅游基地一直在寻找下家。这是第几次谈判了，她已经记不清了，不过她记得这家飓风传媒是家小公司，很可能被四个多亿的开价吓跑了。

飓风传媒的两位微微笑着，那无语的呵呵，像是变相承认囊中羞涩。

“价格可以谈，货卖识家嘛。不过据我们所知，贵公司的注册资金只有两千万，我很好奇，贵方准备怎样来一次蛇吞象的收购呢？”夏亦冰笑着道，手托着腮，和秘书笑了笑，似乎准备看接下来两位推托的言辞了。

“这个……”高雨田已经是胸有成竹，他指指男秘书道：“夏总，能不能让小李回避一下？”

“有这个必要吗？你们不会准备对我进行商业贿赂吧？呵呵，坦白说吧，我还真当不了家。”夏亦冰笑着道，只当是个玩笑。

高雨田道：“呵呵，您说笑了，不存在贿赂，就即便我想贿赂，夏总您也未必看得上。”

“那我就很好奇了，您是……”

“关于屯兵镇的前世今生，关于鹏程商贸的火中取栗，还有关于华鑫那幢烂尾楼，等等……这里面涉及很多商业秘密，也是华鑫至今没有找到接手人的原因，您不至于……”

“回避一下。”夏亦冰脸色一变，男秘书知趣地起身，离座了。

对于触到痛点的话，夏亦冰一下子从笑容可掬变得面如冰霜了。他整了整心情，凝视了两人片刻，狐疑地问道：“看来你们前期工作做得不少，不过有句话叫瘦死的骆驼比马大，在屯兵镇，我们公司先后投入了七个亿。您想捡便宜，可以商量，但你们应该让我看到贵方的诚意，否则我们都在浪费时间。”

“痛快！那我直说了，就您那烂摊子，别说四个亿，就是四千万都没人敢接手。”高雨田刺激了一句，他无动于衷地把玩着杯子。

夏亦冰气得离座而起，张政和赶紧扮着白脸劝道：“夏总，这肯定是孙总的一块心病，本来我们准备直接和孙总谈的。”

“对于根本没有意向的客户，孙总有必要出面吗？你们想开个国际玩笑？四千万？那幢烂尾楼都不止四千万！如果动手开工，两个月就能投入使用。”夏亦冰气得又坐下了，对于这两位嫌货的，她还真怕是准备买货的。

“我不是个有幽默感的人，开玩笑的话我不会讲的，不过我知道，你们在屯兵镇的盈利仅限于门票和租赁场地的收入，一年一千万都不到。大西北影视旅游开发成立四年，一直处于巨额亏损状态，加之度假村修建时又发生了群殴，引发刑事案件，你们一直陷在屯兵镇那个泥沼里不能自拔。”高雨田道着。翔实的信息给了他极大的主动权，看来这五十万花得真不亏，最起码看到夏亦冰脸上的表情，他觉得非常爽。

夏亦冰脸上有点发白，她揣不清对方的用意，刚要说话时，又被高雨田抢白了。高总道："我仔细核算过了，你们建设时间历时五年，按照当时的物价和人工成本计算，总投资额不超过四个亿。当然了，泡沫应该是有的，虚高也应该是有的，可这不是价格多少的问题，真正的问题是，就谁看那儿一眼，稍加调查，也未必敢接手啊。"

"那咱们好像就没有什么可谈的了。"夏亦冰起身道，拿起了女包，准备走人了。像是反击一般，她挖苦高雨田道："您一定雇佣商业间谍调查了吧，对于你既浪费时间，又浪费资金一事，我深表同情。"

"不，一点都没浪费，那是金矿，只不过你们没有能力开采。不想看一封鹏程商贸的详细收入报告吗？我可以提供。"高雨田待夏亦冰走出几步，才把这个猛料抛出来。夏亦冰有点不相信地回头看看，迟疑了片刻，又坐下来了，不过一言不发，等着对方亮底牌。

高雨田示意了一下，张政和递出了一台平板电脑，递给了狐疑的夏亦冰。

一分钟，夏亦冰被吸引住了。三分钟，她投入了。

这份详细的调查报告让她震惊了，仅仅关于盒饭的报告就足以让任何一家公司垂涎三尺。日均八千，最高两万多份，都有详细的流水账、实物图片、进货单旁证，基准的测算是每天有四十到六十万的毛收入进账。看得她心潮起伏，像是被人抢了这么多钱一样。

张政和和高雨田交换着眼色，对于对方的这份震惊，两个人很满意。他们不准备打扰夏女士，留着时间让她慢慢消化吧。

五分钟过去了，夏亦冰翻到影视基地附属的几个景点的情况，气得闭上眼了。连那些地方的租赁费用都相当可观，只不过与开发者华鑫无缘了。

十分钟过去了，夏亦冰把平板默默地递回去，气势已消，轻声问道："你们还知道什么？"

"我们还知道，鹏程几乎把华鑫在当地的开发全部架空了，你们派去的CEO基本是给他们打工的，除了门票收入，剩下的都落到他们手里了。而且我还知道，只要你们试图解决，就会有人拿着几年前的刑事案件说事，然后你们的人就被莫名其妙的围攻。上一任经理就是被人打跑的，对吗？”高雨田问。

夏亦冰一欠身，笑了：“对，没办法，天高皇帝远，刁民恶人多啊，我们往上说话容易，往下办事就难了，让两位见笑了。”

“不不不，我们对此也是义愤填膺。孙总在数年前就看到了现在的市场，进而投资大西北影视旅游城，非常有商业眼光。”高雨田赞道。

“对，这个鹏程商贸就是一群地痞流氓无赖，再加上地方保护主义，贵公司又是外籍，恐怕这事很难解决了。”张政和道。

“谢谢两位的同情，不过我还是不懂两位的来意，难道你们想替我们解决问题？”夏亦冰好奇地开了个玩笑。现在看来，对方的准备非常充足了，只是目的尚在未知之中。

“还是年前那个初衷，我们希望入股共同经营。我们双方的业务互补性很强，只要经营权回到手里，三到五年就可以盈利。如果有万一之想，真能拍出一两部叫座的影视剧，说不定这个时间更短。毕竟现在能找到的拍摄地已经屈指可数了，而且屯兵确实有他的风格。”高雨田道，很诚恳。

“理想很丰满。”夏亦冰笑道，一推杯子，“那贵公司准备如何解决现实的骨感呢？”

“我知道他们怎么组织，怎么操作，怎么盈利，我连他们的米面菜肉的进货地都知道，连他们打手的数目都清楚，甚至我现在一个电话，就知道今天中午屯兵镇提供的饭菜熟到几成了。您觉得，我要没点儿想法，会贸然来浪费您的时间吗？”高雨田笑着道，似乎已经稳操胜券了。

“洗耳恭听。”夏亦冰正色道。生意谈到这份上，火候到了。

“都在这里面，请您过目。有兴趣的话，请帮我引见一下孙总，最好当面谈；要是没兴趣，我们不会再麻烦您第二趟了。”高雨田道，张政和递去了平板电脑，又是一份加密的文件。

这是一份商务计划，很规范，不过几眼之后，夏亦冰已经徒然色变了。她看两人无动于衷，又耐着性子往下看，可能是一个难以接受，或者难以相信的策划。夏亦冰思忖了良久，不时看着对面的来客，那犹豫不决的样子很是明显。

半晌，她把电脑递回去，很干脆地道："我需要请示一下孙总。"

高雨田做了个"请"势，夏亦冰拿着电脑，匆匆出去了。

"我看有戏！"张政和兴奋了。

"对于咱们搞影视的这一行，银幕上的不是戏，幕后的才是。"高雨田笑着道，"你背后放火，我暗地挖坑。戏外戏，永远比戏精彩啊。"

"真要出来，绝对是一部大戏。"张政和恭维道。

"嗯，你策划这个，比策划影视剧强多了。"高雨田笑道。

"行情如此啊，现在审丑比审美流行，文盲比文艺叫座，越脑残越有票房，我不是没办法才另找出路嘛。"张政和道。

结果没有悬念，不多时，夏亦冰打来电话，很客气地道："孙总已经赶往机场，下午赶回来，他要亲自和两位谈。"

高雨田和张政和相视一笑。

……

同一座城市，不同的地点，不同的人在牵挂千里之外的同一个地方。

宝隆大厦八层，谢纪锋在他不常来的办公室坐着，仔细地翻着旧式日历台子，一页页翻过，数到第二十七页时，他重重地做了个记号。

这时候，响起了叩门声。

"请进。"

应声而入的是拿着笔记本电脑的唐瑛，她准备向偶尔来公司的老板做一个简要汇报。

"这是和张经理的委托协议，对方已经付款，下一阶段的事他没有讲，只说稍等几天，没有明确讲协议执行的程度以及具体要求。这是向他本人提供的 PPT 介绍，有一百多页，还有一封市场评估报告，均是以独立文件提供给他的。我催过对方了，理论上，我们做到这一步，应该可以终止履行协议了。"

见谢纪锋不动声色，唐瑛继续道："这是屯兵镇几位实习生的近况，他们现在在影视基地里帮厨、送盒饭。在这种由亲缘关系组织的经济实体里，能走到这一步，应该是极限了。关于可能有其他商务调查人员的事，他们目前还没有提供消息……"唐瑛简明扼要地介绍着。

这一次的商务调查显得有点诡异，委托方是以私人身份签的。但凡以私人身份委托的调查，就意味着有什么不可告人的秘密。这个秘密，唐瑛无从得知，她从谢纪锋皱紧的眉头上也看得出，老板也未必知情。

“哦……请坐。”好半天，沉浸在思考里的谢纪锋才发现唐瑛还站着。唐瑛坐到办公桌对面，恭谨如一。谢纪锋笑了笑道：“别拘谨，限于我们行业的特殊性，这东西不能拿到会议上让大家讨论，当然，对你就不用避讳了，这是你第一次主导外埠调查吧？”

“对，非常感谢谢总给我这样的机会。”唐瑛微笑着道。接单意味着提成、升职、上位以及其他，是职场上每个人都期待的。在商务调查的圈子里，吃的是信息饭，靠的是人脉广，这种事对她一个外地来京的，天生就是短板。

“这个机会，知道为什么给你吗？”谢纪锋问。

“我……”唐瑛犹豫了一下，美目眨着，脑子里一掠而过的却是一个不和谐的场景，或者挟恩图报，或者别有所求。她脸上微微一烧，轻声道：“谢总提携我，我心里清楚。”

谢纪锋笑了，道：“给你是因为，你对这个圈子一无所知。”

什么？唐瑛愣了一下，然后有一种被愚弄的感觉。

“别觉得奇怪，任何有点商务调查常识的人，都不会接这单生意，现在你还没明白？”谢纪锋示意着电脑上的资料。

对了，这是一个招商引资，然后投资被架空的典型案例。唐瑛回忆着调查细节，那地方粗犷、荒凉，给她的印象极其深刻。那种拳头大说话才算数的地方，商人惯用的伎俩都会失效。她一下明悟了谢总挑几个显得很另类的临时调查员的原因了。在那地方生存，确实需要像仇敌、包小三这样顽强的人。

“明白了吗？”谢纪锋半晌又问。

唐瑛点点头。谢纪锋话锋一转，道：“明白就好，商业里可没有清者自清的环境。不管别人怎么诟病商人的尔虞我诈，在我看来，这是一种优秀的品质，不懂这个可是寸步难行啊。咱们就事论事，目前的情况是，连我也认为他们完成的调查非常圆满。坦白地讲，对于张经理来说，应该是足够了，可为什么他一直搁置着，不结束呢？”

是啊，这也是唐瑛的疑问所在。正常情况下，按协议提供调查的结果，对方认可，尾款支付，这单生意就算结束了。可能出问题的地方就是客户挑三拣四，试图少付或不付尾款，可现在的问题是，对方是一次性把款项全付了，却迟迟拖着不予认可调查结果。

“要不……我再催催张经理？约定的时间马上就要到了。”唐瑛道。

“这个不重要，从对方第一次看到调查结果，你就应该看得出来，这事背后还潜藏着什么。”谢纪锋道。

“背后？潜藏？”唐瑛理解不了了，“应该是有人对大西北影视基地感兴趣，假手于张经理委托调查的吧。”

“对，或者也不对，从调查结果看，这块蛋糕现在的主人是鹏程商贸，不管谁感兴趣，都意味着要动别人的奶酪。像所有的商业竞争一样，也许是华鑫试图盘活这块不良资产，也许是第三方试图趁火打劫，不管是那一种情况，都意味着要有一次经营权的交锋，你说对吗？”谢纪锋道。

唐瑛想了想，点了点头，这是肯定的，而且也是危险的。哪怕在首都都不缺明的、暗的、黑的、白的的商业手段，何况在那种蛮荒的塞外。

“所以，你应该从这个形势中看到……”谢纪锋提醒着。

“危机！？那种法制不健全、监管粗放的地方，对于咱们的人是很危险的。”唐瑛道。

谢纪锋愣了一下，然后笑了，笑得唐瑛有点尴尬，她知道自己说错了，不好意思地移开目光。

“想在这行出人头地，不但得拉低你自己的底线，而且得抬高你的眼光。我和你想的恰恰相反，这可能是一个机会，一个可能为公司赢得更多利润的机会。”谢纪锋道。

唐瑛怔了一下，没明白。她不确定地道：“您是说，如果有一次交锋，对方还可能需要我们的信息？”

“你说呢？无商不奸，有商必谍，前方的情报就是他们的眼睛，他们总不至于蒙着眼睛和地头蛇来一次交锋吧？其实我现在正在想，这个价位开到多少合适。”谢纪锋笑了，有点兴奋。

唐瑛看着谢纪锋兴奋的样子，心微微有点颤。不得不承认，谢总的眼光是相当高的，已经在盘算怎么让那几位产生最大的价值了。她轻声提醒着：“最低也应该比照上一个协议的标的价格吧？”

“我觉得应该翻一番。这种几个亿的大型商业操纵，一点咨询费简直就是毛毛雨。你对这事要有个心理准备，对方肯定会先向你探口风，你也给他们来几个推手，探探对方的承受能力。”谢纪锋道。

唐瑛明白了，上司是担心她不谙行情，漏了底子。她点头道：“好的，这个不难。”

“那就好，机会都是自己争取的。咱们公司的这几位主管，除你之外，都有自己的人脉。再准确一点讲，包括我，都有得到消息的渠道。如果你想在这一行做得久，做得比别人好，那就不应该仅仅满足于公司给你开的工资。我知道你是法律专业毕业的，对商业间谍有天生的敏感和反感，但事实是，如果没有那些无处不在，无孔不入的商业间谍，所有商务调查公司都要关门倒闭。哪怕是世界五百强的企业，也离不了这些间谍的眼睛。我能提携你的是，给你适应的时间，如果你无法适应，迟早都会被淘汰。”

“我知道了，谢总，我会努力的。”唐瑛凛然道。能有聆听此行翘楚的建议，这个机会可不多，尽管建议有些刺耳。

“好了，我详细看下资料，随后的事还由你来处理。如果张政和联系你，一定把握住度，不让他轻易达到目的，否则他会觉得我们很不值钱。”谢纪锋说完，把电脑移到了视线内，是要结束谈话了。

“我知道了。”唐瑛起身，轻声道。告辞走时，总是觉得心里还有点小磕绊，走了几步之后，她回头看向谢纪锋。

谢纪锋看她犹豫的表情，随意问道：“还有事？”

“嗯……那几位，我是说，在屯兵镇的那几位，会不会有危险？根据目前掌握的情况，鹏程商贸的发家史并不光彩。假如遇到威胁，他们该怎么办？”唐瑛把自己的担心说出来了。

谢纪锋面无表情地反问道：“你说呢？出现任何事情，从严格的法律意义上讲，我们该为此负责吗？”

哦，对了，那份只有乙方签名的劳动合同全部在唐瑛手里。严格地讲，现在哈曼和他们之间……毫无关系。

“我明白了。”唐瑛点点头，轻轻地掩上了门。

现实总让人心灰，真相总让人齿冷。唐瑛坐在格子间的办公室里，她不知道为什么心里有点小梗，像某种郁闷梗在心头，无从倾诉一般。职场很多年，经历过很多事，同事的中伤、同行的诽谤、下属的欺瞒、上司的骚扰，哪怕同处一间办公室里都是明争暗斗，这一次经历的无情无义，并不是全新的感受。所有追求利益最大的组织，都会使用这种规避风险的方式。

“也许我想多了，这件事很快会结束。”唐瑛如此安慰着自己。毕竟是谢总的猜测而已，也许没有想象的那么严重，也许是身处商务调查这个环境久了，心里过于阴暗，凡事总往坏处想了。

安慰尚未见效，下班的时候，她接到了一个特殊的电话，手机屏幕上显示着“张经理”三个字。她回味着谢总的话，莫名地有点紧张了。不过她很快反应过来了，脸上带上了职业性的微笑，声音甜美地回应着：“您好，张经理啊……我正要给您打电话呢……”

没有实质性的谈话内容，是后天一个饭局的邀请。对于客户如此主动的破费，唐瑛很清楚，只能证明一件事——谢纪锋的猜测是正确的。

# 22　各怀心机

“都注意啦……”郝来运的破锣嗓子在扩音器里开吼了。他站在高台上往下望去，黑压压的一片人头攒动。抹一把晒出来的臭汗，郝来运吼道：“都打起精神来，最后几个镜头了，拍完就能开饭了。剧组的最后一天，大家配合一下，收工就发钱了啊！”

一听发钱，众人好歹有了点精神，扛起三八盖子，扣上屁帘帽子，五百多个日军士兵按照副导的要求列阵，要来一遍重头戏。

“第七场……十八镜头，开拍！”喇叭里扩音一响。

围城四面的日军在指挥刀的指引下，攻城开始。两辆装甲车、四辆坦克向城墙驶来。城墙上的轻重机枪随着一声令下，冒着火舌。城墙下，日军像割草一样成片仆倒。

“烟火！”场上指挥声起。几处预埋的烟火炸起，腾起一片黑烟。爆炸中心的日军像蚂蚁开锅一样被炸得满天乱飞。

“装甲！上！”指挥声音又起。坦克、装甲车开过。坦克调整着炮口，射向城墙。城墙上预埋的炸药炸开，一个缺口出现。

就在此时，神转折来了。一群裹着头巾，手持轻武器的武工队队员飞掠而下，他们空中开枪，飞落划出了一道曼妙的抛物线。

诶呀妈呀，居然……居然有个曲线窈窕的女武工队队员。她手持双枪，英姿飒爽，弹无虚发，任何穷凶极恶的鬼子在她面前不过是土鸡瓦狗。枪声不绝，鬼子们像酒瓶子一个呼咚咚直栽倒。

诶呀妈呀，又来了个神转折。城上扔下一袋土炸药，“呼”的一声，直接干掉了一辆装甲车。城门里两匹飞驰的骏马拉着铁箱子，从箱子窟窿里不断射出子弹，骏马直接撞向鬼子的装甲车。

“嗖嗖嗖……”武工队队员飞掠而出。

“轰……”一声巨响，装甲车起火了。

升降的摄制器材在动着，很多场景被分割开了。这是剧组最大的一场戏，光群众演员就投入了八百多人。

顺便一提，现在地上成片躺着的就是群众演员。

其中一具仰面躺着的死尸满脸漆黑，死状巨惨，脸相狰狞。蓦地死尸睁开眼睛，看看没人注意，他悄悄呸了一口，道：“今天有点儿亏啊，才一百块钱，还得挨一炮弹。”

再顺便一提，此“尸体”就是包小三。

包小三躺在爆炸点不远处。虽然空包弹没有杀伤力，不过轰他一脸黑倒是没什么问题。

旁边同样演死尸的仇敌说话了：“升级了，挨刀砍、挨枪子儿，今儿个挨炮弹挣钱了，恭喜你啊，三儿。”

又一具“尸体”笑了，是耿宝磊，他说道：“喂喂，你们说这是不是就是那抗日雷剧了？不能马拉车打装甲车吧，这比手榴弹干飞机更牛。”

“那女的才牛呢，居然穿紧身衣打鬼子。”仇敌道。

三人笑了。没有命令是不能动的，摄像随时可能拍一下战场的“惨烈”。

前面在拍爆破场景。包小三眯着眼瞅了瞅，却是有点心疼地问道：“你们看，这可都是才修好的碉堡啊，这得浪费多少钱啊？”

“修就是为了炸呀，剧情需要嘛，这一块是个相当大的投资，光建筑开支就花了四百多万。”耿宝磊道。

“这算什么，大牌明星一上镜，一身行头就得上百万。”仇敌道。

“贫富差距太大呀，咱们一百块，人家一百万，他妈妈滴，啥时候我有一百万就好了。”包小三羡慕地道。

耿宝磊附和道：“我觉得你能挣够一百万。”

包小三刚一乐，耿宝磊却又道：“有了钱，赶紧找家好医院整整容，你这模样太影响市容。”

包小三恼羞道："等老子有了钱，就把你送到泰国医院做个手术，你绝对是人妖胚子。"

三人齐齐乐了。

日子就这么不咸不淡地过了数日。专程往工地送饭，偶尔还能穿上日军军服挣个零花，小日子惬意无比，越过越乐不思蜀了。

还是耿宝磊有危机意识，看着剧组还在磨叽，他悄悄挪了挪，问仇敌道："仇敌，这一旬又快结束了，怎么没信儿了，也没说让咱们回去，也没说让咱们干什么。千娇都闲得到北宁逛商场去了，咱们接下来怎么办？"

"这是我能当了家的？我还想躺着领报酬呢。"仇敌道。

"不是，那个人怎么处理？"耿宝磊小声问。

那位疑似商业间谍的画家目前还无法完全确定其身份。这个人有点奇怪，根本没有出现在需要的场合，比如像这样的外景拍摄地、比如可以得到商务信息的宾馆。那个人就像个幽灵一样，在这个地方深居简出。四个人讨论了很久，还是决定暂且井水不犯河水。

"没法处理呀，你曝给谁呀？告诉祁连宝去？"仇敌道。

"对，好办法，祁连宝肯定给钱。"包小三道。

"你真是蠢货，咱要说人家是商业间谍，咱们是什么人了，能自圆其说吗？"仇敌道。

对，这是个问题，抹黑别人，把自己捎带上就不划算了。

耿宝磊道："可现在是个什么情况啊，人家给这么高的报酬，不能咱们老是无所事事吧？"

"那你还想怎么着？再往深也进不去啊，总不能让宗鹏程把财务权交给咱们吧。"仇敌道着。

的确，三位处在底层的执行者是无法窥视到上层的意图的，一切只能按部就班地进行。

直到午后，最后一场戏才结束。然后是领盒饭、拿报酬，不咸不淡的一天又要过去了。

……

结束总比开局要麻烦。郝来运指挥着群众演员把道具装车。剧务在清点服装、装备，又全部收起。这一队人忙碌着，紧接着就是收破烂的开着三辆车来了。现场的饮料瓶子，铁皮壳子，一切能换钱的垃圾都会被收拾一空。就连那些爆炸后的空心砖，也被镇上的居民成车成车地拉回自己家了。这玩意儿盖个猪圈、茅房啥的挺好使。

黄昏时分，车队回镇。剧组待了近十天，给镇上的创收不少。鹏程商贸和大西北影视旅游开发公司的代表金彦国设宴给剧组送行了，酒店摆了十几桌，宾主客客气气，欢聚一堂。

仇敌、包小三、耿宝磊送饭归来，又被马开荒抓壮丁了，拽着到宾馆洗碗刷盘子。服务员人手缺时，模样可人的耿宝磊还会被委以送菜的重任，端着盘子在酒店里当小二。

剧组吃完饭，连夜回市区。宗鹏程的车队前领着路，拉着金彦国和他同乘一车。两人都是稍喝了点，车一上路，两人相视一笑。这单赚得不少，有司机在车上，没有明说，但宗鹏程隐晦地讲道："钱明天就到您账上了，还是您这号见过大场面的厉害，比我们小打小闹搞点儿饭钱的强多了。"

金彦国摆手笑了，提醒道："我这可是瞒着总公司干的啊，真要被发现，我这个经理位置迟早被撸了。"

"华鑫算个什么，不干正好！我把影视宾馆给你经营，有这个基地在，就不愁咱们没有钱赚。"宗鹏程不屑地道。

"老兄，差矣，在屯兵镇都知道有鹏程，而不知道有华鑫，可出了屯兵镇，恐怕就没人知道鹏程了。拉生意靠的是屯兵镇的环境和华鑫的名气，所以不能把华鑫逼得太紧，门票、场地租赁费，还是多少得给人家保障的，毕竟人家在这儿投了几亿了，本都没回来呢。"金彦国委婉地道着。

"那是，您放心，咱也就靠着风水宝地沾点儿财气，真把华鑫撵走了，我可支不起这么大的摊子。哎……金总啊，您给我交个实底吧，华鑫那边没什么动静吧？前几个月不是嚷着有什么大公司要收购这个旅游产业吗？"宗鹏程旁敲侧击地问金彦国道。

"呵呵，有钱的傻缺不少，可傻到把上亿资金扔到这儿的程度的还真不多。要收购大西北影视旅游基地，也就是影视产业或者旅游产业对这儿有兴趣，有这种实力的，十个手指都数得过来，都是些大公司。光收购前的市场调查就得搞一年半，要真一调查有你这么一位地头蛇在，谁还敢来这天高皇帝远的地方啊？”金彦国笑着道。

宗鹏程摆摆手，好惭愧的样子。

干到一定层次上，再回味掘第一桶金的经历，估计富人都会有惭愧的心态，闭口不谈那些往事。宗鹏程就是如此，他转移着话题道："您放心，有钱大家赚，我不是个小气的人，他们要不是想吃独食，我也不会出此下策。修度假村都不用镇上的包工队，谁也不能看着钱往外流啊。”

“呵呵，放心吧，我也不会看着它白流的。”金彦国笑道。

“那……看这样子，今年应该就没什么大动作了吧？其实我跟您说啊，他们要摆个姿态，把我是两座宾馆收购了就算了。”宗鹏程毕竟附在影视基地上捞金，所谓名不正、言不顺，什么时候都心虚。

“如果有，我会在第一时间知道的。就我看来这也是死局啊，华鑫不管做什么动作，都不可能无视屯兵镇的地方政府和当地居民，前镇党委书记都是你老岳父，你有什么怕的。镇上你一呼百应，更没有什么可怕的了。如果卖不出去，只能维持现状；如果卖出去了，只要你把握住衣食住行这一块，就是个永不枯竭的财源。你自己说吧，这么深的根基，谁能把你怎么着？”金彦国道。他似乎是站在对方的立场上，而不是以华鑫下属分公司经理的身份说话。

“那倒是，不过，还得靠金总您指点迷津啊，我们小地方人，毕竟见识浅。”宗鹏程谦虚了。

“这有什么可指点的，相互依存嘛。你们离了影视基地不行，可影视基地离了镇上的附属条件更不行啊，这一来一往，谁也撕不破脸皮，只能合作了。”金彦国笑道。

“嗨，这话说得好，我就喜欢合作，和气生财嘛。”宗鹏程乐了，听这话，让他又是安心了不少。

这个车队趁着夜色回了市区。又如往常一样，两位金主商量着去那个灯红酒绿的地方。

……

忙碌到晚上九点多才回到住处，包小三吃得直打嗝。酒宴上半瓶子酒和没抽完的烟都被他顺走了。

管千娇的窗户灯亮着，听到脚步声音，她探出头来，招手让几人进去。一看三人都喝得面红耳赤，她给了个懊丧的表情。

“娇，你咋了？”包小三不知趣地问。

仇敌把他拉到自己身后，笑着道：“忙了一天，晚上收工就喝了点儿……那个，千娇，是不是家里有安排。”

“本来今晚哈曼公司那边准备通个话的，可你们喝成这样……”管千娇看着三人，为难地道。

“没事！我当代表就成，你们躲开。”仇敌道。他坐到管千娇的位置，让包小三和耿宝磊蹲到一边去。管千娇看也只能这样了，她摁了通话请求，片刻，唐瑛出现在画面上。

“嗨，美女，你好。”仇敌笑着道。

“你也好，帅哥。”唐瑛回敬道。

仇敌道：“干了一天活，太累了，刚睡下。他们委托我全权代理，有什么跟我和千娇说就行了。”

耿宝磊和包小三捂着嘴，蹲在床边笑着，管千娇也只能点点头。

唐瑛迟疑了一下，道：“再过几天，你们到屯兵镇就一个月了，这里的生活适应了吗？”

“这儿挺好的。”仇敌道。

“哦，看上去也是。”唐瑛无所谓地道，应该是发现了仇敌的目光有点喝高了的样子。

“有什么您直接说吧，是不是该结束了？我们都能回去了？”仇敌问。

“如果我告诉你还没有结束，你是什么想法？”唐瑛问。

“哟，那敢情好啊。”仇敌脱口而出。

“好！？”唐瑛不解了。

仇敌省得失言了，赶紧摇头道：“好……难回答啊。我跟您讲啊，这儿太累了，每天卸几吨大米，发几千份盒饭，劳动强度太大。您是不知道，小三和宝磊每天累得呀，头一挨枕头就睡着了。还有宝磊，头回干这么重的活，手皮都脱了几层。尽管如此，我们对公司没有什么怨言，受人之事，忠人之托，反正我们就横下一条心了，这个活，干到你们满意为止！”

这忠心表的，唐瑛脸上表情都丰富了，怎么就觉得这么假呢？

管千娇看看蹲在床边的两位，怎么就觉得这么可笑呢。

唐瑛好歹稳住情绪，赞赏道：“你们有这个心态就好。接下来可能还要待上一段时间。”

“等等……”

“怎么了？”

“我还没说完。”

“哦，那你继续。”

“好，继续……其实就剩最关键的一个问题了！一直以来，我们都是加倍地努力，所以我觉得，下旬的报酬，应该一如既往地加倍！您说呢？”

唐瑛用好尴尬的表情瞅着屏幕上兴致勃勃的仇敌，她想了想，还没说话呢，又被仇敌抢话头道：“我看您一点儿也不像为难的样子，其实咱们彼此都明白怎么回事，就不要藏着掖着了，对不对。”

“什么意思？”唐瑛的思路被打断了。

“就是……其实这不是实习，是一次……很危险的商务调查，随时有可能被当地的地痞流氓恶霸揪住揍一顿。你们招我们几个，不是因为我们很优秀，而是因为我们很渣，因为只有很渣的人才能在这种很渣的环境里生存下来，对不对？”仇敌质问道。

唐瑛愣住了，刚要说话，仇敌又抢着道：“其实哈曼商务压根就没准备招聘我们！对吗？！”

耿宝磊和包小三相视黯然了，因为这是最接近真相的判断。

仇敌在屏幕上看到唐瑛怔住了，没有承认，也没有否认。

半晌他对唐瑛道：“您放心，我也不会求着您给我一份工作，但您需要给我一个待下去的理由，给我们大家所有人一个理由，让大家的辛苦有所回报！你们隐藏了真实的目的，闭口不谈环境的危险，今天又准备绕过这里即将出事的话题，这些其实都无所谓！但报酬就有所谓了！你们总得给我们一个值得卖命的价格！！”仇敌几乎是吼出来的。

唐瑛心神乱了，脱口问道：“即将出什么事？”

“有人要动鹏程手里的利益，这么大的利益，杀人放火都有可能啊！你不会真以为我们傻吧？！接下来就是待着，把造成的影响如实地反映回去，我说的对吗？”仇敌问。

摄像头蓦地暗了，唐瑛的脸不见了。仇敌回头时，管千娇正愕然地看着他。包小三和耿宝磊按捺不住了，要起身，被仇敌嘘声压了回去。

不一会儿，通话请求来了。仇敌一接通，画面重现。唐瑛道：“既然你都清楚，那就好。他要做好其他人的思想工作，安心待着，等候下一步的指示。后面的事可能比你想得简单，不需要冒险。至于报酬，我请示谢总后，会给你们一个满意的答复，还有问题吗？”

“谢谢，没有了。”仇敌得意地道，通话关闭。

包小三兴奋地抱着耿宝磊，“叭唧”就是一个吻。耿宝磊斥道：“看在钱的份上，我不跟你计较！”

“一天八百！哎哟！我这小心脏怎么跳得这么厉害涅？仇哥，以后你就是我亲哥了啊，我不要脸这么多年了，都没学会你这么要钱，哈哈……”包小三乐得直在地上打滚。

仇敌慢慢地合上笔记本电脑，正要起身。

管千娇慌乱地问道：“真要出事？你怎么知道的？”

“如果不出事，调查就没有意义了；如果不出事，调查现在就应该结束了。”仇敌道。刚走一步，又回头补充道：“如果不出事，唐瑛怎么可能加钱？走喽，睡觉去了。”

他带着哼哈二货，三人勾肩搭背，兴奋地离开了管千娇的房间。

管千娇好久才去关门。她坐在电脑前，似乎想不通，仇敌这究竟是酒后乱言，还是酒后出真言。

……

千里之外的京城，宝隆大厦八层。

结束了视频通话的唐瑛惶恐地看着背对着电脑坐着的谢纪锋。她知道自己表现得太过失态了。只是她到现在都想不通，怎么可能还不确定的事，前方就已经分析出来了，并如此肯定。

“对不起，谢总，我刚才有点被吓到了。”唐瑛弱弱地道。这和谢总的判断，如出一辙。

“呵呵，没事是，我也被吓到了。”谢纪锋起身，消化着仇敌的话。“隐藏了真实的目的”、“闭口不谈环境的危险”、“绕过这里即将出事的话题”，这几句话如同用重锤敲到了他的心里一般，一字一句，正中要害。甚至连谢纪锋也是听到这些话才明悟过来，委托方的布局应该已经开始了。即便是哈曼，也将是一枚可能发挥出效力的棋子。

过了好久，直到唐瑛出声提醒时，他才反应过来。谢纪锋站在原地，他有点不自然地看了看唐瑛，思绪万千地道：“哦，对了，有一点他说错了，我现在是真想招聘他们。”

他是喃喃地，像自言自语一般说出了这句话。

连他也未曾察觉，不知道从什么时候起，初衷已改。

# 23　有风浪起

三天后，北宁市。

坐落在草原上的这座城市也受到了房地产泡沫的影响。十年间旧城扩建了一倍多，人口却未见其增。城区举目四顾，宽阔的街道、林立的路灯、鳞次栉比的高层住宅，构成了一个少有人迹的繁华。

宗鹏程是从一处工地直接回市区的，他接到了金彦国的电话，说有急事，他撂下这里在建的工地匆匆就走了。

他知道，几年的糖衣炮弹威力渐显，这位华鑫的经理人，已经义无反顾地成了他的合伙人。但凡紧急电话，肯定又是生意上门了。

半路他就让司机下车走了，只身前去，两人谈事方便一点。车直驱大西北影视旅游开发公司在北宁的办公地，市中心恒信大厦，十一层。

泊好车，他下车从车后备厢里提出了两瓶虫草酒，礼多人不怪，空手上门总是不好。

哼着小曲进门，乘电梯直达十一层，和熟识的几位前台打过招呼，宗鹏程春风满面地进了大西北影视旅游公司，敲响了金总的办公室门。

“金总，我说今天眼皮子直跳……哈哈，跳财。来，给您老准备两瓶虫草酒，好好补补啊……”宗鹏程客套着。

金彦国笑了笑，没有推拒礼物，只是严肃地凝视了宗鹏程一眼。宗鹏程不解了，奇也怪哉地问道：“怎么了？金总，怎么感觉你怪怪的。紧急召唤我，有什么训示啊？”

“你真的一点都不知道？”金彦国严肃地问。

“我知道什么呀，您又不是不晓得，咱北区的塞外庄园在建，光跑办证就把我老腿跑细了。”宗鹏程用牢骚的口吻道。

牢骚何尝不是一种炫耀？宗总现在开发的塞外庄园在北宁也算是数得着的项目了，逢人总免不了吹上几句。

“好了！就你那五证不全的房子就别跟我显摆了。哎……有个好事，怕你吃不消；有件坏事，怕你受不了。你想听那一件吧？”金彦国笑着道。

对于眼前这个架空华鑫的人，他很清楚，根本不像面上表现得那么嚣张跋扈。恰恰相反，这个人精于算计，而且在北宁很有人脉，否则就不会连房地产生意也染指一手了。

“先听好事，吃不消，我想办法吃消，不是还有您吗？哈哈。”宗鹏程笑道，知道又是一单大生意了。

“自己看，我从总公司刚刚得到的消息。”金彦国搬着电脑，宗鹏程赶紧凑上了，移着鼠标，看着一份草拟的协议，眼睛一下子亮了。

“华裔龙腾影视？！”宗鹏程愣了。这可是一家影视界的巨无霸啊，最起码在国内算一流的影视公司了。

“哟，你对这行还挺了解的啊。”金彦国笑着道着：“往下看。”

越往下看，越让宗鹏程觉得热血沸腾了。华裔龙腾和华鑫协商共同出资拍摄大型古装剧《铁骑》。双方协议的内容是，华鑫以提供场地、道具、服装、群众演员的方式入股，占30%的股份，预计将于本月底开始选取外景地，确定演员阵容，择机开拍。

“啪！”宗鹏程一拍巴掌，兴奋地道：“金总，您得拉兄弟一把，这发财的机会可不能让给别人啊。”

这么大单的生意，可比同时来几十个小剧组创收多啊，宗鹏程兴奋得就差扑到金彦国怀里了。

“你确定你吃得消？光马术队就得请十几个，战马不少于三千匹，帐篷约两千顶，弓箭、盔甲、擂车、云梯，还有安营扎寨的装备都得配齐了，初步预算六千万啊。”金彦国提醒到。

“吓唬我没见过钱是不？”宗鹏程不悦了。

“这和伺候小戏班子不一样，小班子你整个几十套就能凑合，这个可不能凑合。光这部戏的投资就要有四个亿，做出来恐怕是国内首屈一指的大片了。还有，据说有一批港台和国外一线明星要来。其实华鑫都不怎么挣钱，就是赚吆喝，要把这里的名气先拉起来。”金彦国道。

一丝犹豫爬上宗鹏程的心头。金彦国接着道：“我把兵器、木材这单生意给你。不过我丑话说前头，离剧组来试镜还有不到一个月，你别掉链子，到时间一定得拿出像样的东西来。”

“别别别……”宗鹏程慌了。

“怎么了？嫌少？”金彦国怔了下。

“肯定的了，肥水不能流外人田啊，不就六千万吗，这种事有一两千万就能走得动！咱哥俩凑巴凑巴，全吃下得了！你还怕我坑你啊？”宗鹏程直接道，试图拉金彦国一起下水，这是检验消息真伪的试金石。

他犹豫地问道：“我说金总，咱们兄弟关起门来说话啊，华鑫这两年被我整得一直不景气，怎么一下要搞这么大的动作啊？”

“生意和生气是两码事，孙总的助理和我通过气了，试镜的时候她也要来，她是这个意思。合作总是比对抗有前途，人家退了一步，你也应该松松手了，以前的事就别说了。”金彦国苦口婆心道。

见宗鹏程还在犹豫，金彦国直接提议道：“我就直接告诉你吧，孙总这位助理也想通过温和的方式解决旧怨。我说宗老板，华鑫这幢烂尾楼的事，该有个解决了。人家夏助理这么向你示好，你好歹有个姿态吧。把那烂尾楼复工了吧，也给我个面子，让我向上面好交差。”

“可他们开张，咱们那两幢宾馆……”宗鹏程有点心疼了。

“宗老哥啊，您那是什么条件？经常爆满还得打地铺，全镇有一半家户都做出租房屋的生意。放心，甭管怎么着，你的宾馆照样满员。”金彦国道。

“那行那行，不整事就行了。哎……金总，那这生意，您得指导我一下啊，要没您，我心虚啊。”宗鹏程道。

“我凑巴不出多少来，三两百万而已，全给你得了。不过，你确定能吃得消？别撑着啊。”金彦国提醒道。

宗鹏程这下子放心了，拍着胸脯道：“不就个把月的事嘛，没问题！不过，这投资什么时候能到位？”

“还不就是个流程，签约完了，找生产商，验收合格有百分之三十的预付，开拍的时候，尾款差不多就到了。”金彦国道。

宗鹏程放心了，问着签约进度。金彦国想起这茬又斥道：“宗老哥，你多看看新闻，三两天前就有了，别一天到晚老往二奶三奶家钻。”

“哎，好！老弟教训的是，那咱们说定了？凡布景需要的投资，咱们俩全包了！您放心，北宁周边的几个养马地我先定了，还有木材加工厂，需要的东西，咱们扫一遍。到时候，只有咱们有货啊，别人给他的提供不到位啊，那不还得用咱们的，呵呵。”宗鹏程赔着笑脸，兴奋地道。干这单强买强卖的生意，他已经是轻车熟路了。

金彦国直拍额头，摆着手：“得得得，闷声发点小财，别不知道自己是谁了。等上面签约完了，有准确消息了再开始动手。”

“好嘞，您放心吧。”宗鹏程乐歪了，直拍巴掌。瞬间又想起另一件事，道：“还有件什么事？有这种好事，其他坏事都不叫事了！”

“都说了，让你好好看看新闻……老哥啊，你可把我害苦了，自己看吧。”金彦国找着几个网页。

大红的标题——《抗日神剧再降，驴车堪比坦克》

大蓝的标题——《任你枪林弹雨，我自潇洒飞行》

大绿的标题——《千人共演雷剧，装甲坦克不堪一击》

……

哟，认识，是刚出的那部抗日剧，宗鹏程认出来了，就是在屯兵镇后盘沟拍的那戏。其中细细罗列了诸多雷点——战争剧与现代爱情剧的结合、吻戏肉戏露点神奇、武工队清一色的M16、女武工队队员动作堪比飞天、驴车打翻鬼子的装甲坦克，等等。

刚开始宗鹏程也被雷得哈哈大笑，直说他就喜欢这帮脑残的烧钱的编剧和导演，笑着笑着就不对劲了，脸上慢慢严肃起来，他瞠然指着屏幕道：“金总……有人偷拍？！”

“你说呢？”金彦国反问着。

“这帮娱记！敢在老子地盘上搅事！金总，严重不？”宗鹏程紧张地问。因为小节坏大事，就划不来了。

“还有一个你看看。”金彦国又找出一条，是娱记当街被痛殴的现场。画面吓了宗鹏程一跳，人高马大的祁连宝成了画面的主角了，配的文字是“娱记被无端痛殴，且地方派出所疏于管理、放任此地黑恶势力成风”。

反正怎么看，怎么让宗鹏程浑身冒冷汗，毕竟谁也不敢牛哄哄地说自己是黑社会啊！

“本来今天就要签约的，结果突然出了这事，就暂缓了。那些大公司可是很注重投资环境啊。华鑫高层正在和网站联络，找发布这些偷拍消息的记者，要能查到源头，赶紧切了！还有啊，祁连宝可快成屯兵一霸了啊，他得收敛一下了。”金彦国提醒着。

“那怎么办啊？包工队时一起的兄弟，没他撑着场子，我哪儿顾得过来啊。”宗鹏程道。

“宗老哥，不是我说你，你别这么一幅土匪口吻好吗！什么场子不场子的，祁连宝成天开个越野，牵条狼狗，带一群操家伙的人，连镇上派出所都不敢管他，想打谁就打谁，这不是黑恶势力是什么？你现在是做公司的，不是做江湖老大，扣上这顶帽子不光荣！现在黑道的都指着往白洗着，你倒好，使劲给自己抹黑。”金彦国教训道。

“那你说我能怎么办？他天生就这德行，你给他穿身西装，让他讲文明懂礼貌，他会吗？”宗鹏程苦着脸道。事业和兄弟，像鱼和熊掌一样，大多数时候是不能兼得的。其实就他本人而言，也隐隐觉得祁连宝越做越大，恐怕有一天会不受他的控制。

“查这个偷拍的，不就是机会吗？”金彦国道。

宗鹏程一愣，两人附耳，小声商议着。

……

夏亦冰摊开首都信息报，仔细地看了一遍题为《大西北影视基地娱记无端遭殴打，报案反被拘留》的报道。

案情就是两名娱乐网站的小编准备到大西北影视基地淘点金，结果被地方上不明来路的人痛殴了一顿。之后他们报案，反而被当地派出所以扰乱治安为由处以十五日拘留，最后惨到在拘留所里连衣服都被人抢了，出来后路费都没了。辗转通过朋友回京，这不，四处喊冤无门，最后捅到报纸上了。

可这事有不合理之处。既然娱记被打，那现场照片又从何而来呢？这数张照片明显是某个角度偷拍的。

看到此处，夏亦冰轻轻地放下报纸，手持小勺舀着咖啡，似笑非笑地看着对面的两位——高雨田和张政和。

张政和笑了笑，又把手机递上来了，他示意着看点击率，果真是雷剧有人欣赏啊，从昨晚开始，点击量已经破十万了，跟帖数万。特别是驴车打坦克那段，已经有蹿红的苗头了，光在网上搜索的指数，一天之内已有十万之众。

不管美名臭名，大西北影视基地算是头回出名了。

“这个炒作太负面了。”夏亦冰摇摇头，目光从张政和的手机移开。

高雨田使着眼色，张政和轻声解释道：“夏女士，您可能不太了解娱乐圈的规则，有句行话叫，影视无善恶，娱乐无对错，不存在什么正负面。”

“什么意思？”夏亦冰不懂了。

“影视嘛，就是成人的童话，娱乐就更不用讲了，大众的笑话而已。谁新闻多、谁露面多、谁炒作多，谁就红了。娱乐圈有很多丑闻其实是他们为了提升人气，故意炒作的，因为他们很明白，满足观众的阴暗心理很重要。”

夏亦冰笑了，摆手道：“别提了，真不懂。”

张政和和高雨田皆是笑着，高雨田提醒道：“您放心，我们对捧红和捧杀，都有心得。”

“呵呵……那我拭目以待了啊，不过我找你们是另一件事。这么轻飘飘的一下，似乎像隔靴搔痒一样，要是没有效果怎么办？华鑫对那个地方已经失控了。”夏亦冰问道，敢情是担心进度。

“您是指，贵公司派去的CEO金彦国？”张政和问。

夏亦冰怔了下，不过旋即释然了。飓风的商务调查已经覆盖全了，不可能不知道金彦国拿公司利益和宗鹏程媾和的事。她顿了顿，道：“我不介意你们采取任何方式。但是，凡经营之外的任何事，都与华鑫国旅毫无关联。我这是转达孙总的话，临行之前，他特意让我提醒二位的。”

这是怕沾上麻烦，可以理解。

高雨田郑重道：“夏女士，您放心，不信你查查我高某人的信誉。别说违法记录，连偷漏税都不可能有。到了我们这种层面，就算有人求着我们去犯法，也不可能去啊，何况还会给您惹麻烦啊。”

“那我就放心了。有消息随时告诉我，我需要实时知道屯兵镇的进展。”夏亦冰起身道，咖啡根本未碰一下。

两人把夏亦冰送出了门，恭送人走。

夏亦冰走了很久后，高总讪然道：“习惯就好，大公司和大明星差不多，婊子要当，牌坊要立。”

“呵呵，我已经习惯了，就是觉得夏亦冰好像比咱们还要期待结果啊。”张政和笑道。

“你说，会有什么结果？”高雨田问。

“文盲法盲流氓凑一块，没好果子。”张政和如是道。

两人像窥到了一部恶作剧的开头似的，窃笑着离开了咖啡馆。

算算时间，似乎那边差不多该干起来了。

……

午后的香河县却是静谧而温馨。秋高气爽的天气，躺在阳台上晒着暖暖的阳光小憩，那种慵懒的日子会让人忘记身处何地。

谢纪锋被急促的电话铃声惊醒。一般情况下，没有特别重要的事情，公司的人是不会打扰他的。大部分事务都交由吕天姿处理，事情很少能走到他这里。

他揉着睡眼起身，拿起电话。一看是唐瑛的私人号码，一接听，边听边开着电脑，几字搜索，满屏触目惊心——“雷剧的故事”、“娱记被殴的故事”……对于他这样资深的阴暗人士，很快就明白了背后隐藏着什么。

“这些照片是仇敌他们拍的？我怎么没见过？”谢纪锋问道。

“根本不是他们拍的。”唐瑛道。

“那就是张政和开始动了，可此举又有什么意义，连华鑫也抹黑了……等等，让我想想，你什么意见？”谢纪锋问。

“情况不明，无法判断。”唐瑛直接道。

“好了，我知道了，我来处理。”谢纪锋心绪平和地说话，挂了电话。然后坐到了躺椅上，思忖了片刻。

如果不是有人想趁火打劫，那就是以自伤为代价，准备去伤人。

谢纪锋想到了这种最合理的可能。

……

此时此刻的屯兵镇炸锅了。

张三联系着王五，王五联系着李四，一听说祁连宝召集人手，纷纷撂下手里的活就来了。倒不是什么狗屁兄弟情义，只是因为宝哥召唤，那是数着人头就有钱的活，岂能不去。

聚集地在镇外，祁连宝开着那辆越野车来的时候，已经聚集了三十多人。他已经被气得全身冒火了，电话里被宗老板狗血淋头地骂了一顿，那倒也罢了，回头一看平时不怎么看的什么因特网，遍地都是他打人的照片。据说他此时已经是全国出名了，已经有人刨他的老底儿了。

华鑫在屯兵镇处理日常事务的秘书张瑞霞也给他带来了震撼的消息。据她讲，剧组频频光顾，而且风传华鑫有可能出售大西北影视基地，并告知屯兵镇肯定一直有潜藏的娱记或者商务间谍类的人物。

停下车，怒火中烧的祁连宝甩着皮带，朝着众人吼道："七月二十八号记得不？二皮，就是你打那几个偷拍的那天，当时肯定有狗仔在周围！现在老子都上网了！都说老子是黑社会！给我掘地三尺挖出那个偷拍的狗仔来！"

七月二十八号？这都一个月了，众兄弟愣了。

祁连宝见没人动，他吼道："镇上住够一个月的，全都查查！这根本不是针对我，是有人在整事！打个人算个屁！那几个还没断胳膊瘸腿呢！都听好了，查住够一个月的人，相机、手机、电脑什么的全没收！"

人群一哄而散，三五成队，飞奔回镇上。都是镇里的熟人，谁家住的什么人，住了多长时间那能不知道？一时间敲门入户，鸡飞狗跳的就开始了。

祁连宝站在车边，此时稍稍清醒了。一个月前的事被刨出来了，能不能找到偷拍的他也觉得悬。不过他觉得这好像真不是针对他，在这儿干多少坏事了，还就这一件事提不上台面，怎么可能有人拿这说事呢。

他摸着手机，很想和宗老板汇报一下，一想算了，老板正在气头上，这话不好说了。

迟疑的功夫，镇上已经乱了，远远已经听到警笛的声音了。这倒不是祁连宝担心的，偏偏他心里担心的东西，他自己都说不出来是什么，只是感到了一丝隐隐的不祥。

# 24 乱战不已

乱了。

三营胡同，祁连宝派去的闲汉揪住了一个外地客，管你贩饮料的、卖菜的还是屯酒水的，直接抢着手机查。这些膀大腰圆，长相凶恶的汉子，看卖相就能把人吓住。等这些汉子呼啸而去，被查的外地客瞠然发现，钱包扔在地上，里头的一摞钱不翼而飞了。

影视宾馆里有几个长期住户，也被祁连宝这些狗肉兄弟围着一顿盘查，查完了，不是手机不见了，就是相机不见面了。

哟，还敢追着要？一位大胡子回头挥手就是一耳光，权当回答了。

其实这地方的人大部分时间还是守法的，不过不包括把持影城经营的祁连宝需要清场、压制闹事的、收拾捣乱的时候。到这种时候，屯兵镇就不正常了。报警电话已经打了无数个，就没见警车的影子。

对了，镇上人都知道，警察需要出现的时候，一定会出现的。

时间不长，这股妖风席卷了屯兵小镇。祁连宝的旗号像一个魔咒一样，人人噤若寒蝉，家家关门闭户。偶有碰到脸被扇成猪头的外地客，房东会好心地告诉他道："赶紧收拾收拾走吧，别被打到缺胳膊少腿，我还得送你去医院。"

报警无果，已经有人开始跑了。

一直在后厨忙碌的那几位也没躲过这次的风头。四个汉子踢门而入，在蒸汽腾腾的厨房四下看着。人群里发现了一个瘦瘦的体型，明显不是本地品种，被一位歪牙秃脑袋的大汉直接揪住了。他指着收拾五花肉的耿宝磊道：

“二皮哥，就是他！羊尾巴胡同里住的。”

“嗨！你们干啥？”包小三端着盆起身了。

正好，有人一指：“他也是。”

“弄起来。”领头的喊着。

耿宝磊要挣脱，得嘞，那歪牙汉子不客气了，噼里啪啦正反抽了几个耳光，抽得耿宝磊眼冒金星，直喊救命。

包小三怒火中烧，拿着盆奔向那大汉兜头一扣，“咣”的一声，那人歪歪扭扭，顺手操着菜刀面露恶相，咬牙切齿地砍上来。

哎哟妈哟，包小三一矮身，爬着就逃。钻过厨案起身时，他发现不对了，满厨的厨师都像白日见鬼一样，看着四人肆虐动也不动，男的发愣，女的犯傻，都是一副恐惧的表情。

说时迟，那时快，那位被扣了一盆的朝着包小三操刀追上来了。

还是平时处得不错，厨里扛工的大师傅拽着这位道：“夯蛋！砍死人咋办，把刀给我！”

那夯蛋似乎反应过来了，一扔刀，随手操起几尺长的擀面杖，追着包小三出去了。

耿宝磊根本不会打架，被两人揪着扇耳光、搜身。手机被抢走了，领头的二皮一看这么破，全身没搜到几块钱，气得又扇了耿宝磊两个耳光，一脚把他踹得一屁股坐在地上了。

“太没天理了！抢东西还有嫌东西不好的。”耿宝磊气得欲哭无泪。

这情景恰恰包小三看在眼里了，他大吼一声，拔起长腿，“嗖嗖”几步助跑。然后只见一个空中飞人一脚踹在二皮的脖子上，那货像架散架的驴车，仆在地上，溜了几米远。

“三儿，揍他！”耿宝磊的爷们儿血性唤回来了，他身子往后缩着，嘴里热血地喊着。

“敢还手？！砍死狗的！”二皮吃疼地吼着。

那俩不踹耿宝磊了，扔了手机，朝着包小三就扑来了。这儿的人打起来可没什么花哨，出拳就打脸，抬腿就踢蛋。应付一个包小三尚能支撑，两个就不行了。两个照面过来，“呀哦……”包小三腮上挨了一拳，那拳的力道奇大，包小三整个人一个趔趄，“蹬蹬蹬”几步差点摔倒。

这一瞬间，期待奇迹的耿宝磊心如死灰了。他一直认为包小三挺能打的，现在看来，和塞外这些天生的莽汉相比差远了。

眨眼间，包小三被几个人围攻着，处处挨打。眼看着厨房里挨了一盆的那夯货操着大擀面杖直愣愣地朝包小三抡下去时，耿宝磊不知道从哪儿来的一股劲，一下子爬起来，连滚带爬地扑向那位大汉，一扑就死死抱住了腿。那大汉猝不及防，“啪唧！”磕了一嘴血，他瞬间操着家伙往后打。

“啊！”耿宝磊吃疼，死死抱着大汉不放，一口咬上他腿了。

“啊！”这次换成大汉吼了。大汉乱踢乱蹬着，包小三情急之下，抱着头，直冲上去，死死地拽着大擀面杖。追他的两人在背后打、踩、跺，疼得包小三嗷嗷直叫。

包小三穷凶极恶的光棍劲上来了，吼道：“有种儿你们弄死老子！今天弄不死老子，信不信老子灭你全家！！”

这恶相把几个打人的吓得停住手了。这些大汉们谁也没想到，他们会遭遇如此激烈的反抗。

住手的功夫，二皮那货反应过来了，一挥手道：“他娘的！给我卸他两条腿……啊！！”

反倒是他先喊出来了，嘴上被什么东西砸了一下，生疼生疼的。一看厨房门口，站了一位黑黑的男子，扔东西的正是此人，他扔的是截猪骨头。

那人慢慢地用抹布缠着手，然后极其不屑地勾勾手指头。一瞬间，二皮怒意滔天，解开武装带，狂吼着就奔上来了。

仇敌在他几乎接近的一刹那，“嗖”地一矮身，闪人了。二皮糊里糊涂地直冲进了厨房。

仇敌奔去的正前方正好站着挟着包小三的那两位。说时迟，那时快，几步助跑，将要腾空一腿时，那两位下意识地躲上盘。却不料仇敌根本没有跃起，一腿直踢一位的胯部，那人一个趔趄，歪倒了。紧接着仇敌跳起来，一个飞踹使出，一个比仇敌高出一头的汉子摔出去好远。

厨房里帮忙的没有，观战的乐了。老娘们儿直拍巴掌，老厨们的血性也起来了，“咚咚”敲着门喊道：“揍他！揍他……”

“快走，三儿，宝磊，带上千娇走……”仇敌边吼边拽起了包小三，拉起了耿宝磊，狠狠地跺了操家伙的汉子一脚，跺在膝部，那人杀猪般地尖叫。

包小三抢走了擀面杖，拉着耿宝磊就从后厨跑。不料迎面遇上了傻站着的二皮。包小三二话不说，一擀面杖抡了过去，二皮捂着腰趴在地上，又被耿宝磊狠狠地跺了一脚。

两人顾不上疼痛了，可了劲地往后跑。现在二人只有一个心思——带上管千娇，然后和仇敌会合，一起离开这个待了一个月的鬼地方。

寻衅的四人已趴下三个，二皮趴在地上、夯蛋躺在地上，还有一位脖子明显扭着了，暂时动不了，就剩刚才踹倒的那位还拦着仇敌。

仇敌犀利的目光瞪着他，双拳起势，像玩花哨一般乱舞。那人抡着大拳头冲上来了，不料瞬间眼前一黑，一疼，“哎哟哟……”捂着鼻子，疼得流泪了。

只见仇敌飞起一脚，漂漂亮亮的一个落地动作。被踹的那人像后空跳水一样，结结实实地躺下了。

这时候，仇敌基本想明白出了什么事了，他们可能败露了，一旦败露，在这时将遭遇什么，他很清楚。三人收势回身准备开溜。

“嗨……你跑得了吗。”有人喊了。

一回头，不是冤家不聚首啊，祁连宝不知道什么时候站在门口了，正好奇地看着仇敌。

“试试看吧。”仇敌道。他知道，估计这回是跑不了了，现在唯一的期待是他们可以快点带上管千娇离开。

此时，刚才倒下的四人中的两人像是看到了救星一般，纷纷起身了。腿脚不便的夯蛋和扭了脖子的那位暂时还起不来，剩下的两位不服气地又冲向仇敌了。观战的大师傅们心又悬了起来，隐隐地，开始为同事担心了。

祁连宝像是欣赏到了什么奇景一般，站在门口，好像不准备动。

他的打手出手，敢还手的不多见，还手还的还挺有效果的，在屯兵镇可是难得一见了。

冲在最前的二皮刚刚准备抡拳头，蓦地眼前一黑，再一黑，“啪唧”一声，二皮一屁股坐地上了，眨着眼睛痛不欲生地喊着："他手上有辣椒！"

迟了，第二个冲上来的像撞到仇敌的拳头上一样，一疼就捂眼睛，一捂眼，就是一个挟脖侧摔。那人"骨碌碌"地滚了好远，也是痛不欲生地喊着："真有辣椒，辣死你爹啦！"

"哈哈哈……"厨房里爆出一阵笑声。

这两人刚起身就倒了，祁连宝嘴巴"吧唧"了一下。那两人连滚连爬，向门口聚来。祁连宝踢了二皮一脚，扇了准备诉苦的夯蛋一耳光，拎着两个眼不能视物的手下，直接扔到了门口。

这动作让仇敌倒吸了一口凉气，一手拎一个大汉，那得多大的力气啊。眼看着一米九开外，比普通人臂膀要宽一半的祁连宝，他知道，今天哥几个恐怕是无法幸免了。

"在屯兵镇敢还手的，还真是有些日子没见着了。"祁连宝好奇地看着仇敌道。他猛地记起来了，他第一次见仇敌，是他被郝来运斥走的那次，当时根本没注意他。

"那又怎么样？泥人也有三分土性，难道让我们站着挨打不成？"仇敌道，不卑不亢。

"嗯，看你学的是军体拳，当过兵？"祁连宝睥睨地道，眼睛里闪过一丝欣赏之色。

"没有，我不想惹事，可也不想平白无故地受欺负，你们这是干什么？"仇敌沉声道。

"本来就是想查查有没有偷拍老子，不过现在变味了，要让你站在这儿，以后老子都不好意思在屯兵镇混了。来，陪你过一套军体拳，要是打完了你还站着，我今天就卷铺盖走人。"祁连宝捏捏拳头，一甩手，上衣扔了，光着膀子，浑身成型的肌肉，像一具人形牲口一样。

"哈哈！话大了点儿吧？！"仇敌不信邪了，拉开架势。

"别去……"有人喊了，千钧一发之际，马开荒良心发现了，出声拦着。他奔出来了，手足无措地和祁连宝说好话。

祁连宝一扭脖子睥睨道："马胖子，滚一边去！否则我拿你练手。"

"马老板，你让开，我们的事别连累到你。"仇敌出声道。

马开荒凛然地看着不知死活的仇敌，莫名地觉得有点感动了。

此时，午后的日头火辣辣地挂在头顶。仇敌的眼前是两个钵大的拳头，之后是一双狠如鹰隼的眼睛。祁连宝浑身颤着丰满的腱子肉，在阳光下闪着油亮的光芒，一种刺眼的，让人恐惧的光芒。在市井混迹数年，仇敌知道，今天终于遇上民间的高手了。

“嗨嗽……”两人几乎相同起势，马步冲拳，硬碰硬地对上了。

……

“咣！”门被踢开了。

“包小三，你找死是吧？”

管千娇气得回头就骂，闯人房间的事，也就包小三能干出来。却不料回头一看，是位不认识的丑男，吓得她捂着胸发出一声能让人耳膜穿孔的尖叫：“啊！！你是谁？！”

“你管我是谁？”那丑汉痞痞地道。

“走开，我喊人了。”管千娇一缩身，往床后缩，手伸进包里了。

“没胸没屁股的，跟个小鸡仔一样，倒贴老子都不嫖你。嗨，问你呢，是不是在这儿住一个月了？”丑汉恶言问道。感觉欺负个小丫头实在没劲，不像欺负外地来的客商，还能趁机捞点油水。

管千娇点点头，像被吓住了，抖索着。

“我们老大说话了，待够一个月的，要检查手机、电脑、照相机，还有行李，甭费劲，拿起来吧！”那汉子直接旁若无人地进门了。一看管千娇刚刚在看的电脑网页正显示着祁连宝带人打人的照片，他狐疑地回头。

“啊……”丑汉中招了，管千娇早起身了，一股喷剂射出来，丑汉捂着眼睛哇哇乱叫。管千娇一把抽走笔记本电脑，双手一举，双肩包上背，一跃上床，顺势蹬了那扑上来的丑汉一脚，一步飞跨到门口，“嘭”的一声合门，那汉子追上来糊里糊涂地撞到了门上。

“蹬蹬蹬”，管千娇连奔带滑下了楼，上面被喷眼睛的吼着同伴。她知道还有人，赶紧夺路出门。刚出门，迎面奔来耿宝磊和包小三。一看两人鼻青脸肿，她惊愕地问：“怎么了？”

“我去！你看不出我们被人打了呀，快走！”包小三惶然道。

“你没事吧？”耿宝磊紧张地问。

“应该没你有事！”管千娇看耿宝磊鼻青脸肿的，同情地道。

三人“啊”的一声，惊恐再起。管千娇一回头，发现背后隔壁出来一个壮汉。包小三恶从胆边生，操大杖要抡。管千娇一拉他，抢着前行几步，“呀嗨……”脆声一喊，蹬着墙角凭空拔起了一米多高。对面冲来的汉子傻眼了，瞪眼张嘴瞅着这小丫头，不知所以然了。

管千娇腿一扬，结果那壮汉一声惨叫，捂着脸“蹬蹬蹬”直往后腿。落地的管千娇顺手捡了块板砖，猛地拍了过去，那壮汉膝上一痛，“吧唧”一声坐地上起不来了。

打完，收工，管千娇回头还给耿宝磊和包小三做了个鬼脸。

耿宝磊和包小三早忘记跑了，还没消化完震惊，回身的管千娇催着两人道：“快！跟我走！”

两人跟着就跑，包小三问：“你拿的是什么？”

“防狼喷剂，辣椒水。”管千娇奔着道，气喘着解释道，“本来准备对付你和仇敌的，没想到在这儿派上用场了。”

耿宝磊很不和谐地笑了出来，包小三气得骂道：“我把你当妹妹的，你看我像色狼？那咋不防着宝蛋呢？”

“少来了，你们不一直把我当女人吗？算了，我女人都不如！”耿宝磊跑着，羞恼地道。

“什么时候了还废话！快点！”管千娇火急火燎地跑着，三人进了川味火锅店。一进门管千娇喊道：“艳红姐，有人欺负我们！他们对我耍流氓，还把我哥打伤了……”

喊得委屈无比，这些日子来此吃饭不少，两位姑娘说话早不见外了，直把三人带到了厨房里，旋即小艳红喊着肉墩。看来她对付群殴有经验，自己操着长勺，堵到了厅堂里。那两个壮汉不久就追进来了，还没吭声，就被艳红一顿勺子敲得落荒而逃。

“别打……别打……艳红姐，宝哥让我们找人的。”那人边跑边解释。

“滚！你让那个王八蛋亲自来。”艳红气急了，一把勺子扔了老远。

两人惹不起胡艳红，落荒而逃，屋里藏的几个人好歹松了口气。耿宝磊明白了，躲到祁连宝心仪的女人这儿，可不是没人敢来闹事吗。

惊魂方定，三个面面相觑，然后异口同声互问："到底怎么回事？"

"不知道啊，他们进厨房揪住我就打，问我偷拍什么了。看我这脸。"耿宝磊指着自己的脸，胖了一圈。

"你呢？"管千娇看得受伤更重的包小三。

包小三道："我也不知道啊，我看到有人打宝蛋，就冲上去了，结果就被揍成这模样了。亏是仇敌出来解围了，否则我都跑不出来。哎！对了！他让我们带着你赶紧走。"

"那仇敌怎么办？对了，他呢？"管千娇心揪地问。

包小三和耿宝磊相视着，然后耿宝磊瞠然道："他断后了，和那帮人干上了。"

到此处就无语了。三人都清楚，仇敌能应付的可能性不大，可也更清楚，就再加上他们三个，同样应付不了。

最大的问题是，到现在为止，都不知道发生了什么事。

……

厨房的大院里，一个生龙，一个活虎。祁连宝如猛虎出柙，吼声如雷，仇敌迎面而上，毫无惧色。

观者的心一下子揪起来了，很多人都见过祁连宝打架，经常就是毫无花哨的一拳，能把一个壮汉打到半天起不了身。

电光火石之间，两人的身形几乎碰到了一起。军体拳的风格就是中正、勇猛、毫无花哨，这一点被祁连宝演绎得淋漓尽致。他出拳虎虎生风，在堪堪击到仇敌的一瞬间，仇敌变招了，左手变掌，顺势托住打来的拳面，侧身欺近，变拳为肘，一肘击在祁连宝的胸前。祁连宝一个不防，闷哼了一声，拳势落空，他像撞到仇敌的肘上一样。

仇敌顺势踩脚，祁连宝收腿，不料正中仇敌所料。他一个弓步上打，祁连宝头一扬，被击中下巴了，连退几步，横臂挡驾，仇敌无隙可乘，收势待发。

"好！揍他！"马开荒激动了，众人在带动下为仇敌呐喊。

弱者都期待逆袭，论打架，祁连宝以外的都是弱者。

祁连宝知道自己轻敌了，连输两招，侧头吐了口带血的唾沫，眼神里却是兴奋。他呲着嘴笑道："好！有些年没遇上过对手了，再来！"

他毫无花哨的飞步上来，似乎挟着一阵劲风。仇敌一个挡臂冲拳，却挡得自己胳膊生疼，一拳击到了祁连宝的面门，不料他一啄头，用额头直顶仇敌的拳面，仇敌的拳头就像打到了石头上一般。

收势，双勾后击，祁连宝绊腿，压仇敌的肘。仇敌一退，试图腾挪，不料被祁连宝钵大的拳头狠狠捶在腿面上，一条腿一麻，一个趔趄差点栽倒。

形势瞬间变化，祁连宝步步紧逼，仇敌步步后退，处处受阻。仇敌连连变换招数，击在对手的胸前、肩上，对方就像没有感觉一样，同样的招式回过来，却是每每让仇敌痛得咬牙。

连退十数步，祁连宝久攻不下，似乎烦了。他大呼一声，前进两步，一个冲拳直捣仇敌。仇敌顺势急步后退，仰身托墙，从祁连宝的弓步下穿过。祁连宝只觉裆下一凉，人不见影了。他一个收势不急，被仇敌顺势后蹬，一下子失去重心，"蹬蹬蹬"几步，托住墙了。

仇敌蹿出几步，惊魂未定地站起来喘息。

回过身来的祁连宝却是笑了，他指着仇敌道："你在给军体拳丢脸！有钻裤裆的吗？！"

"能赢就是好招！"仇敌喘道。几招之后，他已经是满头大汗，多半是被这个人形牲口吓得。

"别说赢，你跑的机会都没有。"祁连宝笑了，一个扩胸，双手一捏拳，指节"咯咯"直响。仇敌瞬间感觉他在投机取巧，对方未尽全力。

他曾经听说过，军体拳练到一定程度，握拳见响，出拳生风，此时徒然见到，方知对方刚才不过是试试他的深浅。

现在才是对决，祁连宝追上来，根本无视仇敌的出拳，对拳直砸，仇敌瞬间疼得直缩手。刚一缩，祁连宝又是飞起一脚，仇敌像被汽车正面撞了一下似的，倒飞出数米，仰倒在地。

仇敌一个起身，恨恨仇视着拉开架势，飞步上前，伸拳见肘，要凌空打对方的面部，来一个拧脖扭摔。

啊，夹住了！仇敌一使力，却不料祁连宝纹丝不动，反而戏谑地对掐住他的脖子，一个横推，又把仇敌直直摔出去几米。

再起，再扑！这次是仇敌惯用的前撑倒踢，不过却被祁连宝骡子粗的胳膊挡住了。他飞起一脚，直把仇敌踢出了几米远。

再起来，还扑！力道已弱，祁连宝只待他近前，一个耳光抽得仇敌身子打了个旋，又仆倒了。

倒了，起来……

再倒了，再起来……

祁连宝可没有丝毫的恻隐之心，那钵大拳头，拳拳见肉，一拳能把仇敌打出去几米远。

连着几次把仇敌放倒，连他也觉得奇怪，这小子的韧劲比想象中要强。他试图看看仇敌的忍耐力究竟有多大，不等仇敌爬起来，信步上前，蓄势一踢，“嘭”的一声，仇敌横飞出几米。

此时的仇敌手、臂、脸划破几处，全身的骨头像散架了一般，两肘支着，想爬起来也不可能了。

“别打了，连宝，再打出人命了。”马开荒缩在门口，哀求道。

“我喜欢打骨头硬的，呵呵，你明显还不够硬！还想强出头？！”祁连宝拍拍身上的灰，抹了把嘴角的血。能累得他出一身汗的对手也算是罕见了，看着试图起身，又仆倒的仇敌，他睥睨道：“天黑之前滚出屯兵镇，别他妈装怂，你不是大师傅的材料。”

“呸！我要是不走呢！”仇敌愤愤说了句。

“呵呵，那你试试看啊。”祁连宝不屑地道了句。

他信步出门，喘过气的四个手下又恢复了狗腿子本性。腿伤过的夯蛋指着仇敌恶狠狠地道：“弄死他！”

“啪！”话音刚落，他挨了一耳光。祁连宝瞪着眼骂道：“瞧你那点儿出息！让他走！”

这算是法外开恩了，不过众人都佩服躺在地上的仇敌了，毕竟祁连宝有多凶悍他们清楚，在屯兵镇难得有几招之敌。

祁连宝回头看了一眼仇敌，仇敌满脸的仇意却没有触动他，他眼神里似乎蓄着什么疑问，不过被打断了。远处闹闹嚷嚷的一队人过来了，还揪了一个，那人不时被扇着耳光。

得嘞，那个高智商间谍被抓住了，别人不认识，仇敌可认识。管千娇藏在烂尾楼里的摄像机摄下了这个人悄悄上楼的画面。由于揭穿对方的风险太大，所以几个人都没找他的麻烦。

果然是那位“画家”，留着大胡子，个子壮硕。此时他两眼惊恐，全身抖如筛糠。有人奔上来把一个包递交给祁连宝。祁连宝看了看包中相机里的照片、手机里的照片，还有电脑里存的照片。

抓人邀功的讲道：“这王八蛋要给我们钱，让我们放他一马。宝哥，就是他，咱们全镇所有地方的照片他都有，还他娘的装画家。”

想收买祁连宝手下的人是绝对不可能的，因为那些人钱照拿，人照打，根本不懂客气。

祁连宝放下了东西，老规矩，一捋袖子，“噼里啪啦”正反抽了十几个耳光，那人眼见着脸肿了一圈，满嘴是血，眼睛都睁不开了。

“听着，就问你一遍，谁花钱雇你来的？”祁连宝问，揪着那人。

那人惨兮兮的脸在面对祁连宝的时候，却是诡异地笑了，他有气无力地道：“宝哥，你没必要知道了……你完了。”

祁连宝一愣，揪着那人仔细看了看，又搜出身份证来，此人姓李，名劲松，根本没有印象，籍贯是北京。这让他有点狐疑了，瞪那人的时候，那人诡异的一笑让他一时摸不着头脑了。

这时候，听到了越来越近的警笛声。祁连宝慌了，甚至莫名地生出了一种恐惧的感觉，哪怕他和镇上派出所的关系很熟，哪怕他的靠山是一个手眼通天的老板，似乎也压不住此时恐惧的感觉。

警笛越来越近，一行足有二十辆警车飞驰在路面。警车一窝蜂地停下来，车门顿开，整个路面上瞬间全是警察了……

# 25 处处有局

“站住！”

“站住！！”

镇西头，一群警察在追着三个疯跑的人。就像撵鸡赶猪仔一般，直追进了小胡同里。

镇中心，影城宾馆里，一队警察把在宾馆搜房间的货给摁住了，问道：“谁让你干的？有没有王法了？”

被抓的纳闷了，道：“咦？今天怎么变脸了，以前咱们不是一个阵营的吗？”

带队的警官赶紧把问话的小警给挡到一边了，威风凛凛地道：“全部押上车！”

“嗨，一家人么，这干吗啊？昨儿个还一块喝酒呢。”有位胡子拉碴的闲汉不悦地道，然后屁股上就挨了一脚，糊里糊涂给塞进警车了。进去后还嘟囔道：“没义气，喝完就不认兄弟了。”

很短的时间里，警察就把乱势压下去了。铐上警车的闲汉足有二三十人，而跟在警车后报案的，差不多有上百人。这群祸害虽然也查偷拍，可没少往自己兜里塞东西，当场搜出来的手机就有一兜子。

宾馆后院门口，祁连宝愣在当地，一时无计可施了。他看着被打得满嘴流血的李劲松，把包扔回给他，滞着眼神，回味着刚才那句话——“宝哥，你没必要知道……你完了。”

肯定完了，可是怎么完的，他自己都不清楚。此时他极目远眺，试图看到老板那辆车的影子，可看到的只有围着他的警察、不断抓到的手下，还有义愤填膺的群众。

“铐起来。”屯兵镇派出所所长马正楷挥手道。

几名警察直接扑上来，把一干闲汉摁着，打着背铐。有人冲向祁连宝时，祁连宝一伸手，托着一位治安警的肩膀。那治安警左晃右甩，几下都甩不脱那只大手。他叫来同伴，同伴甩着铐子要铐祁连宝，祁连宝大手顺势一翻，握住了那治安警的手腕。转眼两位治安警像和他称兄道弟一样，被挟住了，脱不开了。

祁连宝不敢袭警，可他却不准备束手就擒！

“连宝！给个面子吧，今天可都是市里的同志。你们闹得也太出格了，打得全国人民都知道了。”马所长生气地道。他背后就站着市局治安大队来的领导，在看着呢。

“从市里到这里得两个小时，都提前知道我们要打了？”祁连宝疑惑道。

“本来是查查一个月前的事，你倒好，又给演了场全武行。我知道你当兵出身，三五个小民警不在你的话下。但是今天，要么你上车和我们走一趟，要么你打倒现场这么多警察，逃吧。”马所长叼了根烟，无所谓地道，只顾着自己点烟，看也没看祁连宝一眼。

这明显是假话，查一个月前的事，何至于来这么多警察。祁连宝叹了一声，他知道无法善了了，一松手，那两位警察脱身了，却是不敢强行铐人。

“我自己走。”祁连宝很知趣，最起码不会在公众场合嚷着和马所长私人关系不错。他像斗败的公鸡，耷拉着脑袋，向警车走去。而几位警察也像迎接一位大人物一样，有人开车门，有人请他上车。

“一会儿被打的，被抢东西的，都到派出所做个记录。介于近期案发不断，我们公安局已经开始整顿影视基地的社会治安了。对于屯兵镇这队害群之马，这次肯定要给大家一个交代。小刘，快，把这位先生送到卫生院。”

马所长说着，留了两位民警，把那位鼻青脸肿一嘴血的李劲松搀着，直往警车上送。

转眼间，人车呼啸而走，只剩下白惨惨的日头照着空荡荡的院落。两条牧羊犬吼着，眼神直视着还躺在地上的那位。

仇敌从头到尾目不转睛地看着。事实摆在眼前，思维却混乱了。他一时间搞不清究竟发生了什么。

“快！快！大个儿，把黑球扶起来。”马胖子嚷着，带人到仇敌跟前，两人搀着他，一搀全身疼。此时他满身灰土，一脸血迹，两眼青肿，头嗡嗡响着，四肢像不是自己身上长的一样。不知道是被伤吓住了，还是被仇敌敢挑战祁连宝惊住了，马开荒半晌才省过神来，嚷着：“愣着干什么，赶紧送卫生院。”

两人搀着仇敌直往卫生院跑。他全身不知道挨了多少拳，疼痛过后，开始胃痉挛，出了门，仇敌就一路呕着，吐得都是带血的隔夜饭。

马胖子又是惊愕了好久，连他也对这么多警察来抓祁连宝很难理解。镇上谁不知道祁连宝是他妹夫宗鹏程的人。往回倒数几年，宗鹏程不过当地一个小包工头，要不是手下这帮狠人抢过来的生意，哪有今天的舒坦日子过。

他急速拨通电话，一接通就紧张地道：“鹏程，咋回事？怎么警察把连宝抓了？你没事吧？”

“好好做你的生意，别管闲事，没事。”宗鹏程一如既往，不待见大舅哥，一句话就挂了。

马开荒搞不清形势了，他愣愣地回头，看一干厨子还傻看着他，他咆哮道：“看什么看！快干活！晚上不吃了啊？！瞧你们这点儿出息，几十个人，还怕一个祁连宝？！扑上去一人一口唾沫都把他淹了……”

其实他也对祁连宝的骄横跋扈很是不满，可真正到祁连宝被警察高调抓走的时候，他莫名地又有点兔死狐悲的感觉。

……

本次用警是市局直接调拨的治安大队，出动了整整一个大队，抓捕到的闹事人群直接锁进了囚车带回市里。马所长三番五次和市里交涉，都碰壁了，只能眼睁睁地看着大队警察开拔。

“要有乱子了。”他站在派出所门口，心里如是道。

这个塞外小镇因为影视基地修建的原因就一直有治安隐疾。来自五湖四海的剧组、出身五花八门的娱记，还有那些跟着钱走，满地乱窜的贼痞妓匪。他们可能不惧警察，无视法律，可谁也不敢无视屯兵镇一霸的存在。

他们说话的方式就是拳脚。不得不承认，在法制观念淡薄的地区，这种规则是相当有效的。除了他们没有敢在这儿胡来的。

而现在，规则打破了，他回身看看所里聚集的三教九流，已经有人拍着桌子和警察吼上了。

“你们干什么的？他们抢了我不止一次了？”

“怎么说话呢，我就这么说话，你们警察失职！我告你们去！”

“我的相机和手机怎么办？”

“丢了九千多现金！你们不管我们，我们怎么办啊？”

……

乱成一锅粥了，这些人被打的时候不敢反抗，可并不代表他们不敢向警察叫嚣。马所长不想听了，踱步上楼，关上了门，把自己锁在家里了。

解押的车队行进得很快，祁连宝在车上已经戴上了铐子。对他的防范很严，两旁坐着的警察握着电击棍，随时准备把他击昏。他不齿地笑了笑，一路闭目养神，一言不发。

回市区仅用了一个半小时，他被关押在治安总队的单人间里，没人提审，黑洞洞的就那么关着。他知道，警察肯定要先把那些闲汉吓唬一通，然后才到他，到时候就是证据确凿了。

他蹲在号子里，思前想后，却是想不通这一出儿是怎么发生的。想不透的时候，思绪莫名地想起了那个黑黑的小子。他有点懊悔了，要是知道是这个结果的话，当时就不下那么重的手了。他甚至有点喜欢那小子，倔强、勇猛，而且军体拳练得很好。遭受这么一次打击，也不知道他以后会不会有心理阴影。他叫什么来着？祁连宝努力想想，只想起绰号来，黑球。他笑了，给马胖子那人渣干活，他实在为那小子不值。

“咣！”铁门打开，有人进来了，是一位警察，背后还跟着一位。他能听出是老板的脚步声。

“稍快点儿，市局有人盯着这事呢。”警察小声道。

宗鹏程谢了句，站到了铁门外。看着小黑屋里关的祁连宝，他递了包烟，祁连宝接住了。

他像往常一样问道：“什么时候出去？”

“可能麻烦点儿，你太出格了。那几个娱记把这事捅得全中国都知道，都说影城有黑社会。”宗鹏程难堪地道。

祁连宝不屑了，要论黑，数不着他这号拿小钱的打手。

“安心住两天，我想想办法。你也太不小心了，怎么打个人都能被人拍下全景来。”宗鹏程道。

祁连宝大口抽着烟，想着那个来路不明的李劲松。这人有些奇怪，又要用钱收买查他的人，又莫名其妙地叫他宝哥，告诉他，“你完了”。他思忖着，这事是不是要告诉老板。在抬眼皮的时候，他看到了宗鹏程冷漠、苍白的脸。他黯然道了句：“我自己担着。”

“放心，出来我会给你一笔钱，不会亏待你的。”宗鹏程道。

对于这类江湖人士，他相信对方的信誉，尽管他身为奸商。“谢谢。”祁连宝道，埋着头，再无赘言。

宗鹏程轻轻地走了，出了门，上了车。驾驶的位置金彦国赫然在座，问道：“怎么样？”

“我可真有点儿心疼啊。这人是我在北宁拣的，他惹着谁了，被人追砍，背后挨了几刀，都化脓了，就那样子，在工地上磕着头求我让我给他找份活混碗饭。我看他就知道是个狠人，给了他几百块治伤，就为那一档子事，他为我拼命都不眨一下眼。”宗鹏程道着，还真是有点心痛了。

金彦国没说话，直接把手机递上来了，让宗鹏程翻看着。他一看，一下子又气得拍脑袋了。这事情才发生了几个小时，又在网上曝出来了。标题是《大西北影视基地管理堪虞，多名游客被抢》、《歹徒大白天公然抢夺游客财物》，诸如此类，不但文字，连视频都拍上去了。

“这不会是华鑫捣鬼吧？”宗鹏程愣了下，怀疑地道。

“怎么可能，你见过有往自己脸上抹黑的人吗？现代通信太发达了，以前通信难，能胡来，现在全国各地游客都往那儿聚，通信又发展这么迅速。别说打人，街上骂人没准谁都给你拍下来。还是那句话，往现代企业的方向走，把你那套土匪作风改改。”金彦国苦口婆心道。

“可是……”宗鹏程总觉得哪里不舒服。

“你不是真傻吧？餐饮是你大舅哥控制的、宾馆是你小舅子控制的，现在不管，以前有什么不对，有什么过错，全得你自己扛。今天这事，就是说破大天，那也是祁连宝的个人行为，难道你这位合法商人非要和这样一个臭名昭著的人连在一起？”金彦国道。

宗鹏程摆手道：“算了，不提这事了。生意的事，您多操点儿心，千万别让影城生意受影响，全镇几千口子都指着那儿吃饭呢。”

“这不就是了，大局为重嘛。北宁你是数得着的成功商人，至于看不透这点儿小事吗？”

金彦国道，默然发动了车，驶向了已经灯火阑珊的市区。

……

这一刻，有很多人在被千里之外发生的事牵挂着。

京城西郊某寓所，张政和在忙碌着。他从下午开始就盯着电脑屏幕，不时通过聊天工具接收、传输文件，偶尔还备注着地点、时间、情况说明。

紧张的工作效果很快就出来了，几个爆料先是在社区出现，在确认情况属实后，攀上了不少门户网站的娱乐频道。大西北影视基地继“雷剧”之后，又一次吸引了看客的眼球，点击率直逼头条。

现在正面的新闻不受关注，负面的新闻就不一样了。警方荡妖除魔没人看，歹徒肆无忌惮可就有人看了。张政和看着大西北影视基地的名字上了首页，乐得已经合不拢嘴了。

天黑的时候，诸事方定。张政和拿着手机，给一个网名叫小燕子的发去了一条祝贺短信，内容是：“成果初显，干得漂亮！注意屯兵镇的动静，接下来的一步千万不能走错。”

过了一会儿，短信回来了，内容是：“放心，没人知道我是谁。”

张政和看着这条短信，微微地笑着。

……

也是在天黑的时候，华鑫京城总部的负责人夏亦冰在车里收到了短信。秘书出身的她办事很细致且有条理，生怕误失消息，专门把飓风传媒张政和、高雨田两人的来信铃声设置成了特殊铃声。

张政和的短信来了，她把车泊到路边，翻查着。打开几个网页的链接，仔细看了一遍。

娱记无底线、新闻无节操，这是娱乐产业内的共识，可她还是被张政和这么快的速度吓了一跳。几个小时前发生的事已经排上首页了。恐怕这种新闻掀起的舆论风波会逼得当地警方不得不做出姿态，这个姿态正是华鑫以抹黑自己为代价试图得到的。

她现在也说不清此举孰对孰错。华鑫在屯兵镇的投资已经病入膏肓了，以至于到了病急乱投医的地步了。她实在怀疑，张政和这种在影视圈打滚的小人物能不能支撑起这个摊子。

思忖良久，她就着手机发送着这样一条短信："注意屯兵镇的动静，随时向我汇报，接下来一步也不能走错。"

过了一会儿，短信回来了，内容是："放心，没人知道我是谁。"

她稍稍放心了，确实没人知道。她也在屯兵镇留了一双眼睛，所有的商业操作离不开准确的消息来源，这些不起眼的商务间谍在关键的时候能顶大用。

而现在，狰狞已经渐显了，局中人还蒙在鼓里。她想起张政和和高雨田那么得意的样子就想笑。

其实，谁也会用这一招，不是吗？

……

谢纪锋在宝隆大厦八层佬大的办公室里一遍一遍地踱着步，不时有电话打进来向他汇报情况。

他已经看过了新冒出来的消息，都和屯兵镇有关。当街殴打游客、抢夺游客财物，已经嚷得沸沸扬扬了，这种事，可能比某某地方的宰客事件影响还恶劣。有网友曝料，手包里的现金、手机被一抢而空，全镇挨打的人有几十人。

"笃笃"的敲门声响起，应声而进的唐瑛拿着手机递给他，道："谢总，刚刚联系上了。"

谢纪锋拿起电话，焦急地问道："到底怎么回事？"

"不知道啊。"管千娇道。

"那你们……谁受伤了？"谢纪锋问。

"除了我，都受伤了。仇敌伤得最重，现在躺在镇卫生院。"管千娇道。

谢纪锋直捏额头，最担心的事终究还是发生了。他狠狠心用命令的口吻道："什么也别说了，马上撤回来，这件事到此为止。"

"知道了，我和他们商量一下。"管千娇道。听背景的声音她是在一个嘈杂的环境里。

谢纪锋直接挂了电话，把手机递给唐瑛。唐瑛正默默凝视着他，两人黯然的眼神几近雷同。这几乎是功亏一篑，偏偏他们都无从知道究竟错在哪里。

良久，两人相视无语……

# 26　心伤难愈

三天后，屯兵镇西街羊尾巴胡同，仇敌一行的租住地。

房间里“哎哟哟”的吃痛声不断。如果有人透过窗户看，一定会看到这样一个奇景，三张并排的小床，躺着三位穿着短裤的男子，仰面一个，趴着两个，呻吟得如泣如诉。

“哟！？”包小三想起身，嚷了声，又躺下了。

他挨了一擀面杖，腰疼。他一嚷，正玩手机的耿宝磊不耐烦地道：“别怂成这样好不好，至于那么疼吗？”

“啊呸，要不是为了救你，老子能挨这么一顿吗？”包小三愤然斥着这个不知感恩的娘炮。

耿宝磊反讽道：“少来了，要不是我抱住夯蛋，那一杖绝对打在你脑袋上，是我救了你好不好？”

“哦，也是哈，没发现你还有流氓潜质，会抱人大腿，还会上嘴咬。”包小三揭着短。

耿宝磊竖着中指道：“天天骂我是娘们，你不照样不比个娘们儿强？”

包小三扔着枕头，耿宝磊反应也不慢，一接住，还回去了。闲不住的两人嘴官司不断，仇敌叹了声，捂上耳朵了。

一个团体，如果遭遇外侮，可能齐心协力，一致对外，但要是换一种环境，比如危险已去，那丑陋的本性可就露出来了。这不，在去留的问题上又开始争执了。管千娇仍然是听大家的意见；耿宝磊想走，那事让他后怕了；包小三不想走，这地方好挣钱，而且吃了亏还没报复回来呢；仇敌却是一直没怎么说话。

仇敌现在的状态实在不适合说话。他伤得最重，前肩膀全是於青，第二天两只眼睛肿得只剩一条缝了，连抬胳膊吃饭都难。

眼下最关键的问题是，哈曼已经把经费停了，一天八百的梦想果真成了梦一场了。没钱了，队伍的士气立刻降到了冰点。

“你们别乱行不行，就走，也不能这鬼样子走啊。”仇敌强忍着痛在床上弱弱地道。

也是，包小三两个腮帮子不一般高，耿宝磊还是个熊猫眼圈呢，不向哈曼要点什么就这么散伙，凭什么啊？！说到此处，两人颓然地躺回床上，拿着块纸板当扇子，边扇风边流着汗，打发着这无聊的时光。

“千防万防，防不胜防，咱们终究还是被卖了啊。”耿宝磊道。

“你们说哈曼会不会给点儿医药费啊？”包小三愤然道着。

仇敌呵呵笑了，无语地斥着：“真难为你啊，这时候还能想起钱来。”

“管个逑用，咱想钱，钱不想咱啊。”包小三叹道。

耿宝磊问着仇敌道：“你好点儿没？我给你擦药？”

“不用，歇几天就好。”仇敌翻了个身，脸上青肿方消，右眼还是睁不开，两颧不正常的高出一块，变形的脸看来暂时恢复不了原样了。

“祁连宝真黑啊。”包小三心有余悸地道，“把仇敌打成这样，亏是疼不在自己身上。”

不料仇敌并没有埋怨，道：“错，他不算黑，真的，他对我手下留情了。”

“不是吧？这样子都是手下留情？”耿宝磊愕然道。

仇敌知道，军体拳让那些实战练出来的军人打，一拳能捣开一摞砖，打断胳膊腿的简直小菜一碟，而祁连宝绝对有这种实力。所以说，现在他全身乌青，没残没瘸没断骨头的，已经是人家手下留情了。

“他干吗对你手下留情？难道因为你长得帅？”包小三不信邪了。

“我不知道什么原因。那事发生得有点奇怪，根本就不是冲咱们来的，咱们是遭了池鱼之殃了。”仇敌道。

耿宝磊指着包小三道：“瞧瞧，我说对了吧，他们是找不着偷拍的，干脆就来个地毯式搜查。结果正好被人拿来说事了。就咱们刚来时看当街打娱记那一出，也有人蓄意拿着说事，目的应该就是把祁连宝抓起来。”

“不至于人家傻成这样吧？一个月前的事，一个月后找事主？”包小三马上找到漏洞了。

“对呀，说不通。”耿宝磊狐疑地道着，“难道是那位画家……李劲松？可这样做的意义何在啊？莫非咱们的后台老板是华鑫？华鑫准备收回影视基地的经营权，和鹏程商贸开战了？”

“扯淡不是？要整就整钱，整个祁连宝算个屁，谁不知道他就是打手？”包小三又杠上了。

别说，杠得挺有道理。仇敌看了他一眼，笑着道：“咱们讨论没用，你不在那个层次，获得的信息太少，根本无法做出判断。你这叫，挣卖白菜的钱，操卖白粉的心。”

“也是，那咱们怎么办啊？”耿宝磊为难道，现在尝到骑虎难下的滋味了。

“养养伤呗，脸都成这样了，还怎么回去啊，说其他什么还不都是扯淡？”仇敌道。

为今之计，只能像这样躺着喽。活是肯定干不了了，回是不好意思回去，恐怕这样回去，人家那富丽堂皇的大楼的保安也不让你进门吧？何况这事到现在会是个什么结果，尚不明晰。

三个人无聊地躺着，一会儿聊天，一会儿用手机上网搜搜新闻。

“我给你们念一段新闻啊。”仇敌闲得无聊，念起了手机上的信息，“说屯兵镇事件系当地无业人员抢夺游客财物，警方已经控制以祁连宝、皮三娃为首的二十余人，目前正在深入调查。”

“哈，一句‘正在深入调查’就把所有的事情都揭过去了，上面的人只字不提。”包小三抱怨道。

“咦？有发布会，华鑫和华裔龙腾召开新闻发布会了。”耿宝磊看着手机，好惊讶地道。他递给仇敌，仇敌看了看，是联合拍摄大型古装战争剧《铁骑》的发布会。该剧汇聚了多名知名演职人员，预算达四亿，据说要打造一部堪比好莱坞大片的战争片。

仇敌懵然了，搞不懂。包小三一看就扔回去了，道：“一群傻缺，他们搞项目，人家鹏程在背后还不是闷声发大财。”

“是啊，如果不说票房的话，那最大的收益方是鹏程啊。不过……屯兵镇有这么大的容纳量吗？一个大型战争场面得动用多少人力物力啊？光那抗日雷剧就把镇上忙得够呛，何况这种专业大型剧组？”仇敌道。

“应该是华鑫试图重塑品牌形象吧。说不定他们和鹏程已经达成了协议，毕竟双方是相互依存的，离开谁也不行。”耿宝磊道。

“那之前发生的事就没有意义了，如果想合作开发应该早办了。如果能痛下决心，就华鑫国旅的实力，砸钱也能把鹏程收回来，既然他们没有这么做，那肯定是觉得不划算。怎么会现在又突然给他们做嫁衣裳了？”仇敌想得头脑发胀，仍然无法自圆其说。

耿宝磊又想说什么，仇敌又把手机要回去了，仔细看着有关祁连宝的新闻。他努力睁眼看了好久，看得头有点发昏。刚想起什么来要说话时，却被窗外闹闹哄哄的声音打断了，

院子里像是来了许多人，耿宝磊跑到窗口一看，却是马开荒一行数人。他小声警示着，然后仇敌和包小三赶紧躺好，开始呻吟，做痛不欲生状。

“黑球、三儿、宝蛋，他们咋样了？”马开荒喊着，人已经上楼了。众人擂着门，耿宝磊上前开门。此时三人已经穿好了衣服。

包小三痛苦地道：“马……马老板，现在这样了，不会扣我们工资吧，我们是实在下不了床啊。”

“去去，胡说什么呢？我看看……哦哟，夯蛋这狼不吃的货，把娃打成这样了。黑球，算了，你躺着吧。”马开荒指着三人回头对来人说：“瞧瞧，三娃就在我后厨干活，那人不容分说进去就打人。那娃就是被祁连宝打成这样了，到现在都下不了地。”

祁连宝一进去可是人人喊打了，马开荒说得痛心疾首，又有三位受害者作证，这说服力自然而然就出来了。镇上几位像领导的人跟着，还拍照呢。

包小三是个人来疯，巴不得拍张受苦受难的照片。他连摆了数个造型，大讲特讲那些人多么多么凶残，末了还不忘加上一句：“来这么多领导，有人给报销医药费吗？”

一行人笑了。马胖子接着话茬道：“还真有，数好了，这是你们三人干活的工钱，一分不少啊。还有这个，是影城宾馆和大西北影视旅游开发公司

给你们的医药费、慰问金。张秘书，你来讲吧，我嘴笨。”

那位妖娆的张瑞霞秘书浅浅一躬，道：“游客是冲着我们影视基地来的，在这里遭到不幸，我们深表遗憾。上报总公司后，总公司批付了一部分资金，用于赔付客人的损失以及善后。钱不多，一点儿心意，我代表总公司向各位致歉。”说着又是一躬

包小三出洋相了，他看张秘书那姣好的面容，感谢的话还没出口，倒先流了几滴口水。好在张瑞霞也是见多识广，丝毫不介意地笑了笑，很矜持地把自己的胸拉高了一些。

马胖子带着一行人，有派出所的、有镇政府的、有影城宾馆的。这一行人笑得和善，话说中听，实在让人不忍再提出其他要求。

其间还有人拍了一段视频。仇敌不明情况，一直躲躲闪闪地不敢上镜头，反倒是包小三那张丑到可爱的脸一直在抢镜头。

“好好休息哈，今天我们得把受害人全部慰问一遍。三儿，赶紧养伤啊，养好去咱大厨房，提拔你当领导啊。”马开荒回头道。

“哎，好嘞。”包小三道。

又问仇敌时，仇敌笑道：“我这样，还好意思再去啊。”

“错，和祁连宝干架后生活还能自理的，你算头一个！走了哈，赶紧养好伤，好日子就要来了。度假村要全部复工了，还要来个上千人的大剧组啊，哎呀，快把我忙死了……”马开荒说着，牢骚更像是炫耀。

三人在窗上看着那一行人，明显觉得马开荒不是以前那个角色了，似乎风向已经变了。

“看来以后两家要往一条裤腿里套了。”耿宝磊道。

“也许吧，可我总觉得不对劲。”仇敌道。

“你想得太多了，不管是什么结果，都和咱们没有半毛钱关系。我觉得啊，咱们应该跟三儿学学，他最懂快乐是什么感觉。”耿宝磊道，向仇敌使着眼色，示意看包小三的方向。

床上，包小三盘腿坐着，拆了信封，郑重地蘸着唾沫，一张、一张、又一张地数着钞票。那两眼放光、满脸兴奋的样子，早把什么疼痛、什么间谍的破事扔到九霄云外去了。

……

三位躺在床上的尚且不知，屯兵镇开始变天了。

这一天上午出门，管千娇听到了“隆隆”的重卡声音，声音来自镇北，烂尾楼的方向。她循着声音看了几眼，又架着微型望远镜，在一处高地仔细观察了一会儿。很确定，场上正在清运垃圾，那家收破烂的正被镇上的人往外赶，儿女跟了好几个，破烂拉了整整几车。

这是……双方握手言和了？

她泛起的第一个念头是这样。的确，不排除因为利益利害关系，两个竞争团体握手言和。可如果仅仅是握手言和，那此次商务调查的意义何在？难道就为了不明不白地遭一顿打，然后把那个恶名在外的祁连宝送进监狱？

她很快否定了这个判断，根本站不住脚。因为有没有他们，那天的事似乎都要发生。

不过接下来，她对自己的判断又有点动摇了。镇上张瑞霞带的那个车队格外显眼，镇政府的、派出所的、鹏程商贸的主要负责人都出面了。管千娇居然发现还有市电视台在跟踪拍摄。她像镇上的闲人一样跟着看热闹，跑了两处才明白，这是大西北影视旅游开发公司带头慰问受伤人员了。据他们讲，一切损失均由大西北影视旅游开发公司赔偿，镇政府也附和着表态。表示黑恶势力嚣张的日子从此结束了，这里将打造一个和谐、文明的影视旅游基地。

到这里让她又犯疑了，两家几乎是高调地穿上一条裤子了，没错，似乎他们在共同努力，消除影响。

得悉这一信息，让她的心往下沉了好多，疑惑越来越大。可越是不相信，事情仿佛故意驳斥她一样，又连连给她几个无法否认的事实。

她看着网上的信息，是华鑫和华裔龙腾联合拍摄大型古装战争剧《铁骑》的新闻发布会。关于该剧的描述她一概略过，只是意外地发现，这一次不像雷声大雨点小，而是实实在在的要拍，连演员的造型都出来了。

那这里的事就好理解了，是为了接这部戏而创造一个和谐环境。因为这单生意，华鑫和鹏程商贸达成了某种协议。毕竟双方相互依存，利益虽然冲突，但获取利益的方式一致。

但是好像又不对了，如果媾和，有的是机会，不至于拖到现在。而且，祁连宝的事情还是讲不通，既然准备媾和，又何必先往自己脸上抹黑。那些打人的烂事其实完全可以花钱摆平，没必要闹到这么大吧。

“难道……难道鹏程商贸要扔下以前的旧模式，彻底洗白？所以默认祁连宝锒铛入狱？”

管千娇边走边自言自语，她想到了各种可能。不过眼下信息严重不足，无法做出判断。

她走进川味火锅店，喊道：“艳红姐。”

胡艳红知道她是来给那三位躺着的带饭的，让她稍等一会儿。厨房里早架起锅，熬上一锅不加辣不加羊肉的热汤面了。

“娇啊，要不你先吃碗饭？”胡艳红问着。

“哦，不了，先给他们带回去吧。”管千娇有点失神地道。

胡艳红拉着管千娇坐下了，给她拢了拢头，感慨地道：“别难过了，事情都出了，没落下毛病就好，你看像我哥那样，我该咋办。”

“我知道了，谢谢你，艳红姐。”管千娇默默地道。

这位姑娘如果不宰客的话还是挺不错的。管千娇看着胡艳红美人胚子的脸蛋，不经意地吐露心声，把心里一直想问的话讲了出来：“艳红姐，你和祁连宝是怎么认识的？”

“不是我认识的，是我哥认识的。”胡艳红似乎和管千娇同样有点失落，她自嘲地笑着道着往事。

像所有靠力气赚钱的打工者一样，她和哥哥从内地到北宁谋生，一直是工地做饭的角色。她哥哥胡雷和祁连宝脾味相投，两人是形影不离的朋友，老板是宗鹏程。直到有一天，这里兴建影视基地，宗老板带着施工队回来修楼拆房，他们兄妹就跟着来了屯兵镇。

之后的事就容易理解了。宗鹏程的嫡系班底和在此施工的度假村施工队发生械斗，双方均有重伤残人员。宗老板这一方，伤得最重的就是胡雷，他被人一铁锹从二楼拍了下来，颅脑受伤，成了现在这样子。

“你们别恨他，他其实没有那么坏。我们都一样，给别人打工卖命，自己的命自己都当不了家的。这些年他一直给我哥送钱，还带着我哥去看过几次大医院。哎……有点儿钱全花到这上了。其实我挺喜欢他的，就是过不了心里这道坎。我哥就是讲义气，被他们害惨了。他也是讲义气，下场比我哥好不到哪儿去。”胡艳红说着，鼻子一抽，抹了一掬泪。

“给宗老板办事，你哥成了这样，他们不管？再说，大西北影视那边也应该有连带责任啊。”管千娇道。

胡艳红一下子又笑了，她苦笑道：“就给了点儿医药费，还有这间门面房，再多没有了，这地方人命不值钱。”

“那大西北影视旅游公司呢？他们也应该赔偿一部分吧。”管千娇问。

“找了，也闹了，每次都闹不出结果来。他们说公安上没处理下来，而且自己的人也伤残了，不管我哥这边。闹了好几次，后来才明白，我们越闹，宗老板的生意就越做越好，后来也疲了，烦了，就不去闹了。好歹我和我妈这个小店还能挣点儿……”胡艳红道着，那是一种身心疲惫的表情，欲说还休。

“你这么说，我倒不怎么恨祁连宝了，好歹他还念着和你哥的交情。”管千娇转移着话题。

胡艳红笑着道：“有用吗？宋老板用完了还不是一脚踢走。一个大男人，活得像条狗，他要早活明白点儿，就不至于走到今天了。”

“你是说，祁连宝不是让警察抓走的？”管千娇小声道。她突然发现，这地方很多事不能以常理来理解。

“他经常被抓，一般进去就出来，因为宗老板觉得他还有些用处。要是没出来，那就是他没什么用了。”胡艳红道。她生怕管千娇理解困难似的解释道：“烂尾楼开工了，郝来运拉着他的亲戚一起干，两座宾馆都归到姚富文手里了，餐饮都让马胖子包揽了，总之都是宗鹏程的亲戚。现在全镇的壮丁都跟着宗老板干活呢。好像大西北影视基地又修什么呢，生意这么红火，你说还留着他这么个外人干什么，分钱啊？”

胡艳红笑了笑，起身了，到后厨去打包饭盒。管千娇却是听得眼滞心沉，关于祁连宝的事困扰了他很久，似乎在这里得到了最准确的答案了，其实是一个最简单答案。

鸟尽弓藏、兔死狗烹。

# 27 得意失意

去屯兵镇十七公里，御林堡方向，一列车队在沙化草地上疾驰，车过之处，卷起了滚滚黄尘。

“前天得到消息，公司的公关部联系上了爆料的娱记。有关抗日剧组未杀青被曝的事，是他向屯兵镇的一个群众演员买来的，花了八百，这人叫皮三娃。总公司公关部花了不少代价才得到这个消息，还警告我们，以后类似的事情不能再出现，会影响到公司形象和剧组声誉，后续处理很麻烦……”

大西北影视旅游开发公司的秘书张瑞霞驾着车，把这一情况简要向随车的金彦国、宗鹏程、郝来运说了一遍。

抗日神剧被曝光的事，最终查了这么一个不咸不淡的结果。皮三娃就是祁连宝手下的二皮，是镇上典型的上无片瓦、下无寸土的闲汉，现在还关在派出所呢。受人指使，干这种事换钱，很像他的风格。最起码宗鹏程清楚镇上这帮闲汉的德行，给顿酒钱，啥事也敢干，何况挣了好几百。

他愤愤地看了郝来运一眼，道：“回头再给你算账。”

郝来运尴尬地拧了拧脖子。这账算他头上可有点儿冤，每场几百群众演员，谁能看住下面人搞小动作？更何况二皮根本不是他的人。他委屈道：“宗老板，这真不赖我。这些年您不常回来，祁连宝就是这片的土霸王。下面那群货，打着他的旗号什么事也敢干，我哪儿管得了。他连您大舅哥马老板的账都不买。”郝来运很客气地和这位侄子辈的人说话。

宗鹏程不耐烦地道：“闭嘴，也不怕人家笑话。”

前面的人果真笑了。金彦国笑着道：“宗哥啊，郝来运说得不错啊，你确实有点儿脱离群众了，根在这儿，最终发家致富还得靠着这儿啊。”

“那是，主要是还得靠您，呵呵。金总，这可万事俱备了啊，您那边可别出岔子。有消息了吗？”宗鹏程客气地问。

眼下《铁骑》试镜在即，下面的紧锣密鼓地忙乎了快两周了，眼看着钱流水一般地花出去了。宗鹏程都开始心痒痒了，这可是一本万利的生意。

“二十四号夏秘书要带着剧组的制片、布景、道具、摄影来验收。你们没偷工减料吧，别到时候签不了协议啊。”金彦国提醒着。

“呵呵……那验收还不得您说了算。再说了，现在的木材可是紧俏货，北宁周边已经买不到大批量的木材了，呵呵，都在屯兵镇了。那就二十四号啊，马队提前一天到，齐林格尔的马队，最正宗的蒙古马。我办事，您放心。”宗鹏程几分得意地道。

“你快算了，我就是不放心才亲自来看一趟。给你联系个抗日剧组，你给我捅这么大娄子，知道我有多难吗？总公司和剧组两头说好话，我里外不是人。”金彦国佯怒道。

宗鹏程笑着连连道歉道：“老哥对不住了，张秘书不在的时候，再商量商量怎么补偿你吧。”

张瑞霞笑了，打趣道：“宗老板，那我呢？我可是总公司面前也替您挨骂了。”

“没说的，这单生意成了，我以身相许都行！哈哈哈……”宗鹏程这话惹得张瑞霞一阵浪笑，那浪的样子，反倒让金总有点看不过眼了。

驶近目的地，远远已经看到忙碌的现场了。堆积如山的木料，几台电动大锯忙活着。再往深处走，已经成形的各类道具排了满满一场。

“那个，攻城擂车，长十七米，四十架，月底能全部赶制出来。粮草车也有四百多架了，都是按剧组提供的图样做的……”

宗鹏程信心百倍地带着一行人参观着御林堡的制作进程，一样一样介绍着。这项工程用的都是当地的手艺人，而且这种木工活可不是现在只会用木工板的匠工能做的，木匠是市郊各县区请来的。郝来运长年浸淫此道早已轻车熟路，介绍着工序，成品做旧，上漆，再用火燎一遍，绝对上镜。

“瑞霞，多拍几张，给夏助理发过去，让她心里有个底。”金彦国脸上笑容多了，这趟事终于快见眉目了。

张瑞霞应了声，用手机拍着照片，各个样子的道具拍了一遍，又拍了一个全景。金彦国兴致勃勃地看着，宗鹏程趁着她拍照的功夫凑到她身边，小声道："张秘书，多多美言啊。"

"不是吧？宗老板您什么身份，还需要我美言？"张瑞霞故意逗着。

"肯定需要了，以前咱屯兵镇和华鑫的关系没那么好，我这心虚不是……那个，夏助理能当了家？"宗鹏程小心翼翼地打探着内情。

"夏助理是孙总孙昌淦的私人秘书，原来负责海外业务。华鑫的主要业务在出境旅游上，那么多事，您还指望孙总日理万机啊。她点头，基本就相当于孙总同意了。"张瑞霞道。

"那夏助理这个人好相处吗？我是说……招待的时候，是不是得准备点儿什么，注意事项一定提醒我啊。人家见过大世面，别在咱们这个小地方受委屈不是？"宗鹏程道。

"您放心吧，度假村能复工，对她来说就已经是大功一件了，说不定她还得看您脸色行事呢。毕竟总公司在这儿投了几个亿呢，不能一直这么亏下去啊。"张瑞霞道。

"没问题！来运，度假村道路清干净了没有？别耽误人家施工啊。"宗鹏程作势吼了句，化解了这番对话里的尴尬。

从对抗走到合作，这道坎宗鹏程自问跨过去问题不大，可就怕人家心里别扭啊。他心里清楚，生意人的盘算谁也不吃亏，对方给他这么大单的生意，肯定要求回报了。回报？自然是那拖成烂尾的度假村喽，这是他最得意的事，想起来心里就有成就感。

郝来运屁颠屁颠地跑上来，点头哈腰地道："您放心吧，垃圾全部清完了，收破烂的全赶走了，随时可以开工！"

"对了，金总，那施工队，您得用咱们的啊。"宗鹏程道。

张瑞霞笑了，宗鹏程不要脸的程度绝对超乎你的想象。

金彦国却是绕着圈子道："别跟我讲，这事得看你的本事了。不过我可以透露给你一点消息啊，夏助理此次来，还要就主体工程亮化进行招标，到时候看你的表现了。"

金彦国使着眼色，那眼色双方都能意会。招不招标只是个过场，两人私底下已经商量过了，那事还不是您说了算，大不了再把垃圾和收破烂的给他拉回来不就成了。

“哎呀，咱们一家人说什么表现不表现，不行我专程跑一趟京城见见夏助理得了。以后睦邻友好，我们鹏程唯华鑫马首是瞻！您说是不，张秘书？”宗鹏程笑着道，笑得真假。

生意人的脸皮不值钱，这不，反正就是恭维加客气，等着从对方的账上划走真金白银。

这一行人离开御林堡，又到后盘沟看了校场、点将台的进度。几处工程宗鹏程几乎动用了全镇的人力，对此他是很有信心的。对于华鑫这两位的满意，他倒一点也不意外。最后一站回返镇上，车泊在已经清理干净的度假村口。

场上，隆隆的车声吼着，几台重卡正在回填土方。曾经敌对的两方笑容可掬地站在同一个现场，这场面，怎么显得如此不和谐！？

攻城擂车、拦马架、粮草车、火把、营寨尖木……一张张图片显示在张政和的电脑屏幕上，他细细地看过，数过，计算木方的使用量，这算一项。又翻查着照片，校场已经平整，用了多少砂、灰、水泥；清运土方的垃圾用了多少台车，用时多久。一项一项，他草写了满满一页。

然后，他惬意地靠着椅背，长舒了一口气。对了，还有一件事没有处理，他打开即时通讯，看了看哈曼公司的留言。双方有约定，通过这种方式联系，提供即时消息，而这连着数日，哈曼已经提供不出什么有价值的信息了。

这似乎在他的预料之中。他靠着椅背笑了，思忖着是不是该结束和哈曼公司的委托了。

应该结束了，这件事即将画上一个圆满的句号。他想了想，向唐瑛发去了视频通话请求，过了一会儿，对方打开视频了。

张政和摆手打招呼，对于哈曼这位女主管，他很是欣赏。

“张经理，有何贵干？”唐瑛笑着问。

“您说呢？”张政和道。

“哦，应该是对我们的调查进展很不满意吧？”唐瑛道。

“呵呵，我就喜欢和聪明人对话，事实确实如此，不知道贵公司派去屯兵镇的那些人怎么样了？”张政和笑着问。

“呵呵，我们做商务调查的，难道会把自己的商业秘密告诉别人吗？”唐瑛笑着拒绝了。

“没关系，我随便一问。不过唐主管，您这后续表现实在差强人意啊，就我个人而言，我倒不介意给我们彼此一个机会，不过从公司的角度来看，我们后续的合作是不是就没必要了。”张政和委婉地道。

商人变脸，永远是笑着变的。唐瑛耸耸肩膀，给了个鬼脸，直接道：“那别忘了在初次的调查报告上签字，收到报告即视为委托履约，我们两不相欠。”

“好的，我今天快递给您。嗯……如果不介意的话，周六有兴趣出去吃顿饭吗？”张政和笑眯眯地道，公事完了，该私事了。

唐瑛耸耸肩，又做了个鬼脸，把视频关了，给他的QQ上留了一行字——“已经履约，我们两不相欠。”

对这行字，张政和愣了许久，哀叹道：“京城的漂亮妞儿可真务实啊，无利不起早，无利不给笑。”

两个小时后，前台把一封快递送到了唐瑛的办公桌上，她拆开，翻看下，合上，手抚着协议，思忖了好久。

这单生意并没有延续之前的奇迹。因为突发祁连宝抢砸事件的原因，派往屯兵镇的四人伤了一多半。今天的消息是仇敌刚能下床，单靠管千娇一个人，根本无法获取有价值的信息，委托到此为止，也在情理之中。

有点遗憾啊，她想起了两周前和张政和的那顿晚餐。张政和介绍高雨田给她认识，双方讨论了一番屯兵镇的商业潜力。高雨田甚至抛出橄榄枝，隐晦地透露要和哈曼签有关商务咨询、策划、安全的长期协议。如果做成，那对于哈曼的影响可想而知。唐瑛一度狂热得为此彻夜难眠，以为在京的生活就此要发生转机，不过现在看来，还是过于低估商场尔虞我诈的程度了。所谓允诺，不过是延迟结束调查的借口，现在调查陷入困局，看来，对方已经另觅途径了。事已至此，也只好呵呵一声苦笑了。

她整理好这单生意的所有资料，锁进柜子，又不忍心，枯坐在办公室里从头到尾看了一遍。

与之前和谢总的讨论如出一辙，度假村重新施工，鹏程积极着手准备新片的拍摄。华鑫应该做出了妥协，用牺牲利益的方式换取了在屯兵镇的通行证。所以，双方暂时媾和了。

可为什么作为外人的张政和却掩饰不住那份得意？他并不是华鑫的代言人，那个飓风传媒和华鑫八竿子打不着啊。

她觉得有问题，可又说不出问题出在哪里，偏偏能获知情报的信息源现在全瞎了。她又一次意识到，为什么都说间谍是世界第二古老的职业，因为他是所有决策的视听，不可或缺。

可惜，哈曼现在已经缺了。

此事很快汇报给谢纪锋，当天便接到了谢纪锋的安排，催促屯兵镇养病的数人全部撤回。

“快，这儿一窝。”

“这儿，这儿还有，这蚂蚁个头真大啊，快赶上臭虫了。”

“草原沙化得太严重，环境破坏得厉害，再沙化几年，恐怕连蚂蚁也生活不下去了。”

三个脑袋挤在沙地上。包小三拿着窗纱做的小网兜，耿宝磊一手拿棍子拨蚂蚁窝，一手拿着玻璃瓶子，把蚂蚁赶进瓶子。

三人歇了两周又生龙活虎了，闲不住溜出来了。

现实可不等人，就业情况太不乐观，马胖子的后厨又上了两台蒸机，加了台装卸车，不但没有加人，反而连原来的厨师也打发了不少。倒是镇上不少新项目用人多，装卸水泥、打夯、做木工还有清运垃圾，哪里都是人手不足。整个镇上像个大工厂，一到上工时间，各式运输车把全镇的壮劳力运向各处，镇里反而静悄悄的，少见人迹。

又撮了一窝，包小三乐滋滋地看着，扬了扬对仇敌炫耀道：“黑球啊，看看，成不？”

“别叫我黑球，难听死了。”仇敌道。

“我听着不错啊，哈哈。”包小三故意道。

仇敌抓沙扬他，包小三奸笑着溜了，耿宝磊盖着罐头瓶盖，一屁股坐到了仇敌旁边，笑着问：“有点儿郁闷是不是？”

当然郁闷了，三人躺倒后，第四旬的钱根本没有到位。现在看来，即便回京城恐怕也不会有什么好结果。

看仇敌一脸深沉，包小三挖苦道："你别装得上晓天文，下知地理行不行？"

"我没装，我犯愁呢。这儿黄了，那头悬了，咱们一路连吃带喝，还得加上打吊针输液，敢情最后没落下多少钱啊。我还准备大挣一笔，过两天舒坦日子呢。"仇敌郁闷道。

事实确实如此，躺了两周，坐吃山空了，房租又高，还真没落下多少。

耿宝磊安慰道："风吹鸡蛋壳，财去人安乐，人没事就好。"

"哇，你倒看得开啊？"包小三道。

"咱们从苦逼华丽转身，咦，还是苦逼，没有什么损失的嘛，有什么想不开的，我不觉得很失落啊。和你们在一起，我还学会打架了呢。"耿宝磊道，说着他自己先乐了。

"要打架，让仇敌教教你。"包小三道。

仇敌笑道："还嫌不够丢人啊，被人打得床上躺了半个月，拳头解决不了问题，就祁连宝都折了。"

三人相顾黯然的时候，管千娇的电话来了，还以为是找不到三个人着急了。耿宝磊一接电话，一听消息，说了句"知道了"就挂了。然后他对两人说："唐主管催了，让咱们撤回去。千娇让咱们回租住地，一块准备一下，该走了。"

这句一出口，仇敌明显脸上不舒服了，像是壮志未酬那种，包小三也憋屈，像是钱没挣够那种，耿宝磊一看两人如出一辙的表情，自顾自地笑了。

"走吧，看来得说服一下千娇。"仇敌起身拍拍屁股上了灰，叫着两人。

耿宝磊起身驳道："她不会同意的。"

"同意就不用说服了嘛，看你这位闺蜜的喽。"仇敌无所谓地道。

包小三脸凑近耿宝磊道："宝蛋，你这小嘴儿不错，会咬人，还不会说服人呢，呵呵。"

两人奸笑着跑了，耿宝磊面红耳赤地站了半晌，骂道："一对流氓！"

耿宝磊自己都没有发觉，屯兵之行，让他变的地方太多了，这样草草收场，其实连他心里也有点不甘。

# 28 难舍难弃

“情况就这样，委托方对调查报告已经签字了，咱们待在这儿已经没有什么意义了。”管千娇简略一讲，好失落的样子。她看着三位同伴，仿佛自己做错了什么一般，坐在那儿把玩着手指，不时看看三人，像在征询大家的意见。

没有什么可征询的了，简单的行李收拾妥当，房间打扫干净，电脑收起来了，架在窗台上的那个微型 3G 网接收器也撤了。屯兵镇之行，终于走到了不情愿的最后一天。

三个人都没说话，互相看看，然后都闭嘴了，似乎有什么难言之隐。

把管千娇憋不住了，催道：“你们怎么这么磨蹭？三儿！今天干什么去了？”

“逮蚂蚁玩儿，这儿的蚂蚁可大了，那嘴上的夹子夹得手指都疼。”包小三兴奋地道。

不过旋即挨了管千娇一个大白眼，她悻然道：“与其在这儿闲得蛋疼，倒不如早点儿回去。你说呢，宝磊？”

“蛋疼？”包小三笑了，没脸没皮地道：“娇，我们能蛋疼，你不能疼啊。”

“脸蛋也算蛋！少见多怪。”管千娇瞬间驳回去了。

包小三佩服不已，直竖大拇指。

“快走啊！下午三点的火车，明天早上就回去了。你们要真不想回去，那我一个人走了啊。”管千娇不耐烦了，拍桌子催着三人，确有几分领队风范。

“你说吧。”耿宝磊推向仇敌了。

“对，你说吧。”包小三也推向他了。

“还有什么可说的？华鑫和鹏程两个冤家已经结为盟友了，一边出让利益，一边放行施工，咱们待着还有什么意义，哈曼的经费都停了。”管千娇道。

这是最关键的，没有经费的支撑，谁也待不下去。

“好，那就从这里说起，咱们此行的意义何在？”仇敌反问着。

“应该是华鑫试图收回经营权，或者第三方试图染指这里的经营，但两方暂时的妥协明显把其他的可能都排除了，所以商务信息收集的意义也就中止了，最起码短时间不会有任何效用了。”管千娇如是道着。

仇敌反驳道：“咱们做的其实大部分人都能做到，那些信息的价值不算很大。之前哈曼愿意出高价，但为什么突然形势急转直下？”

管千娇道：“那是因为你们都受伤了啊。”

“可委托方并不知道我们受伤了，难道哈曼会把三个商务间谍集体受伤的事公之于众？所以说，结束和我们受伤没有什么关联，而是因为他们阶段性的目标已经达到了。”仇敌道。看来他躺在床上想明白的事不少。

“你是说……目标是祁连宝？怎么可能？那种小角色。”管千娇脱口道。

“怎么不可能？你回忆一下，其实咱们调查的所有信息都和祁连宝有关，在这个镇上，他是根顶梁柱。屯兵出入的运输车队的那帮土匪司机也就祁连宝能压得住。从镇上到影城，整个保安队都是祁连宝负责，一直以来是铁腕控制，别说捣乱的，偷拍的外地娱记都会被揍得鼻青脸肿。还有每天的鱼肉禽蛋菜的分配，那些小门小户试图钻空子自己运的，都会被这帮土匪摁住揍一顿，然后抢走东西。没错，就是强买强卖，可谁敢不服？甚至在宾馆经营上也有他的影子，餐饭和宾馆的钱款都过他的手，专程护送到当地储蓄所。那个储蓄所还为他加了两个分理处，都把他当大爷供着……”

桩桩件件，数得管千娇有点头晕，她拦着道：“你想说什么，直接说。”

“我想说的是，任何一个商务间谍可能都渗不到他的圈子里。当然，除了我们仨。咱们把车队的行进路线，以及他手下那帮土匪司机，还有出名的地痞都摸到了。你想想，我们把这个搞清楚才几天就出事了。”仇敌道。

“委托方的目标怎么可能是祁连宝？这八竿子打不着啊。”管千娇不信了。

仇敌使了个眼色，耿宝磊得令，把手机递给管千娇。

“哟，这两天没钱都干间谍活动。”管千娇诧异了。他翻着耿宝磊拍的东西，几幅破三轮运输菜根的图片、几幅黑车已经上路的图片，还有一段视频，内容是景区又发生斗殴了，是两家小贩抢生意干起来了，最后闹到警察出面了。的确，以前这种事是绝对不可能发生的。

管千娇翻看着，奇也怪哉地瞪着耿宝磊。

耿宝磊笑着解释道：“仇敌安排的，反正就闲逛逛。”

“这个很正常，均衡被打破，自然要乱一段时间，不过现在恐怕鹏程已经看不上这蝇头小利了。《铁骑》的投资是四个亿，就算有水分，三亿总是有的，真要在这儿开拍，恐怕能让屯兵镇半年内变个样子。”管千娇道。

一部影片改变一个地区的事情很多，只要票房不是太惨，对于旅游业的带动那可就是数以千万计的规模了。要是卖座，那就更恐怖了，把这里变成5A 景区都有可能。华鑫专攻旅游开发，打得正是这种算盘。

“对啊，仇敌，如果华鑫从宏观经营上考虑，鹏程从长远发展上考虑，这是一步必由之路。特别是对鹏程，总不能天天带着一帮流氓别动队维持经营吧？”耿宝磊道。

不愧是闺蜜，已经和管千娇站起一起了。

“这是最高大上的一种结果，但事实上成立的可能性不大，毕竟疥癣之痒已经成了心腹大患。当然，你们也可以讲商业发展的需要，但事实是，这里的事早就已经久拖未决了，为什么单单在祁连宝被抓之后，两家就莫名地进入了蜜月期？经商经商，暗箭冷枪，我怎么就觉得，这比影视基地拍的那烂剧还假呢？”仇敌道，打工久了，对任何事都不会有信任的态度了。

“巧合吧，总不能所有的事都用阴谋论来解释。”管千娇道。

“那巧合就有点过头了，用一个月前不经意发生的事让他惹上麻烦，刚惹上麻烦，就接踵而来更大的麻烦，惹麻烦的时候，又恰恰是大批警力到屯兵镇的时候。而且他前脚出事，后脚就开始整顿，马开荒、姚富文、郝来运一下子都走上前台了。这其中难道没有一点蓄意？”仇敌反问。

“兔死狗烹，这事艳红跟我说过。我们其实和他一样，利用价值到头了，接下来的舞台，已经不需要我们了。”管千娇道。

“你这话说得对，我们没戏了，可就算没戏了，难道就不能抢点儿镜头啊？”仇敌道。

“你还想干什么？”管千娇惊讶了，看仇敌这样子，该不会和肉墩一样被打傻了吧。

“嗯，不多挣点儿，这顿揍不白挨了？早知道这样，我还不如继续送快递呢。”仇敌点头道。

“哦，还想挣钱，应该没傻。”管千娇斥着，“对哈曼的委托都结束了，谁给你钱啊。”

“你告诉我，为什么结束？”仇敌问。

“双方联合了，不需要使小动作了，有可能其他商务调查人员发挥作用了，不需要我们的消息了，到这个份上，自然要结束啊。”管千娇道。

“这不就对了，把那双眼睛搞掉，那他们不还得求咱们。”仇敌道。

综上所述，只有这一句最关键。敢情仇敌是想把隐藏着的那位撵跑，然后取而代之。

管千娇哭笑不得，斥道：“没有你想的那么简单，商务调查本就是个高危行业，稍有不慎就触犯刑律，你们想学祁连宝啊？”

“不会不会，我们可没人家那么威风。咱们试下不就知道了，宝磊，你这天看到什么了？”仇敌问，耿宝磊神神秘秘地道着：“画家形迹很可疑，和储蓄所那小媳妇眉来眼去的，还一块吃过饭。对了，他每天早上出去，到晚上收工才回来。如果他是那个商业间谍的话，那他肯定还在继续着调查。”

“我早说了，揍他一顿不就得了，你们婆婆妈妈的不敢下手！”包小三恶狠狠地道。估计被打的怨念，全放到这个间谍身上了。

看来事态很严重，这几位一直不走，敢情要失控啊。管千娇寻思着，看看三人，相处日久，她清楚，怕是三人要达成共识了。一般情况找最弱的击破，她都会选包小三，不过这种包小三最喜欢干的烂事，肯定拉不回来。

她盯着耿宝磊，道：“宝磊，他们胡闹，你也准备跟着胡闹？上次可差点受了重伤，还不长点儿记性？”

果真奏效，耿宝磊犹豫了。管千娇趁势打铁道：“三儿，赶紧回去，就咱们在屯兵的表现，说不定能在哈曼谋到份三五千月薪的工作，再待在这儿，总不成等着进派出所让警察管饭吧？”

包小三最惧的就是这个，一句话把他噎住了。他犹豫地半晌，直看仇敌，拿不定主意了。

两人一犹豫，管千娇得意地笑着看着仇敌，他剩下一个了，可就孤掌难鸣了。

仇敌搓搓手，看看管千娇。这学生妹般的姑娘可不容易对付，仇敌思忖片刻道：“那好吧，我来替你做个总结，结束的总结。我记得你好像说过，在结束的时候，要把很多事告诉我们，你还记得吗？”

管千娇一愣，被将住了，没想到仇敌还记着这事。

仇敌突然问道：“千娇，你当商业间谍几年了？瞒了我们这么久，是不是很有成就感？”

管千娇再一愣，愕然看着仇敌。一看其他两位并不惊讶，敢情他们早知道了。

仇敌平静地道：“其实在饭桌上，我就知道这是个坑，知道我为什么还往下跳吗？”

“为什么？”管千娇瞠然问。

“因为我对你有好感，觉得你不会害我们，事实证明是这样的。你一直主张撤出，确实是为我们的安全考虑。所以，尽管你瞒了我们这么久，我们还是把你当朋友。”仇敌道。那两位释然地一声叹息，压在心里的石头终于放下了。

其实，管千娇又何尝不是如此，耿宝磊的软弱、包小三的迷糊以及仇敌的义气，更多的时候给她带来安全感。她郑重地点点头，向三人真挚地道：“谢谢……谢谢你们。”

“不客气，幸亏我把你当妹妹，否则那防狼喷剂该是对付我了。”包小三笑道，听得管千娇有点面红耳赤了。

耿宝磊出声道：“我们就没当回事，上个月是我离家以来挣得最多的一个月。其实我很感激哈曼给了我这个机会，多了你们这么几位朋友。”

“谢谢，谢谢大家，既然把我当朋友，那我就直说了。这行就是看钱说话，办事论价，再在这儿付出，我觉得没什么意义了。”管千娇道。

仇敌马上反驳道："但回去，同样意义不大。我不认为哈曼准备招聘像我们这样的人。小三的文凭都是买的，宝磊连自己家世和社会关系都说不清，我吧，又经常不守规矩，哪个公司能招聘我们？"

管千娇看着三人，包小三拉长脸了，耿宝磊郁闷了。不知道这事让她觉得哪里可笑，她不和谐地笑出声来了。

耿宝磊道："娇，你干这行不短了，我们这样的，哈曼收吗？"

"收不收的结果是一样的。"管千娇道，她简要历数着，"商业间谍本来就是个隐秘，面上不存在的职业。所有商务公司雇佣的间谍，都藏在暗处，可能是个自由职业者、可能是公务员、可能是各行有把柄攥在他们手里的人。这个职业相当于临时工，有活干的时候，就有钱赚，没活干的时候，你得自己打算。"

"你没有正面回答，哈曼会招聘我们吗？或者直接告诉三儿，能招聘他进公司吗？"仇敌问。

"不会。"管千娇直接摇头了。

包小三一拍巴掌，旋即又拍自己的额头了，自嘲道："就知道老子的长相迟早得改变命运。"

"这就是了。"仇敌长叹一声，"我准备动李劲松，看看有没有机会让经费延续下去。回不回去都是失业，没什么挑的。何况在这儿，咱们已经付出的够多了。现在越来越乱，我觉得如果有一个关键的信息，能找到合适的买家，说不定就能赚一小笔。你们商量吧，我一个人就能搞定。"仇敌说完起身离开房间。

他一走，包小三义无反顾地跟上了。包小三再丑还是有自知之明的，知道回去没什么好事。耿宝磊挪了挪，准备起身，可他看剩下管千娇一个人，楚楚可怜的样子，又于心不忍了。

管千娇问道："你也准备跟着他们，对吗？"

耿宝磊点点头。管千娇还未开口，耿宝磊道："你别劝我，冲着三儿拼命护我的那趟，我就不能一个人走。以前我都不知道朋友这个词究竟是什么意思，有什么意义，不过这回，我知道了。"他默默地起身，慢慢挪着，似乎生怕管千娇拦他似的。快到门口的时候，耿宝磊慢慢回头，轻声对管千娇道：“你知道祁连宝带人打砸那天，仇敌拦住夯蛋几个人时是怎么说的吗？”

“怎么说的？”管千娇机械地问。

“他说，三儿，赶紧带上千娇走。”耿宝磊道。

管千娇脸上一动，一下子鼻子酸酸的。

耿宝磊笑了笑，补充道：“他早就告诉我们，你是专业的商业间谍。肯定是谢纪锋故意放了你这么个棋子，顺便拉上我们这几个炮灰，关键时候还能抵挡一下子。我们一直不信，骂他太无耻，居然怀疑你。不过那天眼看着你放倒了两个大汉，我们信了。”

“你们……”管千娇抬抬眼皮，心里像压了一座山。

“你觉得我们在乎吗？不管你是谁，都是一直把我们当朋友的人。”耿宝磊笑了笑，慢慢地虚掩门。他偷瞄了一眼门缝，管千娇像抽泣了一般，嘴角动了动，脸侧过一边了。

从京城的初识到塞外的滥熟，从包小三色眯眯地送饮料，到三个人怀里揣着馒头，这一个多月的经历像一部荒诞剧一样掠过她的脑海。她回头看看已经整装的行李，下意识地做了一个直觉式的决定——奔了出去。

她理清心里乱糟糟的思绪。这几天一直待着未走，是因为心里一直没有放下在乎着她的朋友，哪怕她曾经隐瞒了那么多事。

“咚咚咚……”一擂门，门开了，没锁，三个人已经不在了。她急急地奔下楼，奔出巷子，却一无所见。她拨电话，仇敌的、包小三、耿宝磊的，一个一个挨着拔，谁也没有接。她一下子觉得自己被孤立了，她边往回走着，边骂着这几个没良心的。走到楼梯口子，她又拔了一轮电话，像赌气一样逼着对方接听似的。

不对，电话铃声怎么在楼上响起，她急急地奔上去，兴冲冲地推开门喊着：“三儿！仇敌！宝磊……”

没人，手机扔在床上，她一下子像冰冻住了一样。不对，她思绪飞快地转着，结合三个坑货经常恶作剧的性子，她一下子冲上去，一掀床单，躲在床底的包小三笑了，撑得小床一抖一抖，又掀一张，耿宝磊不好意思地笑着，第三张不用说了，仇敌自己爬出来了。

“与其这样郁闷地走了，倒不如再试一次！说不定那家伙就是阻挡咱们发财的人，你说对不？当间谍，你这么诚实，这么循规蹈矩可不行。咱们这么温和地对待李劲松，结果怎么样？早应该采取措施撵人了。”仇敌道。

“对啊，娇，不用你操心，看我们怎么整他。”包小三恶狠狠地道。

又一次重温初识之时的那种关怀，管千娇反倒不好意思了。她无语地看着三人，依旧是哭笑不得的表情。

不过接下来她开始震惊了。四人头碰头，开始商讨密谋诱拐李劲松的细节，敢情三个爷们儿准备用一样特殊的东西对付那个商业间谍。就是放在窗台上，关在窗纱圈成的网兜里的那些蠕动的黑色精灵——蚂蚁！

# 29　再出奸计

“嘀……嘀……”ATM 机输密码的声音传来。农行和建行的分理处就在影城宾馆对面不远。

站在 ATM 机前的男子下意识地回头看了一眼，中午少有人迹，再回头看屏幕时，多出来的数字让他心花怒放。没有取款，他直接取回卡，装好，出了自助服务的感应门。

今天是十七号，是一笔款到账的日子。他估算，在这里待的时间不会太久了，又在估算着，这笔丰厚的回报能让他在灯红酒绿的城市逍遥多长时间，心里的想法浮现在脸上，是一种惬意而满足的表情。现在他甚至有点喜欢上这个鬼地方了，毕竟这里将会是他成就最大的地方。

像往常一样，早晨出去，中午回返，在饭店草草吃完饭，又在街上溜达了一圈。近期镇上影响最大的事就是祁连宝被抓，到现在半个多月了，他被抓的后果，是相当明显的。

从宾馆到西街，满街更脏更乱了，零零散散多出来一群贩水果、饮料、烟酒的小摊子。这些摆摊的早晚在镇上摆摊，上下午在戏场当群演，有本镇人也有外地人，队伍越来越壮大。在此之前，有祁连宝那帮地痞流氓在，这些小贩是根本不敢进屯兵镇的。

对了，各类日用品和食品的价格直线下降。每天早上，大货、大卡、三轮车，拉来的蔬菜水果在镇外能排出半里。宾馆那几辆四十吨的大货厢趴窝了，据说马开荒还带着一帮厨师试图撵走这些抢生意的人，结果嘛，毫无意外地流产了，连厨师也跑了不少，毕竟客流量大的点，厨房里挣的那点钱吸引力已经不大了，随便出个摊，哪怕卖矿泉水都能挣不少。

他溜达着，到了汽车站的方向，这里已经成为镇上最乱的地方了。市里跑来的私家车、镇上跑市里的黑面包、凭空多出来的满街商贩，把狭窄的街道挤得熙熙攘攘，偶有大巴经过，得鸣着笛挪上半个小时。

只见一个卖水果的胖婆娘和一位舀羊杂的各指着鼻子、喷着唾沫、骂得起劲，旁边的围观在起哄。这地方，从来就不会有劝架的，他们巴不得打起来看场好戏呢。

“有点儿意思啊，鹏程不是关键，这个特殊的人物才是关键所在。”他随手拍了几张远景，自言自语道。

他来这儿几个月了，这里虽然蛮荒了点，可总感觉秩序还是可以的，顶多能见到祁连宝那帮流氓打人。可现在却发现，祁连宝被抓了，流氓不打人了，不过好像人人开打了。

过去祁连宝霸占市场，本地人顶多开个小摊贩，大宗菜蔬是宾馆垄断的。而现在，那个土霸王一倒台，可没人能镇得住场了，外地涌进来的菜蔬食品便宜得多，谁都敢不卖马胖子的账了。

“有意思，这是让宗鹏程自毁长城啊。”他自语道，慢慢踱步回返。身处一线，并不知道上层是怎么布局的，但他很清楚，繁华的表象后，隐藏着的真相，即将浮出水面了。

不过那又有什么关系，那时候，他带着佣金早就远走高飞了。

志得意满地想着，回了租住的东兴胡同，进了院门，他思忖着今天应该去什么地方。影城那边没什么看头了，进入九月份，剧组来得越来越少。现在镇上大部分人力都被用在御林堡和后盘沟了，那儿的土木工程、道具制作、场地平整已经接近尾声了。

或许，现在可以休息一两天了，这些天上面追得根本不急，他揣度着，应该是大局已定了。

上楼，掏着钥匙开门。低头时，眼睛一下子定格了，门下放着一个信封。他狐疑地捡起来，空白封口。他四下看看，这个时间段，除了上工的、做生意的、就租客也会抓紧时间游览，民居里顶多能留下点老弱病残。他喊了两声房东，果如他想，不在家。

谁放的？什么东西？

他捏着，里面好像是一个硬硬的东西，干脆拆开，奇了，是一封信。

“李劲松、男、34 岁，籍贯浙江宁波，* * 年毕业于北京商学院，业余爱好绘画。* * 年就职于京城思域广告公司，* * 年就职于艺龙策划公司……北京的登记居住地：海淀区后柳林镇西三区 18 里胡同。”

这是他的简历，查到这个不难，但奇怪的是，这里的人应该根本没人知道他是谁才对。

他心慌意乱地往下看：

“李间谍先生，您手里的这部手机里有很多您感兴趣的东西，不知道您愿不愿意要回去。当然，不是免费的。不过，是自愿的。除了您之外，还会有很多人感兴趣。”

他慌乱地进门，关好门，然后摁开了手机。手机存储里有一堆照片，都是他的。有和分理处女营业员在吃饭的、有和影城的保安在闲聊的，还有在镇上各处转悠的。最大的一个文件是个视频文件，他打开，一下子像掉进了冰窖里，视频文件拍下了他偷偷摸摸进入烂尾楼。

“坏了，被发现了！”

他扔下手机，赶紧收拾东西，胡乱地收拾起随身的衣服、相机、电脑。打好包，放上肩时，床上扔的手机蓦地响起来了，惊得他心跳加速。他看着手机，拿不定主意接是不接。

没错，他就是商业间谍，他最清楚一个商业间谍可能遇到什么样的危险，但这一次好像不是最危险的。这么久才找他，肯定不是被调查方发现了；用这种隐秘的方式找他，肯定是别有所图，但也能说明不是被调查方，否则这儿的风格，早用拳脚说话了。

那是谁呢？难道是……同行？

雇主曾经警示过有其他公司的同行潜伏在屯兵镇，说起来，是同一个目的啊。

他想接，但又想起事关重大，生怕坏了雇主的事，又不敢接。

电话一直在响，停了，又响。

……

直线距离三公里外，楼顶，排着两个脑袋。

两个脑袋后还有一个，仇敌拿着电话开骂：“他娘的，不接？！”他抢过了包小三手里的微型望远镜，在镜头里却什么也看不到。

耿宝磊出声问着：“吓跑了怎么办？”

“好歹是个间谍，不能和你这娘炮一样吧，见事儿就溜？”仇敌心虚地道。其实要是对方真的逃之夭夭，他还真不知道该怎么办，总不能真的拦路抢劫吧。再说他们只是想知道对方真正的意图和背后雇主是谁，这玩意儿可抢不走。

继续拨，包小三不确定地问：“成不成啊，要我说直接冲进去，摁住揍一顿！我就不信，他还宁死不屈？”

“你那是违法犯罪，咱这是诱他下水。再说了，得骗出来才好办事，在人家家里胡来，报案了怎么办？”仇敌道。

既要办事，又要防止出事，最好的办法自然是让他有苦说不出来，这才是最高境界。但这最高境界还真不好达到，开火就哑了。

“完了，不牛了吧？人家不搭理你。”包小三挖苦着。

“呵呵，我可是第一次坚定地支持包小三的判断啊。”耿宝磊笑着，附和着包小三。

仇敌看了看，放下望远镜。又一次断线之后，他失望了，道：“不应该啊，干这行儿总得有点好奇心吧？他身份被戳穿了，居然一点儿都不好奇是谁？居然不害怕我们把他曝光？正常人都应该试探一下啊，奶奶的，连这点儿机会都不给。”

“那他要是不正常呢？”包小三问。

“那他除非是你，或者是我，否则正常人应该有恐惧和好奇心理吧？哪怕他是个商业间谍，你说对不？”仇敌严肃地问。

包小三凛然地点点头，道：“好像对，不过我这种人办错事能理解，你这种人就不应该了吧？分析得头头是道，人家不理你，你还把自己当回事，确实牛。”

耿宝磊一下子喷笑了，仇敌扔下手机，开始互相调侃，却不料此时变生肘腋，电话嗡声响起来了。仇敌一看，乐了。李间谍回电话了，他赶紧按管千娇教的办法，往嘴里塞了块石头，接了电话。

“喂！”

间谍的方式果真好使，嘴里气流被阻，天然变音了。

“你是谁？”李劲松紧张地问。

“这个不重要，你不认识。”仇敌的声音有点怪。

“你想干什么？”李劲松紧张地又问。他最担心的，是无法安全走出屯兵镇，而且现在明显还不到结束的时间。

“不想干什么，只是因为你的存在，我们丢了饭碗，所以只能迁怒于你了。别担心，咱们是同行。”对方道。

这下李劲松稍稍放下心了。如果是同行，而且还是被雇主抛弃的同行，那对付他们的难度就不大了，他怕的是屯兵镇的土匪，而不是同行。即便被曝光，也有充分的时间溜走。

“你这些东西能说明什么？威胁不到我啊？我严重怀疑你是不是我的同行。”李劲松道，探着对方的底。

“我怎么觉得分量已经够了呢？在这种关键的时候，出点儿纰漏，怕是你的雇主会饶不了你吧？其实我什么都不用做，只要知会宗鹏程一句，你们的事是不是得黄一半啊？您说呢？”对方道。

“直接点儿，你想要多少钱？”李劲松奔向主题了。他知道，同行的事，只有可能用这种途径解决，而且，要价也是探底。

“看货论价怎么样？我在你常去的地方，就是烂尾楼楼顶你拍照的地方，留下了第二份照片和录像，你可以看看，我们再讨论价格……或者，你可以不去，现在卷铺盖滚蛋，我就当什么也没发生过。”仇敌道，直接扣了电话。

李劲松懵了，他又一次背起行囊，准备走，不过又一次迟疑了。在这个时候半途而废，实在有点可惜。似乎对方应该是和他肩负同样使命的人。他揣度着，或许是任务已近尾声，这些人被雇主抛弃，心有不忿。

如果是这样的话，倒可以考虑一个和平的解决方式。现在这个关键的时候，还真不敢出纰漏了，否则功亏一篑，他背后的雇主恐怕都交代不了。他在想，同行应该和他的目标是一致的，鹏程公司可不需要这种商业间谍，从这个层面上讲，应该没有危险。

在犹豫中，在徘徊里，他鬼使神差地往镇北走远。那儿遍地的垃圾已经清理干净了，回填的土方已经完成，就等着主体亮化工程的开工。此时工地上已无人迹，四处透风的烂尾楼上，看不到人影。他咬了咬牙，往楼上走去。

“他上去了。”管千娇在街边看到了，小声地用手机传达李劲松的方位和进入的门。

这根本不是交易，就是把人约出来海扁一顿。管千娇在街头瞠然看着，心里生出一丝愧疚。

“快！西边，偏楼梯。”仇敌喊着两人，蹑手蹑脚地飞奔。

包小三边跑边急着往脑袋上套丝袜，还递给耿宝磊一只。耿宝磊为难地看了一眼，包小三催道：“快啊，有点儿当坏蛋的觉悟好不好！”

“难看死了！哎……这怎么还有味道？”耿宝磊套着，随口问着。

“买新的不得花钱？我在垃圾堆里拣了个。”包小三道。

“我去！”

“安静，上来了。”仇敌小声喊着，耿宝磊一个激灵，套上了。

三人分配着方位，躲进了没门的房间里。仇敌打着手势，包小三和他配合，一明一暗准备摁住李劲松，耿宝磊当策应，以防他挣脱。

那大胡子上来了，他走得很警惕。包小三趴在门后，用一块碎镜子瞄着。走上楼梯时，他冷不丁地爬出来大喝一声：“站住！”

那人真听话，被土头土脑的货吓得一下子站定了，一看那人蒙着头，他瞬间感觉到了危险。

晚了，对面门后仇敌跃起，用一个破口袋套着他的头，包小三扑上，抬着脚，耿宝磊拽着一只手，直接把猎物拉进了房间。

耿宝磊迅速看着窗口，前后无人，他打个手势。

包小三和仇敌放心了，摁着人反捆着手，不理会他的呼救，捆好一拉，包小三恶狠狠地讲：“再喊！再喊把你扔下去！”

不喊了，包小三一想起自己挨的那顿揍就怒从心头起，恶从胆边生，一顿连踢带打，骂道：“间谍！你偷拍照片，让老子挨打！”

“兄弟！兄弟！有话好说，什么照片！”李劲松缓过劲来了，苦不堪言了，知道自己掉坑里了。

“装？！再装！祁连宝的照片是不是你拍的？！”包小三踢着。

那人急了，大喊道：“别打！别打！真不是我啊！我和那些人不是一路的，那天我也被抓被打了！”

“那之前呢，发网上的是不是你？”仇敌捶了两拳。

李劲松吃痛扭着道：“也不是！那是偶然发生的事，我不可能等在那儿拍啊……兄弟！你们听说我说，我听我们老板说过，应该还有一组人，其他公司雇来的，真不是我。”

打错了？不能吧……

仇敌看看包小三，两人傻眼了。包小三可不会轻易相信，再揪起来的时候，那人很专业地道：“我还以为什么事，这事真不是我干的……你们没见那照片吗？角度在哪儿拍的，很明显啊！”

“见了。在哪儿拍的。”仇敌道。

“打娱记那回，是发生在早上，随机发生的事件，在路右边，俯视的角度，而且是长焦相机，那镜头半个胳膊长，谁敢在祁连宝视线能看到的地方拍啊？”蒙着头的李劲松急速地解释道。

这么专业……摄影知识匮乏的包小三和仇敌听愣了。

耿宝磊听后，一拍额头一吸凉气，然后找着手机里存着的照片，恍然大悟道：“路右边，俯视角度，只可能在宾馆里的某个房间的窗户后面，的确不见得是他。”

真错了？不会吧？包小三和仇敌傻眼了。

李劲松不迭地求饶道：“几位……有话好说，我口袋里有张卡，密码129712，卡里有点儿生活费，你们看着取吧，别害我……我就一穷画家。”

“装！再装！”包小三踢了一脚。

“我们这是绑架，不是抢劫，你搞清楚。”仇敌道。

“嗯，明白。哎？不对呀！您绑我有什么用啊？！我比你们还穷呢！”李劲松道着。

“问你个事，说清楚，马上放你走，说不清楚，直接把你从楼上扔下去！”仇敌威胁着。

“哎哎……好，知无不言。”李劲松点头如啄米。

仇敌摁着人问：“很简单，第一个问题，你来这儿多久了？”

“六七个月了。”李劲松随口道。

“回答的不错。第二个问题，谁派你来的，你的雇主是谁？”仇敌问。

李劲松憋住了，过了一会儿道：“没雇主，京城私家侦探所的朋友找我帮个忙，我就来了。”

“回答得不怎么样啊！算了，第三个问题，你的雇主为什么要搞倒祁连宝？”仇敌问。

“啊？这个……他是警察抓走的，撞枪口上了啊。”李劲松迟疑了一秒钟，开口道。

“呵呵，不老实是吧？我老实告诉你，我是专业间谍，专治各类贱人，别怪兄弟逼供啊，受不了吭气，马上停止……开始。”仇敌道。

包小三一拉李劲松的裤子，手持喷水枪“噗噗”往他腰里、裤裆里喷着什么液体。耿宝磊已经准备好武器了，却是有点犹豫，不敢下手。

“啊……你们要干什么？”李劲松挣扎着，下身冰冰凉凉的。他眼不见物，莫名地开始紧张了。

“这是间谍专用逼供水，没听说过吧？一看你就是个二把刀！你坚持的越久，它破坏你的皮下神经就越多。”仇敌道。

包小三凑上来威胁道：“直到大小便失禁，生活不能自理。”

“说不说？”仇敌和包小三同时恐吓着。

李劲松挣扎着，直哀求，就是不讲关键问题。

“上刑！”仇敌咬牙切齿道。

耿宝磊吓得一激灵，赶紧把包在网兜里的蚂蚁解开。那些蚂蚁像得到命令一般，一个劲往李劲松裤子里钻。

“啊……哦哦……哟哟哟……”李劲松一紧张，抖如筛糠。

那疼呀，那痒啊，从胯部弥漫到全身。在眼不视物的条件下，李劲松吓得直嚷道：“我说……我说……”

“快说，再晚来不及了。”包小三催着。

“拍照的真不是我……”李劲松辩白道。

“其他呢？谁派你来的？”仇敌催着。

“华鑫……我直接对华鑫负责，他们肯定用了不止我一个人，还有其他人。”李劲松喘着气道。

“你在这儿搜集什么信息。”仇敌问。

“账务，主要是账务，还有他们的活动规律……银行的流水账，日营收支。”李劲松道。

仇敌一愣，瞬间明白这货一直和分理处的小娘们儿勾搭的原因了，敢情是套情报去了。

“华鑫为什么要搞倒祁连宝？”仇敌问。

“我也不清楚……我真不知道！搞祁连宝我都没得到消息，上面只是让我汇报近期各项工程的进展。”李劲松浑身扭着，不迭地道。

“还知道什么？”仇敌催问着。

“真不知道了，这地方就这么大，还有什么？喂，兄弟，我都说了，赶紧停下……我受不了了。”李劲松催上了。

“蹭蹭蹭”耿宝磊喷酸醋，瞬间李劲松缓了一口气。仇敌和包小三摁着再追问，这货却是吓得语无伦次，看实在也得不到什么新东西了。

包小三搜了搜身，然后三人一使眼色，仇敌威胁道：“趴在这儿别动！给你上药，乱动加快血液循环，生活不能自理别怪我哈。”

说是上药，三人已经溜了，边走边卸着装束，从楼后绕到了镇外，贼头贼脑地回到了镇上。

过了很久，一个头上扣了条红裤子，手背捆着的人，一挪一挪地从烂尾楼里出来了，边走边提着裤子，怎么也提不上去。他挪啊挪啊，边挪边喊救命，明明听到周遭有人，就是没人救他。他好不容易趴在地上，手蹭着墙磨断了捆手的绳子，一掀头，却发现自己已经挪到车站边上了，一群歪瓜裂枣的男男女女望着他，笑着前附后仰。

哦，原来扣头上的不是袋子，而是一条红裤子，女人的，脏不拉叽的。

不对，脖子上还有东西，居然是裤带，他一扯扔了，粉红色的。

不对，还有东西，他一看下身，哎哟妈呀，裤子里外密密麻麻的全是蚂蚁，看得人头皮发麻。他吓得瞬间把裤子脱到脚底，顿时笑声更大了，他这才发现，他光腚了。羞恼之下，他捂着私密部位，飞快地往无人的地方跑了。

李劲松当天就在屯兵镇消失了，据说他是雇了辆黑车直接去市里了，再也没有出现过。只在街头巷尾留下了一段让人捧腹的笑料。

没人知道，是一瓶稀释的蜂蜜水和蚂蚁让这个资深商业间谍铩羽而归，不过恶作剧得逞的几个人却笑不出来了，因为李劲松在惊恐之下说出来的事，可信度非常高。

管千娇从李劲松的储存卡上恢复了不少删除的照片。没错，确实是各种营业收支的账目，这个人的主要目标是调查和鹏程关联的银行。这是要干什么，连管千娇也想不透。

能想透的只有一件事，扳倒祁连宝的那些照片，正像李劲松所讲，角度特殊，拍摄的地点只可能在一个地方——影城宾馆的内部。

旧题未解，新难又生。

包小三哀叹道："到底还有多少商业间谍在背后捣鬼啊！？"

多少不知道，但肯定还有，这时候连管千娇也开始动摇了，似乎华鑫和鹏程的媾和确实有问题……

# 30　不期而遇

隔了一天，管千娇和耿宝磊出现在大西北影视基地的主城区。

今天是一月一度的会演，旅游开放时间。大巴小巴加上遍地跑的黑车，把来自各地的游客输送到这个土夯砖砌的古城里。专从市里赶来的乐队，加上几个草台班子搭戏，几百个群众演员作个秀，有模有样地演一出《沙场秋点兵》或者《昭君出塞》，配着这个季节的天高云淡，多少也有点塞下秋来风景异的味道了。

“这笔钱归谁呀？”管千娇如是问。

镇上和大西北旅游开发公司组织的会演，但少不了影城宾馆的支持，不少保安都被调过来了。

“肯定和华鑫无缘。这是个怪胎啊，大西北影视旅游开发公司看来不得不接受鹏程这些人的参与。”耿宝磊笑着道。

管千娇笑了笑，显得心事重重，似乎不准备和他讨论这个没有结果的话题。

李劲松消失了，撵走了一个商业间谍，可带出了幕后存在的另一个商业监督。几个人上蹿下跳这么大动静，她有点担心，那个藏在暗处的同行，会在你最不经意的时候再来一次。

耿宝磊发现管千娇愁眉不展的样子，笑着引着她看镇上那不伦不类的民俗表演，但是管千娇显得毫无兴趣。

耿宝磊凑上来问她道：“你当商业间谍几年了？”

“很多年了。”管千娇笑道。

“不会吧？”耿宝磊不信了。就管千娇这样子，背着书包进中学上学去都不会有违和感。

管千娇不多说了，掏着自己的身份证递给耿宝磊看。管千娇，年龄，27。

耿宝磊惊讶得瞪眼睛了，敢情长这么萌的管妹妹是个大龄女。

管千娇一把夺走自己的身份证，笑道：“我的长相有天生的迷惑性，最早在东西单，所有的商场都会防着同行拍照。不过像我这样子的，售货员顶多会把我当成学生党。我这个商业间谍，一直以来可是靠着脸蛋吃饭的。”

“东西单，那儿当间谍？”耿宝磊不解了，那是京城的购物圣地。

“只要有商业的地方就有商业间谍。时装公司每季发布的时装，新上的鞋样、服饰，都是商业信息。即便远在欧洲的时装发布会，新样式在浙商的生产线上下来，通常不超过四十八小时。我接触过皮鞋生产行业，每个款式被仿制的时间最长不超过一周，可能生产商的物流刚到某座城市，那座城市的仿制品已经开始销售了。”管千娇道。

耿宝磊道：“这是严重不尊重原创，我最反感的就是这个，偷人家东西！”

“没错，我也反感，但商业上没有严格的对错，只有成败。比如，鹏程这帮地痞流氓，组建了这么大的公司，你说仅从盈利的角度讲，他们是对是错？”管千娇道。

“地方政府难道不管？”耿宝磊纳闷了。

“他们向来多一事不如少一事，旅游一带动起来，我收我的税，管你受不受罪。”管千娇道，话里有着与她外表不太相符的成熟。

成熟，自然意味着世故。耿宝磊现在明白了，为什么管千娇对他们的胡作非为能有如此容忍的态度了。

无他，利之所向，估计连她也期待能从这事上得到更多的收获。

两人相视间，似乎都明白对方在想什么了，一笑而过。

管千娇信步走着，好奇地问着昨天是怎么整得李劲松，最后怎么出现了那么戏剧性的效果。说实话，光腚在镇上跑一圈，恐怕是人都没脸在这儿待了。

耿宝磊小声道：“稀释的蜂蜜水喷过去，饿了一天多的蚂蚁一放上去，那不可了劲地在他身上狼吞虎咽啊，爽死他！”

管千娇听得咯咯直笑，仇敌和包小三这一对夯货说话办事总让她拍案叫绝，那是一对突破她认知极限的人物，每每想起，她总是不禁莞尔。

仇敌、包小三信步遛着，古城逛了一圈，今天连拍照的兴趣也没有了。两人一大早就去后盘沟、御林堡看现场去了。

仇敌心事重重，一直说这里有鬼，对于他这个阴谋论者，包小三还是怀疑更大一点。比如海扁李劲松的计划，虽然谋划良久，仍然是错的，仍然没有找到撬动雇主的支点。原本在想，李劲松出事，如果华鑫是委托方的话，应该有所表现了，可偏偏毫无动静。

……

"要不，咱们回去吧？"耿宝磊道。

步行到城门，两人无所事事，实在让人提不起兴趣来。就这地方的什么表演，还真入不了耿宝磊的法眼，好歹他也是受过点艺术熏陶的。

管千娇点点头，两人上了接人的班车，快到中午的时候，回到了镇上。这地方没什么熟人，也就和川味火锅店的胡艳红熟了。管千娇给胡艳红帮着厨，耿宝磊在后院和肉墩聊着。那傻大个乐呵呵的样子，倒让耿宝磊觉得人傻点未必是什么坏事。最起码，不会像他现在这样进退两难。

吃完午饭，还没有等回仇敌和包小三，两人回到了住处，准备用睡大觉来打发时间。

管千娇进了房间似乎惊叫了一声，耿宝磊没当回事，他喊了两声，不见回音，出去敲管千娇的门，门应声而开。他像不由自主一般，被一只大手拉进房间里，那房门又悄无声息地闭上了。

……

御林堡的攻城器械、后盘沟的营寨建筑、大南营的军帐驻地，还有用碗口粗的直木架成了马栏，围了六十多亩地，道具和布景已经初具雏形了。

马栏左近，仇敌正拾掇着摩托车。他租了辆破车，结果半路就趴窝了。包小三没想到的是，仇敌居然懂点修车技术，找着后备厢的工具拧着火花塞，清着上面的积炭。

包小三吃了一路灰，眼看着午饭都赶不回去了。他催道道："快点儿，能修好不？"

“差不多，应该能对付回去。”仇敌道。

包小三一屁股坐到的沙土堆上，看着仇敌忙碌，牢骚道：“你真是闲得蛋疼，这地方还有什么看的？要我说别想这个了，明儿去跟马胖子说说，回厨房干去，反正给钱，吃都不用掏钱。”

仇敌笑了笑，边干活边道：“三儿，告诉我，你的理想是挣多少钱？”

“几十万吧，好歹也得够娶房媳妇啊。”包小三拔高着自己的理想。

“呵呵，水涨船高啊，刚见你时候，你说弄点钱够吃就行了，瞧瞧现在，理想高了吧。”仇敌笑道着，像在自言自语，“其实人都是跟着环境变的，以前我就想，在我们那边县城里能找份一月三两千的工作就不错了。后来在京城，想着怎么着也得五六千小一万吧，想着存几十万就能过上好日子了。咱送快递时到三环内的小区一看，人家那地下停车场，白线划个圈，一个车位六十万……突然发现，咱们的理想不够啊。”

“想谁不会呀？我还想挣美元、住别墅、泡洋妞涅，可能吗？”包小三道，说得他也乐了。看仇敌笑吟吟的样子，他省悟道：“咦？你说这个干什么？难道有好事了？”

“嗯，十有八九是有了，我正在寻思，能要多少钱呢。”仇敌拧着火花塞道，边说边奸笑。

包小三来劲了，一屁股坐起来了，追在仇敌身后期待地问道：“快说说！啥好事？！”

“好事呗，就今天看到的事。”仇敌道。

“看到什么了？”包小三问。

“你说呢，看了一路，自己都不知道？”仇敌问。

看到什么了？没什么呀，那儿都是镇上的和外地来的工匠，都是为一个大戏准备的，好像叫《铁骑》，说是再现十一世纪蒙古铁骑征战的故事。故事包小三不懂，不过那阵势再叫个大，御林堡的城墙修到十几米高了，后盘沟堆积的木料制作的各类道具，快堆成小山了。

“哦，我明白了。”包小三兴奋了，“你是说，咱们搞他点儿木料去？”

这思路，把仇敌听得咬下嘴唇了。

包小三一见猜错了，赶紧改口道：“那除了木料，也没啥值钱的东西啊……咦，对了，马场！弄几匹马！你有门路出手不？”

“有多远滚多远，一天就寻思偷人家点儿东西，那叫不劳而获，是可耻的。”仇敌训斥道。

“少来，凡可耻，皆赚钱。瞧马胖子多可恶，一份大白菜萝卜盒饭，卖二十块，加点肉就三十五……别说啊，马胖子生意不好做了，二拐和牛嫂家都卖盒饭去了，不当群众演员了。”包小三乐了，正要问仇敌有啥门路，仇敌却骑上车狠狠踹了一脚。包小三急着上车，反倒把这事放下了——饿了，赶回去吃。

来回几十公里，跑得两个人确实是累了。小羊排炖面片下了两大碗，吃完看看时间，午后十四时多了。还了胡艳红他舅的那破摩托车，仇敌又要了瓶小瓶装的酒。难得见仇敌如此惬意的表情，以包小三对他的了解，八成是有好事了。

对了，那事问了半截。包小三要问，仇敌在饭店里岔开了。吃完回租住地的路上，包小三追问道：“仇哥，到底啥事啊？说说让咱高兴高兴。”

“就是上午看到的那些事，不是让你偷东西。”仇敌道。

“那干吗呢？”包小三问。

“哦哟……这事，怎么跟你解释呢？”仇敌想了想，三儿不怎么会拐弯。他长话短说道：“这么说吧，这些工程，什么城墙、木材、马队，等等，得投好大一笔钱，对吧？”

“嗯，好几百万呢。可没咱们什么事啊？”包小三道。

“这是鹏程投资的对吧？”仇敌问。

“肯定是了，郝来运多上心呢。”包小三道。

“那这个生意肯定是华鑫找的，对吧？”仇敌道。

这肯定是，宗鹏程就是靠着华鑫捞钱，场地、道具、群众演员，整个一强买强卖，你不要都不行。想到此处，包小三凛然一梗脖子道：“我明白了，你是说，有人要狠狠坑宗鹏程？”

“对。”仇敌道。

这倒新鲜，不过包小三想想，又否决了，直道着：“不可能啊，他们是一条绳上的蚂蚱，那他坑宗鹏程，不得把他自己也坑喽？”

“那不一样，坑一把不疼不痒这种事没意义，可要置于死地而后生就不一样了，可以一劳永逸地解决这儿的问题，完全有可能这么干。这叫釜底抽薪，用这些事耗尽鹏程手里的资金储备，然后突然来一个转折。比如，影城封城建设，只要断掉这儿的客流，那鹏程这些产业只能等死了……对，就是这样，我说嘛，怎么莫名其妙地把祁连宝干掉了。鹏程要是连这种依仗都没有，那等着他的只能是众叛亲离的下场。错不了，绝对就是这么回事！而且，已经在实施了。这个消息，我正在想，能不能变成钱。”

仇敌自言自语地说了一堆，回头时，见包小三傻乎乎地看着他。仇敌笑着道：“听不懂没关系，我又不笑话你。”

“啊……我知道你被打以后就不正常了，笑话我也不介意。”包小三道，翻了他一眼。

仇敌开玩笑地捶了他一拳，包小三可不吃亏，还了一拳，两人就这么打闹着回了租住地。

咦？门开着，耿宝磊不在。两人进了房间，直接拨打耿宝磊的电话。奇怪，电话铃声在隔壁响着。包小三往隔壁跑，侧耳一听，马上跑回来了，怒气冲冲地拉着仇敌道：“奶奶的！宝蛋在我们家娇屋里，尼马两人什么时候睡上了！”

“不可能！”仇敌拨电话，一听，铃声果真是从管千娇房间里发出来的。这事惊得他目瞪口呆，完全不知道两人的关系什么时候发展到一屋里了。

“敲门！”仇敌教唆着包小三去，包小三不客气地擂着门，没人开。他嚷道：“开门！宝蛋，你找死是吧？！”

还没开，仇敌问道：“千娇，在吗？”

没有应声，包小三往上爬，窗户帘子遮着，他跳下来，直拍巴掌，小声道：“完了，肯定有奸情！”

“那也不至于不敢说话了啊？”仇敌道。

“他们还好意思说？”包小三愤然道。

却在这时，里面的门闩抽开了，门一下子半开了。包小三伸头一望，管千娇和耿宝磊果真躺在一张床上，盖着被子，露着两双惊恐的眼睛。

这场景气得包小三大骂道：“宝蛋！你真尼马不要脸！娇是我妹知道

不?！上我妹?！我……”

包小三一下子明白，两人都躺在床上，谁开的门呢?

一回头，吓得他一激灵。门后站着一个彪形大汉，正不屑地笑着看着他。

仇敌此时一步刚进门，一拳朝门后捣去，“啪！”清清脆脆一声响，拳着无力，打在对方的手心上。不对，是对方用手托住了。

门蓦地合上了，仇敌和门后的人面对面了。

此人赫然是一脸胡子、两目凶光。

“祁连宝！！”两人不约而同地惊讶道。

# 31 道是知己

祁连宝一握老拳，双手关节咯咯作响，肩、肘、胸、臂像鼓起来一样，惊得仇敌急急后退几步。

仇敌一退，祁连宝却未出手，左右手一松，抚着拳面，笑着道："小子，恢复得不错啊，再打一场吧。"

"你过得好像不怎么样啊。"仇敌一下子看明白了。

的确，祁连宝胡子长了，全身脏兮兮的，虽然笑着，可看上去憔悴多了。

"拼了！"包小三拖着椅子要拼，不过祁连宝没当回事地侧头一瞄，他又胆虚了，知道自己根本不是一招之敌。包小三紧张地站地当地，看看站着的仇敌，看看躺在床上了两人，不知道该怎么办了。

"别怕，他是逃出来的。"仇敌道。一说这句，胆气重来，仇敌上前一步拿着包小三手里的椅子，往床边一放，道："坐吧，你别紧张。三儿，把千娇和宝磊放开，别喊，没事，祁老大是心事未了，跑回来处理后事了。"

别紧张？让祁连宝别紧张？包小三怀疑仇敌脑袋是不是坏掉了。不过他旋即发现，祁连宝似乎真的很紧张，看到那落魄德行时，他一下子明白了。

"呵呵……我有那么惨吗？"祁连宝大大方方地一坐，笑着道。

包小三小心翼翼地走到床边，试探着祁连宝。见对方没反应，这才大胆地掀了被子。得，两人都被捆着手呢，管千娇和耿宝磊嘴里都塞着东西，一拔出来却是管千娇的袜子，一下子包小三又不和谐地笑了。管千娇狠狠剜了他一眼，不过没敢说话。

"为了让他们安生点儿，我不得不出此下策啊……你说仇敌，对吧？现在还要告诉我，你是个大师傅吗？”祁连宝眼神有意无意地看了桌上一眼。桌上那堆东西是管千娇的装备，手机、笔记本电脑、纽扣摄像机、打火机摄像机……一样一样摆在桌上。

管千娇无语了，不知道这个阴魂不散的货怎么又跑回来了。

“本来没准备找你们，只想找李劲松的麻烦，没想到昨天正好撞到你们整李劲松了。干得不错，悄无声息地解决了一个对手，是吗？”祁连宝盯着仇敌，这个男子似乎让他感觉很困惑。

“这个……现在没必要瞒你，我们是受了京城一家商务调查公司的委托，来此调查鹏程的商务信息。可能委托方找的不止我们一家，委托方也不止一家，所以就出现了现在这样都在挖消息的乱局。祁老大，你想知道什么？”仇敌问，靠着窗户，背对着，看上去并没有准备喊人的意思。

“我就想知道，谁跟我过不去？是你们？还是李劲松？”祁连宝问。

仇敌摇摇头道：“不是我们，也不是李劲松。”

祁连宝愣了一下，似乎有点奇怪，他瞪着仇敌。

仇敌继续道：“刚才说了，委托方不止一家，来这儿的调查员也不止一拨，昨天之前我们也以为是李劲松，但结果发现不是他，应该还有一拨人。”

“那为什么不能是你们？”祁连宝恶言恶声地问道。那蓄势待发的样子，吓了包小三一跳。此时包小三挡在前面，管千娇和耿宝磊都缩在他身后。

“角度问题，那个在路右侧、俯视的角度，只有在宾馆内部某间窗户或者楼顶才能抓拍到，而且应该是高档的远焦相机，我们这些装备，达不到那种水平。”仇敌诚恳地道。

这就是了，似乎这个回答让祁连宝很满意，他笑了笑，向仇敌竖了竖大拇指，不知所谓。

“谢谢啊，几位，对不住了。不过你们也不是什么好鸟，净干些偷偷摸摸的事。”祁连宝回头瞪了包小三一眼。起身看向仇敌时，却是很江湖气地抱了抱拳，道：“受了点儿伤对不住了，不过也送了你一样礼。不用担心李劲松了，他现在已经躺在医院里了，没个把月甭想起来。要不是他说的和你讲的一样，我还真不敢相信，这么多狗屁间谍钻在屯兵这个小地方。”

看这样子，祁连宝不准备找大家麻烦。包小三好歹长舒了一口气。

祁连宝就要走，仇敌却出声拦了，道：“你要这么走了，迟早也是个糊涂鬼，你跑不了。”

“咦？你小子有点儿意思？那你说，我怎么才能变成聪明鬼？”祁连宝笑着回头问道。

“和聪明人交换一下你知道的情况就可以了。”仇敌道。

的确，这位身处其中的人，能让华鑫下死力气对付的狠角色，肯定知道不少内幕消息。

“现在我可是通缉犯，你信我？”祁连宝睥睨道。

“信！能把军体拳练到大开大盍、中正勇猛的人，不会是卑鄙小人。”仇敌道。他看着似乎无动于衷的祁连宝，又补充道：“那天，谢谢你手下留情，否则我现在也得躺在医院接骨头。”

“呵呵……我还是头回碰到挨打了说谢谢的。那么，你确定要和我交换情报？你不觉得，我要是把宗鹏程干的那些黑事全告诉你，我不就成了卑鄙小人了。而且我就算告诉你，你也无能为力，因为很多事面儿上都是我干的，和上面没关系。”祁连宝道，以一种欣赏的眼光看着仇敌，不过并不友好。

“对那些我没兴趣。”仇敌思忖着道，“不过，我敢肯定第三个商业间谍就在你身边，你认识，和你关系很近，他就是那个把你推到坑里的人。难道你对此没有兴趣？”

仇敌的脸上此时洋溢着一种病态的兴奋，而祁连宝，也像发现了金矿一样，神采奕奕地看着仇敌。两人相互凝视着，似乎在审视给对方多少信任合适。

“知道二里沟吧？”祁连宝突然问。

“知道。”仇敌道。

“晚上那儿会有一堆火，敢来吗？”祁连宝笑道。

“当然敢。”仇敌道。

祁连宝做了个等你的姿势，转身要走。

仇敌在背后追问道：“你不怕我带上警察？把你卖了？”

“呵呵，我没那么值钱。”祁连宝头也不回地道，出了门。

只听“咚”的一声，包小三追出去看，这货是直接从二楼跳进胡同的。中午人少，他扣个防风帽子，一转眼就消失在胡同里了。

包小三旋即奔回来，惊魂方定，正待骂仇敌两句，不过一看管千娇和耿宝磊那样子，又笑了。耿宝磊狠狠剜了他一眼，管千娇却是赶紧收拾着桌上的东西。转眼三人都愕然地看着仇敌，那询问的眼光，带着责备的意思。

是啊，这不是与虎谋皮吗？

“晚上我出去一趟，相信我，他没有恶意，否则我早折胳膊断腿了。都别烦我，我好好想想。”仇敌淡淡地把众人的疑惑全挡回去了，自顾自地把自己关进房间，谁也不理会，只看着手机发呆。

“宗老板，情况就这样，我们也在全力追捕。”两位警察起身，和工地指挥部的宗鹏程握手道别。

隔了一天宗鹏程才知道，在治安总队羁押的祁连宝十几天一声不吭，趁解押到看守所的机会，直接跳车逃跑。据那两个解押员讲，根本不是疏忽大意，他就在半路强行踹开了链子锁着车门，指粗的螺丝钉掉了几根，然后就那么戴着铐子跑了。两位解押的小警吓得根本没敢追。

“好嘞，有任何情况，我会马上联系你们的。”宗鹏程起身，送着两位警察。从警察很客气的态度上，他能感觉到祁连宝肯定什么也没有说，但他为什么要逃跑呢？

送走了警察，他迫不及待地走到了一个僻静处，拨着电话道：“金总，坏事了，坏事了，祁连宝跑了……”

“真是的，他现在是个逃犯了，罪加一等，和你有什么关系？”金彦国在电话里讲道。“不是，我怎么就觉得心虚呢？”宗鹏程道，在这位兄弟的事情上，我实在有愧于心。“记住了，你什么都没做。他就找你又能怎么着，都是他自己惹的祸啊。”金彦国道。这句话让宗鹏程心里稍安，他犹豫了一下，小声道：“警察来找我来了啊，你说他不会跑回屯兵镇吧？”

“呵呵，你说呢？他在屯兵镇的仇家可比亲家多，要是你，你回去啊？”金彦国问。

“哦，那我就放心了……”宗鹏程惊魂未定地道，思忖着，找上门来，多给钱都成，好歹兄弟一场的。不过转眼他又有点不乐意了，这号人，得给多少钱啊？给钱那不是资助逃犯了，更不合适啊。

在犹豫不决中，他都忘了还拿着电话，想起和金彦国说的事时，对方电话已经扣了。

金彦国故作镇定，其实也是惊魂未定。他思忖了良久，最终还是决定把这个不太和谐的消息向上汇报了。汇报人是夏助理，那位向来不苟言笑，高高在上的夏助理。

夏助理淡淡地道：“知道了，他就算再投胎一回，也别想兴风作浪了。”

金彦国似乎知道什么内情，没有再敢多说什么，等对方扣了电话，才把电话放好，两眼呆滞地盯着办公电话，像是在想什么让他恐惧的事，好久才发现自己的手一直在抖。

逃犯对于普通人很新鲜，可对于公安系统却不算新鲜。

两个押解员被押解了，还得在总队写报告。跑了这么一个犯人，其罪不小，最起码总队已经放出不少警力追捕了，第一站就是屯兵镇，屯兵镇的第一站就是川味楼火锅店。

也有件怪事，有个报案的，是片警，他负责的火车站区域有位被打成重伤的送进医院里了。据受害人描述，行凶者极似祁连宝。

当日黄昏时分，总队两位警察在医院询问受害人李劲松。据李劲松讲，他是从北京来屯兵镇写生的画家，他从屯兵镇乘车到北宁火车站，刚下车不久就被抢了，还被打成这个样子。颌部骨裂、头上缝了十几针、左腿骨折……抢劫还把人打成这个样子，这还算人吗？

尽管对于这个蹊跷的案情还有疑问，警察还是按部就班地做完笔录，安慰几句，草草结束。谁也没有注意到，医院的走廊里来回穿梭着一位风尘仆仆的男子，他拍下了李劲松躺在医院上的近况。

很奇怪，这些照片同步出现在京城夏亦冰的手机上。

此时夜幕方起，雾霾深重的都市夜空看不到繁星满天。

其实夏女士远没有表面上那么镇定。在她的心里，似乎有一层越来越深的雾霾，让她愁眉不展。

最无法控制的意外还是发生了，就发生在离成功只有一步之遥的时候……

# 32　夤夜风急

二里沟不是沟，而是一条干涸的河床凹地。

过度放牧、无序开发，导致草原退化。经过几十年的不懈破坏，终于把曾经牧草肥美的地方变成了遍地沙土的荒芜之地。在繁星满天的夜色中望去，黑漆漆的显得毫无生气。

“嘎……”一声怪声传来。包小三吓得缩到仇敌身后，耿宝磊惊得躲到管千娇的身后。可等侧耳倾听的时候，却又四下寂静，毫无声音。

仇敌亮了亮电筒，照回去了，包小三不好意思了，又照照耿宝磊，耿宝磊掩面害羞了。

管千娇笑了，她故意对耿宝磊道：“别怕，姐会保护你的。”

“讨厌，谁稀罕你的保护。”耿宝磊恼羞了，离开管千娇，和包小三跟在两人背后。

“不是我胆子小，实在是这鬼地方太吓人了，时不时一声鬼叫，人家神经高度紧张啊，谁受得了！”包小三抱怨道。

“心里坦荡，鬼神避让。”仇敌前面带着路，和众人说着，“我小时候走夜路，他老爸就是这么告诉他的，这世界没有什么可怕的事，惧由心生，所有的恐惧都是自己吓唬自己。”

“不会有狼吧？”耿宝磊在背后缩头缩脑地问。

“草原退化这么厉害，就算狼来了，也得抹把泪走了啊。”仇敌说了句笑话，让众人的心态稍稍放松了。

包小三问道：“那刚才是什么叫声？”

“你说这种声音……”仇敌一噘嘴，发出了一声怪叫，惊得包小三后背发麻，愣愣地看着仇敌。黑暗里，只有一双明亮的眸子，仇敌笑着道：“吓死你，这是鹫，它们在天上叫呢。”

两个胆小的被斥得体无完肤。队伍继续前行着，

仇敌不时看着一直和他并排走着的管千娇，却是有点惊讶了。这小姑娘家家的，反倒比包小三和耿宝磊胆子还大，而且夜路上的种种表现，像是很熟悉这种野外环境一样。

“别看我，我爸妈就是地质勘探队的，我对帐篷比对单元楼熟悉多了。”管千娇道。

又是一阵寂静。几个人迥然不同的经历，总能在不经意间给对方带来惊讶。这个小小的惊讶又让众人消化了好大一会儿。

走着走着包小三放松了，和耿宝磊拌起嘴来，直说他没出息，被祁连宝给绑床上了。耿宝磊解释了半天下午的事，听到千娇房里有动静就去了，谁知道一进门就被摁住了。他形容自已就像被大狗熊勒住了一样，根本透不过气来。这个没人置疑了，都知道身高一米九开外，体重得有两百多斤的祁连宝有多恐怖。最起码能从警察手里逃走，那对于他们这些普通人，不可能不当成传奇了。

“仇敌，咱们现在可是走到违法犯罪的道路上了啊，知情不报也是包庇罪啊。”耿宝磊念及此处，在队尾小声道。

“那你还来？”仇敌呛了一句，气得耿宝磊停了两步，可这黑灯瞎火的，吓得他又紧跟上队伍。

管千娇回头看了看，生怕两人掉队似的。她转身走近了仇敌，小声问道：“我知道你心里有谜，可在他那儿会有答案吗？在这件事上，他虽然不是无名小卒，可顶多算个弃子，能有什么用？”

“咱们不也一样吗？说起来差不多同病相怜了。我们不服气，他又何尝不是如此。”仇敌道。

管千娇听了此言，无语相对了。

出事之后，哈曼一句“撤回”再无下文，紧跟着经费也停了，三人受伤，公司不闻不问，虽说也在预料之中，但总也让人觉得人情过于凉薄了。

也许，回去之后最好的结果顶多能要点补助，但那些可能就仅限于人道主义的慷慨了。

“停！”仇敌停下脚步。视线里已经隐隐看到了像豆点一般的微弱火光，在旷野上显得格外明显。仇敌心里一亮，莫名地笑了。

他回头道：“这事已经不在咱们该办的范围里了。我呢，只是觉得这个人没有想象中那么坏，可能和表面上相比恰恰相反。这两天我总觉得从那天咱们挨打起，后面的事就处处透着诡异。这次有可能无功而返，即便找到答案，也仅仅有可能和哈曼交易，而且可能性微乎其微……所以，我再问一遍，实在心里不愿意的，就别趟这浑水了。毕竟他是个在逃犯，有一天他落网了，没准咱们也得被牵连进去。”

“没事，我就怕鬼，不怕人。”包小三道。

“都商量过了，我们支持你。我也觉得他没有表面上看上去那么凶，否则我们都难逃魔掌。”管千娇道。

“别看我，丢下我一个人，你们好意思啊。”耿宝磊无奈地道。这种环境他只能从众了，哪怕掉到坑里，好歹有人陪着也比孤身在这鬼地方强。

“那好，走吧。”仇敌转身带着众人，朝着那如豆的火光走去。

烧的是经年的干枝枯根，加上风干硬化的牛粪。火焰里不时有“啪啪”的声音响着，映红了祁连宝虬髯密布的脸。他眉头皱着，时而侧耳倾听。那表情是狐疑，在怀疑自己，他自己都不知道自己在干什么，或者他不清楚自己想干什么。那几个外乡来的年轻人，很明显，他们根本干不了什么。就像他空有一身力气，却没有用武之地一样。

祁连宝眯着眼，感受着火堆带来的温暖。寂寞的时候，人总会掉到回忆的漩涡里。寂寞，总会唤醒那些曾经的美好或者不美好的经历，只有回忆才是无聊和孤独的慰藉。

他像在闭眼假寐，却无人晓得，他在怀念昔日训练场上的出拳如风、挥汗如雨。木桩、铁丝网、绳墙……那个铁与血的环境里，周围都是铮铮铁骨的军人，都是曾经的兄弟。只不过他们都生不逢时，大多数人的军旅生涯里只有训练和演习，然后退役，最终都是那座铁打的营盘里的流水的兵。

他像在扪心自问，对于荣誉感已经深入骨髓的军人，错就是错，对就是对，来不得半点马虎。而他现在却觉得自己的所作所为，不再有着曾经那样爱憎分明的辨别力。

这个年代的军人不再有包分配的福利，复员后有两种选择，回乡当农民，或者进城当民工，对于经济条件不怎么宽裕的他只能选择后者。钢筋、水泥、脚手架、工棚相伴了数年的岁月，哪怕他勤勤恳恳也所获无多，哪怕他小心翼翼也遭到了欺凌，哪怕他身手不凡，也难敌一哄而上。直到有一天，因为讨薪的事他大打出手，被人砍成了重伤。

人到了低谷就会往上走。那时候祁连宝遇到了还在北宁施工的小老板宗鹏程。宗老板给了他雪中送炭的几百块钱，也遇到了同是当兵出身，经历相仿的胡雷，从此，他的生活揭开了新的一页。

祁连宝知恩图报，宗老板如虎添翼，这个小施工队不断演绎着逆袭的传奇，在北宁敢打敢抢，屡屡挫败同行。大西北影视基地建成后，宗老板又带着人回乡，打造了两幢酒店，并想方设法阻挠着那幢酒店的施工。

异乡漂泊这么久，有钱就赚、有生意就抢，已经成了他的行事准则，哪怕对方是个省建大型施工队，哪怕对方有上百人他也毫无所惧。他率领着屯兵镇施工队的班底，举镐为旗，挥锹做枪，和数倍于己的施工队拉开了架势。

那是一幅挥之不去的惨烈场景啊，臂粗的镐把，没头没脑地朝人身上招呼；钵大的水泥块，直接朝人脸上砸。镇北几乎成了战场，躺了一个又一个，直到外地来的施工队手软了，害怕了，退却了。他带着人，像打红了眼一样，追着四散逃命的工人，从工地打到野地，从楼外追到楼里，直到……胡雷出事了。

他是眼睁睁地看着的，一个满脸是血的工人抄着一把铁锹从背后拍向正和他打招呼的胡雷。他出声喊了声，但是来不及了，那铁锹已经重重地拍在胡雷的后脑上，他像一截子木桩，直挺挺地从二楼摔了下去。

他记得自己像疯了一样，抓住了那个行凶者，连打带摔，把那人打得奄奄一息，他疯狂地两臂拎着那人，举起来，要以牙还牙。

“宝哥！别杀人……”

二皮那时候还小，惊恐地喊住了他，几位工友上去死死拽着他。他看了看楼下，若是扔下去，这人十死无生，他冷静了，把人扔在了脚下。

他急奔着去看胡雷，探着还有呼吸，又背着这位朝夕相处的兄弟去镇上的卫生所。他像发疯的野兽一样，逼着那些只会打针输液的医生，一遍一遍地咆哮着，“救救胡雷！”

后来，械斗的人抓了，又放了。

再后来，受伤的胡雷醒了，却傻了。

那个打胡雷的民工是个穷光蛋，负担不起责任，他受的伤也很严重，四肢断了其三，腿粉碎性骨折，终身残疾。

之后，祁连宝一战成名，屯兵镇施工无人敢进。那桩械斗的案子因为牵涉太广，至今尚未判决。

即便有一个判决，会有什么用呢？曾经敌对的双方现在已经握手言和了，也许他们很快就能和平地解决这个搁置的问题，无非是让出些利益而已。但是那些当年不知道在为什么而斗的人，再也回不到过去了，包括那些伤残的民工，也包括他的兄弟。

祁连宝唏嘘了一声，抹了把眼睛里的湿迹。睁开眼，抬头时，却看到了四个人不知道什么时候站到了火堆不远处。他省得自己走神了，讪讪地道：“来吧，烤烤火。”

难得见猛人也有这么多愁善感的一面啊，四人面面相觑，想不通祁老大这么忧愁所为何来。

仇敌将准备好的几样东西递给他，两瓶酒、一块熟牛肉。祁连宝也不客气，撕着嚼了一大块，开瓶仰脖灌了一大口，向四人道：“谢就不说了，帮我办件事，我送你们个大好处。”

“办事？”包小三不解了，眨巴眼道着，“您这身手，还需要我办什么事？”

“拳头可打不过法啊，呵呵……很简单，帮我把这些送一下。”祁连宝从身后拎了个布包，直接扔到了仇敌怀里。

仇敌掀开一看，全是钱。一边的包小三惊讶得舌头都抽筋了

“这几年吃喝嫖赌，没留下多少，就这十几万了，一半给进去的那些兄弟的家里，家里没了劳力，老的少的肯定要受治了；一半给艳红或者她妈妈都行，让他们想法子给胡雷治治脑袋。前年我带他去过北京的大医院，医

生说有希望，不过开颅手术得花几十万，而且风险很大……可风险大，也比傻一辈子强啊！这个决心早该下了，我能帮上的就这么多了……”祁连宝说着，不知道是酒呛的，还是悔痛的，又抹了把眼泪。

“这事很容易啊，您送去不就得了，当面说多好。”包小三道。

“你以为警察都傻啊，下午我就想去，不过店外早有警察蹲着了。这片空旷的草原他们抓不到我，可只要一进镇上，一到熟人家里，肯定就没路可逃了。”祁连宝道。

“这事……咋办啊？”包小三看着仇敌，耿宝磊自然是没主意。管千娇也没主意了，只是她此时更加确定，对面这个男人，一点也不可恶，反而隐隐让她有点欣赏了。

“好，我替你办！不过，什么报酬？”仇敌接了，比祁连宝还不客气。

“哈哈！痛快！你想要什么报酬无所谓，把我送回监狱也成，就这一件心事没了，了了就好，老子也该安安生生进里头蹲几年了。”祁连宝道。也许真如他所讲，他根本不在乎。

“我的报酬很简单，把你的故事讲给我听，怎么样？”仇敌道。

祁连宝仰脖灌了口，“咕咚”一咽，睥睨地看着仇敌，随口道：“这个真没有什么意思，我还真不想说。”

“那你干吗找我？”仇敌问。

“哦，我不想连累认识的人。”祁连宝道。这话气得仇敌梗了一下了，不过祁连宝又道：“再说，我也不相信他们。”

“不相信熟人，却相信我？信不信我吞了钱，再把你送给警察。咱们算起来可是有仇啊。”仇敌道。

“技不如人可不算仇，不和高手过过手，你永远不会进步。那天挨了顿打，有长进吗？”祁连宝问。

仇敌笑了笑，道：“好像有，军体拳走得就是刚猛路子，应该是心无旁骛，去势如虹，玩儿花哨反而落了下乘。就像我和你打，不管想怎么取巧，最终都是自取其侮。”

“呵呵，就是这样。如果现在我们再来一次，你会输得更快，因为任何取巧的方式都可能给对方留下可乘之机。我当年的教官告诉我，最好的对决就是一招制敌，花架子是表演的，实战不行。”祁连宝道。

仇敌笑了笑，摇摇头道：“我们体格不对等，我永远赢不了你。”

“呵呵，但我不止一次被根本没练过的人打得毫无还手之力。”祁连宝道，然后生怕别人不信似的敞开了衣服，胸、肩，几处狰狞的疤痕现于眼前。他笑着道：“拳头锋利不过刀子，刀子快不过枪子儿，武力可狠不过人心呐。”

仇敌狐疑地看看他，道：“你不是想清楚了，而是更迷糊了。古往今来，所有轻生死，重大义的汉子其实都不识时务。”

“呼”的一声，祁连宝抡着酒瓶向仇敌砸去。

仇敌未动，酒瓶在他头顶堪堪停住了，祁连宝面无表情地问：“你不怕？”

“你根本没有伤人之意，我怕什么？”仇敌笑了笑，“你现在心如死灰，没有勇猛了，再打一次，我未必没有赢的机会。”

“呵呵，你到底是个什么货色啊？”祁连宝被逗笑了。

“商业间谍！是一家商务调查公司以每天二百块钱的报酬，在京城劳务市场雇来的，来此调查屯兵特殊商业模式存在的种种症结。”仇敌道。

“症结？什么意思？”祁连宝不太明白。

“那是你啊？你不就是华鑫开工的拦路虎？你不就是发迹老板宗鹏程的心头病？凡不利于大局的存在，都称之症结。”仇敌道。

祁连宝愣了，看着仇敌。

仇敌笑了，和身旁人讲：“完了，祁老大敢情和包小三智商水平差不多，怪不得混到现在这水平。”

“你……到底什么意思？说清楚点！”祁连宝催问着。隐隐地，他觉得仇敌好像点拨了他心里的疑惑。

仇敌反问道：“所以我刚才讲，想听听你的故事，有很多谜没有解开，比如，你也想知道，坑死你的那个间谍是谁吧？交易一下，把我们双方知道的东西一印证，我告诉你是谁。”

“你要逗我玩，我一定把你送去和李劲松做伴啊。”祁连宝恶言恶声一句。

仇敌无所谓了，四人围着火，喝着酒取暖，包小三又给点了支烟，祁连宝半晌才唏嘘地说着这其中的故事了。

无他，就是从当兵的，落魄到打工的，再涉黑的一个俗套过程。内容毫无意外的血淋淋。

管千娇问道："当时你是怎么发现我们的。"

祁连宝却是笑了，道："当天回来准备找李劲松，这家伙被抓的时候说'宝哥你完了'，我觉得奇怪。准备下手的时候，发现仇敌几人把李劲松给整了。我没吱声，在不远处听着动静，才发现你们有问题。在火车站收拾了李劲松后就来找你们了。剩下的事你们都知道了。"

"这个人是华鑫国旅派来的商务调查人员，他在这里潜伏了六个月了，年后就来了。"仇敌道。

"嗯，他的骨头可没你的硬，揍了他个半死。他说直接联系的是华鑫的高层，主要盯银行分理处的出入账，可他看那账有什么用？钱又拿不走？"祁连宝果真还没清醒。

"这个先放放。我问你，宗鹏程的总资产有多少？就说不动产吧。"仇敌问。

祁连宝掰着指头数道："两座宾馆的经营，最来钱的是住宿和餐饮，市区里大小老婆三个，都有房子，至于情人多少不清楚。不过开发的塞外庄园，是他和一家房地产公司共同投资的，占百分之四十的股份。宗老板的父亲宗仁厚曾经是镇党委书记，前年才退休……"

祁连宝对宗鹏程甚是尊重，一口一个老板。说完了，他笑道："怎么样？你就知道又能如何？"言外之意，老子都没办法，你们更扯淡。

"这个也先放放，我问你，宗老板的流动资金有多少？包括可调拨的资金。"仇敌问。

"这个……"祁连宝懵了。

"你按最大的一宗生意算不就行了。"仇敌道。

"三两百万总是没问题的，旺季餐饮和住宿的营业款，每天都有几十万，最高有可能超过一百万……呀？你们不会寻思着抢营业款吧？"祁连宝说到此处，吓了一跳。

"要你干还成，我们可没那本事。我再问你，知道这段时间发生了什么事吗？”仇敌道。

“乱了呗，这鬼地方以前就是个土匪窝，只服谁的拳头大。呵呵，不过好像拳头大也不行，得钱够砸。马胖子这蠢蛋，这才两周，都看不住生意了。”祁连宝愤愤地道。

“你还是没搞清这儿有什么大事。”仇敌道。

“不就是什么剧组来了吗，要干一票大生意吗，一看镇上人都红眼了，后盘沟、御林堡，晚上都有人干活。”祁连宝道。

“这就对了，作为旁观者，我把谜底告诉你。”仇敌此时豁然开朗，他掏出手机给祁连宝看，那是李劲松淘到的信息，是每日收支账目。连着几日越来越少，支出和收入的落差越来越大。

祁连宝看着，道：“这儿的人都认现金，肯定是一部分发工资了，但凡有事，都是从营业款里支钱，姚富文当过会计……”

“差矣，你得看得更远一点儿。”仇敌拣了几块石头摆着，“餐饮营业算一块，住宅、房地产算一块。这个富豪几千万的身家，其实都是不动产，能调动的现金不到四百万，那多算点儿，八百万……八百万到极限了吧？镇上施工总动员，又都是只认现金的主，这一块每天要吞掉近十万的现金。道具的制作，马车、攻城器材、擂车，拦马架等，都要用大木料，而且得是原木。场上堆的几百方木料，光买这些木料就得一百多万。还有，据说要来个马队，组个方阵，这个不好算，几十万总是有的。还有点将台、演武场、攻城车、驽车这些玩意儿的投资，又得至少二百万左右……”算着算着，直超一千万了。

管千娇道：“不一定都是现金，部分预付即可。这儿的模式，应该是验收之后，由华鑫付款，宗鹏程一直挣着这种俏钱。”

“好，那就以合同价百分之三十投资算，也得三百多万吧，再加上必须得有一部分现金维持日常开支。时间长一点儿，延续一个月只出不进，够不够吞掉宗鹏程手里的现金储备？”仇敌道。

想了想，就连祁连宝也点点头。但凡大老板，架子比本事要大上很多，现金流谁也不会存着太多，早想办法钱生钱去了。

“他能贷出款来，很容易的。”祁连宝道。

“我估计他的贷款已经不是一个小数目了，这里的宾馆和市区的房地产价值上亿，负债率低于六成都不可能。”仇敌道。

“我好像明白了，这不是抽现金流，是绝户啊！”耿宝磊突然道。

耿宝磊和管千娇都隐隐抓到了什么，这种感觉和祁连宝的感觉如出一辙。

祁连宝脱口而出道：“不可能！这么大生意，能被人搬倒？怎么绝户？”

仇敌解释道：“华鑫和鹏程的关系于今年开始渐渐缓和，负责当地事务的金彦国、张瑞霞和鹏程几位中层的私人关系不错。不仅私人关系不错，还发展到双方在生意上沆瀣一气，共同从大西北影视旅游这块大蛋糕上中饱私囊。如果这一切是刻意所为的话，那真相就应该是这样了。从小到大，从少到多，华鑫一直在放诱饵，这个诱饵就是影视周边产业的利润。让他们不断投入，不断获利，逐步培养对方的野心，直到最近一次，以一个庞大的项目为饵，诱使鹏程把能动用的现金全部投入到这部《铁骑》的前期筹备中。”

“那有什么意思啊？”包小三愣了。

祁连宝却像吓傻了一样，用惊恐的眼神看着仇敌，像是怀疑一般。

仇敌继续解释道：“华鑫不需要从中获利，他们只需要在关键的时候，一句项目搁浅，就把鹏程死死地埋到坑里。”

“这么大手笔？”管千娇有点不信。

“根本不大，其实是一个强势力量在用四两拨千斤的手段。只要这个项目是假的，或者是真的，以某种原因搁浅，那后果就明了了。几千人工的花费，木材和其他原材料的投入，还有布景建筑，全部要赔！到时候他拿不出钱来，欠人工钱，这地方的百姓能把他家抄了；欠材料钱，要账的能遍地追他；欠银行钱，那会更惨，查封资产都是轻的……一句话，这个项目就是华鑫的最终手段，他们用很长时间让宗鹏程不怀疑这个项目，因为之前所有的项目都是真的。”仇敌道。

“可报上网上都登了？”包小三弱弱地问。

仇敌不屑道：“报上那些玩意儿，实在没有可信度了。”

“这只是你的判断。”耿宝磊道。

“如果不是这样，李劲松潜入屯兵镇长达半年，这怎么解释。他一直通过银行内部人员收集鹏程公司的出入账，又如何解释？”仇敌道。

的确，种种无法解释的事都能通过这个假设完美地解释。

包小三想了想，用他简单的思维提问道：“那要是这样，难道他们不怕宗鹏程翻脸？一翻脸，这摊子他们还是支应不起来啊。”

“这个问题，就要用这个症结来解决了。”仇敌笑着指指祁连宝，对祁连宝道：“其实这也是你走到这个地步的原因，你想听吗？”

“说吧，我听听。你怎么着就比我更清楚了。”祁连宝不阴不阳地道，有点受刺激了。

“这事对宗鹏程来讲可能是兔死狗烹的故事，可对于华鑫，却是让宗鹏程自毁长城的故事。真相应该这样……”

# 33　无根无据

“其实所有的事瞄准的都是一个目标，那就是这块市场蛋糕，宗鹏程凭着涉黑抢到最大的一份。简单地想，作为投资方的华鑫国旅，肯定是每时每刻都在算计着如何把经营权拿回来。想拿回经营权，要过的第一道关就是祁连宝他们。从商的都讲规则，但他们对这种根本无视规则的人和事肯定毫无办法。毕竟大片刀火拼的事，华鑫那些坐办公室的铁定干不出来。而且到了他们那个层面，轻易不会触及违法的事。所以，他们肯定要另谋出路！”

“我不清楚第三位商业间谍是不是受华鑫指使，但这个人对屯兵镇非常了解，可能收集到的关于祁连宝的违法犯罪证据不在少数吧。他们需要做的，是在关键的时候把这个证据放出来就行了。”

“上月 28 号，时机成熟了，两名被打娱记哭诉到了媒体，然后媒体铺天盖地地宣传，对老祁的行径全国人民自然是人人喊打。因为这事，祁连宝自然被推到了人民公敌的位置上。恰恰在这个时候，华裔龙腾和华鑫的合作到了要签约的时候，因为这事搁浅了。那要让这事重续，自然而然就需要清理流毒，保证和谐的环境。而且祁连宝这事，公安方面也得给舆论一个交代啊。”

“于是，一切水到渠成。宗鹏程心系这么一个大生意，肯定和钱站在一边，不会和兄弟站在一起的。公安方面肯定要把老祁拘起来给全国人民一个交代，而这种时候，即便抓人，宗鹏程肯定也不敢去捞，他怕生意黄了。而且说不定他心里巴不得祁连宝进去，毕竟老祁在这个团伙里分钱不少，肥水不流外人田，交给亲戚总比交给外人好。”

“在几方的共同操纵下，事情按照最有利于华鑫的方向发展。这帮在屯兵横行无忌的流氓地痞一夜之间全进了局子。呵呵，祁老大啊，那天其实你抓不抓人，找不找间谍都无所谓，不管怎么做，市里的警察都要来把你带走，因为只有你出局，这儿的局才能展开。只要你这一霸出局，这儿就是个群龙无首的局面。你也知道乱了，屯兵镇现在商贩遍地，你们垄断的菜肉禽蛋供应也黄了，外地的车直接送过来，价格要比以前便宜多了。一对比，你们赚了多少黑心钱啊？在钱上，离心离德是非常容易的。这儿的老百姓很快会搞清楚，从前是你们在吃肉，他们在喝汤。所以，很快鹏程会被推到无信无义的地步。这个时候，你们觉得还有谁站出来振臂一呼，能像曾经那样应者如云吗？到这个时候，任何乡梓之情都会崩盘的，从来都是不患贫而患不均，凭什么你富得流油，老子穷得掉渣！人心只要散了，剩下的事就好办了，让他陷入经济危机中，坐观其毁就成了。以前鹏程是小公司，船小好调头，而现在恐怕不行了吧，一多半资产都是不动产，养活着多少口子人呢，现金流一断，再狠狠赔上一笔，他会被马上打回原形。到那个时候，华鑫收拾残局就可以了。”仇敌娓娓道来。

“没有那么容易倒吧，是不是太那个了？”包小三听得心虚，总觉得这个局太大了，大得超出他的理解能力了。

“太容易了，鹏程的影响力只在屯兵镇，出了屯兵，谁还知道有鹏程？这个大型投资可以因为任何故障暂停，或者拖上一段时间。华鑫已经拖了几年，他们拖得起，你觉得鹏程能拖多长时间？”

包小三倒吸了口凉气，道：“真狠！”

这可能是最狠的一招，鹏程可能一点翻身的机会也没有了。

“所以叫绝户嘛，真要是这样，恐怕宗鹏程得上法庭了。”耿宝磊道，“华鑫一定会用债务纠纷缠住对手，这是大户欺负小户惯用的伎俩。”

“对，债务官司就能缠死他。”管千娇补充了一句。

这就是全局，仇敌的推理非常严谨，几乎找不到漏洞。此时仇敌却没有多少兴奋之感，他可怜地看了祁连宝一眼。

祁连宝半晌才回过神来，仰头，半瓶酒灌进胃里，然后两眼血红地看着旺旺的柴火，良久才道：“你还漏了一件事，第三个间谍究竟是谁？”

“这个，得你来告诉我。”仇敌道。

“我？”祁连宝好奇地看着仇敌，不明白了。

“李劲松受雇于华鑫，主要钻营鹏程的财务状况；我们被派来，接的任务是查屯兵镇的主要势力，这个势力，除了你们，就再无其他了。马胖子、姚富文、郝来运都是在明处，他们的事很好查，关键就是你们。现在我明白为什么让我们查这个势力了，因为餐饮这一块，出入账和运输都是你们负责。你们这个团伙根本无法从外部查到消息，除了我们在餐饮部里的帮工。”

“我们把餐饮业详细的收支，以及你们经常在一块的打手的情报传出去之后，其实事情就结束了。但是这里面有一个问题，我们查的其他和李劲松查影城宾馆的出入账内容重了，而且他来了已经数月。有他的消息，其实就不需要我们的消息了。所以，我想我们的委托方应该不是华鑫，而是除华鑫之外的另一方，试图趁火打劫的一方。”

“好像有，不过华鑫一直没有找到合作伙伴啊。”祁连宝道。

“没找到不等于永远找不到，或者他们已经找到了。”仇敌想着华鑫和华裔龙腾的高调发布会，想着华鑫不断的动作，他道着，“度假村复工在即，大型古装战争剧开拍，都像找到了合作伙伴啊。”

“可这和那个商业间谍有什么关系？”祁连宝问。

“如果第三方试图趁火打劫，那他应该摸清鹏程和华鑫两边的底细。我们负责摸鹏程的经营，那另一边，肯定要摸清华鑫的消息。摸清华鑫的消息，知道他们身处什么状况，才好对症下药啊。所以，这个间谍的主要目标应该在华鑫。”仇敌分析道。

“华鑫在屯兵镇几乎没什么人啊，都在北宁啊。”耿宝磊道，他一愣，马上改口了，“好像有一个，不会是……”

祁连宝的眼睛滞了，脸上带着恐惧的表情。

包小三不相信地道：“瞎扯吧？那张秘书还给咱们送过钱呢？”

“老祁，你被捅到全国的事，那可是一个月前的事了，怎么一个月后才查偷拍的是谁，你这不是刻舟求剑吗？是不是谁鼓动你做的？和她有关吗？”仇敌笑着问，答案似乎很简单。

“啊！这个坑货！！”祁连宝气得差点背过气去，“那天张瑞霞告诉我了，一直就有大公司试图收购大西北影视基地，而且剧组经常来，在镇上肯定一直就有潜藏的娱记或者商务间谍。这种事出来，不管是对鹏程还是华鑫都不利，要尽快清理干净，否则会影响双方的下一步合作。”

“所以你就召集人马，把镇上翻了个鸡飞狗跳？”仇敌问。

祁连宝无语地点点头，长舒了一口气，胸中的烦闷却是奇怪地一扫而空。他看着仇敌。四个人笑了，这娃真好教唆，不比肉墩聪明多少。

“是不是她啊？她可是华鑫下属公司的人，把自己的公司消息卖了？”祁连宝瞠然问。

管千娇道：“收买内部人员当商业间谍是最常见，也是最便捷的一种方法。”

仇敌此时才把身上存了有些时间的一张图拿出来。他看了管千娇一眼，这是管千娇的手笔，用手绘制的，场面是当天祁连宝打人的画面。画面后面添加了一部分，一条线直指向宾馆的楼层，那是拍摄角度。这就是了，祁连宝恍然大悟，叹了口气。

“只有她有机会，只有她不会引起怀疑，只有她才能从容地收集老祁的证据，她可能同时为两方服务。”仇敌道。

祁连宝对于这个结果有点愕然。包小三兀自不信，其实他对那个漂亮妞印象不错。耿宝磊想了想，多少还有那么点怀疑。

祁连宝瞬间暴起，拳头捏得格格直响，说着就要拔腿而走。

“坐下。”仇敌面无表情道。

祁连宝怒目而视。

仇敌翻了他一眼，道：“冲动解决不了问题，这个坑已经把你埋死了，跑到天涯海角也洗不掉你犯罪嫌疑人的身份。”

这悍人几欲杀人的表情看得人着实害怕。不过奇了，在仇敌的劝慰下，他慢慢坐下了，以一种期待的眼光看着仇敌。这种人明显属于那种轻易不肯开口求人的类型，但不可否认的是，他走到现在这一步，即便磕头求饶也无人可求。当然，除了面前这一位。

祁连宝心里泛起了浓浓的期待，那种不应该有的期待。好像这个平静的大男孩心里藏着呼之欲出的答案。

就在仇敌将要开口之际，祁连宝黯然道：“我已经打错一个人了，你说的这对不对？要是张瑞霞，这事……”

难办了，同样的方式不能施加在一个女人身上。

“试试不就知道了，做贼的心虚。用我的方法怎么样，救不了你，不过……也许能多要点儿钱。你没指望了，给你那傻缺兄弟和梦中情人多留点儿不好啊。”仇敌道着，耿宝磊和包小三笑了，管千娇也微笑着看着祁连宝。

那笑总归是善意了，祁连宝不但没有责怪，脸色反而洋溢着一种难得的温馨和羞涩，都化成了一种尴尬的笑容。

……

晚上二十二时整。

静谧的屯兵镇，远远望去，镇上一盏一盏的灯火和漫天繁星交相辉映，给人一种伸手就能摘到星星的错觉。

张瑞霞打开了窗户，抬眼看着星空。只有这里才有宁静的星空，也只有这里的星空下才会有如此清冽的新鲜空气，深吸一口，整个人都神清气爽了。

可她为什么此时却有着隐隐的担忧呢？

哦，对了，是手机上一个特殊的消息，那个消息只有一行字——“祁连宝在押期间逃走，有可能返回屯兵镇，密切关注，随时汇报。”

这个消息让她胃疼了。

上面根本不考虑她一个女人家是怎么和这里膀大腰粗的闲汉打交道的。刚来的时候，她被这里的闲汉非礼。祁连宝闻讯赶来，拎着闲汉，一顿狗链子猛抽，厕所里一粪勺汤汁灌下去后再无人敢来骚扰。

这是个蛮地，蛮横的方式最有效。

她如是想着，却意外地又一次想起了那位身材魁梧，如怒目金刚一般的祁连宝。虽然商场无情，做什么也是利字当先，可她却隐隐有点愧意。那个猛人表面凶悍，骨子纯朴，这种人大多数时候会是尔虞我诈的牺牲品。

她叹了一声，心里有点惋惜。她一直告诫自己，这是商业活动，商业人士里没有光彩的角色。可她同时又免不了自责，自己是不是陷得太深了，会成为最不光彩的那一位。

她伸手关上窗户准备休息，突然听到了敲门声。

该不会是醉汉找错房间了吧。不对，敲门声很文雅，不像这里的风格。她暗暗心跳，怀疑可能是姚富文或者马胖子来骚扰。她出声道："谁呀？我休息了。"

"你没休息，我刚才在楼下还看到你站在窗口。"外面的人道，声音很陌生。

"你到底是谁？我喊保安了！"她恫吓着，自己倒先害怕了。紧张地凑在门口，透过门孔往外看。

视线里是手机的屏幕，手机上放映的视频一下子把她吸引住了。是一位男子被蒙着脑袋，两个人拳打脚踢。

被打者哀求道："拍照的真不是我……别打，别打了！"

"华鑫……我直接对华鑫负责，他们肯定用了不止我一个人，还有其他人。"

"账务，主要是账务，还有他们的活动规律，银行的流水账，日营收支。"

"我……我真不知道！搞祁连宝我都没得到消息，上面只是让我汇报近期各项工程的进展。"

……

视频看得她心惊肉跳。她背对着门，大喘着粗气，一弓身，手里紧紧攒着一把水果刀。她等了好久，额头都惊出冷汗来了，还是没有听到其他声音。她凑到门孔上看时，视频画面已经停止了。她鼓着勇气，拉开门，却看到手机是粘在门上的，就是为了让她从孔里看到。

她狐疑地看看空无一人的楼道，小心翼翼地揭下手机。刚拿到手里的时候，屋里自己的手机响了，她吓得一激灵，差点把手机掉到地上。

她马上关门，急匆匆地回屋，看看自己的手机上显示了一个陌生的号码。犹豫良久地接起来。

对方是一个熟悉的、久违了的声音，"喂，张秘书，您好。"

她手一抖，好不容易拿稳电话，口齿不清地道："祁……祁老大？"

"不错，还记得我啊。"对方道。

"您，您在……"张瑞霞紧张局促地道。她清楚这个人能干出什么事来。

"你说不清楚就听我说吧。华鑫派来了一位间谍，一直在摸屯兵镇的情况，现在躺在医院了。你如果有兴趣，可以去看看他成什么样子了……对了，那照片好像有人告诉我，和你有关啊。”祁连宝道。

“不不不……绝对和我没有关系。”张瑞霞矢口否认。

“那就好，千万别搞小动作。你真的以为我不知道华鑫在背后捣鬼？或者，你领的不止一份工资？别以为宗老板是傻子，你们那点儿小伎俩太小儿科了。出事的时候他就告诉我，谁跳出来谁就有问题，结果你跳出来了，呵呵，你说，我该怎么对付你啊？”祁连宝的语调充满戏谑的意味。

“我……祁老大，真和我无关，我……”张瑞霞惊恐之下跑到窗口看去，不过外面太黑，什么都看不到。

“哈哈哈……你都吓成这样了啊？警告你一句啊，天亮之前滚出屯兵，别让老子再看到你在窗户上发骚。”祁连宝恶狠狠地说道，电话随即挂了。

不多会儿，张瑞霞房间里的灯暗了，不是休息了，而是离开了。她匆匆下楼，趁着人少，开上公司的车，连夜离开了屯兵。

那辆红色的现代不见尾灯的时候，四个脑袋从阴暗处出来了。仇敌、管千娇、耿宝磊、包小三相互击掌相庆。四人往租住地走着，仇敌和祁连宝打了个电话，告诉了他结果。

“真是人的名儿，树的影儿啊，祁连宝一句话，吓得张瑞霞屁滚尿流就跑了。”耿宝磊感慨道。

“这种边缘人，没有规则可讲，这也正是华鑫先要让他出局的原因。试想一下，要是这号人在，派一个经理来，被打，再派一个，又被打，谁还敢来啊？”仇敌笑着道。有时最原始的手段比最先进的管理还有效。

“咱们这么做是不是有点儿不地道啊？”包小三有点怜香惜玉了，一直说仇敌太黑了。

“证据不会有的，但旁证很快就有了。”仇敌道。

接下来会发生什么可想而知。两个商务调查都走了，后台该瞎了。

管千娇虽然很兴奋，但还是提醒道：“小心点儿啊，他毕竟是在逃嫌犯。”

“有人趁火打劫，咱们为什么不能火中取栗？现在知道真相的只剩下咱们了，后台要是得到宗鹏程知情的假消息，估计得吓得睡不好觉了。”仇敌笑着道。

“喂喂，那接下来怎么办？”包小三好奇地问。

“睡觉。”仇敌道。

“睡觉？”包小三愣了。

“对，睡觉，精英伤的伤，跑的跑，咱们成了笑到最后的间谍了，呵呵，我觉得应该坐等上门了，然后坐地起价！”耿宝磊道。

的确，他们现在是奇货可居了。

“对，就这么干！咱们一受伤就把经费停了，太没人情味儿了。娇，往狠里宰啊！”包小三快意地道。

管千娇笑了笑，无语。

四人分别回到租住地。管千娇躺在床上睡不着，一直想联系哈曼来着，犹豫了很久还是放弃了。好像确实应该再等一等，否则这支奇葩队伍干的事，肯定没人会相信……

# 34　奇货可居

九月十九号，上午九时十九分。

这个特殊的日期和时间，数字重合。

张政和记不清自己是第几次看表了，才看到了这么大的一个巧合。他坐在会客室里往外望去，每每听到高跟鞋的声音都会让他心神不定。

旁边坐着的高雨田有点不耐烦了，小声嘀咕道："张啊，这唐瑛谱也太大了，他就知道咱们得回头求她？"

"可我什么都没说啊？"张政和有点拉不下脸了。

两人搁哈曼这儿坐冷板凳了，昨天等了一天，唐瑛避而不见。今天一早就来了，守在这儿了。

"这公司里都是间谍，还用你说？"高总愤愤地道，表情有点埋怨的意思。

张政和无语了，顺顺当当进行的事，突然间吹灯拔蜡了，幕后的可就成睁眼瞎了。本来就担心那个逃狱出来的祁连宝，可谁知道前方又告诉了他一个猛料，宗鹏程有可能已经知道了事态的发展。理由是，另一个华鑫派到屯兵的商务调查员被逃狱的祁连宝重伤致残。

这个猛料惊得张政和两天没合眼，坐在那儿连打哈欠都忘了。此事投入了大半年的精力，花费无数，眼看着到收获时候了，咦，竹篮子打水一场空了，可不得着急上火吗。

"你那个人靠得住吗？到底什么人？"高雨田不放心地问。

事情到这个地步了，没必要瞒着高总了，张政和附耳小声说了几句。

高雨田脸色一变，瞪眼道：“那女的？！”

“对！要不，不可能有途径知道华鑫的营收信息啊。”张政和道。

“少他娘给自己戴高帽！一看就知道你和她滚过床单。”高雨田生气了，粗俗的本性露出来了。

一说这个，一贯以风流倜傥自夸的张政和不敢接话了。他解释道：“高总，现在别说这些没用的成不？我就滚过床单，也不影响工作不是？”

“得了得了！为今之计要马上落实一下，到底是怎么回事？对方知道多少？这不可能啊！这事只有咱们和夏亦冰知道，夏亦冰总不可能告诉宗鹏程啊？”高雨田焦头烂额地道着。花费打了水漂是小事，眼看着双方的合作要因为这事黄了，那损失，怕是得让他哭晕到厕所里了。

两人正咬着耳朵，推门而进的吕天姿笑着问候了。两人同时起身，吕天姿笑着道：“二位请，唐主管刚来，昨天实在对不住，她出了趟公差。”

终于等到人了，吕天姿把两人领到了唐瑛的办公室，不无嫉妒地看了眼。瞧高雨田这身份，怕是得了一单大生意，只是有点纳闷，怎么唐瑛还这么倨傲，像把生意往外推似的。

没错，确实很倨傲，不过与别人理解的不一样。唐瑛此时尚未搞清究竟是怎么一回事，昨天电话不断，她以为是骚扰，干脆不接，今天是接到了谢总的电话，才临时从滨海新区赶回来。

她的直觉告诉她，屯兵那边可能有事了。她联系管千娇，管千娇居然也没接电话，直到刚刚进门，她还是一头雾水。

当看到两人讨好的笑容时，她这头雾水就更大了，不过两人吃瘪的德行让她觉得好爽。她笑着问：“张经理、高总，请坐。”

沏好茶后，唐瑛再坐下来，却是还没把握好该用什么口吻说话。她揣度着两人的态度，好奇地问：“您二位，这是……有事？”

高雨田和张政和两人齐齐点头。

“屯兵镇的事？”唐瑛问。

两人又是齐齐点头。

“那事不是完了吗？履约完成，我们两不相欠。”唐瑛一摊手道。

哎哟，把张政和给悔的，这前后根本不差几天呀。

高雨田作势手指点点张政和斥着：“就知道你成事不足，败事有余！这种事还得靠人家专业人士，看看，抓瞎了吧！”

“对对对，是是……我检讨。”张政和直拍额头道。

唐瑛懵了，能把向来趾高气扬的两位治成这样，真是那位神仙姐姐开眼了。她眨巴着眼睛，有点明白可能发生什么事了。她试探地问着：“您是想重新来个委托吗？”

“对对，今天就签，只要你们还能拿到屯兵镇的详细情况。”张政和抓到了救命稻草，焦急地道。

“唐主管，看在咱们朋友一场的份上，不能把生意往外推吧？实话说吧，我们就等着您狮子大开口呢。我不是这行的人，可我明白这行里的事，您开个价吧。”高雨田带点光棍的口吻道。

唐瑛有点哭笑不得了，这两人神经质了一般，完全不像平时那般趾高气扬的派头。她纳闷地问：“到底怎么一回事啊？您要不说清楚了，我还真不敢接单。而且今天肯定不行，委托也得经过评估啊。”

“您不会真不知道吧？”张政和道。

“这单子都终止了，我知道什么呀？”唐瑛摊手无辜地道。

这话一出口，该着张政和和高雨田一头雾水了。

两人交换着眼色，张政和小心翼翼地问：“您难道不知道，屯兵镇出名的涉黑人员祁连宝越狱了？”

唐瑛摇摇头。

高雨田又道：“还有，有位画家在屯兵被人打残了。”

“这和我有什么关系，我有必要知道吗？”唐瑛愕然道。

不像假的。

张政和干脆直接道：“这个人在被打残之前，曾被人诱到屯兵那幢烂尾楼给揍了一顿。不知道怎么搞的，他承认自己是华鑫派到屯兵镇的商业间谍。”

呃……唐瑛直愣愣一梗脖子。居然还有人承认自己是商业间谍，这算是业内奇闻了。

“哦……”唐瑛一下子明白了，指着两人道：“难道你们怀疑，是我们的人做的？”

“不怀疑，不怀疑，不过，他在屯兵根本没什么仇人啊。”高雨田如是道。他观察着唐瑛的表情，那惊讶和愕然不像假的，他隐隐觉得找错庙门了。

“那咱们就没什么谈的了，有证有据，你们报案就行了，没证没据，凭空猜测就没有什么意义了。”唐瑛直接推托了，不过她心里隐隐担忧，这事应该和那几个迟迟未归的人有关联。

“不不不，我们不是这个意思，我是说……如果贵方的调查人员还在屯兵的话，是不是……”张政和征询地道着。

“这个就无可奉告了，恐怕对二位的事，我们无能为力了。”唐瑛道，只当两人是来探口风的，不准备多扯。

两人还要纠缠，唐瑛的手机响起来了，她一看是谢总的电话，告了个缺，出了楼道里接电话。不多会儿她回来了，脸上的表情却是平静了不少。

“看出来了，您一定有消息了。”高雨田期待地道。

“嗯，可以这样理解。对于二位的担忧，我无能为力。咱们长话短说吧，刚刚我和谢总通过话，目前这个形势，我们可以提供部分情况。接下来，咱们可以谈谈价钱了。”唐瑛睥睨道。她要钱从来没有这么爽过。

这句话把张政和、高雨田齐齐镇住了，两人相视了良久，都没有开出一个合适的价格来。

不好开价啊，低了怕人家给脸色，高了怕自己吃亏，而且关键的是，这是盲人骑瞎马，谁也看不清路子在哪儿啊。

……

此时此刻，夏亦冰的私车缓缓地停到京珠高速的香河出口。一辆沃尔沃已经泊在路旁迎接了，迎接者是位消瘦、干练、面目清癯的男子。

谢纪锋，哈曼公司的创始人。商务调查这个偏门行业她不太懂，不过她对谢纪锋的第一印象挺好。

两人握手寒暄时，夏亦冰笑着道：“看谢总成竹在胸，我应该不虚此行了吧。”

“客气了，没想到华鑫国旅这么大的公司光临小县城，我是诚惶诚恐啊。”谢纪锋笑着道。

他邀着夏亦冰上自己的车，夏亦冰欣然而往，秘书开着她的车跟在谢纪锋的车后面，两车开拔。

车里夏亦冰打量了谢纪锋几眼便直入主题，道："谢总，您应该知道我的来意吧？"

"您好像还没讲。"谢纪锋道。

"有关飓风传媒以及屯兵镇的事。"夏亦冰道。

"这一行的规则之一，永远不透露客户的秘密。对不起夏总，我只能说不清楚了。"谢纪锋笑道。

夏亦冰为难了，现在死马当活马医，可看眼前这头死马，似乎不比活马难伺候。她换了口吻道："你们前一个委托是有关飓风传媒的，我们华鑫和飓风传媒现在已经是战略合作伙伴了，有什么事不必讳言。"

"那……没什么事，你们是伙伴，那就应该无所不谈吧，我是个外人，不方便讲这些。"谢纪锋油盐不进地道。在他看来，守则事关职业道德，哪怕有时会得罪人。

"嗯，挺好，果然名不虚传。"夏亦冰欠了欠身子，又换了一副口吻，"那我们可以开始谈我们之间的生意了吗？我准备给贵方一个委托，只是不知道贵方的能力如何。"

"这个，只能看您的眼光喽。"谢纪锋笑道。

"我不是靠眼光来这儿的。坦白讲，我是查了某人的手机通话记录，发现了他们常和一位姓唐的女士联系，而这种女士是哈曼商务调查公司的，再一打听，哈曼商务调查在行内也算小有名气，所以我就登门拜访了。"夏亦冰道。

谢纪锋知道她查的是谁，肯定是对合作伙伴不信任，查张政和了。他诧异地看了这傲色逼人的女人一眼，夏亦冰回敬他，嫣然一笑，道："其实，哪个公司也会有搞这种商务调查的，您说是吗？"

"对，这个不神秘。相比而言，我倒觉得夏总的来意有些神秘啊。"谢纪锋搪塞道。

"我不神秘，坦白告诉你吧，因为这事，我都快成神经衰弱了。"夏亦冰苦笑道。

谢纪锋笑而不语，专心致志地开车，不管从表情、语言还是身体动作，夏亦冰都没有发现任何她想知道的信息。在她眼中，这位哈曼公司的老总处处透着神秘。蜗居在一个小县城，而公司却在京城，生意却做遍全国。行里传闻，第一代搞商务调查的不是转行了，就是擦边球撞枪口了，把自己搞得锒铛入狱了，硕果仅存的没几位，而谢纪锋就是其中之一。这个人城府很深，谢纪锋给她的第一印象如此，不过好像并不反感。

车默默行驶了一段距离，驶上香河桥的时候，夏亦冰眼观着小县城的风景，开了车窗透了透气，然后又找着话题道："谢总，我希望我们之间开诚布公的谈话，您不必有所顾忌。"

"应该是夏总您有所顾忌吧？"谢纪锋反问着。

"我有吗？"夏亦冰愣了。

"哦，那开诚布公还是免了吧。"谢纪锋直接道。

这下可把夏亦冰给噎住了，半天都没回过神来。她确实心有顾忌，能来此已经就摆明了。而对方根本就是受了张政和的委托，对屯兵镇的事一清二楚。于是两人又沉默了。

车驶到半山脚，开到院门前，下车的夏亦冰呼吸了一口山间清新的空气。她笑吟吟地问道："谢总，这是……直接把我领家里了？"

"是啊，要不就显得我不够坦诚了。呵呵，夏总，请。"谢纪锋开着院门，请着客人进屋，上楼。

一大间连着阳台的客厅让夏亦冰眼前一亮，连连赞叹谢纪锋懂得享受生活。两人坐在阳台茶台边上，谢纪锋在沏茶，夏亦冰在犹豫着怎么开口。

谢纪锋忙完了才抬眼，看了看夏亦冰，笑了，道："其实我等您两天了，不知道您信不信？如果这么长时间您都反应不过来，我还真是很失望。"

两天？！好像和自己犹豫不决的时间相等，接到哈曼商务公司谢总的邀请，夏亦冰犹豫了足足两天。

夏亦冰笑道："那我来了，您准备用什么招待？如果仅仅是清茶一杯，我会很失望的。"

"稍等。"谢纪锋拨着电话，说了句"可以上传了"，然后挂了电话，对不明所以的夏亦冰道："一会儿我的下属会上传一份文件，您有兴趣的话，看完后我们再谈吧。”

“贵公司在屯兵的人？”夏亦冰问，眼睛一下子睁大了。

“我不会承认什么。”谢纪锋笑着道着，“就像您一定会否认李劲松是受华鑫雇佣的一样。你们这种外资公司，获取信息的主要渠道就是商务间谍，这些，您也一定会否认吧？”

夏亦冰闻言，蓦地冷面覆霜，再无赘言。

……

电脑屏幕上显示着文件传输的百分比。

电脑前，四双眼睛盯着屏幕，似乎生怕中断似的。等了两天，这边的都快坐不住了，不过还好，那边电话来了。

“华鑫的总裁助理亲自出马了，都找到咱们老板老家去了，你们说，她见到这份报告会是什么样的表情？”管千娇笑着问几位同伴。

“肯定吓尿了。”包小三抢着道。

“错！她会什么表情也没有的，就像谢纪锋极力否认咱们的存在一样。”耿宝磊道。

“有道理，都是些放不到桌面上的事。”仇敌道。

主动权易手，带来的兴奋感可不是一点半点。

仇敌看看其他两人，耿宝磊推托道：“别看我，我没主意！帮鹏程是为虎作伥，帮华鑫是助纣为虐，反正我看了，两家没一家好鸟。”

“说你傻，你真傻，谁给钱多就帮谁呗。这事宗鹏程八成不会给钱，只能帮华鑫。”包小三道。

管千娇笑而不语了，她回头看看仇敌。从低谷走出来，她发现仇敌并没有变得十分快乐，此时蹙眉不知所想。她好奇地问：“你想什么呢？这事马上就要揭晓了，你已经成功说服大家了。”

“你别老假装深沉好吗？”包小三打趣道。

仇敌狠狠捏了他一把，道：“我在想钱，难道你不想啊？”

其实谁不想呢。四人相视间笑得好不猥琐。

……

文件传完，打开，显示在手机屏幕上。

谢纪锋郑重地递给夏亦冰，叮嘱道："千万别摔了我的手机。"

"看来有真材实料啊。放心，你的手机不至于比屯兵的投资还贵，吓不到我。"夏亦冰无所谓地道，对于谢纪锋的故作神秘，她有点不耐烦了，幸好等待的时间不算太长。

翻页，是一封 PDF 文件，有很多页，第一页就让她皱眉了。

第一位商业间谍，李劲松，系受华鑫委托，以画家身份为掩护，在屯兵镇通过接触银行分理处的方式，获取鹏程商贸的营收信息。

第二位商业间谍，张瑞霞（疑似），系华鑫下属大西北影视旅游开发公司总经理秘书，受第三方委托，同时调查华鑫和鹏程的经营信息。此人应该是双面间谍，既受华鑫的聘用，又接受第三方委托，应该与祁连宝事件有关，收集其违法犯罪的证据应该是她的一项工作。

……

夏亦冰的涵养果真很好，没有生气。他皱着眉头往下翻页，看到第二页时，她的表情显得诡异了，似怒非怒，似嗔非嗔，一副欲说还休，欲语妄言的样子。她不时看谢纪锋，谢纪锋给她斟上了茶。

事情应该是这样的：

今年三月份，李劲松受华鑫委托，调查鹏程商贸的营收情况。华鑫一直在寻找机会拿回在屯兵镇的主动权，直到数月后，第三方介入，并委托我们公司调查时，这个机会才出现。机会是巧合，但布局不是巧合。今年以来鹏程和华鑫的关系渐趋缓合，该公司经理人金彦国多次主动揽生意，为鹏程创造营利机会。这应该是以温水煮青蛙的方式，让对方失去警觉。

之所以迟迟未动手，问题可能在于华鑫缺乏可以操刀的人，而第三方介入，正好给了他们机会，于是在八月二十七日，他们联袂开始动手了。先是拿一个月前的打人事件引发媒体关注，进而逼当地警方不得不采取行动。同时又以一单生意让宗鹏程不得不投鼠忌器，不敢施加影响。两方合力，把祁连宝扳倒，清理了最大的障碍。

其实华鑫在屯兵镇忌惮的不是合法的竞争，而是非法手段。这里法制环境很差，老百姓认钱不认理，认亲不认法，宗鹏程的势力在这里根底蒂固，轻易动摇不了他的影响。于是，他们采取的方法就是从"钱"上，和"理"

上，瓦解宗鹏程的统治基础。

《铁骑》的拍摄仅仅是一个官方发布会，真假尚未可知，我们认为应该是子虚乌有。以金彦国和宗鹏程的私人关系，让宗鹏程深信不疑应该不难，华鑫应该是借此套牢宗鹏程手里的现金，让他的资金链断掉，陷入债务危机。

以下有近期鹏程的投资数据。据我们调查，宗鹏程今年二月份前投资北宁一处房地产项目，目前正在建设工期中段，这个时间段，应该是宗鹏程手里资金最紧张的时间，恰恰也能反映出华鑫的用心。

从目前的情况来看，因为筹备拍摄项目的原因，宗鹏程已经把宾馆的营收全部搭进去了。而以祁连宝为首的涉黑人员全部入狱后，宗鹏程在屯兵镇的经营已经乱了。马开荒控制的餐饮业因为大量外地商贩和本地居民的涌入，损失了大概两成的份额。假如项目有问题的话，可能一夜之间，全镇人都会成为宗鹏程的债权人。如果他手里的现金被套牢，遭遇到的危机可想而知，届时，华鑫只需要派人来接收残局即可。

……

夏亦冰脸上阴晴不定，她草草浏览完毕，重重地将手机扔到茶几上，冷声道："一派胡言！"

"还好，没摔到地上。"谢纪锋不愠不怒，收回了自己的手机。

"张瑞霞在总公司干了四年，怎么可能是商业间谍？！"夏亦冰不相信地道。

"我们用的也是'疑似'这个词，并没有肯定。不过凡事没有那么绝对，否则这种关键的时候，张秘书只身离开屯兵镇就说不通了。她一定没有向你汇报是因为什么离开的吧？或者，您未必清楚，您的战略合作伙伴有多少条信息渠道吧？"谢纪锋道。

夏亦冰似乎不确定了，她看着谢纪锋。想要再问时，谢纪锋却低下头，给她换茶了。

这种态度反而让她无处着力了，不争不吵不谈不说。夏亦冰按捺不住了，直接按住了壶身，道："你开价吧。"

"开价？您对这一派胡言感兴趣？"谢纪锋道。

“对，不过不是感兴趣，而是让他们消失！”夏亦冰道，一副居高临下的姿态，像付娱记封口费一样。

“我们这行说白了就是拿人钱财，替人消灾。他们消失很简单，可您消不了灾啊，祁连宝现在已经失控了，就李劲松那个样子，您觉得他还有所忌惮吗？如果他知道鹏程和华鑫联合起来整他，会是什么后果？有没有可能把你们北宁的总部放把火？”谢纪锋道。

夏亦冰脸色煞白，她咬牙切齿道：“你这是在威胁我？”

“恰恰相反，我是在帮你。现在不但祁连宝失控了，你们也快失控了。《铁骑》试镜，是本月二十四号，对吗？”谢纪锋问。他给了夏亦冰一个戏谑的眼神，摊牌的时候到了，这个时候，容不得任何不确定因素。

忿意刚起的夏亦冰，瞬间又萎了。她舒着气，宛如斗败的公鸡，她知道遇上对手了。她想了想，以一种商量的口吻道：“谢总，那您究竟想怎么样？”

“无非是委托费用问题，这个好说，在一个暴发户和一个大公司之间，选择帮谁不难，我只能和您站在一起。我倒是想给宗鹏程，可他手里拿不出多少钱来，都被掏空了，您说是吗？”谢纪锋笑着道。

夏亦冰一愣，然后笑了，好开心的感觉。

“再给贵公司吃颗定心丸，宗鹏程近期根本没有回屯兵，所有的事还在按部就班地进行，他对什么商业间谍一无所知，现在正做着发财的春秋大梦呢。不怕告诉你，我们手里的人都是本行顶尖的高手，否则就不会从表象看到结果了。你能得到的消息，有误。”

“你在套我的话？别以为两句好话就能打动我，我可不是小女孩了，我仍然认为你们是一派胡言。”夏亦冰笑着道，端着白瓷的茶杯，轻斟着，笑吟吟地放到了唇边。

“那……还有一颗定心丸，您是不准备要了？”谢纪锋道。

“哈哈，你一定会给我的，只有我买得起。”夏亦冰慢慢地站到主动的位置。

“不，免费的。我们的人和祁连宝能联系上，或许他们能左右祁连宝的行动，毕竟他已经是丧家之犬了。”谢纪锋道。

“吧嗒”一声，夏亦冰失态了，茶杯掉了，摔到了地上。

谢纪锋对此很满意，他笑着补充道：“我说了，他们是顶尖的高手，否则不会连你们内部的蛀虫也挖出来。”

夏亦冰大喘了两口气，她瞪着大眼，一万个不相信地看着谢纪锋。她开始相信关于这位哈曼创始人的传说了。

“您还要坚持我们是一派胡言吗？”谢纪锋过了一会儿才问道，给夏亦冰换了杯子。

“当然坚持，你们是一派胡言。”夏亦冰像赌气似的道。两人相视着，彼此盯着对方的眼睛。谢纪锋镇定如斯，夏亦冰笑意盈然。好一会儿，她才以几不可闻的声音道：“虽然是一派胡言，不过，描述出来的这个结果还是挺让人向往的，所以……”

“所以为这个结果买单？”谢纪锋问。

“对，为这个结果买单。”夏亦冰道。

“价格会非常昂贵的。”谢纪锋笑了，有点厚颜地期待着夏亦冰的表情。

夏亦冰嫣然一笑，端起了茶杯，细啜一口，然后放下。很傲气逼人地看着谢纪锋，根本不在乎他开价多少，吐气如兰地道：“成交！”

# 35　谁知我欲

“你确定是他本人？”北宁治安总队，几位浓眉方脸，相貌剽悍的男子紧张地围到了宗鹏程身边。

宗鹏程被吓了一跳，他曾经也不黑不白，对警察有着天生的畏惧，何况这地方阴森森的，看着就心里发毛。他点头道：“是，就是他本人。”

“电话里怎么说？”当头的一位问。

“他说想要笔钱到南边混，我和他约好了，准备好钱联系……这个手机号。”宗鹏程道。

“追踪！马上集合！”带头的吼道。

警察四散下去，远处传来了皮靴声和金属碰撞声，警方已经在检查武器了。

宗鹏程瞪着眼，像做了一件蠢事的表情。他脑海里出现这样一个情形，祁连宝被很多很多警察包围着，被七手八脚地摁倒，被枪顶着脑袋押上囚车……这让他于心不安，却又不得不为。

“嗨，嗨，宗老板。”

“啊……你说。”

“您哪儿也别去，就在这儿等着。来电话的话，一定要稳住他，我们正赶往他的藏身地。”

“啊，好。”

那位警察出去了，来了两位抱着电脑的警察，对着电话如临大敌。

宗鹏程注意到了，出去的那位警察回头很复杂地看了他一眼，那目光里似乎满是鄙视……对，鄙视。曾经自己没少花钱把祁连宝往外捞，治安上这块，差不多都打过交道了。自己不黑不白时称兄道弟，今天头回遵纪守法了，却觉得被人小觑了一般。

那又怎么样？老子富甲一方，还不是呼风唤雨！祁连宝干的那些事和老子有毛关系！教唆干坏事又不用签合同！

他恨恨地想着，怎么想也是自己待他不薄。居然半路逃狱，搞得镇子鸡飞狗跳，连华鑫的张秘书也给吓得跑回老家了，再出事，筹备拍摄的投资要是黄了，他能抵得回来呀？

很快，他说服了自己，跷着二郎腿，叼了一支烟，靠着沙发等着祁连宝要钱的电话。

过了几个小时，电话响了。一看，是祁连宝的号码。

“喂，宗哥。”

“连宝，我准备好了，要不你来拿。”

“我这身份进城不方便，麻烦宗哥找个人给我送到黄金沟。”

“成，那你等着，去那儿得半个小时。送黄金沟哪儿呀？”

“来了给我打电话。”

“好……那你路上小心啊。”

“嗯，宗哥，我……”

“还需要什么？”

“你也小心，兄弟一场，末了还得给你添麻烦，我心里过意不去……有机会，兄弟我一定把今天的恩还回去。”

“行了，别废话了，一切小心。”

电话“嘟嘟”地响着忙音，对方已经挂了。

一幢低矮的土夯屋里，祁连宝眼神滞滞地放下了手机，仇敌顺手接住了。

“小子，要是宗哥给我送钱来了，我可对不住了，钱你帮我送到胡雷家，剩下的事你就别管了，咱们各走各的。”祁连宝道。

“剩下的事，你想干什么？”仇敌翻着眼道。他实在为这大汉的智商堪忧，到现在了，他都不愿意把人往坏处想。

“冲着这份情义，我不能眼看着他栽了，这地方华鑫说了不算，来几个我让他们残几个，吓死他们！”祁连宝恶狠狠地道。从胡雷成了傻瓜，他的仇恨就全转移到华鑫身上了。

“算了，你这智商堪比二拐家的驴。你也不想想，有求于你才会给你好处，想撇开你，只会坑你，蠢货……哎哟！”仇敌没说完，后颈一紧，脚离地了。祁连宝伸手一挥，他猝不及防地被扔到门口了。

“再说一句试试！信不信我揍你！”祁连宝威胁着。

“来呀，来呀，小娘们儿才会背后下手呢。”仇敌招着手。

祁连宝虎步一迈，飞步直踹。仇敌坐在地上，赖驴打滚一个翻身，掉头就跑。几步之外两人接手了，一时间拳来脚往，打得不亦乐乎。

……

一列急行的警车在沙土寸厚的土路上疾驰，掀起了一条滚滚黄尘。

车里，地图铺开了。警察们在研究战术。

黄金沟距离北宁二十七公里，是个自然村。塞外的抓捕可不比内地，往北就是横亘上千公里的大草原，夏秋还有牧民经过，一入冬基本就成无人区了。一直以来，这里就是各类逃犯的乐园。

带队的警察讲道：“大家注意，一定要防止他逃进草原，再往北，甭指望能抓到人了。”

“一组，你们从村东绕过来，找掩护，不得暴露行踪。”

“二组，你们从村西，绕牲口圈过来。”

“我带队从村正面突进。”

“注意，目标在村中心，应该是这一幢房子。”

“加速！”

车疾驰着，领队不时地询问目标的动静，还好，目标躲在村里没有动，直到合围完成。

“喂，宝哥，我到了，在村口呢，东西给你送哪儿？”

“村中，右数第四家。”

“好。”

随着电话的联系，四围的警察互打着攻击手势。迂回的，正面的，背后的，纷纷穿过小巷，跳过土墙，飞速向目标突进。

等持电话的站到了房门前，整幢屋子已经被二十多名警员包围，严严实实地围了个水泄不通。

“宝哥，宝哥……”连呼数声，无人，只有村里留守的老人老眼昏花地探出头来，好奇地看着。

“上！”带队的吼道。

警察们纷纷从墙上跳进去，一群抓捕人员扑向屋里。

随着一队“没人”“没人”“这里也没有”的声音从无线通信器里传出，抓捕宣告失利。

尔后，一行人瞠然地看着桌上的一台破电脑，那部手机就在电脑旁边，电脑的摄像头开着，映到了几支持枪的手和几张愕然的脸。

……

“队长，这是一部来电自动接通的电话，电脑的即时通讯软件开着，也就是说，他在另一个地方，通过电脑和别人通话，根本不在黄金沟。”技术员根据现场分析，如是向队长汇报。

“奶奶的，现在土匪也开始玩儿高科技了。”队长重重地一摔文件，下楼。

一进门惊得宗鹏程赶紧站起来了，那队长破口大骂：“宗老板，看我们警务太闲了，你逗我们玩儿是不是？！你们鹏程给我们整了多少事？”

“怎么了？”宗鹏程吓了一跳。

“黄金沟根本没人！你是不是亏欠祁连宝什么了？他这是试探你啊，根本不相信你，合着让我们白跑一趟！”队长愤然道。

“试探？”宗鹏程傻眼了，苦脸了，要是试探的话，他也太经不起试探了，这事让他欲哭无泪了。

队长发了堆牢骚，要走时，宗鹏程省悟了，赶紧追着道：“张队，张队，您别走啊，那我怎么办？他要回头找我麻烦我可怎么办？”

“报案呗。”队长头也不回地道。

“我们后天典礼那事……”

“再说！”张队烦了，挥手让他滚蛋了。

穷不斗富，富不敌权，你有身家千万，人家公事公办。宗鹏程悻悻地出了总队，上了车，坐在驾驶室里发呆了好久。从那些警察厌恶的眼神里，他意识到，这件事愚蠢的程度要超乎想象了。

可又能怎么样？他至于回来灭我吗？大不了多给他钱！宗鹏程如是想着。不管是什么问题，大多数时候用钱总能迎刃而解，在这一点上，他还是有自信的。大不了后天专程再来请治安队和派出所出面，他就不信，这法治社会，谁还敢胡来怎么着？宗鹏程安慰着自己，驶着车离开了。

最近他诸事缠身，电话不断，工地料缺了、工人工资拖了一个多月了，还有明天的马队就到了。这些养马的，不付定金居然都不来，这年头人心真不是肉长的，都是钱长的。

他心里恨恨地骂着，拨着电话，接通后开始装孙子道："金总啊，您再给找点儿钱，我实在转不动了……什么？！一百多万够干什么？咱可说好了啊，钱不够我偷工减料您别怨我，反正咱哥俩儿一条绳拴着……"

钱呐，钱呐……

催了金彦国一回，他又在想再从哪儿抠出钱来。目前是最难的时候，这段一过，那好日子就来了。至少他是这么想的。

……

视频定格在几双持枪的手，几张黝黑的脸上。

祁连宝看了良久，轻轻叹了一声，把手机扔给仇敌。

两人背靠背坐着，幕天席地，抬头是秋高风劲，高天流云，低头是草枯河干，满目黄沙。这里距离黄金沟十公里，那个小小的伎俩，把祁连宝最后的希望击得丁点不剩。

"老祁，你……你怎么多愁善感起来了？不像你啊。"仇敌道。他现在有点同情这个汉子了。

"都是扯淡，钱才是真的。"祁连宝道。

仇敌没多劝，这种人认死理，现在倒也不用劝了，已经没有选择了。他道："华鑫给开出的条件不错，你可以考虑一下。对了，你是不是舍不得艳红啊，从押解车上逃回来就为了她？"

"啪！"祁连宝回手拍了他肩膀一下。

仇敌笑了，祁连宝也笑了。

祁连宝突然问道："黑球，你有媳妇吗？"

"太老土了，我们叫女朋友。"仇敌道。

“好，那你有女朋友吗？”祁连宝问。

“没有……我比你混得惨。”仇敌摇摇头，“混京城的，不但一房难求，而且无妞可求。”

“我也没有啊。”祁连宝回头道。仇敌不太相信地看看他，他很严肃地道：“真没有。”

“那你……不会是个纯情的处男吧？”仇敌愕然问。横成这样，倒有可能练童子功。

“那不是……我跟着我们老板去……那个，找过小姐。”祁连宝扭扭捏捏地道，似乎比供述罪行还让他难堪。

仇敌笑得两肩直耸。

“好了，那后面的事就交给你了。”祁连宝道。

“放心，咱们现在是拴在一条绳上的蚂蚱，大不了我和你一起混黑社会去。”仇敌道。

“还有一件事。”祁连宝起身拍拍身上的灰，严肃地道着，“把我刚才说的，告诉艳红。”

“啊！？”仇敌惊得差点坐倒。

祁连宝却是无动于衷，羞赧地笑着看着他。

仇敌一拍额头，道：“我知道了，你是想断了她的念想……爷们！”

“谢谢，出来混总是要还的，我不想欠下谁的。”祁连宝不置可否地道，招招手，还在地上的仇敌一骨碌爬起来，却是僵在了当地。

几步之外，祁连宝回头看着南方喊着：“骑上车往南走六公里就是公路，别迷路了。后天见！”

“知道了！你怎么办？”仇敌道。往北是荒原，吃喝都有问题。

“哈哈，老子是野战侦察兵出身，除非自己找死，否则想死都难。”祁连宝道着，大步流星地走去，再无赘言。

这个粗人的身影在仇敌的视线中越来越小，直至成了一个小小的黑点。仇敌看了好久好久，好久都没回味过来。

奇怪，为什么会有一种莫名的感动呢？仇敌心里道。

# 36 有喜有怨

“唏律律……”草原上升起一轮初起的太阳，地平线上，密密匝匝地出现了奔腾的马群。

“来了，来了，快！快！准备好热水。”

“大个儿，带师傅们去吃饭。”

“二拐，草料准备好啊。”

“黑球，你给看着场子啊，马得好好歇歇，该刷的给刷刷。”

……

郝来运持着剧场的大喇叭嚷着。只有几十个人，迎接工作办得勉强。运料的、接人的，各自忙活着。

这些纵横驰骋的马队是从三百多公里外的齐林格尔长途奔驰而来的。现在这个时代，马队越来越成为稀缺的事物了，那万马奔腾的壮观景象，恐怕就是塞外也难得一见了。

确实壮观，被马开荒拉来临时帮忙的仇敌站到了马栏上，兴奋地举着手机拍照。上千匹骏马驰骋，身形如电、蹄声如雷、移动时像草原上的流云，奔腾时像塞外的狂风，几乎是眨眼工夫，已经清晰可见了。

“哇，帅呆了，就是太吓人啦。”包小三往一边躲了躲。

马队越来越近，速度越来越慢，他叫着仇敌，仇敌从栏上跳下来，有点小兴奋地道：“还是草原上的马好，这才叫神骏啊，我们老家净是些配出来的杂种骡子，只能下地干活。”

“骡子和马……就是品种不一样吧？”包小三愣了一下。

仇敌被问得郁闷了，翻了他一眼道："你好歹也是乡下人，也太给乡下人丢脸了啊。"

"我就应了个名儿，我其实是城里长大的，地都没种过。"包小三道。对此，他丝毫不觉得丢脸，反而觉得仇敌有点老土了。

说着马队归圈了。带队的有十几人，几米长的鞭子甩着，扯着嗓子吆喝着。那些训练有素的马跟着进了马栏围子。

郝来运早带上人去迎接了，人接上车，先吃饭。至于拌料、喂马、看场子的活，就让这些拉来的镇上闲汉代劳了。

包小三驮着大口袋，仇敌拿着大勺，一勺一勺舀着配料往马槽里放，两人一组，忙活上了。

包小三看身边没人了，神秘地道："仇敌，明儿不会干一场吧？"

这是最后一天了，对于最终会发生什么结果，包小三很是期待。

仇敌没理这茬，笑着道："你是怕钱到不了手吧？"

说起钱，包小三佩服仇敌佩服得快喊亲爹了。和谢纪锋通话，谢纪锋让他们开价。包小三狮子大开口，道："十万！"

谢纪锋只说了两个字——"成交。"

这时候仇敌拦住了，他说道："别急，听清楚，每人十万。"

这价码把包小三差点吓过去，一天八百都没实现，有这个前车之鉴，十万已经是狮子大开口了。不过旋即发生的事让他愕然了，谢纪锋伸手关摄像头时，还是给了那两个字——"成交！"

"你笑什么？"仇敌道。

"我还在想你要钱的英姿，哎哟，比这马可帅多了。"包小三回头道。

仇敌直接在他屁股上踹了一脚，包小三躲闪着，更荡漾了，道："这十万怎么花你想好了吗？"

"还没呢。你想好了？"仇敌反问。

"嗯，想好了，我……我回家娶个媳妇，好好整两天，赶明年就有人喊我爹了。"包小三幸福地憧憬着。

这宏大的理想听得仇敌闪腰了，笑着一屁股坐地上了。他无言地揽着包小三，给点了支烟，包小三美滋滋地抽着。仇敌看着包小三那张丑脸，关切地问了句："身上的伤好利索了吧？腰还疼吗？"

"没事，咱贱骨头，不怕揍。"包小三不屑地道。

"谁说贱了，英雄不怕出身低，很多大人物当初的处境还不如你呢。"仇敌笑道。

"夸我准没好事，你不是惦记我手里的钱吧？"包小三警惕地道。

"好，不夸了，过了明天，有人给钱，过了今年，有人喊爹。"仇敌哈哈大笑起身道。

包小三跟着爬起来，拎着袋子小声问："你可打包票了，祁连宝会回来，真的假的？这钱可悬啊。"

"要是我有一天被人打傻了，生活不能自理了，你会回来看我吗？"仇敌问。

"那必须滴。"包小三道。

"所以，他回来也是必须滴。他是个讲义气的粗人，放不下的东西太多了。我其实现在什么都不忌讳，就是觉得他有点可惜，就像我把他卖了一样。"仇敌道。在祁连宝的事上，他有点于心难安。

也奇怪了，殴打李劲松、赶走张瑞霞都没什么不心安的，反而祁连宝，还是打过他的人，却让他觉得心里隐隐不安。

"没事，网上不是说了吗，兄弟就是拿来卖的。"包小三笑着道。

"滚！刚才还说回来看我呢。"仇敌骂道。

"当然得看了。记住，变傻之前，手头的钱都给我啊，反正你傻了也不会花。"包小三道。

仇敌飞起一脚，直接把包小三踹趴到草地上了。包小三趴在草地上仍然是眉开眼笑。

……

首都机场，港行国际航班到站的提示音响起。

夏亦冰和秘书站到接站口，翘首企盼着。看到人群中一位精神矍铄、满头银发的老人时，她挥挥手，喊了一声，那位老人微笑着，向他扬扬手。

孙总专程从国外回来了，秘书接过他的行李，夏亦冰支走司机，亲自驾车。

上车坐定，孙总头一句感慨却是嫌首都空气太差，实在不是个养人的地方。闲聊几句，直入正题。夏亦冰递上了自己的手机，孙总一看，是一屏幕的骏马奔腾，孙总哈哈大笑了。

“这是一个小时前的照片。一匹马日耗饲料三到五斤精料，一千多匹，全部放在屯兵，没有一百万，他请得来送不走。这将成为压垮他的最后一根稻草。”夏亦冰笑着道。

她也是偶然听说影视剧的马队雇佣成本奇高，一个马术队几组镜头，就得十几万，现在好了，宗鹏程把一个骑兵马队揽下了。

“哈哈，这个活干得有点儿损啊，我早年做塑胶花生意的时候，也这么捉弄过对手。宗鹏程那边的情况怎么样？”孙昌淦笑着问。

“还能怎么样，等着咱们给他签约付款呢。”夏亦冰笑道。

没错，宗鹏程财迷心窍了，过高估计自己的能力只能是这个下场。

孙昌淦抚着头发，自言自语道：“发财难，想驾驭财富更难。给过他很多机会了，奈何人心不足蛇吞象啊，该有一个圆满的解决喽。对了，小夏啊，前两天是怎么回事？”

“哦，意外。”夏亦冰解释着。

派去的商务调查员被屯兵镇的祁连宝打伤致残，之后只好另辟蹊径，找到哈曼商务了。对于哈曼，夏亦冰自然是不吝溢美之词。

孙总却是不在意这个，他皱着眉头道：“祁连宝的事必须得解决，这个人是宗鹏程的中坚。宗鹏程不足惧，但祁连宝这种人就可怕了，连法律都蔑视的人，他是不会讲什么规则的，我们商人的方式，对他根本没用。”

“所以，哈曼给了一个完美的解决方式。”夏亦冰笑着道，示意孙昌淦打开副驾上的储物箱子。

孙昌淦从箱子里取出一部平板电脑，他戴上眼镜，细细地看着，脸上慢慢露出了笑容。

“很好，非常好，帮我联系一下这个谢纪锋，明天我请他喝茶。”孙昌淦兴致盎然地道。

“好的，他一定会欣然而来的。”夏亦冰笑道。

车疾驰着，消失在雾霾重重的路上，消失在钢筋水泥的丛林里。

……

静谧的屯兵镇看不出有什么改变，依然是日出而作，日落而息。影视基地带来了财富，但也带走了这里的宁静和纯朴。

车站喧闹起来了。围着一堆人，应该是黑车司机和游客在争吵。北街宾馆不远的地方更脏更乱了，早晨的菜市休市后，遍地的菜叶撂了一地无人打理。宾馆也热闹起来了，应该是马队到了，整个后厨都在忙乎。马胖子喜笑颜开地逢迎着，看到耿宝磊都没来得及打个招呼。

肉墩和耿宝磊推着垃圾车，两人一路走过，把垃圾倒在镇边，回返。

耿宝磊看着眼前的繁华，却在下意识地想着，繁华的表象破灭之后，这儿的人将会是什么样的处境。

"墩儿，你记得你大名吗？"耿宝磊有一搭没一搭地问。

"就就……就叫肉墩。"胡雷随口道。

"那你妹叫什么？"耿宝磊问。

"叫妹啊。"肉墩道。

"那你还记得祁连宝吗？"耿宝磊又问。

"不不……不记得……"肉墩摇着头。

得了，这忘得可够全乎了。耿宝磊回头看看这眼神呆滞、满脸傻相的肉墩，想着刚来时一行人被他吓得掏钱，想着这货以前和祁连宝一样，也是个耍勇斗狠的主儿，想着还有人在试图把他从迷糊里拉回来，却是喟然长叹一声。傻了其实挺好，最起码没啥闹心的。

回到店里，艳红在拖地，管千娇帮忙擦着桌子。

已经几天不见艳红的笑脸了，病恹恹的样子，连艳红他妈也成了那个样子。自从听说祁连宝被抓，自从听说祁连宝逃狱，警察遍地抓他，这一家子就像被抽了魂一样，看什么都发呆，生意都快做不下去了。

"艳红姐，我来吧，你歇会儿。"耿宝磊进门抢着干活，胡艳红道了谢，懒洋洋地给了他。

耿宝磊拖着地，肉墩迷迷糊糊地又进后厨要吃的了，被他妈骂了几句，估计蹲院子里生气去了。拖着地的耿宝磊给管千娇使着眼色，管千娇面露难色，还是勉为其难地去了。

这是最后一天，都生怕出什么变故，两人都以帮忙为借口混在这里。管千娇倒了杯水，放到胡艳红面前，胡艳红慢慢地抬起头，整个人憔悴了好多。

她紧张地拉着管千娇道："娇，你别骗我，他……他现在在什么地方？他还好吗？这周边可都是荒郊野外，他一个人可怎么过啊？娇……你说，他会被警察打死吗……"

胡艳红连珠炮似的连着问了几个问题，管千娇被问懵了。要是知道他安安生生地蹲着大狱也罢了，可偏偏逃出来了。逃的那位倒轻松，只是牵挂着的怕是轻松不了。管千娇看得出胡艳红的意思，她是那种嘴上狠、心里真的女人，那份挂念做不了假。

"我真不知道那么多。只见过一回，好像是他。"管千娇道。

胡艳红黯然了，唏嘘了一声，侧过脸，悄然无声地抹去了眼里溢出来的泪。

管千娇抚着她的肩膀，轻声道："我以为你恨他呢？"

"我哥成了这个样子，都是因为他；可我们能走到今天，也是全靠着他。你知道吗，他差点就给我们家当了上门女婿。原来在工地的时候，我哥天天喊他妹夫，呵呵……"胡艳红说着，笑了，不知道是欣慰还是难过。

"其实我们也没做什么。刚认识他的时候，他后背全是伤，不能干重活，我哥就帮着他。看他在工棚里连被褥也没有，就把我们铺上的给他拉了一条，后来他们就成了形影不离的朋友。我那时在工地做饭，总有些不三不四的工人来调戏，我哥老实，有时候也惹不过，他可不客气，直接一顿暴打，呵呵，后来，全工地都知道我是他的人，没人敢调戏我。其实，我们连手也没拉过……"

胡艳红笑着，哭着，泪流着，手抹着，失魂落魄地凝视着门外，街头，似乎期待那个人出现一般。

当一切全化作失望之后，她像沉浸在回忆中一样，温馨地道："他不怎么会说话，其实我知道他心里想的什么，老是给我买东西，买了又不敢送，让我哥悄悄给我。后来日子好过了点儿，我们把妈也接来了，他给租的房，老去看我妈，我妈老说连宝比亲儿子还管用。后来还是我舅催了他几次，他才憋着性子，拉着我哥去和我妈说的……”

“后来呢？”管千娇好奇地问着这个纯朴的爱情故事。

“我哥逗他，求亲要先给丈母娘磕头呢，他就真给我妈磕了个头，光磕头，憋着红脸不知道该说啥，我妈答应了。我那时候也傻，嫌他个子太高了，他就给我买了一双跟老高的高跟鞋，根本没法穿……”胡艳红说着自己笑了，笑着抹了一把眼泪。

“你们……没有典礼？”管千娇好奇地问。

“没有，求亲没过几天，宗老板就让他们回屯兵干活来了，没几天这边就打起来了。那天度假村的施工队也放出风来了，他们有一百多人，谁要阻挠就往死里打。我死拉硬拽也没拉住他，他带着我哥，带着北宁回来的三十多个工人，操着家伙就去和人拼命去了。”胡艳红黯然道着。

她恨，她非常恨。那也许是改变命运的一天，一场血淋淋的械斗，背回来的是人事不省的亲人，任凭她哭喊都无济于事。

后面的事，管千娇知道了。祁连宝一战成名，再无施工队敢进驻屯兵。两方各有重伤残，官司又把华鑫拖得筋疲力尽。而这个时间差，足够宗鹏程完成原始资本积累了，一个偌大的影城成了鹏程商贸的聚宝盆。

“我哥成了傻子了，我们能怨谁啊，只能怨他太混蛋，别人打架都是应了个名，他一上场就拼命。他连着来了几年，送钱送药，还带着我哥去找医生。人心都是肉长的，这么多年了，我和我妈也认命了。我妈劝过我好多回，我……我不知道为啥，总是原谅不了他。”胡艳红说着，舒着气，却像心情更郁结了。蓦地她悲中从来，埋怨着自己道：“这么年，我都没有跟他说过一句话……他一定很难过，他一定再也不想见我了……”

“艳红姐，不是这样的，真不是这样的，他其实……其实心里一直有你的，否则就不会这么多年单身了。”管千娇慌乱地劝着这个痴情人。

劝也劝慰不住，胡艳红抹着泪，奔回后厨，蹲下哭上了。管千娇进去，她妈妈唉声叹气着，示意管千娇别去劝她了。她不止一次和管千娇说了，这妮子性子拧，旁人说不得。

管千娇退出来了。耿宝磊不悦地问道：“你怎么劝的，怎么劝哭了？”

“你咋不去呢？”管千娇反将他了。

“我这么纯情，实在看不懂这场相互不理，却相互守望的爱情啊。”耿宝磊低声道。

“我也没看懂啊。”管千娇咬着嘴唇，难堪地道。

耿宝磊贼头贼脑地看看里头，拉着管千娇出了店外，“不谈爱情了，谈事情！”他压低了声音道着，“最后一天了，咱们千万别掉链子啊。”

“知道！明天以后，最可恶的不是祁连宝、不是宗鹏程，也不是华鑫。”管千娇有点心堵地道。

“那是谁呀？”耿宝磊没明白。

“是仇敌！”管千娇道着。和胡艳红一样，那种心堵的感觉让她无语。

# 37 图穷匕见

“上午十点，我到高速路口接人，你回屯兵准备，安排好下午的接待。”一行短信，字里行间洋溢着某种魔力，让宗鹏程欣慰地笑了。

手机的屏幕显示，今天是九月二十四日，天气，晴。

“稍快点儿，中午在宾馆招待夏助理一行。人家可是见过大场面的人，谁也别给我掉链子啊。”

宗老板装起手机，安排着从公司售楼部抽调的服务员，一车人响应。在商务车的后厢，还装着半车的烟酒、土特产。

准备妥当后，宗老板喜气洋洋、风驰电掣地驶回屯兵。

九时三十分，在高速路口等待的金彦国接到了宗鹏程的电话。意气风发的金总安抚了一番，算着时间，定在中午十二时到屯兵。

这个电话结束后，金彦国忍俊不禁，和他同行的秘书张瑞霞也笑了。这几天张瑞霞被吓得深居简出，根本没敢回屯兵镇，今天是知道总公司来人，硬着头皮来接应了。

“怎么了？瑞霞，好像你不高兴啊。”金彦国问。

“我担心祁连宝那事……”张瑞霞隐晦地道。

“大局已定，他难道还想逆袭？别说他了，今天连宗鹏程也要完蛋！”金彦国笑着道，笑容里带着几分狰狞。

张瑞霞却是心跳加速，按捺不住地紧张。这就像在钢丝上跳舞，最后一步能不能踏到实地尚未可知。她忧虑地道：“金总，宗鹏程要是知道我们根本就是在诳他，会不会……？”

“哼！又没签约，难道还要负法律责任吗？”金彦国不为所动地道。他对于把宗鹏程拉下水毫不介怀。

张瑞霞有点懵了，她在屯兵待的时间最久，也最清楚这个法外之地会发生什么事，她显得有点手足无措了。

金彦国安慰她道：“这将是一次大换血，重新洗牌，重新来过。我在这儿三年多了，宗鹏程已经忘乎所以了。股票、期货、房地产，到处投资，这次的拍摄筹备，他手里那几百万现金丁点儿不剩，那些债主他是不是能应付还得两说。至于你担心的事嘛，你觉得一只被拔了牙的老虎，还算老虎吗？”他睥睨地道着，语气中尽是不屑，这位高知出身的高级经理人根本没把土豹子放在眼里。

对，这是一个庞大的局，从很久之前就开始运作了，张瑞霞知道得要比金总晚很多。正是眼前的这位金总，一步一步地把宗鹏程带上了成为成功商人的道路，手把手地教会他如何投资股票、期货，手把手地带他玩转房地产，教会他如何把鸡蛋放在不同的篮子里规避风险。只不过，最后的结果是，无论哪个篮子里也不会再有鸡蛋了。

这些年来华鑫不遗余力地邀请剧组，暗中支持着计划的实施，让宗鹏程一步一步做大，一点一点放松警惕，直到最后的一单生意，让他连本带利，输光赔尽！其实这个局并不复杂，也并不难识破，只是一旦利欲熏心的人已经习惯了牟利，就会忘记风险。

“都打起精神来，今天不会有剧组来，不过夏助理会唱一出大戏！”金彦国提醒着。

“哦。”张瑞霞似乎心事重重，脸色越来越难看了。

时间卡得很准，在整十时，一行京牌照的车队下了高速，三辆轿车，四辆商务。在路口迎接的金彦国招手致意，张瑞霞看到夏助理只是打了个招呼，直接带路进市区。

来了，这一天终于来了。

金彦国一路兴奋地说着夏助理的轶事。传说夏亦冰最早不过是一位导游出身的普通女孩，被孙总看中后，独掌总公司出境旅游业务，几年间便到了华鑫一人之下，万人之上的位置。

夏助理的傲气张瑞霞早听说过，不过真正见到时还是让她震惊。到了公司所在的恒信大厦，三辆商务车里出来了三十余位保全人员，训练有素地护着队伍。从楼门直到电梯，一路恭请。冷面覆霜的夏亦冰一言不发，匆匆快步而行。进了北宁分公司的大厅，金彦国一行热烈鼓掌，她却无动于衷地摆摆手，坐到了主席位置，再一挥手，保全人员如临大敌地关上了会议室的门。

“人都到全了？”夏亦冰直入主题。

“到全了，包括我们，北宁分公司一共二十一人。”金彦国道。

“好，现在开会。我来宣布总公司的几项决定。”夏亦冰随手拿出小本子，扫了一眼在座的北宁员工，朗声道着，“鉴于华鑫国旅下属大西北影视旅游开发公司连年巨额亏损的情况，总公司做出如下决定：第一项，从即日起，开始核算资产，一周内完成资产清理，注销大西北影视旅游开发公司，后续工作由总公司派遣人员接手。”

会议室乱了，窃窃私语的声音不断。都以为今天是《铁骑》拍摄的发布会，谁能想到总公司扬刀开宰自己人。与会人员都看着金彦国，金彦国像是知情一般，一点惊讶之色也没有，

夏亦冰继续道：“金总啊，这个时候，您作为分公司的总经理，应该给大家做好带头作用。”

“好的，我来说两句。”金彦国笑了笑，温文尔雅地道着，“我们公司的情况大家都清楚，总公司做出上述决定，我觉得是非常英明和正确的。屯兵镇的遗留问题和现在的问题也到了一揽子解决的时候了。这么亏损下去，金山银山也有一天会搬空的。大家不必紧张，我相信，总公司对于给公司做出过贡献的员工会妥善安排的。您说是吗，夏助理？”

“对，原北宁分公司人员随后会接到回京培训通知。”夏亦冰一翻本子，正色看着下面的人，冷冰冰地继续道着，“第二项决定，从即日起，解除大西北影视旅游开发公司总经理金彦国的聘任合同。”

会场再次乱了，金彦国的脸一下子绿了，腾地站起身来，目瞪口呆地看着夏亦冰。

“怎么了，金总，刚才您还说拥护总公司的英明决策啊？”夏亦冰笑着问。

“我要面见孙总！”金彦国吼着。

“好啊，现在你就可以求证。”夏亦冰淡淡地道。

金彦国一下子如坠冰窖，他知道假不了了，可没想到重新洗牌第一个洗掉的是他。他怒不可遏地吼道：“你……你太过分了！让我用《铁骑》假项目诱宗鹏程的是你！让我想方设法套牢他的现金的也是你！让我想办法让他自毁长城的也是你……你……”

金彦国怒了，一下子把该讲的和不该讲的全捅出来了，包括设计宗鹏程入坑，包括夏亦冰还拨付一百余万的款项让他和宗鹏程入股，所有的假象都和夏亦冰脱不开关系。

夏亦冰面色如冰，冷笑连连，只待金彦国说得上气不接下气，她问道：“就这些吗？”

“就这些还不够啊?！别以为在这里你可以为所欲为！！”金彦国怒气冲冲地吼道。

“你的料不够猛，而且没有证据，我会告你诽谤的。金总，干脆我给你来点儿猛料吧。我这里有十几宗结算账目，都是剧组场地的租赁费以及影视维护开支的账目，任何人一看都能看得出，有人在拿公司的资产做交易，中饱私囊！金总，您说，这个人会是谁呢？”夏亦冰扬着手里的一摞复印件，金彦国一下子脸黑了，下面窃窃私语的声音不断。

这个人，当然除了金彦国不会再有谁了。影视基地的门票收入、租赁场地的收入，金彦国和张瑞霞两人独揽，谁都知道那是一块肥肉。

“还有，除了公司的安排，有人以大西北影视旅游开发公司的名义邀请剧组，总公司并不知情。所用场地在屯兵镇周围，所得收入，你和鹏程是怎么分配的，是不是应该给在座的同仁汇报一下？”夏亦冰道。

又是一颗重磅炸弹。金彦国打着公司的旗号，给自己鼓腰包的事，子公司的人谁都知道，只是华鑫对这里疏于管理，没人当回事而已。

金彦国被吓住了。他瞬间明白了张瑞霞的紧张来自于何处。这些事知道不知道不重要，但抓到证据放到会上说就重要了。只有一种解释，自己身边一直有人向夏亦冰告密。

“是你！”金彦国欲哭无泪，颤颤巍巍地指着张瑞霞。

张瑞霞脸色如土，难堪地侧过头，不敢对视。她没有想到上面会这么处理，一点面子都没留。

“恭喜金总，猜对了。您可以走了，接下来要讨论公司的内部事务，您是外人，不方便在场。”夏亦冰道，逐客了。

“你等着！这事没完！”金彦国一摔桌上的矿泉水瓶子，怒气冲冲地拉开了会议室的门。门开的一刹那，他愣住了，两位警服鲜亮的在等着他，臂上标着“经侦”字样。

“恭喜您，您又说对了，这事没完，请您好好向警察交代一下贪墨、挪用公款的事，我一定会等结果的。”夏亦冰淡淡地道。

保全人员架住了吓蒙了的金彦国，门慢慢闭合上了。

此时，满场员工战战兢兢，会场静得连一根针掉在地上都能听到。

张瑞霞目不斜视。她清楚，这是最狠的一招，金彦国出事，势必会把宗鹏程牵扯进来，会让宗鹏程再无翻盘机会。

“拿着公司的薪水，却打着自己的小算盘，我最恨这种人！在此，我要大力表彰张瑞霞女士，她在这个艰苦的环境里工作了三年多，任劳任怨，而且把一些重要的情况及时反映到总公司，难能可贵啊。”

夏亦冰意外地当场表扬了张瑞霞，在场的员工也清楚，她是总公司派下来的秘书兼经理助理，说白了就是监视，接下来，这位秘书恐怕要一步登天了。

片刻之后，夏亦冰继续道：“在宣布第三项决定之前，我要先澄清一件事，我可以毫不讳言地告诉大家，为了解决屯兵镇的问题，总公司不得不出此下策，从京城聘用了数位资深的商务调查人员，他们还有一个称呼在座的诸位可能并不陌生，商务间谍。”

会场一点也不意外地又是一片哗然。

夏亦冰开始甩猛料了，道：“据这些商务调查人员发现，在我们公司内部也有一位商业间谍，他不断向第三方提供我们公司经营的详细数据，这让总公司在很多事情上很被动。至于是谁，我不准备点出来，我准备给他一个站出来的机会，内部处理，自己走人，家丑就不用外扬了。”

好大一会儿，下面的人面面相觑，人人自危，半晌没有人站起来。

“好，那我点一下，后果，就不是我说了算了。”夏亦冰拿着桌上的公文包，轻柔地拉开了拉链。

这时候，会场嘘声四起，夏亦冰抬头时，她黯然了。

刚刚受过表扬的张瑞霞一脸尴尬地站起来了。

夏亦冰冷眼观察了她好一会儿，她实在不相信，在总公司待了数年的张瑞霞，居然会真是那个一直向飓风传媒提供经营信息的内鬼。

夏亦冰狐疑地问：“真的是你？”

“对不起，夏助理。能给我个递交辞呈的机会吗？”张瑞霞难堪地道。在最后一刻，她心神失守了。

“其实我根本不相信是你，如果没人站出来，我会接着宣布第三项决议，总公司任命你为影视基地旅游开发的项目负责人。”夏亦冰道。

张瑞霞一阵眩晕，瘫倒在座位上。

“心理素质这么不好，当什么间谍?！以为吃里爬外那么容易！? 保安！把她带走！”夏亦冰喊了一声。

进来了几位保全人员，架着瘫倒的张瑞霞出去了。

这个会议把分公司的员工都吓住了，眨眼间，两名公司高管一个成了阶下囚，一个被戳穿了身份。会场上任凭谁一时也反应不过来，这究竟是唱的哪一出戏。

……

这个时间，谢纪锋驾车刚刚泊到了京城西郊玫瑰庄园的门口。这是一幢连体的别墅，是私人领地。他报着名字，看门人客气地领着他泊车。

派去接那几位的人已经走了，差不多应该到屯兵镇了。消息还没回来，不过他倒不紧张，此番前来是应孙昌淦之邀。

说真的，这个邀请让他有点受宠若惊了。在业内，这种身家几十亿的商界领袖亲自邀请的机会并不多。

泊好车，管家样子的人领着他进了别墅。三层，一间雅静的茶室。开门时，他看到了屋中央的一台麻将机，阳台坐着一位满头华发的老人，正品着茶。

“谢总，有失远迎啊。”孙昌淦起身了。

“哈哈，不敢当，您称我谢总，我就没法称呼您了。孙总……要不，叫伯父？”谢纪锋笑着道。

“好啊，有你这么个晚辈，我这脸上可有光了，就叫伯父，我叫你小谢，坐。”孙昌淦浑然没有亿万富豪的架子，请着谢纪锋坐下。

谢纪锋看看茶盘，随口道：“我来吧，正山小种……嗯，好茶。”

煮好水，换着茶，烫着杯，干得有条不紊。看得孙昌淦稍有意外了，但凡知道他身份的人，特别是商人，那溢美之词是不绝口的。可眼前这位除了套了句近乎，倒显得不是那么逢迎了。

殷红的茶进杯，氤氲的茶香飘起，两人各饮几杯，话题开始了。

孙昌淦直接问：“我的人今天全到北宁了，你说，怎么处理才是上上策？”

“那就……壮士断腕吧。”谢纪锋笑道。

“可金彦国是我亲自任命的，而且他所做的一切，都是我默许的。因为那时候需要一个唯利是图的人，只有这样的人才能和那位利欲熏心的人沆瀣一气。”孙昌淦道，似乎难下决断。

“但是，只有斩掉这个唯利是图的人，才能扯上利欲熏心的人。伯父您是，寒梅傲雪独绽放，只叹芬芳无人识吧？”谢纪锋笑着道。这老头的问题，他看得出，不无炫耀的成分。

“哈哈哈，谁说无人识，现在有了，请。”孙昌淦笑着道，啜着茶，“小谢啊，智计在握，终不如亲眼所见。你说宗鹏程这时候会在干什么？他会不会蠢到什么都不知道？”

“就不蠢，也会被这个晴天霹雳击蠢，伯父您为此筹划了几年，难道没有一点自信？”谢纪锋道。

“自信是有，但变数也有啊。不瞒你说，我亲自到过屯兵镇，不止一次，以一个普通游客的身份，也不止一次见识过祁连宝的手段。坦白说，商人的方式我运用自如，但商人以外的方式我就无能为力了。其实我很欣赏祁连宝，如果换个环境，他说不定会是个教父类的人物。”孙昌淦道。那是他最头疼的一根刺，对付祁连宝，就是高科技对锤头，根本不着调。

“确实是个变数，不过，大势所趋，无异螳臂挡车。我看不出，这个变数还会带来什么意外。”谢纪锋道。

“那就看你喽，既然已经下了猛药治疾的决心，那就得治病去根，不能再有任何反复。”孙昌淦道。

谢纪锋抬着眼皮，没人知道他的手心开始出汗了。如果结果不遂人意，他仍将是个输家，不过他却镇定地道：“伯父请我来，不就是一起等一个皆大欢喜的结果吗？”

“对，看来我有点紧张了。来，喝茶。”孙昌淦笑了，出手请着。看得出，他心绪未定。

……

“什么？！你再说一遍？！”正在宾馆大厅等着的宗鹏程惊得血上头了，拽着郝来运。

郝来运紧张地道：“真……真被抓了，恒信大厦楼里都知道了。刚才五娃家那小子打电话问我，我还一头雾水呢。他在大厦里当保安，亲眼看到金总被警察带走了。”

“奶奶的！到底是什么情况？！你打听也得打听清楚了啊！”宗鹏程慌乱地掏着手机，骂着郝来运。手机拨通无人接听，郝来运来回问着，却是无人知晓确切的情况。

恰在这时，售楼部的一位姑娘急匆匆地找宗老板来了，直接递给宗鹏程手机，糊里糊涂地说：“宗哥……是不是不对啊，您不让我注意《铁骑》的消息吗？没有啊，怎么出来这些消息？”

宗鹏程夺过手机一看。

“据华鑫透露：大西北影视基地将于即日起封城扩建。”

“华鑫正式起诉旗下大西北影视旅游开发公司经理人。”

“华裔龙腾影视集团声明，《铁骑》拍摄计划将无限期后延。”

……

“嘭！”宗鹏程气火攻心，摔了手机，一口老血直冲喉头，痛不欲生地吼道：“金彦国这个王八蛋把老子害苦了！！”

一直以来不愿相信的事摆到眼前，宗鹏程一阵眩晕。郝来运搀着他，叫着服务员端水，宗鹏程灌了几口，眼滞牙颤，愣是没回过神来。现在别说拍摄了，一个封城，断了客源，直接断了宗鹏程的活路。

报信的姑娘傻眼了，自己的手机被摔了，赔都没人赔。

片刻之后，宗鹏程像回光返照了一样，惊坐而起，大声吼道："叫人！快给我叫人！把人都给我喊来！这是坑老子！这个首都来的臭娘们儿，老子做鬼也要先砍死她！！"

一听生意黄了，姚富文傻眼了，马开荒哭脸了，一家子聚在一起。一会儿，保安、大厨、工人，被懵头懵脑地召到宾馆大院，谁也不知道，那急火乱跳的几位老板究竟要干什么。

……

此时，夏亦冰主持的会议还在继续。她又陆续宣布了总公司的另外几项决定。具体如下：

第三项，清理子公司账务。

第四项，准备起诉材料，不仅针对金彦国，连鹏程商贸也捎上了。公司的法务没有想到，这位夏助理手里已经掌握了宗鹏程海量的违法经营证据。

第五项，把参加会议的所有人留在会议室，写述职报告。

夏亦冰雷厉风行地"扫荡"了子公司，起身走人，身后跟着一群穿着黑色西装的保全人员，像个黑社会大姐头一般地进了电梯。下楼，刚出电梯，她停下了，她看到了踽踽独行的张瑞霞。

张瑞霞出了厅门，和高雨田、张政和打了个照面。接着又是一个奇景，张瑞霞狠狠地扇了张政和一个耳光，愤然离开。

夏亦冰笑了笑，匆匆走过去，经过张政和身边时，看到他尴尬地捂着脸。夏亦冰叫着两人同乘一车，一行开拔的方向是屯兵镇。这一路走得高雨田和张政和那叫一个忐忑不安，车上几次想说话，都没有说出来。

没错，张瑞霞的消息都卖给了飓风。

因为无从得知祁连宝控制的餐饮和运输两大产业的信息，张政和才尝试着请了哈曼商务。本来离成功已经是一步之遥了，可谁知道，最终功亏一篑。和哈曼最后的谈判，对方开出了两百万的天价，明显是不准备接受委托。

不过这时候张政和有点明白了夏亦冰这么成竹在胸的原因了，他严重怀疑对方后来者居上，和哈曼谈妥了。毕竟只有哈曼留下的人才有机会，其他人再进入，时间根本不够。

两人互视了一眼，却是无法启齿了。说是合作，但收买对方人员当间谍，这事无论如何也放不到桌面上，还好人家没有当面问出来。

“停车！”夏亦冰突然下命令了。

一列车队孤零零地停在开往屯兵镇的路上，夏亦冰像闭目养神一样，半晌一言不发。

“夏……夏总，怎么回事啊？”高雨田小心翼翼地问。主动权缺失，得仰仗人家了。

“现在进屯兵镇，我们会被撵出来的。”夏亦冰道，她将自己的手机递给了后面的两个人。手机屏幕上显示的是刚刚接收到的照片。此时屯兵镇的宾馆大院已经聚集起了上百人，那人头攒动的，让人看着胆寒。

两人看了半天，夏亦冰笑吟吟地回看着，道：“我也往屯兵派出了商务间谍，而且是顶尖高手，他们将在接下来的时间里，快刀斩乱麻地解决此事。二位，要不你们先试试？你们要解决了，就不必我出手了。”

“这个……”张政和咬咬嘴唇，难堪了，他和高雨田都不敢接招。

“那现在该我说话了，两位处心积虑地想趁火打劫，还收买了我们公司内部的人员。嗯，这事实在不好讲出来啊。要不这样，我提个解决方案怎么样？你们是专业搞影视的，未来的大西北影视基地也需要这种专业团队，要不二位商量一下，我们华鑫作价，收购了你们？”夏亦冰笑着道。

张政和愣了，高雨田苦不堪言地拍着自己的额头，闭上眼了，心里暗骂，这鸡偷的，要赔上自己了。

“这可是个没王法的地方，这种事，谁能解决得了？”张政和递回了夏亦冰的手机，旁顾左右而言他。

“那可说定了啊，一个小时内我大大方方地走进屯兵镇，你们也大大方方地接受收购，如何？”夏亦冰微笑着道。那份自信，把高雨田和张政和惊得愣是没敢接话茬。

# 38　大勇似怯

上午八时，屯兵镇宾馆西侧的屯兵小超市。

“多拿几瓶水，烟来一条，还有面包和火腿肠，就这些，多少钱？……哎呀，说着就要走了，还挺留恋这地方的啊。”包小三道，买了一堆东西，关键要说最后一句话。

“不走怎么办啊，马上就封城，都没人了。”耿宝磊在旁边帮腔。

超市老板娘比较迟钝，说了两三遍才听到，然后瞪着眼不明白了，问道：“你说啥城？”

“封城扩建！您没听说啊？”包小三道。

“封城不照样干活，这谁封得住？”老板娘道。

耿宝磊出场了，他说道：“封是封不住，但是公告出来了，没剧组来了啊？你不信啊，您看，网上消息早有了。”

包小三接话道：“一没剧组来，这吃的喝的用的啥的，可都卖不出去了，我们待着也没活干了，这不得走吗。”

“少扯了，我家男人说了，今天不就拍什么‘铁马’吗？”老板娘不信了。

“是《铁骑》！”包小三纠正道，实在为这里人的智商堪忧。“这个很好驳斥，同样在网上，已经有华裔龙腾的官方消息了，因为投资问题，拍摄后延了。”

老板娘愣怔了，都没有注意到两位顾客什么时候走的，然后对着电话吼道：“老马！那啥《铁马》都不拍了，你瞎耽误啥呢？哎……那垫的钱算谁的？！”

不远处的包小三和耿宝磊捂着嘴偷着乐，悄悄跑了。

这地方，让一个老娘们儿知道消息，全镇的娘们儿都不会落下。包小三和耿宝磊在不遗余力地传达着消息，中心议题是：赶紧要工钱，戏都不拍了，那工钱谁给啊？！

这是最对症的一剂药，更何况不管是马开荒还是郝来运，在钱上名声都不怎么好，都有过欠薪的前科。

汉子们心系那点没付的工钱，生怕白忙乎了。胆大的联络着大伙儿怎么要工钱了，胆小的心里也开始嘀咕了。没多长时间，这个消息传遍全镇了。

十点多，宗鹏程回来了，那意气风发，颐指气使的样子，倒把想问几句的马开荒、郝来运、姚富文都吓回去了。

这时，仇敌爬到镇边山坡的树荫里，架上望远镜，观察着全镇的四个方向。他在等着祁连宝的出现，为这次的屯兵之行画上一个圆满的句号。

没有，没有看到，能看到马群，能看到影城，能看到还在忙碌着的人，却一直没有看到祁连宝的出现。随着时间的推移，他心里有点不确定了。此番成败皆系一人，他还真担心祁连宝出尔反尔，毕竟只是一面之交。

不知道过了多久，耿宝磊和包小三来了。

耿宝磊慌乱道："仇敌，乱了，他们肯定知道北宁那边的消息了。"

"马胖子在组织人手。"包小三道。

仇敌赶紧往近处看，这一看可是心拔凉拔凉的。院子里聚集了数十人，马胖子在激动地讲着什么，郝来运也带了一群人加进队列了。这种家族式的产业，很容易心齐的。

"走，看看去。"仇敌装起了东西。

"别去，乱着呢。"耿宝磊心有余悸。

包小三和仇敌一走，耿宝磊一叹气，又追上去了。

三人小心地靠近了宾馆，却发现这是一拔乌合之众。一半是马开荒的大师傅，一半是镇上干活的工人，估计都是被婆娘赶着要工钱来了。

马胖子正在极力解释着："老子多大的生意，能欠你们那俩小钱？工钱马上就发，不过今天要出事，谁不和我站在一块，以后甭想跟着吃香的喝辣的。"

鼓动的作用不大，下面的人有翻白眼的、有坐观的、有抠鼻子的。对于这位尖酸刻薄、为富不仁的马老板，镇上的人微词不少。

马胖子估计也清楚自己的威信不足，回头时，看到仇敌，仿佛抓到了救星稻草似的，喊道：“来来，黑球、三儿、宝蛋。”

马胖子把三个人招来，顺手把一根捅火的铁棍塞到仇敌手里，“今儿打架，你们带头啊，亏待不了你们。”

“啊？这样也行？”仇敌和包小三傻眼了。

马开荒却是不管不顾，拽着仇敌介绍道：“黑球认识不？祁连宝来了都能和他大战三百回合！今天都算我的，厨房里有鱼有肉，都敞开了吃，一会有事，都放开了打。”

一阵喝彩后，已经有人钻回厨房抢碗捞肉了，看得马开荒心疼不已。回头看着仇敌几人，他指着众人道：“太没素质了，怨不得人家城里人笑话你们！黑球啊，全靠你了啊。”

“等等，马老板。”仇敌很严肃地问着，“和谁打？”

“对呀，马老板，打谁呢？”包小三也问。

这个简单的问题把马开荒问住了，他愣了，对呀，和谁打？宗鹏程吼了声就叫人，这人叫来了，接下来可怎么办？

“跟华鑫打。”马胖子恶狠狠地道。

“哎……不对啊，你们不是一势的吗？”耿宝磊装糊涂道。

马开荒有苦难言了，但这被坑的事不敢讲。他表情不自然地道：“一势也打啊，两口子还干仗呢。”

“哦，我明白了。”仇敌道，

马开荒马上警告道：“不许谣言惑众啊！”

仇敌马上改口道：“我不是惑众，马老板你想过没有，咱们玩铁锹，人家玩电脑，咱们操家伙，人家动鼠标，根本不对等。”

“啥意思？”马开荒不解了。

“我的意思就是，人家只要公开发布告说影城关闭了，那旅游和剧组就全不来了，咱们就瞎了，还用来人吗？您招这么多人，不得多赔饭钱吗？不解决问题啊！”仇敌严肃地道。

“啪！”马胖子痛不欲生地直拍自己脑袋，还真是啊。他思忖了片刻，看到厨房里那些狼吞虎咽的闲汉们，终于爆发了，大吼道：“别吃了，老子金山银山都填不满你们这群饭桶！滚！都滚！”

他吼着，骂着，那些厨师和闲汉笑嘻嘻地端着满碗的肉就跑。等他再回头看时，完了，黑球那几个也不见了。他郁闷地思忖着，然后长叹一声，坐在厨房的门框上，看着香气四溢、热气腾腾的饭菜，欲哭无泪啊。

十二时整，宾馆里，宗鹏程和他的亲戚朋友聚到一块，开始商议对策。

此时，手工匠人们追着宗鹏程要工钱。十几位马术师也听到风声了，追着宗老板和郝来运讨说法，上千匹马的消耗可不是小数目。

乱，乱成一团糟了。

……

“他会来吗？”孙昌淦看看时间，抬抬眼皮，征询着谢纪锋。

“其实来不来的结果都一样。”谢纪锋笑着解释着，“华鑫对鹏程，第一步是诱其入围，分散他的资金。第二步是釜底抽薪，套牢他的现金；之后还有第三步，源头断流，停止影城的运营。旅游和拍摄一断，屯兵镇马上就会被打回原形。到时候，能制定规则的，还不就剩伯父您一家了。”

“呵呵……知我者，小谢也。没错，这是商人的方式，远不如一个坏人的方式来得直接啊。”孙昌淦道。

“那为什么您很看重这个坏人呢？”谢纪锋疑惑地道。交易的最后条件是，祁连宝回屯兵镇投案自首，仇敌极力作保，现在看来，似乎有点轻率了。

“当坏蛋，也要遵守坏蛋的规则，这个规则就是有福同享、有难同当。祁连宝是个非常合格的坏蛋。据我所知，那个被打傻的工人，他四处求医问药，那些受伤的工人，他也一直接济着。之所以他在屯兵镇一呼百应，不是因为他的拳头最硬，而是因为他的威信无人能撼动。”

孙昌淦娓娓道来，从顶峰的视角看最底层，这种眼光，让谢纪锋叹服了。

孙昌淦自嘲地笑笑道：“其实这才是真我。就现在来讲，小生意是打出来的，好生意是关系拉出来的，大生意那是钱砸出来的，不同的层次有不同的生存方式。我也经历过最早的那一代，我的老友里面，曾经也有绑颗手榴弹去要货款的愣头青啊，哈哈哈。”

“呵呵……哦，我明白了，之所以这样做，是要把宗鹏程推到背信弃义的位置？”谢纪锋恍然道。

“对，突破规则的坏蛋，可就算不上坏蛋了。很多坏蛋一阔之后都会变了嘴脸，他也不例外。”孙昌淦道。

谢纪锋笑了笑，对于老头耐心的程度和谋篇布局的能力，他实在佩服得无以复加。老头要收拾他，就一点一点地让他壮大，再让他一夜之间变回赤贫，那种打击，恐怕比肉体打击更甚。

“这叫君以此兴，必以此亡。没人害他，都是咎由自取。”孙昌淦道，像在为自己开脱，“我现在唯一不确定的，就是那位合格的坏蛋会不会来，你好像也不确定啊？”

“不，我很确定，如果是个合格的坏蛋，那他就必须来。”谢纪锋笑了。

这个时候，手机的铃声响了。

……

距离屯兵镇二十余公里，胡扬埠方位，同样有人在心急如焚地等待着。

先是高雨田按捺不住了，下车抽烟，接着张政和也下来了，两人咬着耳朵不知道在商议着什么。

到屯兵镇的这一列队伍够壮观的，一共有二十余位保全人员，甚至还有一队不明来历的男女，男的有五十开外，带着几位女人，显得很诡异。

“华鑫到底有什么安排啊？”张政和小声问。保全队伍虽然壮观，但要是真打起来，恐怕不是那些长年劳作的壮汉的对手。

“我也不清楚。”高雨田难堪地道。张瑞霞出事，飓风的眼睛就盲了，根本无从知道事态的进展，偏偏这个时候哈曼拒绝了委托。现在这个形势，恐怕主动权握在了华鑫的这位夏助理手中了。

两人心思相仿，张政和小声征询道：“高总，那她带着咱们有什么意义？是不是真想收购咱们？”

“目前看，这是最好的结果。我就怕她也未必有把握啊。”高雨田道。

话音落时，夏亦冰也下车了，她握着手机，一会儿抿着嘴，一会儿作势要拨电话，一会儿又强自忍下，那焦虑肯定假不了。

可能她确实不太确定。

两人尝试着询问情况，还未发声，夏亦冰抢白道：“你们在奇怪我在等什么，对吗？”

两人点点头。

“我在等祁连宝回来投案自首。”夏亦冰严肃地道。

“哈哈哈……”张政和没忍住，笑了，马上省得不合适，赶紧收敛。

倒也不用紧张，连高总也在笑，他笑着道：“这个可能性不大吧。祁连宝是械斗的组织者，要不是咱们在上面使劲，恐怕当地公安都未必动他。”

“他这次被抓，本来就有点窝火，否则就不会选择逃跑了，现在再回来投案自首？可能吗？”张政和不信了。

“那为什么你们不敢赌这一把？”夏亦冰好奇地问。

“赌祁连宝回来投案自首吗？那可是罪加一等啊，哈哈，不可能的。”张政和不信地道。

“还包括，我很快将走进屯兵。”夏亦冰加着码。

“赌输了，我们同意收购？”高雨田问道。这有点开玩笑了，好歹飓风也是个公司了，命运放在一场口舌之争上，实在让他说不出口。

“其实收购是一个不错的结果，反过来讲，我们华鑫把这座影视基地拱手给你们，你们吃得下吗？其实你们在担心，说不定我们也吃不下对不对？那样的话不但我，连你们也会白忙乎一场。”夏亦冰道。

“那赢了呢？”高雨田征询道。

“赢了？赢了你们的方案继续，共同开发，你们可以持有华鑫的股份。”夏亦冰道。

“好，君子一言，驷马难追，赌了！”高雨田沉声道。

听得张政和瞠目结舌，两个公司像在赌气。

就在这个时候，夏亦冰手里的手机响了起来。她急切地接听，然后喜色上了眉梢，放下电话，她以一种戏谑的眼神看着高雨田。

高雨田紧张地问：“不会……这么巧吧？”

“肯定这么巧，就怕你说话不算数。”夏亦冰笑着，把手机接收到的图片慢慢地亮在高雨田面前。

两人顿时瞠目结舌，如丧考妣。

“我要告诉你们，这像他进监狱一样，是安排好的。你们一定不信吧？”夏亦冰慢慢地收起了手机，笑着问高雨田二人。

两人自然不信，但不得不信了。张政和心思敏捷地脱口道：“这是交易？”

“对，交易，就像我和二位的交易一样。”夏亦冰笑了。

此时，胜券在握。夏亦冰的表情里已然看不到丁点平时的傲气和做作，全剩下的喜悦。

……

“来了！来了！”

管千娇在楼顶看到了草原远处慢慢变大的黑点，是一人一骑。她借助高倍望远镜看清了来人，她兴奋地通知着仇敌几人。

仇敌、包小三、耿宝磊三人撒丫子往镇外跑去，跑到镇边，三人气喘吁吁地停了下来。

正北方，人初见，马如龙，势如虹，卷起着一道黄尘，一人一骑飞驰而来。

“哇靠，帅呆了！”包小三看得热血沸腾，血脉贲张。

“这才是真男人啊！一诺千金！他不来我能理解，但他来了，我为什么觉得我活得很猥琐呢？”耿宝磊道。这一来意味着锒铛入狱、罪加一等，也正因如此，那一人一骑才如此让他震撼。

仇敌没有说话，注视着飞驰而来的骏马，转瞬间到了他身前不远处。马上人一拉嚼嚼，那马一声高嘶，前蹄离地，愣生生地钉在了地上。马上，不怒自威的祁连宝满脸疲色，满脸胡茬。

祁连宝看着仇敌，仇敌笑着问：“好马！哪儿来的？”

“偷来的。”祁连宝不屑道。

三人笑了。

祁连宝牵着马，看了几眼，道：“他们呢？”

“等在镇外二十公里处。”仇敌道。

“哈哈哈……怂成这样，谅他们也不敢亏待我兄弟。谢谢几位把我卖了个好价钱。”祁连宝吼了声，一拍马，那马扬蹄而去，威风凛凛地直进镇里。

三人面面相觑，包小三和耿宝磊要说话时，仇敌赶紧做了个“停”势，道：“什么也别说，不然我会更羞愧。”

其实三人都很羞愧，默然无声地往镇里回返着。

没多远就听到有人鬼叫道：“祁连宝回来了！祁连宝回来了……”嚷嚷的是位獐头斜眼的货，从宾馆里跑出去，扬着臂狂喊着。

这一声喊像是拥有魔力一般，引来不少人来看，不少人从窗户上探头瞧。

只见一人一马，来势如风，去势如电，眨眼间横穿过镇子，像平地一声旱雷，搅得全镇鸡犬不宁。

# 39　身囚名裂

“老板！老板！宝哥回来了，这下有救啦！”有位不知趣的，欣喜若狂地吼着奔进宾馆。

大厅里守着宗老板的一帮子员工，齐齐失声。不管是来自北宁的还是屯兵本地的，祁连宝的大名对于他们都是如雷贯耳，不过现在该噤若寒蝉了，那可是个谁也不想扯上关系的通缉犯。

“老板！富文哥！真的，宝哥回来了！”说话的是位宾馆里的保安，一看那脸上的迷糊样，应该是头脑不清，见事不明的那种。

姚富文现在负责宾馆经营，听了这话，甩手“啪”的一个响亮的耳光，恨恨地骂道：“瞎扯什么？！”

被打的捂着脸，退了几步，还没明白。宗鹏程此时已经惊省过来了，揪着他问：“你亲眼看见了？！”

“看见了，去夯蛋家了，骑了一匹马，老拽了。”那人汇报着。

“你看清了？确实就是他？”宗鹏程凛然问。

“真的看清了，就是他。”那人强调道。

恰在此时，满街乱嚷。一个金刚一般威猛的巨汉骑着一匹高头大马从胡同里奔出来，跑在大街上。满街都是和祁连宝打招呼的镇上居民。大厅里的人齐齐向外看，而祁连宝仿佛不识一般，望也没有向这儿望一眼。

好像发生了什么事。众人心里疑窦丛生。这个时候，祁连宝应该和老板站在一起的啊。

“喂！喂！张队长吗？我是宗鹏程，我要举报个情况，祁连宝回来了，就……就在屯兵镇，刚从镇街上大摇大摆地过去！你们赶紧派人来啊，要出事啊！”

一个不和谐的声音响起，众人的目光齐齐看向大厅的角落。宗老板应该是在举报祁连宝，对，是给警察打的电话。看他那焦虑的样子，众人面面相觑，一丝不祥的念头像毒虫一样爬上了心头。

宗鹏程放下电话回头时，他瞬时愣了。姚富文在尴尬地低着头，临时组织起来的宾馆保安像被扣了工资一般垂头丧气，动员起来的闲汉也像被揭了丑事一样瞪着宗鹏程。

宗鹏程气火攻心了，他哪里容得这种眼神，他气愤地摔了手机，指着众人吼道：“怎么了？怎么了？！他就一逃犯，我举报抓他怎么了？！要不是老子当年把他救回来，他早死在路边上喂狗了，还耀武扬威地在镇上拽？！没有他老子的摊子照样干！我告诉你们，老子一毛钱的人情都不欠他的！没有老子，他能混到现在这样吗？！”

气急败坏、歇斯底里，种种负面情绪主导着心绪已乱的宗鹏程。他在吼着，他在骂着，他在发牢骚，可他没有注意到，大厅里开溜的人越来越多，只剩下宗家的一群亲戚在劝着他，拉着他，却也无济于事。宗老板甚至吼着叫人去摁住祁连宝，但无人理睬。当所有的命令都不奏效时，他惊愕发现，自己身边的人已经所剩无几了。

“很好，果真是个合格的坏蛋！很守信用！”孙昌淦打量着谢纪锋的手机，看得眉开眼笑。

“草莽多龙蛇啊，这确实是个人物。”谢纪锋赞了个。

祁连宝的归来，为这件事画上了一个圆满的句号。

孙昌淦轻轻放下手机，又不舍地看一眼，笑了笑，反问着谢纪锋道：“你对当初小夏提的交易条件是不是还尚存疑虑？”

“嗯，的确是这样，我一下子没看明白非要拿掉祁连宝的用意所在。”谢纪锋谦虚道。

“我也想了很长时间。其实最初发生械斗是我大意了，我一直以为这几十人的散兵游勇，根本不敢动省三建几百人的施工队……呵呵，结果，我栽了大跟头。”孙昌淦自嘲地笑着，“以一己之力，力挽狂澜，了不起啊。宗鹏程可能都没有意识到，他在屯兵、在北宁，真正的立身之本是什么。”

“是什么？”谢纪锋问。

“信义！人无信不立，人无义不行，这个小团体是靠着义气凝聚在一起的，他们之所以所向披靡，皆是因为无条件的信任。”孙昌淦深有体会地道。

“所以，就得有人一步一步地诱他放下信义，转向灯红酒绿？”谢纪锋笑道。

“同患难易，共福贵难，古来如此。当宗鹏程开始把大本营搬到北宁，养女人、买房置地、四下投资后，就已经注定了他今天的结局，只不过时间早晚而已。但祁连宝不同，这或许和他的经历有关。此人知恩图报、守信如一，难得啊。如何拔掉这根刺我想了很多方式，最终都没有干净地拔掉。”孙昌淦道，愤恨间又忍不住有点佩服。

“您最终不还是拔掉了吗？”谢纪锋道。

“是啊，你比我眼光更高一层，他的优点就是他最大的缺点。其实他和宗鹏程是一样，君以此兴、必以此亡，义气成全他，照样也会害了他。”孙昌淦道，口吻里甚至透着点可惜。

“求仁得仁，于愿足矣，他会感激您的。”谢纪锋换着茶，让着孙昌淦，“后续的事，还需要什么安排吗？我的人就在屯兵，他们也许能帮上忙。”

“不用了，我要摧毁的就是那儿的人心，这些已经足够了。今天以后，宗鹏程将寸步难行。”孙昌淦淡淡地道。

这是一个预料中的结果，今天，终于尘埃落定。

一摞钱，轻轻地放在一家土房柴门的门槛上。

二皮家，这个市井无赖还被关着，家里只有位行动不便，坐在门槛上晒太阳的老爹。

“娃，你……你咋回来啦？”老头睁开眼，糙如树皮的手颤颤巍巍地拿过钱。

“我回来看看您老人家。”祁连宝笑了，凑近了，给老汉点了根烟。

“那快走吧，警察要抓你啦。”老头胳膊肘知道往哪儿拐。

“好，我马上就走。皮爷，你保重啊，三娃过不了多长时间就回来了。”祁连宝道。

“好好，有他没他一个样儿。娃啊，你……”老头拿着钱，要递回给祁连宝，“娃，这钱你权当跑路开支吧。”

祁连宝让了让，不好意思地说道：“拿着吧，二皮没跟我学好，我对不起您老啊。”祁连宝把身上唯一一件外套解下来，披在老汉腿上，一步三回头地看着，小心翼翼地出了门，闭上了柴扉。

窗户上、围墙上、巷子口，围着围观的上百镇民，男女老少几大群，都默默地看着他走。巷口自动让开了一条路，祁连宝从容地走着，目光不时扫过人群，这些人中，有人尊重他，有人害怕他，有人背后戳着他脊梁骨骂，那些人的眼光是如此的复杂。

“宝哥！宝哥！你快走吧，警察一会儿来了。”有人喊着，奔上来，给他手里塞着钱，来者是位大货车的司机，已经失业了。

“我走不了了。”祁连宝拍拍这位兄弟的肩，把钱推了回去，笑笑道着，“别灰心，你有大车本，很快就有饭碗了。”

“连宝，你快走吧。”

“宝哥！”

昔日的司机、保安、打手，冲开了围观的人群，簇拥在他的身边。警笛声响起时，北街成片的居民有意无意地堵在路上阻挡着警车的通过。车上的警察倒也不急，停在人群之外。

近了，越近了……越来越近了，川味火锅店的牌子已经老旧了，魏春花站在门口，手足无措地看着慢慢踱来的祁连宝，一时间凝噎无语。

到了，祁连宝解下包袱，“咚”的一声直挺挺地跪在魏春花面前。

“儿啊，你咋这样？”魏春花慌了，赶忙去扶。

“对不起，对不起……姨啊，你把我当儿子，我却害了你亲儿子！是我带着胡雷去打架的，是我把他害成这样的。”祁连宝一下子吐露了积郁多年的心声，一下子哽咽了。

“儿啊，姨没怨过你，你这些年一直送钱，带他看病，该尽的心都尽了。姨怎么能怨你。”魏春花抹着泪，搀着祁连宝，却搀不起这个彪形大汉。

“可胡雷醒不过来，我得难受一辈子啊！姨，这些给胡雷看病，我要走了，帮不上家里了。要是我出来，您还认我这个儿子，我就给您老养老送终！”祁连宝恭恭敬敬地磕了三个响头，把包袱放在魏春花的怀里。那胖婆娘号陶一声，抱着祁连宝，早哭成了泪人。

抹了一把泪，祁连宝起身。

管千娇和仇敌搀着魏春花，魏春花哭喊道：“儿啊，你咋也傻了，你咋回来了，这回来要蹲大狱的啊……”她一把鼻涕一把泪地痛诉着，不少围观者看着悲痛欲绝的魏春花，开始抹着红红的眼。

祁连宝走了，人群自动让开了路。

路，剩下了最后一段，不过数百米，终点是等候的警车。

祁连宝一步三回头地回望着，似乎还有心事未了，似乎还期待着什么。不过，他失望了，朝思暮想的那个人还像以前那样，不愿意见到他。他一咬牙，加快了步子。

在向屯兵镇疾驰的车队中，夏亦冰笑着向后排的两位道：“交易的内容是这样的，我们用对胡雷进行最好的医疗救治，加上旧案的民事赔偿，换祁连宝回来投案自首。”

这是窥破华鑫布局的哈曼商务调查人员提出的一个方案。夏亦冰之前几乎认为是不可能的，不过现在看来，却是一个最完美的结果。

“厉害！”张政和道着，“祁连宝一投案，宗鹏程在这儿可就成了孤家寡人了，他再说什么也不灵了。要是别人再知道他坐视祁连宝这个下场，恐怕他都没脸在这儿混了。”

“还是华鑫技高一筹啊。”高雨田道。

“呵呵，承蒙夸奖，不胜荣幸啊。不过二位，收购的事，你们考虑得怎么样了？”夏亦冰问。

如果扫清障碍，有这样一个影视基地，恐怕飓风想插手也难，更何况飓风还用了上不了台面的收买间谍的方式。

张政和有点难堪，羞于启齿。

高雨田小心翼翼地问：“夏助理，如果没有鹏程威胁，似乎我们也没必要参与了，有的是影视公司和你们合作。”

“是啊，但对屯兵很了解的人，就没有那么多了，二位毕竟是先人一步嘛。坦白地讲，我对二位的行径很是不齿，但我并不介意和两位合作。影视这一行我们毕竟是短板，需要一个很专业的团队运作。而且，做生意，人品太好了，容易吃亏啊。两位肯定不是吃亏的主儿。”夏亦冰笑道。

两人闻之羞赧，不过果真是生意人本色，当夏亦冰回头征询时，两人已经点头同意了。

警车就在眼前，祁连宝站定时，派出所的马正楷所长从车里下来，复杂地看着他，道：“谢谢你啊，兄弟，给了我这么大的面子。”

以镇派出所的能力想抓这个通缉犯几乎是不可能的，他没有想到祁连宝会致电告诉他要投案自首。本来欣喜若狂，可现在看到满街的街坊邻居，他又有点于心不忍了。本来祁连宝在他这个警察眼中，是怙恶不悛的，可真看到他穷途末路时，却又觉得其情可悯。

“过去给你们添了不少麻烦，这次还个人情。”祁连宝用沙哑的声音说道，向警车走去。

马正楷没有让开路，祁连宝伸着手，马所长示意着手下的警员，一位警员小心翼翼地给他戴上手铐。

当祁连宝屈身钻进警车里的时候，突然听到了一声呼喊，他伸头望去，却傻眼了。快步奔来的是胡艳红，她披头散发，神情激动，疯了似的喊着：“宝哥……宝哥……”

“带着墩和你娘走吧，有人来接你了。”祁连宝喊了声。此时，他坚毅的脸庞松动了。

胡艳红不管不顾地冲开了人群，冲上前来，死死抱着祁连宝，呜呜地哭着，长久的思念，一瞬间全化作泪水。她哭着，使劲捶着、踢着祁连宝。祁连宝俯下身子，想替她擦泪时，她又重重地扇着他的耳光，哭骂道：“你为什么回来？你为什么回来？你比我哥还傻！你为什么回来！我知道是他们逼你的，你为什么这样！你怎么不逃啊，逃得远远的……”

马所长和管千娇拉着胡艳红，周遭的女人们有点可怜这位姑娘了，都拉着、劝慰着她。

不少人看着宾馆的方向，那地方已经空无一人了，似乎从中感觉到了人情的凉薄。

“上车吧。”马所长劝着祁连宝。

祁连宝用袖子抹了把泪，大吼道："艳红……等我下辈子活出个人样了，再娶你！"

被众人架着的胡艳红哭得更凶了，警车掉头走时，她蓦地挣脱了众人的搀扶，奔着。她不顾一切地敲着警车的后窗，哭着，摔倒了，又爬起来，继续追……警车停顿了一下，又加速。胡艳红哭喊着，追着，直到仆倒在地，泪眼滂沱地看着警车，越去越远。

后来马正楷所长不止一次地解释那天为何如此铁石心肠，原因是祁连宝不让停车。不过这个解释无人相信。

当然，也无法证实了，因为当天就有华鑫的人来，接走了胡艳红一家。据说是京城的脑外科权威专程接走了胡雷，要为他做颅部手术。走的时候，魏春花和胡艳红都明白了是怎么回事，母女俩哭成了一对泪人。

也在当天，华鑫、镇政府和镇派出所联袂慰问了当年械斗伤残的工人，每人先行赔付了五万抚恤金。这个不是官方的解决方式，很容易让人怀疑，是祁连宝担罪的原因。

不过该来的还是来了，封城消息正式发布，施工建设搁置，屯兵镇失去了客源，以可见的速度迅速萧条，运输瘫痪，连购买日用品都成了问题。

几日后便发生了镇上居民集体讨薪的事件。这时候，被拍摄筹备套牢现金的鹏程商贸已经捉襟见肘，几十万的人工费用成了压垮它的最后一根稻草。

据说，那些滞留的马队把马群拉进了宾馆赖着要账。宗鹏程一家没人敢露面，全住到北宁去了。于是宾馆遭殃了，大到床褥电视，小到桌椅碗筷，被讨工钱的人洗劫一空。几天之后，曾经人满为患的宾馆，成了一个遍地马粪的垃圾场。

很快，传出了宗老板欠债跑路的消息。与此同时，华鑫度假村复工，在当地招募施工人员。华鑫还在当地成立了一家影视中介公司，收编这里有实践经验的群众演员。报名者络绎不绝，几乎踏破了大门。

几乎是一夜之间，屯兵镇改弦更张了。

# 40 未见已别

“华鑫国旅被指内部问题重重，前经理人金彦国遭公司举报锒铛入狱。”

“北宁市塞北庄园开发商跑路，或与华鑫入狱经理人牵涉。”

“华鑫公布下一年度预算，拟向旗下大西北影视基地项目注资五亿，打造亚洲最大的影视基地。”

“北宁市房地产行业提前入冬，银行一日之内起诉十四家欠贷房地产商。”

……

谢纪锋在网上浏览着过去二十几天里发生的与这次的商务调查相关的各类故事。

事实上，一个小地方的繁荣的脆弱程度是超乎想象的。屯兵镇连一个月都没有坚持下去。不到一周，欠薪事件就演变成了打砸抢事件，那些剽悍的居民甚至组团到北宁围堵鹏程公司的产业。

不到两周，北宁地方政府出面了。这时候华鑫是以一个怨妇的身份出现的。投资收益低下、治安环境太差，还有地方恶势力的侵扰等，倒逼着市政府允诺了更多的优渥条件，两方才又一次羞答答地牵手，又炮制出了一份“招商引资”的成果。

这个庞大的商业操作如果不在局中，根本无法窥得其中的奥妙。其实仅在税收和公共设施投资上得到的优渥条件，华鑫就已经很赚了，毕竟影视是个新兴产业，放在数年前还没有那么赚钱。

又翻过一页。谢纪锋在笑，驾车的唐瑛也笑了。

这估计是飓风传媒的前期铺垫。什么烂剧大本营，什么穿帮大盘点，什么雷剧一锅烩，等等，现在已经充斥于各个娱乐网站，点击率相当高。各站的小编充分发挥着无节操无底线的从业素质，把大西北影视基地拍出来的农村剧、民国剧、抗日剧、爱情剧，抹黑了一遍又一遍。搞得现在全国人民都知道大西北这个专出雷剧的影视基地了。

“就数这个炒得最火，花絮比正剧播放率还高。”唐瑛笑着提醒了一句。

“两家凑一块，可真是臭味相投了。”谢纪锋笑道，收起了平板。

“可这样，不是有关大西北影视基地的负面消息就越来越多了吗？”唐瑛好奇地道着，“这种专走抹黑自己的路线倒是少见。”

“精髓就在这儿，负面的消息传播快，容易臭名远扬，这是其一。其二呢，现在谁都知道大西北影视基地是烂剧产地，外行看的是热闹，内行看的是门道。门道就在于，很多内行会冲着这儿的低廉人工成本和特殊的场地、环境慕名而来。其三呢，如果做影视不是想挣钱，而是想洗钱的话，那这儿更是首选之地。当然，这是玩笑话。”谢纪锋笑道。

唐瑛凛然受教，未敢再往深究。无论哪一行的水都是深不可测，就拿哈曼这一单生意来说，最终从华鑫拿到了一份商务策划、安全、调查、咨询类的合作协议，标的金额是每年两百万元。唐瑛从中获得的巨额提成让她至今还在兴奋。

没什么说的，哈曼大获全胜。华鑫高调和哈曼合作的事，京城的同行差不多都传遍了，毕竟在商务调查领域，百万以上的大单并不多见。

快出省界的时候，车驶进了休息区，两人小憩片刻。不一会儿重新上路时，两人却是互换了位置。唐瑛微微感激，她连续开了数小时的车，确实有点累了，不过距离目的地已经不远了。

“还有一百多公里就到北宁了，小唐，他们几位怎么样了？”谢纪锋看似随意地问着。

“还可以吧，在北宁修养了三周，我在网上给他们定的房间，应该很放松了。”唐瑛汇报道。这个权做公司的福利了，绝无仅有的一次。

“这几个人，我给你怎么样？”谢纪锋突然道。

“给……给我？”唐瑛愣了，没明白谢纪锋的用意。

“对，给你。如果提前几年，我未必舍得给你。仇敌、包小三、耿宝磊，这三个人虽然是捡的，可管千娇可是货真价实的商业间谍，而且是精英。这几年不少外埠的调查生意都是她接手的，精通计算机语言，在民营通讯公司做过程序开发，能接触到的间谍装备她都非常熟悉。她可是我手里的一张王牌啊，你意下如何？”谢纪锋道。

“这个……这是怎么操作的？人归我？不是公司招聘吗？”唐瑛有点懵了，这种好事让她过于惊讶。

这几位华鑫都不止一次地到公司打探过，他们对这几位顶尖的商业间谍兴趣颇浓。这几位要是放在同行公司，肯定是炙手可热的。这样的人物谢总处理得很精明，直接放大假了，根本没让他们回京城。

“我们可是正规的、合法的商务调查公司，公司怎么可能雇佣商业间谍呢？你说是吗？”谢纪锋笑着问。

回眼时，唐瑛笑了笑。的确，表面那一套和实际相差甚远。

“正常的模式是这样，我只给你讲一遍。”谢纪锋道着，唐瑛侧耳听着。谢纪锋慢悠悠地给她说着注意事项：“商务调查公司最大的秘密不是客户的秘密，也不是调查的手段，而是这个公司能领导多少商务调查人员，以及商务调查人员的能力大小，这些直接决定这个公司盈利与否。所以本行最大的秘密就是，凡在面上的人，都不干活，真正干活的，从不露面。”

“哦。”唐瑛恍然间明白自己为什么一直混在公司最底层了。一直以来，她眼看着别人接单、拿提成，自己却不得其门而入。现在看来，公司的各位主管，特别是京城的那些土著，手里应该都有类似的调查人员在为他们服务。

谢纪锋继续道：“所以，你在本行成功与否，取决于你的消息渠道，而消息渠道的多少取决于你能掌握多少那些不见光的商业间谍。小唐，你想不想就从他们开始，组建你自己的信息网。或许几年之后，你就可以像我一样，用手里的资源和别人讨价还价了。”

唐瑛兴奋了一下。屯兵这一单生意的提成，几乎相当于她几年的薪水了。她明显心动地看了一眼侃侃而谈的谢纪锋，或许是因为法律专业出身的原因，对此还尚存那么一点点疑虑。

“您的意思是……由我给他们发工资？”唐瑛狐疑地问。

“这个就靠你摸索了。有固定收入的，也有计件工资的，还有一次投入的，养活商谍的方式不一等。比如有些猎头公司，会揪着某些人的小辫子，挖他们掌握的商业情报。比如有些同行会用合理的价格直接从专业人士手里购买情报。比如我，就喜欢培养专业间谍。当然了，本行没有定式，但关键是，需要用人的时候，你得指挥得动他们，而且出现问题的时候，绝对不能牵连到自己和公司。你不必反感，这就是生意，这就是交易。如果你准备从道德或者法律的角度来看待此事，那就当我什么也没说。”谢纪锋如是道。他看了唐瑛一眼，默默开着车，果真不再出声了。

对，已经实践过了，从屯兵这单生意中，她已经真切地领教过了，从厚望到失望，从依赖到抛弃，都是快刀斩乱麻，毫不留情。如果不是那几位又拿到足够有说服力的东西和公司谈条件的话，这件事早就终止了，也不会有今天两人专程驱车到北宁接人这一出了。

“他们……如果要应聘呢？我是说，我们先前已经有契约，如果他们愿意进公司，我们……”唐瑛稍稍迟疑地道。

“那就落了下乘了。如果进公司就和你无关了，也和将来任何的调查任务无关了，公司和商业间谍不会有任何关系，这是个原则问题，我们不能破坏。”谢纪锋笑着道。

唐瑛直撇嘴。她对于一明一暗，却实为一体的事，总是混淆。思忖了好久，她才弱弱地说道：“行吧，我试试，这几个人很有个性啊，我真不知道能不能驾驭得了。”

“每个人都有弱点，怎么可能驾驭不了呢？这里面的几位可是有成为高手的潜质啊，能看穿华鑫的布局，很不简单。他们拿祁连宝的投案自首作为交易，我还真是捏了一把汗啊。这不仅迎合了华鑫急于清场的心态，而且正中了祁连宝的要害，在当地成功地收买了人心，不简单啊。我自问，我亲自上场，未必能做得如此完美。”谢纪锋道。

“这应该不是管千娇，不是包小三，应该也不是耿宝磊，好像是仇敌吧？”唐瑛思忖着，对那位讨价还价的绝世高手记忆犹新。

“对，技能可以学习，可眼光和思维很多时候是天生的。仇敌的思维敏锐性超乎想象，如果有机会，可以把他放到更大的舞台上。”谢纪锋道着。然后打趣似的问唐瑛道：“怎么样？你如果不要，那我准备把他们卖个好价钱，随便介绍个任务，他们干活，我收佣金就得了。”

“要！”唐瑛脱口道。

谢纪锋哈哈大笑起来。看来不管是什么底线，都拦不住对于未来可能盈利的渴望。

车如离弦之箭，在高速路上疾驶着，渐渐接近终点。那是终点，同时也是另一个起点。

不过，这个新的开始恐怕要出意外了。

两人的车驶进北宁市颐和商务酒店，看到了门厅处等着的管千娇、包小三、耿宝磊三人。

谢纪锋开玩笑道：“那位肯定要大牌了，这种时候，你得学会晾晾他杀杀锐气，然后再礼贤下士。”

下车，两人和三位迎上来的寒暄了几句。

相比在京城应聘时所见，果真有钱是英雄胆的感觉。包小三一身夹克加锃亮的皮鞋，耿宝磊一身西装，颇有少爷范儿。

管千娇邀着两人，贵宾楼的午餐已经订好，准备给两人接风洗尘。

一行五人进了包厢，耿宝磊倒着茶水，包小三问着两位吃什么菜，管千娇和唐瑛坐到了一起，两位女人，有天然的话题，谢纪锋则故意保持着总经理的态势，正襟危坐。

谢纪锋本来想晾晾那位要大牌的。屯兵之行的结果很出乎意料，但仇敌也确实够出格的，握着消息逼着公司开价，在他看来，必须敲打一下，必须晾一晾，否则以后会难以控制。

谢纪锋一直憋着没问，开饭了，还是不见人，他有点坐不住了，示意了唐瑛一眼。唐瑛心知肚明，她问了句：“咦？好像少了一位，仇敌呢？一块来吃饭啊，吃完还有事商量呢。”

得了，这句话一出口，都不吃了。包小三耷拉着眼皮，耿宝磊放下了筷子，管千娇目光躲闪着，似乎都不愿意讲这个话题。

“到底怎么回事？”唐瑛加重的口气。

“你说。”管千娇催耿宝磊。

“你说吧。”耿宝磊催包小三。

包小三禁不住催了，一放筷子，气愤地道："走了呗！"

"走了？去哪儿了？怎么不早说？"唐瑛疑惑地道。

"你们来之前走的，还没来得及说呢。"包小三道。

"去哪儿了？"唐瑛问。

"回老家了。"包小三道。

"回老家了？"唐瑛一字一顿地道，似乎不太相信。

"真回老家了，昨晚他接了家里的电话，说家乡那儿一中有什么……教师统一招考，他就屁颠屁颠回去了。哎……您别看我，我使劲挽留了。在县城挣个一两千有个毛儿意思啊，怎么比得了当间谍舒服！没办法，说什么都不听，非要回去。"包小三道着。管千娇一直在桌下踢他，不过踢归踢，他还是说完了，说得好像自己一肚子气似的。

"他要去应聘老师？"唐瑛征询管千娇道。

"好像是，他说想回去试试。"管千娇道。

"那……关于公司和你们的事……"唐瑛隐晦地问。

管千娇看耿宝磊，耿宝磊道："说了，虽然坏事都是他带头干的，但他根本不想干商务间谍。"

"对，他说这活比卖保险还不要脸。"包小三补充道。见众人愣了，他赶紧解释道："他说的，不是我说的。哦，反正我不要脸，比较适合干这活。"

唐瑛刚拉下脸，一听又笑了，有点难堪地看向谢总。

谢纪锋笑着问耿宝磊道："宝磊，你呢？合同我们带来了，你是想进公司挣月薪四千呢，还是想这样接单，挣这种有挑战性的报酬？"

"我……"耿宝磊犹豫不定，看看管千娇和包小三。

包小三一拍桌子道："肯定和我们一块了！我告诉你啊，宝蛋，敢走小心我收拾你！"

"仇敌走了，你咋不拉住？"耿宝磊犟嘴了。

一犟包小三糗了，想了想，道："我……我打不过他不是！但是收拾你肯定没问题！"

"你就能欺负了我，还能干什么？"耿宝磊呛着包小三。

"你看你这人，生什么气啊！玩笑开不起啊！要都走了，我一个人有啥意思？！我也不干了！”包小三赌气道。

管千娇愤然拍着桌子嚷道：“别吵了，烦不烦呀！”

“他先说的！”耿宝磊嚷了。

“什么我先说的，是他们要问的！”包小三嚷了。

“都闭嘴！”管千娇愤然拍桌道。

两人虽然闭嘴了，可还是互瞪着。管千娇作为领队却是有点不好意思了，不过又能如何，连她也觉得烦躁得很。

这个状态谢纪锋看得出，是人心将散的前兆，不过他什么也没有表示。笑道：“吃饭！地球离了谁都要转，有活还怕没人干？”

于是，这顿宴席就在沉默中结束了。

饭后退了房，三人乘着谢总的车，告别了这处塞外之地。虽然囊中已经殷实，可似乎并不比平时兴奋。

……

这一天，在北宁市第一看守所也有一位与此相关的人，不过他已经被遗忘了。就像因为欠债失联的宗鹏程一样，谁会去关心他现在过的如何？

看守所的甬道里，手推车的滑轮“咣咣”地响着。每到一处监仓，管教随手把车上的东西扔到门口。

监仓里未判决的嫌疑人，家属是没有会面机会的，家属只能通过这种方式，把一些生活必需品送给关在号子里的亲人。

042号监仓里，祁连宝躺在床上小憩。他也很期待今天能送进什么东西来。当然，都是别人的东西。这个弱肉强食的地方很适合他，全仓的零食他得过一手，就像在外面收保护费一样，拿多少，他说了算。

“咣当！”门响了，祁连宝喊了声“坐好”，满仓的嫌疑人齐齐排坐在通铺上，等着管教开门。

管教背着手，机械地喊着代号，随意地把仓门边的东西踢进去，喊到号的嫌犯急匆匆地去领物品。

“下一个，0216，祁连宝！”

“嗯？！”祁连宝吓了一跳，在仓里已经抢惯别人东西了，怎么可能还有给自己送东西的。他迟疑了下，赶紧蹲到了仓门口。

管教意外地瞥了他一眼，道：“自己搬！”

哇，好大的包裹。拆开一看，里面有被子、大衣、一摞衣服，还有一箱吃的。他分两次才挪进了仓里。

管教随手扔给他一封信，补充道：“外面有人给你在所里存了一万块，需要买什么东西，自己递个单啊。”

“好嘞，谢谢管教。”祁连宝兴奋地道。

“咣”的一声，门关上了。他看着这些东西，这突如其来的温暖让他动容了，直抱着被子、大衣往脸上贴，半晌才发现满仓的人都眼巴巴地看着他，还有人穿着夏天的裤子呢。

祁连宝二话不说，三下五除二脱了身上的衣服扔着送人，然后掀开了食品箱，把饼干、火腿肠、方便面，一股脑儿地发给众人。像个暴发户一样，两眼发亮地吼道：“吃吧，难友们，提前过年了哈，我兄弟给我送钱了，一万块啊，够吃到上劳改场了！哈哈哈……”

满仓人抢着东西，兴奋得如真过年了一般。

祁连宝躲到一边，坐下来，掏着信封。他知道是谁送的，他也知道能记起他的还有谁。

信封里没有信，只有一张照片。照片上，胡雷头上缠着绷带，躺在医院的病床上，胡艳红和她妈妈坐在两侧。照片里，三人都笑着，而且他清楚地看到，胡雷的笑似乎不那么傻了。

背面有一行字：手术很成功，下次他们会来看你的。仇。

字，铁勾银划，很漂亮的魏体，像军体拳一样中正，大开大盍，吸引着祁连宝的目光。他看了又看，脸上洋溢出一种与这个环境格格不入的笑容，笑得那么欣慰、那么满足……